Ensayo

Economía

José Luis Sampedro (1917-2013) nació en Barcelona. Su infancia transcurrió en África, en la ciudad de Tánger, y vivió además en Soria, Aranjuez, Melilla, Santander y Madrid. Su juventud fue truncada por la Guerra Civil, «horrenda frontera, en el tiempo y el espacio, en las ideas y en la conducta», tal y como la describió el autor años después, en su discurso de ingreso en la Real Academia Española, en 1990. Catedrático de estructura económica desde 1955, fue senador por designación real en la primera legislatura tras la restauración de la democracia en España, y compaginó la actividad docente con la de economista en el Banco Exterior. El mestizaje cultural de su familia y las circunstancias de su propia biografía marcaron su obra y su manera de entender el mundo. Sus comienzos fueron como dramaturgo en los años cincuenta, con obras como *La paloma de cartón* y *Un sitio para vivir*. El nacimiento de Miguel, su único nieto, inspiró su obra más leída, *La sonrisa etrusca*. En 1981 publicó *Octubre, octubre*, una extensa novela que le llevó veinte años de trabajo y que él mismo consideraba su testamento vital. A partir de *El amante lesbiano*, publicada en el año 2000, todas sus novelas y parte de su obra ensayística –*Economía humanista* y *La inflación (al alcance de los ministros)*, escrita en colaboración con Carlos Berzosa– han sido publicadas en Penguin Random House. En 2003 se casó con Olga Lucas y con ella escribió *Escribir es vivir*, *La ciencia y la vida* (junto a Valentín Fuster), y la que sería su última novela, *Cuarteto para un solista*. En 2010 le fue entregada la Orden de las Artes y las Letras de España «por su sobresaliente trayectoria literaria y por su pensamiento comprometido con los problemas de su tiempo», y en 2011 el Premio Nacional de las Letras en reconocimiento al conjunto de su obra.

José Luis Sampedro

Economía humanista

Algo más que cifras

Introducción de
Carlos Berzosa

Selección de textos de
Carlos Berzosa y Olga Lucas

DEBOLS!LLO

Cuarta edición: junio de 2013
Primera reimpresión: junio de 2017

Printed in Spain – Impreso en España

ISBN: 978-84-9908-178-6
Depósito legal: B-46.412-2010

Compuesto en Fotocomposición 2000, S. A.

Impreso en Prodigitalk, S. L.

P 8 8 1 7 8 A

Penguin
Random House
Grupo Editorial

Índice

I
EL CONCEPTO DE ESTRUCTURA. LA TEORÍA ESTRUCTURAL

II
SOBRE ECONOMÍA ESPAÑOLA

III
EL DESARROLLO Y LA ECONOMÍA MUNDIAL

IV
LA CRISIS DE LA DÉCADA DE 1970

Prólogo

Hay que saludar con gran satisfacción y alegría la iniciativa de la editorial Debate de publicar una selección de los artículos de economía que José Luis Sampedro escribió, sobre todo, a finales de los años cincuenta y durante los sesenta y setenta del pasado siglo, y que vieron la luz en diferentes publicaciones. De este modo se revitaliza la figura de Sampedro como economista, que ha quedado ensombrecida por su reputación como literato. En parte es lógico que esto suceda, pues la novela está dirigida a un público más amplio y es leída por más gente que la que puede estudiar economía, sobre todo cuando se trata de novelas tan magníficas como las que escribe y con las que nos deleita Sampedro.

Las novelas de Sampedro, que son seguidas por la mayor parte de los economistas que han sido alumnos suyos, no solamente nos proporcionan el placer de la lectura haciéndonos pasar momentos maravillosos de disfrute, sino que resultan de una gran enseñanza acerca de las relaciones humanas, de las relaciones sociales, esto es, de la vida en general.

Pero conviene resaltar que junto a este gran novelista, hay un Sampedro que ha sido un importante economista en nuestro país. Sampedro ha ejercido su profesión en la administración pública, en el Banco Exterior de España, y ha participado en misiones españolas en negociaciones con otros países y organismos internacionales en momentos decisivos para una economía que, tras permanecer cerrada al exterior durante muchos años de autarquía, empezó a insertarse en la economía internacional a finales de los años cincuenta del siglo XX.

Contribuyó con su granito de arena a abrir puertas hacia el mundo exterior y a poner las bases para el crecimiento económico que tuvo lugar en la década de 1960, que sacó a nuestra economía del atraso y a muchas familias de la pobreza y de la penuria que habían padecido durante dos décadas.

No obstante, su labor más importante la realizó como docente, estudioso e investigador de la economía. Durante años preparó a varias generaciones de estudiantes, que cada vez en mayor número llegaban a las aulas de la Facultad de Ciencias Políticas, Económicas y Comerciales de la Universidad Complutense a estudiar economía. Fue capaz de aunar enseñanza con deleite, pues esto es lo que se obtenía escuchando su magnífica oratoria, la originalidad de sus planteamientos, al tiempo que se disfrutaba de su gran erudición. Con él se aprendía economía mundial, y también a discurrir, reflexionar y a pensar críticamente. Pues Sampedro era un disconforme con la realidad en la que estábamos inmersos y con el saber convencional.

Fruto de esta labor como docente y estudioso, publicó libros realmente memorables, por el tema abordado y por el tratamiento dado, que además destacaban por la brillante escritura que los ha hecho siempre accesibles a los estudiantes —lo que era muy de agradecer—, a licenciados y a un público interesado en comprender temas relevantes de la economía mundial. La publicación de libros fue acompañada, como no podía ser de otra manera, por la de artículos, de los que una buena muestra se puede encontrar en este libro que ahora ve la luz.

Ahora bien, algunos se preguntarán: ¿qué interés tiene publicar artículos escritos hace tiempo y en un contexto muy distinto del actual? Pues desde luego mucho. Es indudable que resultan de enorme interés para los historiadores de la economía y para conocer el pensamiento económico de la época y su evolución, pero también para los que, sin ser historiadores, nos sentimos interesados por la historia, por conocer una realidad diferente a la de ahora, pero que viene de allí y resulta meridianamente claro que, sin penetrar en nuestro pasado, no podemos entender el presente. Además, como se trasluce en los artículos, se trata de rescatar el pensamiento y las reflexiones de un gran observador de la realidad que le rodea, penetrante en los análisis que realiza, y poseedor de una gran agudeza en su visión sobre la economía.

Leyendo estos artículos se aprende no sólo sobre nuestro pasado, sino sobre cómo afrontar el análisis de la realidad con un enfoque estructural, algo que tendría que ser más necesario que nunca ante el rígido corsé que ha introducido la economía convencional en el estudio de las leyes que rigen la producción, la distribución, el intercambio y el consumo presentes y pasados. Las corrientes dominantes actuales en la economía no van por ahí. Sin embargo, ante los graves problemas que acucian hoy al mundo, a pesar de los avances logrados, el análisis estructural es fundamental para saber hacer las preguntas correctas y tratar de buscar las respuestas adecuadas a la hora de entender algo de lo que está sucediendo. Como digo, no es esto precisamente lo que domina en el estudio actual de la economía, y de ahí su pobreza a la hora de interpretar la dinámica económica. Por eso Sampedro introduce un aire fresco en el enfoque que defiende y que ha contribuido a formular gracias a su forma de dirigir su mirada a la economía concreta y material.

Este rescate de artículos de Sampedro es importante para conocer una parte de su obra y, como he señalado, también para reivindicar su importancia en la formación de economistas y en lo que su contribución ha supuesto en la difusión y en la transmisión del conocimiento económico, tanto oral como escrito. Me considero un aprendiz suyo y he tratado, en mis ya largos años de profesor universitario y de estudioso de la economía, de mantener vivo su pensamiento al igual que la originalidad de su enfoque. Siempre he mantenido que tener a Sampedro como profesor es lo mejor que nos pudo suceder a los estudiantes, que en muchos casos de forma despistada nos iniciábamos en el estudio de la economía.

Dio prestigio a una facultad y a unos estudios, junto con otros profesores que, por desgracia, eran minoría. Sampedro enseñaba cosas que no se aprenden normalmente en las aulas ni en los manuales al uso. Fue, además, un adelantado en su época en muchas cosas, rompiendo tabúes establecidos. Fue, por ejemplo, un europeísta convencido cuando no era fácil serlo, pues el régimen dictatorial condenaba a esa Europa democrática, y muchos de los que ahora presumen de serlo no lo eran cuando se constituyó el Mercado Común por el Tratado de Roma en 1957.

Casi todos los estudiantes que han pasado por sus manos tienen un grato recuerdo de sus enseñanzas y de su magisterio. Sin embargo, su contribución trata de ser ninguneada por algunas de las historias del pensamiento económico publicadas en nuestro país, o en recopilaciones de artículos que se han publicado acerca de lo que algunos autores decían sobre la integración europea que se estaba iniciando, cuando fue uno de los que más publicó y que con más rigor lo hizo. Esto no resulta fácil de explicar y lo que algunos autores, responsables de estas ediciones, hacen es pecar de sectarismo, llevados sin duda por los celos que el éxito de Sampedro como profesor siempre les causó. O quizá también sea porque sus planteamientos heterodoxos resultan incómodos a la ortodoxia oficial. Con esta publicación se pretende, por tanto, reparar una injusticia. Algunos de los que se han erigido en mandarines del saber oficial no quieren reconocer como deberían los méritos de Sampedro, pero en cambio goza de los más importantes como son el reconocimiento y el cariño de sus alumnos.

Estos artículos son una muestra de su frescura, de su talante, de su buen hacer y escribir. A pesar del tiempo transcurrido, resulta una delicia leerlos. He contribuido a su selección, y me siento muy orgulloso de escribir este prólogo sobre quien ha sido un verdadero maestro en la universidad de entonces y lo sigue siendo, aun a distancia, en la de ahora. Juzguen ustedes mismos lo que digo. Aquí podemos encontrar, como ya he señalado, el enfoque estructural, análisis críticos y descriptivos acerca de la economía española, planteamientos pioneros sobre ecología —cuando entonces no había la conciencia que existe hoy día sobre esta problemática y apenas se hablaba de ello—, sabrosos análisis sobre la economía mundial y el desarrollo y acerca de la crisis de los años setenta.

Esa crisis no fue una crisis más, fue estructural y no coyuntural. Aquellos años setenta dieron al traste con muchas cosas y surgieron entonces mutaciones que configuraron la economía actual globalizada y cada vez más liberalizada. Desde la atalaya en la que se encuentra con su experiencia como profesional de la economía y con el rigor que le proporciona el análisis estructural, Sampedro hace una reflexión de lo más acertada sobre lo que sucedió entonces y que tantas repercusiones ha tenido posteriormente.

Vivimos tiempos de crisis y se necesitan analistas con la lucidez de Sampedro en lugar de la miopía de tantos que, enredados en datos y modelos, no saben ver con perspectiva lo que está pasando. La economía utiliza técnicas cuantitativas cada vez más sofisticadas, pero se olvida con frecuencia de que éstas por sí mismas no bastan para entender la compleja realidad, pues como el mismo Sampedro dice, los análisis cuantitativos deben ir acompañados de análisis cualitativos. Por eso, en tiempos de penumbra, el pensamiento de Sampedro nos sigue sirviendo para encontrar una luz que nos ilumine, aunque sea tenue, para salir del túnel en el que nos hemos metido.

CARLOS BERZOSA,
rector de la Universidad
Complutense y catedrático de
Economía Aplicada

Introducción
Sesenta años después

Los trabajos reunidos en el presente volumen fueron elaborados a lo largo de sesenta años de actividad docente y profesional, iniciada en 1947 con mis primeras lecciones de estructura económica dictadas en la Universidad Complutense.

De entonces data, además, la primera de mis publicaciones académicas: un breve artículo en la *Revista de Ciencia Aplicada* (octubre de 1947) sobre el problema de las áreas económicamente deprimidas en Gran Bretaña. Entonces la reconstrucción europea tras la Segunda Guerra Mundial reavivaba el interés por aquellos temas, pero hoy el artículo resulta antiguo. Así y todo, ese trabajo de quien entonces era un principiante lograba —así lo creo— adelantarse a su tiempo al constatar un hecho entonces casi inadvertido pero ahora imposible de ignorar en el análisis del momento actual. En aquel trabajo manifestaba yo mi asombro ante la decadencia del ímpetu vital y el espíritu de aventura en el pueblo británico durante los años treinta. Como es sabido, en el siglo XIX, durante la revolución industrial, Inglaterra fue escenario de numerosos desplazamientos de población dentro del país, desde los campos a las ciudades y desde las faenas rurales a las nuevas fábricas; migraciones emprendidas por los trabajadores a su costa, sin ayudas oficiales ni subsidios, buscando empleos en otras residencias y afrontando riesgos para adaptarse a tan radicales cambios en sus vidas. Por contraste con aquella actuación, en los primeros años treinta del siglo XX los obreros se mostraban incapaces de similares iniciativas. Se resistían a desplazarse de las áreas e industrias deprimidas por la crisis hacia otras regiones emergentes y, aunque el gobierno les ofrecía subsidios y asistencia, escolarizando incluso a sus hijos, permanecían apegados a sus viejas vidas, sin coraje para remediarlas. El pueblo emprendedor del siglo anterior había perdido, en sus inmediatos descendientes, el ánimo y la capacidad de reacción de sus abuelos.

Sesenta años después sigo sorprendiéndome de que yo, todavía en mis comienzos, lograse avizorar algo que hoy se nos muestra con toda su trascendencia. Pues muchos creemos que ya no cabe cerrar los ojos a la evidencia de que mientras en el siglo XV Europa impulsaba a sus gentes a embarcarse en cáscaras de nuez hacia lo desconocido, en nuestro tiempo se repliega sin iniciativas y abdica de su activa presencia anterior en el escenario mundial. Por eso nos parece vivir la decadencia de nuestro sistema occidental, al comparar ese ocaso con la explosión vital de su pasado amanecer. Y, pese al progreso técnico desde entonces, nos parece que la historia está repitiendo la ruina del Imperio romano, cuyo solar europeo pasó a ser ocupado por nuevas fuerzas que conducirían al feudalismo y, tras él, al capitalismo actual.

Por supuesto, me doy cuenta de que mi diagnóstico es contrario a la optimista versión del pensamiento económico dominante en los países más adelantados. Baste recordar el éxito inmediato que hace pocos años obtuvo la tesis fukuyamesca del «fin de la historia», según la cual el sistema de vida americano representa la cima alcanzable en la evolución humana y no tiene ya sentido plantearse hipótesis de supuestas alternativas. En ese mundo privilegiado y dueño de un poder que condiciona el del resto de la humanidad, se ofrecen (según esa tesis finalista) beneficios tales como la libertad, la igualdad ante la ley, la democracia y el desarrollo económico. Los economistas justificadores del sistema, y los que ingenuamente acatan sus dictámenes, se reúnen a menudo con los políticos y con los medios informativos en espectaculares conferencias, reiterando las líneas de acción presentes y prometiendo gracias a ellas el progreso que conduzca al final de la pobreza actual en un plazo de pocos años. Como mucho, por toda mejora se organizan nuevas instituciones internacionales encargadas de ejecutar los programas.

Sin embargo, con el apoyo de autores más independientes, mantengo mi opinión sobre la decadencia del sistema. Es verdad que se ofrece una igualdad ante la ley, falsa por completo dada la injusta distribución mundial de los bienes del planeta entre sus habitantes, desigualdad que no se ha corregido en todos los decenios en que se viene hablando de suprimir la pobreza. También es cierto que el sistema proclama declaraciones democráticas, pero la realidad nos enfrenta con organizaciones oligárquicas que mantienen su poder gracias al dominio de los medios informativos, con la consiguiente manipulación de la opinión pública, además de justificarse con ideologías elaboradas por los intelectuales a su servicio. En cuanto al desarrollo económico, recibe el injustificado nombre de sostenible, cuando en realidad la triplicación de la población mundial en un siglo, y el deterioro del medio ambiente en este tiempo, conducen a la conclusión de que el proceso no podrá mantenerse mucho tiempo como hasta ahora. Y en cuanto a la libertad, basta asomarse a esos mismos medios informativos para tener que preguntarse inmediatamente quiénes son los verdaderos beneficiarios de la misma. El caso de llevar la libertad a Irak a lomos de bombas y misiles demuestra de sobra a qué intereses conviene semejante barbarie. Si especificamos, en fin, que se trata de libertad económica, como la que atribuye al mercado un autor tan fanático del sistema como Milton Friedman, basta la experiencia cotidiana para comprender que el que es libre en el mercado es únicamente el dinero. Sin él no es posible obtener ningún beneficio. Aclaremos que la palabra «libertad» tiene distintos sentidos según el usuario. Cuando el poderoso exige libertad, la quiere para no encontrar ninguna traba que le impida conseguir más beneficios. Cuando el débil pide libertad, es para reducir la explotación a la que está sometido.

Existen, por tanto, dos versiones contrapuestas para interpretar la situación del sistema imperante: la de sus satisfechos apologistas y la de quienes lo vemos descarriarse. No puede extrañar tan honda discrepancia porque, como es sabido, la índole epistemológica de las ciencias sociales no es la misma que la de las exactas y naturales. En aquéllas es mucho menos posible ofrecer contrastaciones empíricas, abundando en cambio los razonamientos y formulaciones de carácter ideológico; tema del que me ocupé en mi artículo (incluido en este volumen) titulado «Triple nivel, doble estrategia y otro desarrollo».

Como escribió muy bien John Kenneth Galbraith, buena parte de los textos de ciencia económica en los dos últimos siglos contienen formulaciones en el sentido deseado por los poderes establecidos. Se comprende que este excelente economista no pudiera obtener el premio Nobel, concedido en cambio a su oponente Friedman.

El diagnóstico negativo de la situación global y la percepción de su decadencia se confirma, a poco que se reconozca la aberración de seguir impulsando un estilo de desarrollo ya insostenible. A eso se añaden actuaciones en otros campos que rayan en la barbarie porque afectan a valores básicos constitutivos del sistema. Así ocurre con la falta de respeto a la vida y a los derechos humanos, vulnerando repetidamente normas de leyes y del derecho internacional creado por nuestra civilización; la negación del libre derecho a las migraciones construyendo muros y barreras territoriales precisamente cuando se dispone de los excelentes medios de comunicación y, sobre todo, la restricción de las libertades personales con el pretexto de una lucha contra el terrorismo que no trata de combatir las causas del problema. El terrorismo no se resolverá reprimiendo los derechos de los ciudadanos en el mundo desarrollado, sino instaurando el derecho vital de la humanidad pobre a unos bienes terrenales que les niega un reparto injusto. No me cabe la menor duda de que la ideología económica vigente, halagadora de los intereses dominantes, es un aspecto más de la decadencia global.

Lejos de sumarse a esa ideología, los trabajos incluidos en este volumen responden a una trayectoria docente inspirada en el espíritu social de los maestros que me formaron; es decir, de lo que expresivamente se llamaba entonces «economía política». En aquel tiempo interesaba producir bienes, pensando en las necesidades de la pobreza, mucho más que idear mecanismos financieros y especulativos para multiplicar ganancias. Los temas aquí tratados —estructura real, desarrollo, problemas sociales— acreditan esa filiación que me conforta y, de paso, muestran cuánto han variado las cosas desde mi época de estudiante. Otra forma sencilla de subrayar tales cambios es recordar que en aquel tiempo los manuales ofrecían el agua y el aire como ejemplos clamorosos de los que se llamaban «bienes autorrenovables» porque, al no ser escasos, no reclamaban la atención de los economistas. La precaria situación actual de ambos elementos, bien por escasos o por contaminados, basta por sí sola para poner de manifiesto la irracionalidad cotidiana del sistema en su uso y abuso de los grandes recursos naturales.

Vivimos la decadencia del sistema, pero la historia no se acaba. Al derrumbamiento del Imperio romano sucedieron otros acontecimientos que iniciaron nuevas estructuras e instituciones. La llamada «invasión de los bárbaros» resultó ser una operación quirúrgica que abrió paso a nuevos escenarios. Pienso que lo mismo ocurrirá ahora. Se perciben ya agentes transformadores tanto en la aparición de nuevos protagonistas históricos externos a la cultura occidental, como también en el desarrollo vertiginoso de la ciencia, único aspecto del sistema en continuo progreso, con nuevos descubrimientos y técnicas. No me cabe duda, como afirmé en mi obra *El mercado y la globalización*, de que otro mundo es seguro, pero no resulta posible predecir las características de una nueva o nuevas organizaciones humanas. La respuesta la dará la historia, que es el nombre dado a la evolución de la humanidad. Como escribió Neruda, «no es hacia abajo ni hacia atrás la Vida».

JOSÉ LUIS SAMPEDRO

I

EL CONCEPTO DE ESTRUCTURA. LA TEORÍA ESTRUCTURAL

1

El problema de las áreas económicamente deprimidas y su planteamiento actual en la Gran Bretaña

No es de ahora la observación de ciertos desequilibrios en la distribución de la industria y de la población. Para no citar sino un ejemplo, aplicable además a nuestro caso, nos referiremos simplemente al ofrecido por Marshall, que en sus *Principios* y en sus *Elementos de economía industrial*, cuyas primeras ediciones son de 1890 y de 1892, respectivamente, advierte que las industrias pesadas tienen el inconveniente de emplear únicamente una clase de trabajo, «el que sólo pueden realizar hombres fuertes», dejando parados a mujeres y niños. La solución consiste en instalar industrias que complementen esa demanda, y por ello surgen, junto a aquellas instalaciones industriales, manufacturas textiles que absorben, sobre todo, mano de obra femenina y juvenil. Estas industrias ligeras, añade el propio Marshall, «han sido en algunos casos atraídas de un modo gradual y casi imperceptible, pero otras veces, como, por ejemplo, en Barrow, se han establecido deliberadamente y a gran escala desde un principio, con el fin de ofrecer diversidad de ocupación en una localidad donde hasta entonces apenas existió demanda para el trabajo de mujeres y niños».

No obstante este clarísimo precedente en la aplicación de una deliberada política para corregir el desequilibrio, lo cierto es que los «problemas de áreas» o «de zonas» no irrumpen en los estudios teó-

Artículo publicado en la *Revista de Ciencia Aplicada*, octubre de 1947.

ricos con todo el interés que hoy se les asigna hasta que, con la Gran Depresión iniciada a finales de 1929, el mundo no se derrumba de su prosperidad. Es entonces cuando se plantean con gravedad y en un doble aspecto tales «problemas de áreas». Por una parte, dentro de las órbitas nacionales, en forma, sobre todo, de un paro más intenso y de una mayor inactividad en ciertas zonas industriales; por otra, en el ámbito internacional, en forma de un bajo nivel de vida y escasa capacidad de compra en grandes regiones del globo poco o nada industrializadas, lo que a su vez repercute sobre los países manufactureros. Del problema de las «áreas internacionales económicamente retrasadas» he tenido ocasión de ocuparme en otro lugar.[1] Me propongo ahora resumir brevemente los fundamentos teóricos sobre «áreas deprimidas» nacionales y confrontarlos con un caso real tan típico y representativo como lo es el de las zonas británicas, oficialmente denominadas hoy «áreas de fomento» (*development areas*).

Con estos problemas, la teoría de la localización se hace extraordinariamente compleja y viva, viéndose obligada a prescindir de sucesivas aproximaciones decrecientemente simplificadas ante la urgencia de atender a quienes se angustian sobre las múltiples facetas sociales y económicas que presenta cada caso. No es culpa del autor si con eso la teoría se aleja de aquella rigurosa elegancia en las soluciones que caracterizan, v. gr., las exposiciones de Weber en su teoría pura de la localización industrial. Si a esto se añade que la teoría de la localización es, en su conjunto, una de las más recientes y menos elaboradas ramas de la economía, y que la bibliografía e información necesaria no siempre es accesible directamente y hay que limitarse a transcripciones y referencias, aunque éstas sean de la máxima garantía científica, se comprenderá la dificultad que encierra el adentrarse por territorios tan poco explorados, y las excusas que ha de presentar el autor apoyándose en su deseo de aportar detalles sobre un tema tan esencial como lo es la adecuada localización de las industrias.

1. «Áreas económicamente retrasadas», conferencia en la Sociedad de Estudios Internacionales y Coloniales, cuyo texto ha sido entregado para su publicación a los *Cuadernos de Estudios Africanos*.

El problema teórico

La mayor sensibilidad de las industrias productoras de bienes de capital (siderurgia, astilleros, maquinaria pesada, etc.) a las fluctuaciones cíclicas es, asimismo, otro fenómeno bien conocido y cuya justificación teórica no podemos desarrollar aquí, siendo, por otra parte, fácil de encontrar en las obras más difundidas sobre la materia. Cuando tales industrias se concentran, y existen tendencias a ello, en una zona determinada, la impregnan de aguda sensibilidad a las depresiones y de más fácil acceso al paro en masa, no sólo porque su demanda de trabajo casi exclusivamente masculino reduce los ingresos familiares que pueden aportar los varones, sino porque, además, suelen depender generalmente de la exportación, es decir, de mercados exteriores situados fuera del alcance de la autoridad nacional y sujetos a competencias extranjeras.

Como quiera que sea, el problema del paro, por una parte, y, por otra, el de la desequilibrada y unilateral concentración industrial en dichas áreas, sólo ofrece dos soluciones: o el desplazamiento de la mano de obra sobrante, o la creación de empleo en la zona afectada, mediante la recuperación de las industrias existentes o la implantación de otras nuevas. Ambas pueden aplicarse a la vez, siendo de tener en cuenta que, más bien que un carácter alternativo, dichas soluciones presentan cierta conjugabilidad, toda vez que la primera es más aplicable a corto plazo que la segunda, pues ésta exige tiempo para una modificación de la estructura industrial de la zona. La primera responde a un criterio de flexibilidad o movilidad de la mano de obra; la segunda, a un principio de estabilidad del trabajo por medio de la diversificación industrial.

Movilidad de la mano de obra

Para la teoría clásica, que daba por supuesto el pleno empleo de los recursos productivos, la movilidad del factor trabajo no sólo era deseable, sino que habría de producirse naturalmente, puesto que sólo podría existir paro en una región a base de que en otra hubiera una demanda de trabajo insatisfecha que atraería a los desocupados. Pero es evidente que tan pronto como se abandone ese supuesto, se pasa a admitir la posibilidad realista de una depresión general, y la movilidad de la mano de obra deja de aparecerse como la solución de todo problema de paro.

Se mantienen, sin embargo, bajo este nuevo supuesto, razones teóricas que aconsejan facilitar esa movilidad, aun prescindiendo de un criterio de justicia en el sentido de distribuir la plaga del paro sobre todo el país. En primer lugar, cabe que ciertas razones técnicas induzcan a pensar que la decadencia de las industrias afectadas es definitiva, estando indicada en tal caso la transferencia de la mano de obra a una nueva ocupación. En segundo término, y como hemos insinuado ya, mientras se procura modificar la estructura industrial de un área deprimida, pueden ser necesarias migraciones temporales para dar empleo entretanto a la masa inactiva. Por último, algún autor opina que esos operarios desplazados, una vez situados en un medio más próspero, pueden ser capaces de crear trabajo sin perjuicio para los ya empleados en este nuevo ambiente.[2]

En estos principios se apoya una política de movilidad de la mano de obra, facilitada por algunos de los procedimientos siguientes, que figuran entre los que más se han aconsejado teóricamente: *a*) recogida de información y difusión de orientaciones a los parados sobre nuevos empleos; *b*) organización de bolsas de trabajo; *c*) fundación de centros para formar a los parados en el paso de unas a otras industrias; *d*) eliminación de obstáculos a los desplazamientos, como, por ejemplo, el tiempo mínimo habitual de residencia en la nueva localidad para percibir el subsidio de paro, y *e*) incluso ayuda directa a la migración, costeando los movimientos de la mano de obra.

Fácil es advertir, sin embargo, que una movilidad absoluta nunca sería deseable, porque, sin duda, no resultaría compensado el coste de desplazamientos continuos y quizá contrapuestos para eludir focos de paro a veces puramente temporales. Por otra parte, esta po-

2. Por ejemplo, J. Jewkes, artículos en *The Economic Journal* de marzo de 1928 y diciembre de 1931; este último en colaboración con A. Winterbottom.

lítica tropieza en la práctica con dos inconvenientes: la resistencia de los presuntos desplazados a abandonar sus residencias y la hostilidad que contra ellos se crea en las nuevas zonas adonde se dirigen. Y ya los sociólogos nos advierten de los peligros de debilitar el sentimiento de colectividad con la ruptura de los grupos familiares, algunos de cuyos miembros se desplazan, y de la inestabilidad que introducen en la comunidad los grupos desarraigados de su ambiente tradicional. Estas consideraciones son hoy día un límite y una grave objeción contra el empleo a fondo de la movilidad de la mano de obra. De ahí que sea llegado el momento de volver a nuestra segunda dirección teórica.

Diversificación de la estructura industrial

Aparte de los intentos para reactivar las industrias deprimidas, puede procurarse la creación de trabajo para las masas inactivas mediante la atracción de nuevas industrias de tendencias compensadoras de las primeras en cuanto a su actividad y a la clase de trabajo que demandan, modificando así favorablemente la estructura industrial de la zona. En esto consiste la política de diversificación, que puede ser puramente negativa —una mera intervención que impida el establecimiento de nuevas factorías no deseables—, pero que sólo alcanza toda su importancia cuando el Estado influye positivamente en la estructura afectada. Aquí nos limitaremos a examinarla brevemente en su aplicación a los «problemas de áreas», prescindiendo de otros objetivos que puede proponerse esta política, como, por ejemplo, la industrialización de regiones rurales.

De lo expuesto hasta ahora se comprenderá que las industrias deseables son, sobre todo, las productoras de bienes de consumo menos sensibles al ciclo. Estas industrias, que en algunos casos y por innovaciones técnicas pueden presentar inesperadas expansiones, incluso en períodos de depresión, permiten sustituir los desplazamientos geográficos de la mano de obra por cambios de ocupación dentro de la propia residencia, defienden la estabilidad de los ingresos familiares al no dejarlos vinculados exclusivamente al jornal masculino y mejoran incluso otros servicios, como, por ejemplo, los bancarios, a los que salvan de la rigidez y unilateralidad de un solo tipo de negocios y de financiaciones.

Los métodos ofrecidos por la teoría para ejecutar una política de diversificación son muy variables, oscilando la intervención estatal desde las formas más directas, como la construcción de factorías nacionales, hasta las más indirectas y de más libre campo a la iniciativa privada, como las facilidades a empresas que busquen ubicación, o incluso la mera propaganda desarrollada muchas veces a la manera comercial por las autoridades locales. Y todas ellas acompañadas de la necesaria reeducación de los operarios, practicada unas veces por las propias empresas, pero que otras puede exigir el auxilio oficial.

Movilidad y diversificación, o ambas a la vez, son las posibles formas de políticas directas. Pero no cerraremos esta forzosamente breve exposición sin aludir a las formas indirectas de tipo general, cuyo examen rebasa el marco de este estudio, y singularmente a la política financiera, con su mantenimiento de un nivel de gastos suficiente, a la política comercial exterior, en cuanto afecta vitalmente a las industrias exportadoras, y a la política oficial de investigación que, en centros estatales o en colaboración con las empresas privadas, persiga nuevos métodos o productos más rentables.

El problema real en la Gran Bretaña

Antecedentes

Después de la breve depresión de 1920-1921, que elevó el número de parados en la Gran Bretaña a la cifra de 2,5 millones en junio de 1921, la situación fue aliviándose, y en todo el período anterior a 1929 la cifra media, salvo durante la huelga carbonífera de 1926, se mantuvo en torno al millón y cuarto (1.128.000 en 1929).[3] Pero la Gran Depresión incrementó pronto esta cifra, elevándola a

3. Libro Blanco británico sobre Política de Ocupación, Cmd. 6527.

2.633.000 y 2.770.000 en 1931 y 1932, respectivamente.[4] Hasta mediados de 1933, en que se inició la recuperación, no descendió por debajo de los dos millones y medio (2.429.000), decreciendo poco a poco hasta un millón y medio, aproximadamente, en 1937. Es natural que, al agravarse la situación en 1930 de esa alarmante manera, surgiesen preocupaciones por el problema del paro que, por las razones expuestas al principio de este trabajo, se concentró, sobre todo, en las zonas del país en que estaba localizada la industria pesada, no sólo por aquellos motivos, sino además por la depresión general del comercio exterior, factor que, como veremos, pesa grandemente en el caso de la Gran Bretaña. Pronto surgieron estudios y trabajos sobre el tema, oficiales unos (como, v. gr., el *Board of Trade Industrial Survey of the North East Coast*, de 1931), y debidos otros a iniciativas privadas o al estímulo de autoridades comarcales. Es entonces cuando se engloban dichas zonas más agudamente afectadas bajo la denominación de «áreas deprimidas» (*depressed areas*).

Sin embargo, no se emprende una acción sistemática hasta la aprobación en 1934 de la Special Areas (Development and Improvement) Act, más tarde modificada por la Special Areas (Amendment) Act, de 1937; textos en los que merece notarse ante todo la nueva denominación que sustituye a la anterior de áreas deprimidas, contra la cual se habían formulado objeciones por sus inconvenientes para la propaganda en beneficio de las propias zonas. En la primera de dichas leyes se establecen cuatro «áreas especiales»: la del nordeste, la de Cumberland occidental, la de Gales meridional y la de Escocia. En conjunto, y aunque las cuatro zonas sólo comprendían la séptima parte (6,5 millones de habitantes) de la población total de la Gran Bretaña, en ella se concentró la tercera parte del paro nacional. La difícil situación consiguiente puede también ponerse de relieve por el hecho de que mientras la proporción media de parados en relación con los individuos activos asegurados fue durante dicho período en toda la Gran Bretaña de un 14 por ciento, en las «áreas especiales» osciló entre el 23 por ciento (Escocia) y el 33 por

4. *Unemployment. An International Problem*, editado por el Royal Institute of International Affairs, Oxford, 1935.

ciento (Cumberland).[5] Para ocuparse, además, del problema se designaron en las distintas zonas unos comisarios que dieron a la publicidad algunos informes,[6] aplicándose, sobre todo a partir de 1936-1937, uno de los métodos que más fecundos en resultados habían de mostrarse: el de los *trading estates* (aproximadamente, «propiedades industriales»), a los que nos referiremos más adelante como rasgo típico de la política británica de localización. Ulteriormente, y para diagnosticar a fondo el problema y sugerir sus remedios, se creó la Royal Commission on the Distribution of the Industrial Population, que ultimó en diciembre de 1939 y publicó en 1940 un informe conocido como *Barlow Report*, en atención al nombre de su presidente, sir Montague Barlow.[7] Aunque relacionado principalmente con los problemas demográficos que su título indica, el informe incluyó también conclusiones sobre la ubicación de la industria, destacando en este aspecto su fundamental recomendación de que se creara un nuevo organismo central y nacional para planear la localización de la industria tanto como la distribución de la población.

Las «áreas especiales» en la posguerra

La Segunda Guerra Mundial absorbió prontamente el paro existente; pero, como es natural, ello no alteraba la desequilibrada estructura industrial de las zonas deprimidas, por lo que el problema se plantearía nuevamente a la terminación del conflicto, tan pronto como decayesen las demandas de trabajo residuales de carácter bélico, especialmente la reparación de los destrozos sufridos en ataques aéreos. De ahí que, como medidas de previsión, se dieran dos pasos impor-

5. *The Board of Trade Journal*, 19 de enero de 1946.

6. Por ejemplo, el *Ministry of Labour Reports of Investigations into the Industrial Conditions in Certain Depressed Areas*..., 1934, Cmd. 4728.

7. Aunque no hemos podido consultar directamente el texto, la recomendación que le atribuimos se encuentra recogida, tanto en la referencia al *Barlow Report* en *Full Employment in a Free Society*, de lord Beveridge (p. 167 de la reimpresión de 1945), como en el estudio hecho por Dennison del propio *Report*, en *The Economic Journal*, 1940, p. 342.

ÁREAS DE FOMENTO

1. Nordeste; 2. Cumberland occidental; 3. Gales meridional; 4. Escocia. - Nuevas áreas: 5. Wrexham (Gales septentrional); 6. Wigan y Saint Helens (Lancashire meridional).

tantes para nosotros, plasmados en el Libro Blanco sobre Política de Ocupación, de mayo de 1944 (Cmd. 6527), y la Ley sobre la Distribución de la Industria (Distribution of Industry Act), aprobada en junio de 1945.

El Libro Blanco subraya desde el principio la importancia del comercio exterior en la revitalización de la economía británica[8] y en la absorción del paro. Examina luego los problemas de la transición desde la guerra a la paz y, en el capítulo 3, expone ya las medidas necesarias para lograr una «equilibrada distribución de la industria y de la mano de obra». Este capítulo comienza por recoger la existencia del problema, para presentar inmediatamente las líneas de ataque, que en principio consisten: *a*) en estimular la actividad de las propias industrias básicas deprimidas en cada zona aumentando su rendimiento y facilitándoles mercados exteriores, y *b*) en adoptar medidas generales para el mantenimiento de un nivel de gastos suficiente en todo el país. Seguidamente se reconoce, sin embargo, que ambas actitudes no bastan en nuestro caso por razones locales, puesto que la particular estructura industrial de las zonas deprimidas las hace singularmente vulnerables a las fluctuaciones cíclicas, por lo que es precisa una política de diversificación que el Libro Blanco propone emprender por los dos procedimientos de influir en la localización industrial y en la movilidad de la población, con el complemento de los centros de reeducación necesarios. Es de notar que en el Libro Blanco las «áreas especiales» reciben el nuevo nombre de «áreas de fomento», ya de por sí significativo de una nueva actitud en la que las zonas afectadas no se contemplan como focos de una plaga que hayan de ser tratados aparte del resto de la comunidad. Véase cuánto ha evolucionado la

8. Desde 1900 a 1914, la importancia de la producción para la exportación en la industria británica fue cada vez mayor. En el primer censo de producción confeccionado en 1907, las industrias exportadoras eran la tercera parte del total; en 1912 eran probablemente más. Pero después de la guerra, esa importancia fue decreciendo, como lo muestran las proporciones de los sucesivos censos de 1924 (27 por ciento) y 1930 (22 por ciento), pudiendo estimarse para 1935 y 1938 en un 17 por ciento y 15 por ciento, respectivamente (H. Clay, «The Place of Exports in British Industry after the War», *The Economic Journal*, junio-septiembre de 1942).

actitud frente al problema desde la primitiva designación de áreas deprimidas.

Para modificar su estructura industrial, el Libro Blanco anuncia diversas medidas: instalación de nuevas factorías del Estado; facultades al gobierno para influir sobre la localización de las empresas privadas; conservación en esas zonas de las industrias de guerra que convenga mantener activas durante la paz; prioridad en su favor al concederse licencias para el establecimiento de nuevas industrias; aumento de facilidades a las pequeñas empresas para su instalación en las áreas de fomento; prioridad en la ejecución de contratos para el gobierno, e incluso auxilios financieros. El desarrollo concertado y unitario de esa política se encomienda al Board of Trade.

En cuanto a la movilidad y distribución de la mano de obra, el Libro Blanco se ocupa especialmente de los problemas de la reeducación laboral, que se efectuará en formas diversas, desde la formación en las propias factorías, cuando ello sea posible, hasta el paso por instituciones oficiales. Asimismo, se sienta el principio de que, si bien el gobierno no confía como solución básica en las grandes migraciones, se propone, sin embargo, suprimir los obstáculos a la movilidad razonable de la mano de obra y, especialmente, las dos dificultades más fuertes según la experiencia: la dificultad de obtener una vivienda en la zona a que vaya destinado el obrero y los gastos especiales de instalación en que hay que incurrir al principio. La parte final del Libro Blanco, que es la más importante, estudia las medidas generales contra el paro, sobre todo las de carácter presupuestario.

En los anteriores principios se inspiró, sobre todo, la Ley de Distribución de la Industria, por la que se determinan los límites actuales de las cuatro áreas de fomento, que son las representadas en el mapa y que, en general, suponen ciertas ampliaciones de las primitivas «áreas especiales», alguna tan justificada como, por ejemplo, la inclusión en la zona escocesa de la ciudad de Dundee, uno de los ejemplos más singulares de localización industrial, con su especialización en la manufactura del yute, de la que prácticamente depende la ciudad. Añadiremos que ulteriormente se han propuesto dos nue-

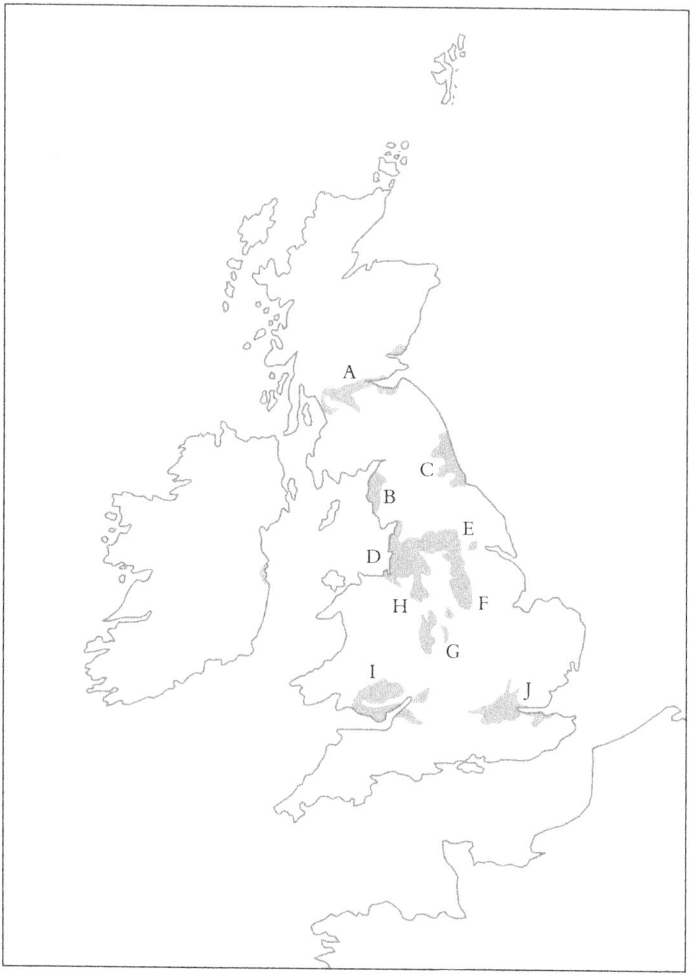

Regiones industriales

A, Escocia; B, Cumberland; C, Northumberland y Durham; D, Lancashire; E. Yorkshire; F, Nottinghamshire; G. Leicestershire, Warwickshire y South Staffordshire; H. North Staffordshire; I. Gales meridional; J. Londres.

vas áreas más reducidas, que son la de Wrexham, en Gales septentrional, y la de los distritos de Wigan y Saint Helens, en Lancashire meridional. La Ley de Distribución de la Industria concede nuevas facultades al Board of Trade (entre ellas, la de adquirir tierras para la construcción de factorías y la de otorgar empréstitos que a veces pueden convertirse definitivamente en subsidios), así como a otros departamentos, para que puedan mejorar las condiciones básicas generales de las zonas afectadas (transportes, gas y electricidad, sanidad y viviendas, etc.). Por otra parte, y de acuerdo con las recomendaciones del *Barlow Report*, se otorgan facultades para limitar la afluencia de la industria hacia otras áreas, especialmente hacia la región de Londres, intenso foco de atracción por su gran mercado comprador, para las industrias productoras de bienes de consumo.

En el anterior extracto de ambos textos legales se percibirá fácilmente la aplicación de gran parte de los principios teóricos que hemos discutido al principio, por lo que salvaremos tiempo y espacio ahorrándonos su cotejo y limitándonos a algunas observaciones. En primer lugar, si se comparan los dos mapas insertos, se observará la influencia de la estructura industrial en la sensibilidad a la depresión, pues mientras que las áreas 1, 2, 3, y 4 coinciden prácticamente con las regiones industriales de Northumberland y Durham, Cumberland, Gales meridional y Escocia, todas las cuales son concentraciones de industria pesada, principalmente siderúrgica y de construcción de buques, en cambio no ha sido preciso extender la legislación protectora de las áreas de fomento a regiones manufactureras británicas tan destacadas como las comarcas centrales de Lancashire, Yorkshire, Nottinghamshire, Leicestershire, Warwickshire y Staffordshire, sede de las industrias textiles, de ferretería y cuchillería, de cueros, cerámica y química principalmente; ni tampoco a la región de Londres, dotada de una extraordinaria diversificación. Añadiremos, en segundo término, que, además de las razones sociales que, en contra de las excesivas aglomeraciones urbanas, y especialmente la londinense, señalaba el *Barlow Report*, cabe hoy aducir consideraciones estratégicas a las que la última guerra ha dado gran relieve, haciendo ver lo peligroso de esa tendencia al desplazamiento de la población de norte y noroeste a sudeste, que es de los más antiguos fenómenos de la Gran Bretaña,[9] y que responde a una honda diferenciación estructural del país, recogida fielmente ya a mediados del siglo XIX por una observadora tan sagaz como Mrs. Gaskell en su famosa novela *Norte y Sur*.

Finalmente, y antes de pasar al examen de los *trading estates*, consignaremos que los propios comentaristas británicos han criticado la Distribution of Industry Act por tímida y por insuficiente, sobre todo como solución a largo plazo del problema.[10] Por de pronto, sin embargo, es justo exponer los siguientes resultados favorables, obtenidos hasta la fecha por la política locacional inglesa.

Ante todo, la distribución geográfica del valor de las nuevas inversiones en construcción o ampliación de factorías, proyectadas y aprobadas por el gobierno (con inclusión de las estatales), es la siguiente, en millones de libras esterlinas:[11]

Áreas de fomento	53,7
Resto del norte y noroeste del país	23,1
Sur y este del país	23,7

Es decir, que en las áreas de fomento se han de invertir más de la mitad de los fondos destinados a erección o ampliación de factorías, a pesar de que, como he indicado, a dichas zonas corresponde en conjunto sólo la sexta parte de la población nacional. Y en tanto dichos proyectos entran en actividad, el Plan de Desplazamientos Voluntarios Temporales de mano de obra se ocupa de facilitar provisionalmente trabajo en otras zonas a los obreros parados, especialmente en la reparación de destrozos de guerra, destrucción de refugios antiaéreos y otras obras públicas.

Por otra parte, el gran impulso dado a las instituciones de reeducación laboral puede apreciarse teniendo en cuenta que mientras en 1945 el gobierno sólo tenía cuatro centros de adiestramiento con

9. Véase, por ejemplo, *La crise britannique au XXe siècle*, de A. Siegfried, París, 1931, pp. 101 y ss.

10. Véase. v. gr., *The Economist*, 3 de marzo de 1945.

11. *The Board of Trade Journal*, 21 de diciembre de 1946.

capacidad para 904 plazas, a principios del corriente año disponía en las áreas de fomento de veintiuna instituciones donde se reeducan a siete mil operarios. Los departamentos de energía y sanidad han abordado ya la construcción de viviendas y el incremento en el suministro de combustibles y de energía eléctrica a las áreas, y el Ministerio de Transportes está impulsando proyectos de mejoras en las comunicaciones, algunos de tanta importancia como el puente sobre el Severn y el túnel bajo el Tyne, en Gales y en el nordeste, respectivamente.

Por último, la revitalización de las industrias básicas de que dependen las zonas en cuestión ha sido acometida por organismos peculiares, como el National Coal Board, el Iron and Steel Board y el Shipbuilding Advisory Committee.

Los trading estates

Deliberadamente hemos reservado para el final el examen, siquiera sea somero, del método de política locacional que constituyen los *trading estates*, y que es, sin duda, una de las principales enseñanzas que nos suministra la política locacional inglesa y un eficaz concierto de la iniciativa privada con la planificación estatal.

Cuando en 1935-1936 el Board of Trade estudió un gran número de casos reales de localización para determinar cuáles habían sido los principales factores de atracción, llegó a la conclusión de que la disponibilidad de elementos para la instalación había sido el más importante, entendiendo por tales elementos no las materias primas, sino aquellos incluidos en el coste bajo los epígrafes de gastos de instalación y gastos generales: edificios, terrenos, gas, agua, electricidad, etc. Se observó que el empresario, especialmente el de pequeñas industrias, era muy sensible a las facilidades que se le dieran en la obtención de tales elementos, mostrándose incluso dispuesto a sacrificar parte de su beneficio con tal de poder concentrarse exclusivamente sobre el proceso de la fabricación. De ahí surgió la idea de construir edificios industriales dotados de accesos de agua, de energía y de comunicaciones, con el fin de alquilarlos a empresarios que proyectaran establecerse en la región, idea que recogía orientaciones bastante anteriores, como las que, bajo la inspiración y dirección de sir Ebenezer Howard, adquirieron existencia real en Lechtworth ya en 1904. También, y para los casos en que los edificios requiriesen características especiales, impuestas por determinadas técnicas de fabricación, se adquirieron terrenos en zonas industriales para ser alquilados a quienes prefiriesen construir por su cuenta las factorías.

El procedimiento, como indicábamos, ha dado buenos resultados. Se introdujo primero en mayor escala en las cercanías de Londres, observándose pronto sus efectos como factor de atracción locacional, pues, aparte de sus ventajas psicológicas expuestas, permite sustituir por una renta grandes inversiones de capital iniciales, por lo que muchos nuevos empresarios desdeñaron en favor de los primeros *trading estates* londinenses las ventajas de otras zonas en forma de mano de obra, combustibles, etc. Por ello no tardó en extenderse el sistema a las zonas en cuestión, estando ya en pleno vigor un vasto programa de construcciones de este tipo, gracias a las cuales el nuevo empresario se encuentra resueltos, a cambio de una renta fija, todos sus difíciles problemas iniciales de instalación (adquisiciones de solares, contratos de suministro de energía, trámites con las autoridades locales, etc.), no teniendo que ocuparse más que del proceso de fabricación, que es el que conoce y le interesa. En gran parte, la práctica reduce de ese modo a una simple elección entre fáciles términos monetarios una compleja decisión empresarial de gran importancia en la teoría de la localización.

Iniciativa privada y planificación

Tras nuestra introducción teórica, fundamentalmente abstracta y atemporal, y nuestras ulteriores consideraciones reales, eminentemente actuales, juzgamos que queda algo por hacer. La teoría no lo ha dicho todo cuando ha diagnosticado el puro problema concreto y ha formulado sus prescripciones. Pues la mera aparición de un nuevo problema, ¿no entraña por sí misma una pregunta a veces de más importancia que la propia solución del caso escueto planteado?

Quizá la contestación nos revele, en efecto, influencias subyacentes de las que el problema estudiado sea un mero epifenómeno y que nos sitúen ante graves tendencias o dudosas perspectivas.

Es cierto que la teoría sólo recientemente ha dedicado la necesaria atención a los problemas de áreas del tipo de las británicas que acabamos de examinar. Pero, evidentemente, no es posible creer que tales problemas nunca se han presentado antes en la realidad de forma similar, al menos proporcionadamente al nivel general de la actividad económica coetánea. Iniciábamos este trabajo con una referencia a un caso aludido por Marshall, y en obras clásicas ya, como la de Tugan-Baranowski sobre las crisis industriales inglesas, es fácil encontrar referencias abundantes. ¿Por qué, entonces, no se impuso a los pensadores de la época, que no tenemos motivos para suponer menos sagaces que los actuales, la necesidad de intervenir centralizadamente?

Examinemos en distintas épocas la conducta individual en las dos direcciones de movilidad y de diversificación que hemos señalado a la política locacional directa, y hagámoslo casi exclusivamente por medio de citas ajenas, para evitar quizá prejuicios personales. En cuanto a la primera, nuestras averiguaciones nos inducen a pensar que los clásicos no andaban tan equivocados como lo estarían hoy, al admitir un tal alto grado de movilidad espontánea de la mano de obra, y que evidentemente tenían ante sus ojos gentes que por todos los caminos buscaban una ocupación. Prescindiendo de ilustres textos literarios que, aun cuando muy fieles, parecerían quizá aquí demasiado desplazados, veamos las expresivas palabras de un autor moderno sobre este punto:

> La Gran Bretaña ha llegado a su actual estado de prosperidad y de fuerza por un proceso de industrialización que resueltamente desdeñó toda vinculación a los empleos tradicionales. Hay otra clase de razones para pensar que la adopción de una política opuesta embarazaría cualquier adaptación futura y haría retroceder al país en su progreso material. El pueblo norteamericano debe en gran parte su potencia a su proverbial movilidad. Siempre ha estado dispuesto a abandonar las granjas, los centros industriales, las minas, los ferrocarriles y hasta los

ríos hechos previamente navegables, cuando así lo exigía la consecución de mayores éxitos económicos.[12]

Y en una obra olvidada, pero extraordinariamente significativa, por haber alcanzado en público certamen el primer premio de la National AntiCorn Law League,[13] se comenta la espontánea redistribución humana con estas frases tan llenas del tono de la época y de un espíritu que abunda en toda la obra: «Esta silenciosa transferencia de la población hacia las sedes de la industria fabril destruyó la hegemonía del poder aristocrático e inició esta era de educación popular y de liberación cuyos frutos sólo serán recogidos plenamente por las generaciones futuras».

Frente a aquel espíritu colectivo, a aquella disposición a la aventura y desasimiento de toda clase de lazos ambientales, ¿qué nos encontramos hoy en la propia Inglaterra? Un investigador de tanta solvencia como Cannan, comentando unos informes del Ministerio de Trabajo sobre las condiciones industriales de las «áreas deprimidas»,[14] recoge palabras de *Investigator* para Escocia, según el cual hay una «plena ausencia de espíritu de aventura», sin que las más rosadas promesas induzcan a los jóvenes a enrolarse en la marina mercante. Cannan exclama: «¡Cómo han caído los poderosos!», y añade: «Cualquiera que lea los informes con sólo un corriente criterio quedará impresionado por el intenso sentido conservador que revelan en el pueblo. [...] La vieja competencia entre los diversos distritos por atraer industrias y población ha de ser reemplazada por una planificación, cuyo fin deberá ser no redistribuir la población según los más científicos principios (como cabría suponer), sino mantener a cada uno allí donde nació». Cierto que, a pesar de sus propias palabras anteriores, Cannan piensa que si el paro ha aumentado, ello no se debe al mayor espíritu conservador de las masas, sino a que ese mismo espíritu resulta hoy más perturbador

12. Michael Polanyi, *Full Employment & Free Trade*, pp. 98-99.

13. Henry Dunckley, *The Charter of the Nations; or, Free Trade and its Results*, Londres, 1854, p. 12.

14. Recensión por E. Cannan, en *Economica* (febrero de 1935), del ya citado *Ministry of Labour Reports of Investigation into the Industrial Conditions in Certain Depressed Areas*, 1934, Cmd. 4728.

que en otros tiempos, porque «la fuerza que anteriormente solía aplastar toda objeción contra los desplazamientos, e incluso aniquilar a los más obstinados oponentes, ha quedado destruida por la moderna abundancia y humanitarismo», y porque «por muchas veces que un minero de Cumberland pueda volverse a su tierra desde Kent, nunca le amenazaremos con el hambre para él y para su familia». No importa que Cannan prefiera creer en la persistencia de la vieja y emprendedora actitud, haciendo recaer para ello el peso del problema sobre una nueva actitud colectiva hacia ese miedo al cambio y tendencia al repliegue de su «minero de Cumberland». Pues ¿no es esa nueva actitud suficientemente reveladora de la evolución del espíritu colectivo?

Eso en cuanto a la movilidad laboral en otros tiempos. Si nos planteamos ahora la pregunta de si existió una análogamente espontánea política de diversificación, debida a la iniciativa privada, recordaremos en el acto el ya tan aludido por nosotros ejemplo de Marshall, que nos responde en sentido afirmativo. Pero, además, en una obra sobre la evolución industrial de Birmingham y el Black Country (una de las regiones industriales inglesas no considerada hoy como «deprimida»), se afirma que en el último cuarto del siglo XIX ganaron impulso en dicha región las tendencias diversificadoras espontáneas, ya notadas anteriormente, porque sus industrias básicas de hierro y carbón declinaron ante los nuevos aceros Bessemer y Siemens, al mismo tiempo que las tarifas protectoras exteriores las afectaban y que nuevos métodos técnicos privaban a la región de sus ventajas en mano de obra cualificada. Y se concluye que, gracias a tales tendencias diversificadoras, en vez de ceder a la depresión iniciada, se reconstruyó la prosperidad a base de la producción de nuevos artículos, sobre todo para el consumo, tales como alimentos y bebidas, máquinas, herramientas y material eléctrico y, más adelante, bicicletas, seda artificial y automóviles.[15] Es lícito pensar, por tanto, que así en cuanto a la diversificación como en cuanto a la movilidad, el espíritu de iniciativa privada hizo entonces innecesarios planes de «carácter nacional», como los que más tarde reclamaría el *Barlow Report*

15. G. C. Allen, *The Industrial Development of Birmingham and the Black Country, 1860-1927.*

y pondría en práctica el gobierno británico. Y así venimos a encontrarnos, en el fondo de nuestro concreto problema de las «áreas económicamente deprimidas», y sin duda también en el de la compleja y grave crisis que es hoy la economía británica, nada menos que con esa tan distinta actitud, ese tan opuesto ánimo vital de un pueblo, del que no es posible prescindir al comparar situaciones históricas, al investigar causas, al proponer remedios.

2

Estadística y estructura económica

La estructura económica

El autor de estas modestas reflexiones no es un especialista de la estadística, y no puede atribuirse más conocimientos en esa ciencia que los necesarios para moverse lo mejor posible entre sus problemas específicos. Por consiguiente, no se hubiera atrevido a aceptar la atenta invitación de *Estadística Española*, con riesgo de comparaciones que los colaboradores del primer número hacen peligrosas para el firmante, si no fuera por suponer conveniente para los estadísticos estar bien atentos a lo que de ellos se espera en otros campos. Pues si el progreso de su ciencia está, sin duda, impulsado por los resortes lógicos internos de su propio desarrollo, también el conocimiento de los problemas a que puede aplicarse la investigación estadística será capaz de suscitar iniciativas y reflexiones cuyo alcance no podemos prejuzgar. Mi papel, por consiguiente, es el de exponer diversas cuestiones de mi especialidad que, o no han recibido demasiada atención específica por parte de los estadísticos —al menos a mi juicio—, o han sido estudiadas con un sesgo que no parece el más conveniente y fructífero. Ese propósito me dará motivo para tratar temas importantes dentro de las ciencias económicas, y si con ello consigo contribuir a suscitar estudios de más valor que el presente, me daré por muy satisfecho.

El campo al que van a referirse mis consideraciones es, como indica el título, el de la estructura económica. Como ha escrito Tin-

Artículo publicado en la revista *Estadística Española*, n.º 2, correspondiente a enero-marzo de 1959.

bergen,[1] «esas dos palabras —estructura económica—, notablemente utilizadas desde hace unos veinte años, se aplican a nociones bastante dispares y, con frecuencia, difíciles de precisar». Uno, por suerte o por desgracia, cultiva en efecto una especialidad de la economía que, sin perjuicio de tener precursores muy antiguos, sólo en los tiempos más recientes comienza a sistematizarse, sin haber llegado todavía a suficiente unanimidad en los conceptos y en los métodos. Prescindiendo aquí de las razones de ese fenómeno —ligadas a cuestiones históricas y a circunstancias de nuestra época—, así como del establecimiento de las definiciones fundamentales de acuerdo con mis puntos de vista, permítaseme dar un capotazo a la cuestión, limitándome a consignar que entiendo por «estructura económica» la especialidad de la economía dedicada a estudiar la «estructura económica»; es decir, consagrada a conocer la realidad económica en que nos movemos, interpretándola mediante la percepción y análisis de sus relaciones internas de interdependencia o conexiones estructurales. El avisado lector comprenderá que, con esa orientación, la ciencia económica no hace sino adscribirse al rumbo general que en nuestros tiempos presentan la mayoría de las ciencias, desde las matemáticas a la sociología, en el sentido de ordenar el conocimiento de las cosas sobre el andamiaje de la estructura, en vez de preferir, como en otras épocas, por ejemplo, el hilo conductor de una génesis histórica, o la concatenación lineal de una serie de relaciones de causalidad. Con esa idea me basta para proseguir aquí, tanto más cuanto que el lector interesado en estas cuestiones podrá conocer mis opiniones —suponiendo que, después de conocer este trabajo, le atraiga la perspectiva— en un libro ya en prensa al escribir estas líneas.[2]

1. J. Tinbergen, «De quelques problèmes posés par le concept de Structure Économique», *Revue d'Économie Politique*, enero-febrero de 1952.

2. Con el título *Realidad económica y análisis estructural*. Anunciado por Editorial Aguilar para su aparición en mayo de 1959.

Primera aportación de la estadística

Identificada, por tanto, la estructura económica como la especialidad consagrada a conocer la realidad con un sentido científico moderno, a nadie extrañará que sus lazos con la estadística sean muy estrechos. Más aún, antes del nacimiento de la estadística moderna y en los primeros tiempos de aplicación de ese vocablo a una rama de la ciencia, la estadística *era* la propia estructura económica, a la que entonces nadie pensaba en llamar así. Los primeros clásicos ingleses de la economía filosofaban y razonaban, principalmente, pero no describían la realidad salvo en la medida en que se reflejaba indirectamente a través de sus consideraciones. Era la estadística —la «ciencia del Estado»— la que desplegaba ante los estudiosos el panorama del mundo económico, según puede deducirse del siguiente pasaje de Rau,[3] el precursor de la escuela histórica:

> La estadística proporciona los hechos mediante los cuales cabe trazar el cuadro de la situación de un estado en una época dada (generalmente la actual). Los datos sobre la riqueza ocupan un lugar importante en los estudios de esta ciencia, porque se dejan expresar fácilmente en cifras, lo que es muy deseable para la estadística. Las enseñanzas de ésta sobre la producción, la distribución, la posesión y consumo de las riquezas materiales de una nación, así como sobre la situación de las finanzas, son del máximo interés para la economía política, cuyos principios completa y confirma la estadística, justificándolos y facilitando su aplicación en diversas circunstancias.

Naturalmente que, desde entonces, la estadística es otra cosa muy distinta, y la estructura económica viene a desempeñar el papel que aquélla ejercía. Pero, aun así, los vínculos de ambas disciplinas siguen siendo muy firmes. Bastaría pensar lo que sería de una descripción de la realidad económica si de pronto nos faltasen los datos estadísticos. Sin los anuarios y los boletines, sin los censos y las series temporales sobre tantos y tantos fenómenos de la vida económica, nuestra descripción científica sería imposible.

3. W. Rau, *Traité d'Économie Nationale* (trad. francesa), Bruselas, 1839.

Sólo con eso, la estadística hace ya mucho por la estructura y está obligada a seguirlo haciendo, atendiendo a las demandas para llenar lagunas informativas o mejorar la elaboración de datos. Pero no es éste el aspecto que vamos a considerar aquí. La aportación de cuantificaciones de lo real, con ser tan importante e indispensable, no soluciona en principio el problema propiamente estructural en el conocimiento de la realidad. Con la colección de series y datos no tenemos más que una especie de disección anatómica de la realidad, de colección dispersa de elementos. Y, por razones exploradas en ese trabajo mío que me veo obligado a citar nuevamente, el conocimiento puramente anatómico de la realidad nunca puede ser bastante. Sin otro complemento, nos faltaría, en efecto, algo tan importante como las relaciones estructurales; las conexiones o articulaciones entre los diferentes elementos y fenómenos aislados. Por eso hay que sustituir el montón de datos por el edificio sistemático en que se disponen conceptualmente, tratando de reflejar la disposición real de los mismos. Sin ideas de relación, no existe enfoque estructural, y por eso hemos de superar el análisis anatómico de la realidad por un conocimiento «arquitectónico» de la misma. El montón de datos se sustituye por una maqueta; una representación reducida —y, naturalmente, simplificada— de la vida económica. Y ahora es cuando resulta más importante explorar el campo científico a caballo entre la estadística y la estructura. Pidiendo a aquélla más que la multiplicación y perfeccionamiento de los datos —cuestión que suponemos resuelta—, su posible contribución para instrumentos analíticos y técnicas susceptibles de aplicación a la estructura.

Econometría y estructura

El lector habrá adivinado también cuál es el gozne sobre el que vamos a articular esta conexión científica entre las dos disciplinas de la estadística y la estructura. Porque tan pronto se habla, como lo acabo de hacer, de construir una representación simplificada de la realidad económica, claro está que se enuncia *ipso facto* la necesidad de un «modelo» y, concretamente, de un modelo econométrico. La econometría, a caballo también entre la economía y la estadística, es la que nos suministra la base fundamental para nuestro análisis y a ella acudimos desde el poco navegado mar de la estructura, en demanda de materiales y orientación, lo mismo que la propia econometría se dirige a la estadística pidiendo no solamente datos con que dar vida a sus símbolos matemáticos, sino también técnicas de estimación e identificación, o métodos estadísticos en general que permitan otorgar fundamentación científica a los modelos construidos.

Sería ocioso y pedante tratar de presentar aquí el concepto de modelo y sus características, máxime teniendo en cuenta que aun para el lector más ajeno por su especialidad a esa cuestión, bastaría el breve pero inmejorable resumen de las ideas de Klein sobre el objeto de la econometría, que acaba de publicar Ángel Alcaide en el número anterior de esta revista. Doy por conocidos, en consecuencia, los conceptos fundamentales, y voy a lo que constituye el tema de este trabajo: considerar tales conceptos econométricos y estadísticos desde el punto de vista especial del cultivador de la disciplina estructural. Porque si alguna razón de ser pueden pretender estas consideraciones es el hecho de que, si no estoy equivocado, la aplicación de la estadística y de los modelos a las investigaciones estructurales se ve por ahora entorpecida a causa de que las investigaciones econométricas en ese campo han estado inspiradas mucho más por el deseo de orientar la política económica que por el de contribuir al conocimiento de la realidad. Dicho de otro modo, en el estado actual de la ciencia los modelos económicos (salvo los dirigidos concretamente a ilustrar o facilitar el análisis teórico, que no nos interesan aquí) están mucho más interesados en contribuir a la solución de problemas determinados de la política económica que en representar con la misma ponderación los diferentes elementos de la realidad.

Me apresuraré a poner un ejemplo, antes de matizar como conviene mi afirmación anterior. Uno de los conceptos más unánimemente aceptados entre los económetras —y de ello constituye nueva prueba el citado trabajo de Alcaide—[4] es la distinción entre

4. Á. Alcaide, «Las ideas de Lawrence R. Klein sobre el objeto y contenido de la Econometría», *Estadística Española*, octubre-diciembre de 1958.

variables «endógenas» o explicadas y determinadas a través de las propias relaciones que constituyen el modelo, y variables «exógenas», que vienen dadas para las relaciones en cuestión. Las variables endógenas aparecen así en el modelo como función de las exógenas y de las constantes de las ecuaciones; prescindiendo ahora, para mayor sencillez, del problema de las variables llamadas «predeterminadas», término cuya definición no es tan unánime.

Ahora bien, basta considerar modelos diversos para comprender que tal distinción sólo puede aspirar a tener un sentido relativo, porque la consideración de endógena o exógena recaerá en cada variable según nuestra idea preconcebida de lo que buscamos al construir el modelo; es decir, según el objetivo que nos proponemos y el medio que creemos necesario poner en práctica para conseguirlo. Así se reconoce palpablemente en la terminología de Tinbergen, que, al clasificar los distintos elementos constitutivos de los modelos econométricos,[5] llama «instrumentos» a las variables exógenas y «objetivos» a las endógenas, cuyo valor es el resultante de aquéllas y de los datos y constantes del modelo. Con la consecuencia, por tanto, de que mientras para un problema determinado de la política económica unos precios, verbigracia, podrán ser el objetivo en el que pretendemos influir por distintos medios, en otro caso esos mismos precios pueden ser los instrumentos de que pretendemos valernos para conseguir determinados resultados en el consumo o en la producción. Todo es cuestión, por tanto, del planteamiento del problema, y no resuelve la dificultad la idea de Klein que identifica las variables exógenas con las «no económicas» porque la distinción entre lo económico y lo no económico, tal como la realizan los econometristas, es todavía mucho más discutible y relativa. Como quiera que sea, lo que importa concluir es que, desde el punto de vista de la estructura, la realidad no nos enfrenta con relaciones de causa efecto entre variables «exógenas» causantes y «endógenas», sino con relaciones de interdependencia, en que cada fenómeno está determinado por otros que, a su vez, contribuye a determinar.

5. En diferentes trabajos. Véase, por ejemplo, *Economic Policy: Principles and Design*, Amsterdam, 1956.

Lo estructural como permanencia

La preferencia de la econometría por los problemas de la política económica podría explicarse muy bien por el hecho de que los modelos nacieron sobre todo al impulso de los fenómenos cíclicos y las dificultades que planteaban a la política económica; y también porque resulta más fácil acotar en la realidad los términos de un problema concreto, prescindiendo de influencias secundarias, que tratar de reflejar en su integridad (aunque sea simplificadamente) esa misma realidad. Pero, como quiera que sea, tal preferencia es indiscutible, hasta el extremo de que Marschak ha llegado a afirmar que el conocimiento de la estructura no es necesario si aquélla no ha de variar durante el tiempo necesario para que la decisión político-económica surta sus efectos.[6] Como se comprenderá, la afirmación es totalmente recusable desde el punto de vista de la estructura, para la cual claro está que no puede prescindirse nunca del conocimiento de la estructura.

En la tesis anterior, sin embargo, está envuelta una cuestión del mayor interés para la estructura económica, y es el hecho de que las relaciones estructurales deben tener un cierto grado de duración o permanencia. Lo estructural, así, se afirma como lo relativamente permanente en la vida económica, frente a las fluctuaciones de lo coyuntural. Usando un símil debido a Schumpeter,[7] diremos que las relaciones estructurales pueden compararse con el sistema circulatorio de un organismo, dentro del cual los líquidos se mueven con mayor o menor velocidad y en masas diferentes, sin que esas alteraciones («coyunturales», en la transposición económica de tal imagen) impliquen modificación ninguna de la propia red de vasos y conductos. Ésta es la estructura permanente que encauza la variable circulación y, de manera análoga, la estructura viene a servir de soporte estable a la continua agitación y variabilidad de la vida económica.

6. J. Marschak, *Economic Measurements for Policy and Prediction*. Publicado en la colección de trabajos de la Cowles Commission *Studies in Econometric Method*, Nueva York, 1953.

7. J. Schumpeter, *Teoría del desenvolvimiento económico* (trad. castellana), México, 1944.

Se comprenderá, por tanto, que la nota de la «permanencia» desempeñe un gran papel en la caracterización de lo estructural y haya sido objeto de especial estudio. Posiblemente haya sido Ragnar Frisch el primero que se ocupó especialmente de ella, como característica fundamental de ciertas relaciones estructurales dotadas de la propiedad de seguir siendo válidas incluso aunque otras ecuaciones o relaciones del sistema, en las que aparezcan las mismas variables, se modifiquen por causas técnicas, institucionales o de cualquier otra índole.[8] Frisch asignó a dicha propiedad el nombre de «autonomía» de las relaciones estructurales, pero en el Congreso de Econometría de Upsala de 1954, Bentzel y Hansen propusieron el término «permanencia» o «persistencia», aceptado ampliamente después incluso por el propio Frisch. Sus trabajos, continuados por los de Haavelmo y otros autores, tienden a dar al problema del grado de permanencia de una relación un enfoque probabilístico, como probabilidad de que la relación en cuestión se cumpla bajo ciertos supuestos relacionados con las demás ecuaciones.

Ese problema de la permanencia —en el que, evidentemente, la estadística tanto tiene que aportar, no sólo para la determinación del concepto sino también para la comprobación de los valores que esa permanencia alcance en la realidad para cada supuesto— nos remite a otro punto de la mayor importancia para la especialidad. Porque si el objeto del conocimiento científico consiste en encontrar leyes y relaciones entre los fenómenos, es obvio que la estructura económica ha de perseguir la formulación de leyes estructurales; es decir, de relaciones con un grado de permanencia tal que resulten válidas en cualquier clase de organización y actividad económica.

Leyes estructurales

Leyes de este tipo existen en los más diversos órdenes del conocimiento, como, por ejemplo, las que implican ciertas exigencias de estructura para cierta magnitud, verbigracia. Así, un tallo de trigo de un

8. R. Frisch, *Statistical versus Theoretical Relations in Economic Macrodinamics* (publicado por la Sociedad de Naciones), y «Repercussion Studies at Oslo», *The American Economic Review*, junio de 1948.

metro de altura aproximadamente, se sostiene con un diámetro de cinco milímetros; pero sería inconcebible una planta que tuviera la altura de la torre Eiffel y mantuviera, para sus trescientos metros, la misma proporción anterior del diámetro, igual a metro y medio. El cambio de tamaño implicaría forzosamente otra estructura, y a la inversa.

Cuando un campo de estudio es tan variado y complejo como el de la vida económica, puede captarse fácilmente la importancia de formular leyes que, mediante la observación de ciertos hechos, permitan afirmar ineludiblemente la existencia de otros, aun sin necesidad de comprobar su existencia. Del mismo modo que a partir de una mandíbula fósil la paleontología infiere otras características biológicas del desconocido animal cuyos restantes despojos se han perdido, así también el estudio de una colectividad económica podría realizarse a través de una investigación más fácil, gracias a la posibilidad de concentrarla en el análisis de unos cuantos fenómenos clave, que en virtud de leyes conocidas nos informasen sobre los demás.

En estructura económica, la relación que puede observarse entre el nivel de renta por habitante y la importancia del sector agrario (medida por la proporción del producto nacional originada en dicho sector, o por la proporción de la población activa empleada en él) tiene la regularidad suficiente para que pueda aceptarse como una aproximación al concepto de «ley estructural» que acabamos de formular. En el estado actual de la ciencia, estas afirmaciones deben presentarse, sin embargo, con cautela. Por una parte, en efecto, la homogeneidad de las estadísticas deja bastante que desear para las comparaciones internacionales, por lo que en este sentido hemos de pedir también ayuda a la estadística. Y, sobre todo, porque sería preciso preguntarse hasta dónde llegaría la permanencia de dicha ley al referirnos progresivamente a circunstancias históricas y culturales cada vez más apartadas de las actuales.

La evolución estructural

La última observación nos enfrenta con otra cuestión todavía no resuelta, a pesar de su trascendencia y de investigaciones muy valiosas; el problema del tránsito desde una cierta estructura a otra diferente.

La experiencia histórica nos muestra que una misma economía, evolucionando poco a poco, llega a ser tan distinta de lo que era en una época anterior que resulta indiscutible la sustitución de la realidad precedente por otra estructura. El mundo de los ferrocarriles y del vapor no es, por ejemplo, el de la tracción animal; como no lo es el de la electricidad y el petróleo, o el de la automatización a gran escala y la energía nuclear. En otro orden de cosas, la estructura de un país donde apenas se utiliza el dinero no es la misma que cuando, poco a poco, el uso de la moneda se ha generalizado. Tales hechos, bien conocidos, han sido presentados unas veces en relación con las «innovaciones» de Schumpeter, o con las «ondas largas» de la teoría coyuntural, o incluso insertos en concepciones más complejas. Como quiera que sea, el caso es que la nota de «permanencia» asignada —y con razón— a lo estructural no tiene una vigencia absoluta, sino que, por el contrario, sólo supone una estabilidad relativa frente al más mudable proceso coyuntural.

Ahora bien, si es fácil captar esa impresión evolutiva y aceptar sus manifestaciones, mucho más difícil resulta lograr precisiones científicas de tales fenómenos, principalmente porque la evolución es paulatina y el trazado de cualquier línea divisoria siempre será arbitrario y contrario a la casi insensible marcha de la historia y de la vida misma. Como recordaba Marshall al frente de sus *Principios*, la naturaleza no da saltos; e incluso cuando destacados acontecimientos históricos llaman la atención hacia determinadas fechas como final de un período y comienzo de otro nuevo, el análisis minucioso permite siempre ver que aquellos acontecimientos venían incubándose desde mucho antes.

No obstante la dificultad, tenemos que mejorar todo lo posible nuestros criterios para precisar científicamente el fenómeno; es decir, para acotar en lo posible, a lo largo del tiempo y para una colectividad dada, los posibles tránsitos de una estructura a otra. De lo contrario, la estructura, como especialidad de la ciencia económica, no podrá cumplir satisfactoriamente su misión fundamental que es (aparte del conocimiento científico mismo de la realidad) facilitar una base sólida al planeamiento de la política económica. Pues, evidentemente, el éxito de la política está ligado al hecho de que las relaciones estructurales entre unas variables y otras (entre «instrumentos» y «objetivos»), tal como han sido formuladas científicamente, correspondan a las circunstancias reales en que nos movemos, ya que, de lo contrario, los resultados alcanzados no corresponderán a las expectativas. Ahora bien, si las relaciones estructurales investigadas y comprobadas a lo largo de un cierto período han dejado paso a otras diferentes a través de un cambio de estructura, la política que se apoyara en ellas estaría condenada al fracaso. Y, de hecho, sabemos perfectamente por experiencia cómo ciertas «recetas» de política económica, que funcionaron satisfactoriamente mucho tiempo, resultaron con el tiempo inaplicables o inoperantes. El clásico mecanismo del patrón oro, cuya perfección parecía a los ojos de la Europa decimonónica poco menos que una manifestación definitiva del progreso, sólo podía sostenerse con una determinada estructura económica mundial que, una vez cambiada, ha hecho imposible la restauración de aquel mecanismo, a pesar de haberla pretendido los «expertos» una y otra vez en los últimos lustros con la más candorosa incapacidad para comprender la realidad.

Es necesario, por tanto, mejorar nuestro conocimiento sobre la evolución estructural, y para ello es imprescindible y decisiva la asistencia estadística. La han utilizado ya, por ejemplo, los investigadores del ciclo económico, pero sus resultados sólo nos interesan cuando se refieren a movimientos a más largo plazo; es decir, cuando —aunque ellos no siempre lo hayan advertido— lo que están registrando no son ya tanto manifestaciones de la coyuntura como transformaciones de la estructura. Y en este campo es del mayor interés, sin duda alguna, la orientación de Akerman, a quien sin duda se deben los esfuerzos más intensos en esa dirección, aunque, por razones que no puedo detallar aquí, me parezca que su solución del problema deje todavía mucho que desear.[9]

9. El segundo tomo de la obra de Akerman *Ekonomisk Teori* ha sido traducido al francés con el título *Structure et Cycles Économiques* (Presses Universitaires de France, París, 1955 y 1957). Sobre mi punto de vista personal, he de referirme a mi obra citada.

Modelos e instituciones

Todo lo expuesto hasta ahora utiliza la econometría como gozne, según he advertido al comenzar, entre la estructura y la estadística. Pero ahora hemos de pensar en otra articulación distinta, porque el propio problema del tránsito de una estructura a otra nos enfrenta con la insuficiencia de las investigaciones econométricas para el conocimiento de la realidad económica.

En efecto, para la econometría no existe dificultad en precisar científicamente un cambio de estructura. Éste existe, naturalmente, tan pronto se modifican las relaciones estructurales que, en forma de ecuaciones, integran el modelo.[10] Ahora bien, tal respuesta se mantiene en límites demasiado formalistas para que sea posible ampararnos exclusivamente en ella al interpretar la realidad. La vida económica no «salta» de un modelo a otro y la econometría tendría que explicarnos entonces el paso de un sistema de relaciones a otro distinto, quizá englobando o subsumiendo ambos en un «supermodelo» más general.

Aun así —y la cuestión a la que doy tan ligero quiebro es cualquier cosa menos sencilla—, la econometría no nos resolvería el problema. Porque, en su situación actual, dicha especialidad se ve forzada a simplificar sus formulaciones en grado demasiado extremo para el conocimiento de la realidad, aunque sea válido en numerosas aplicaciones prácticas, sobre todo para la política económica. Como se ha visto al principio, la econometría prescinde con demasiada facilidad de datos y variables que considera admitidos, supuestos o ajenos a la cuestión. Así, cuando Klein identifica como variables exógenas a «aquellas que representan fuerzas externas a los confines del sistema económico»; es decir —aclara seguidamente— las de índole natural, técnica, política, sociológica o institucional.[11]

10. Algunos autores consideran que, aun cuando permanezcan invariables las ecuaciones, existe un cambio de estructura si se modifica el valor de los parámetros estructurales. En cualquier caso, sin embargo, la diferencia no afecta al razonamiento.

11. L. R. Klein, *Economic Fluctuations in the United States*, Nueva York, 1950.

Porque, desde el punto de vista de la estructura, ¿podremos creer que conocemos la realidad si ignoramos aspectos de la misma tales como el marco natural, el estado de la técnica o las instituciones más importantes? Más aún, desde el ángulo mismo de la política económica, ¿cabe un plan de producción sin tener en cuenta los recursos naturales y los medios técnicos; o cabe una política de precios sin manejar instituciones monetarias y financieras?

La respuesta a esas preguntas es obvia y nos obliga a reconocer que, por ahora, los modelos econométricos son necesarios, pero no suficientes, para edificar el conocimiento estructural de la realidad. Y tienen razón en parte los autores que, recurriendo a observaciones directas y análisis expositivos, o, mejor aún, apoyándose directamente en la estadística sin pasar por la econometría, han considerado imprescindible el conocimiento de ciertos fenómenos institucionales y sociológicos para poder saber lo que pasa en la economía real.

Como verá el lector, lo que acabo de escribir me embarca en la vieja polémica entre los institucionalistas y los matemáticos, manifestación más reciente de las mismas diferencias ideológicas que separaban a los históricos de los clásicos. Pero no nos alarmemos demasiado; esa polémica no es algo que valga la pena resucitar hoy si no es para superarla recogiendo de cada adversario lo que de su posición es válido. Formulemos a través de los modelos todas las relaciones posibles y complementemos después ese conocimiento con la observación estadística de otros fenómenos todavía no reducidos por hoy a variables econométricas, e incluso con simples descripciones de aquellos aspectos cualitativos de la realidad que todavía no hemos podido cuantificar. Es decir, insertemos los datos y resultados del modelo dentro de lo que Moore ha llamado «condicionamiento institucional de la actividad económica».[12] Y si algún celoso econometrista piensa que cabe pasarse sin ello, permítasenos aportar, entre los muy numerosos textos alegables dentro de la literatura moderna poskeynesiana, una cita tan elocuente como la que sigue:

12. W. E. Moore, *Economy and Society*, Nueva York, 1955.

> La sensibilidad de una economía moderna a las fluctuaciones de la renta y del nivel de empleo (así como la índole de esas fluctuaciones) se debe en gran parte a la estructura institucional subyacente. Por esa causa, los esfuerzos fructíferos hacia la estabilidad implicarán normalmente cambios institucionales considerables y quizá penosos.[13]

Por fortuna, como he dicho, la polémica ya cada vez lo es menos, pues los institucionalistas y los constructores de modelos econométricos han reducido el abismo que los separaba. En primer lugar, como ha observado Copeland en un texto interesante aportado a uno de los diversos debates norteamericanos sobre el institucionalismo,[14] porque los modelos se perfeccionan cada día y ganan así en aproximación a la realidad mediante la identificación de sus ecuaciones, la estimación de sus parámetros y hasta la inclusión de nuevos elementos. Y, por otra parte, porque los institucionalistas han perfeccionado a la vez sus técnicas matemáticas y, sobre todo, sus aportaciones estadísticas, que enriquecen progresivamente nuestro conocimiento de la vida real.

Hacia una tipología

De todas maneras, ni aun sumando esas dos diferentes clases de aportaciones tenemos adquirido plenamente el conocimiento estructural de la realidad. Como he indicado ya, quedan todavía al margen aspectos cualitativos no cuantificados aún y cuyo análisis resultaría facilitado si pudiéramos reducirlos a los cauces del razonamiento estadístico y matemático. El propio Copeland, en su trabajo citado, pone ejemplos como la difícil inserción de los racionamientos de guerra en una función teórica de consumo, la aparición de una gran empresa dominadora de un mercado como la U. S. Steel Corporation,

13. H. R. Bowen y G. M. Meier, *Institutional Aspects of Economic Fluctuations*. Publicado en *Post-Keynesian Economics*; colección de ensayos presentada por K. K. Kurihara, Rutgers University Press, 1954.

14. M. A. Copeland, *Institutional Economics and Model Analysis*, Actas de la American Economic Association, *The American Economic Review*, mayo de 1951.

o la implantación del Sistema de la Reserva Federal en el corazón mismo del mecanismo bancario.

Es casi seguro, desde luego, que siempre nos quedarán fenómenos de esa índole al margen de nuestras ecuaciones o de nuestras series estadísticas. El carácter eminentemente racional de las matemáticas nos hace pensar, al menos, que siempre se nos escurrirá una buena parte de los aspectos no racionales, pero eminentemente vitales, del comportamiento y la actividad humana. No obstante, hemos de aspirar a enriquecer nuestros conocimientos de la manera más exacta y precisa posible porque sólo de esa manera podremos comparar con rigor científico unas realidades con otras.

Y, se dirá, ¿para qué queremos comparar? Pues para lo mismo que todas las ciencias: para clasificar los variadísimos fenómenos reales dentro de un casillero sistemático, para atribuir a cada casilla unas características determinadas y, en una palabra, para tener atribuidas a un fenómeno cualquiera, por el mero hecho de su clasificación —de situarlo dentro de una tipología científica—, una serie de propiedades y características que lo identifiquen en sus grandes líneas. Lo mismo que al denominar «basalto» a un fragmento de roca, el naturalista reduce aquel pedazo de naturaleza al dominio de sus conocimientos y da a entender a sus colegas las propiedades básicas y las características de esa piedra, así también en nuestro campo deberíamos poder asignar a las distintas realidades económicas calificaciones más precisas que las muy insatisfactorias al uso; verbigracia, «países subdesarrollados» o «naciones industrializadas».

Esa tarea exige, naturalmente, muy amplios trabajos de estructura económica comparada, del todo irrealizable sin el apoyo de la estadística. Quizá este trabajo, dentro de su modestia, haya contribuido en alguna medida a subrayar la importancia de esa labor tipológica para la política económica del futuro y a llamar la atención de los estadísticos sobre algunos de los muchos y considerables problemas que lleva implícitos la cuestión: grado de permanencia, leyes estructurales, evolución estructural o cuantificación de los aspectos institucionales de la actividad económica.

3

Modernidad y tradición de la estructura económica

Una nueva rama de la economía

> Estructura económica: estas dos palabras, notablemente utilizadas desde hace unos veinte años, se aplican a nociones bastante dispares y, con frecuencia, difíciles de precisar.

Al comenzar con la precedente frase un artículo relativamente reciente,[1] un autor tan destacado como Tinbergen aportaba todo el peso de su autoridad a la formulación de un juicio nada difícil de aceptar por los economistas: la novedad de la especialidad estructural dentro de la ciencia económica. En efecto, pese a la creciente insistencia con que se vienen manejando referencias a la estructura, y no obstante la aparición de obras y trabajos con la voz «estructura» —o alguna derivada— en su título, es bien notorio que los fundamentos teóricos de esta rama se encuentran todavía por construir, pues las no abundantes aportaciones existentes están lejos de ser unánimes y, por consiguiente, de ofrecer al estudioso ese mínimo campo de lo generalmente admitido, sin el cual es difícil que las investigaciones progresen con una orientación concorde.[2]

Publicado en *Revista de Economía Política*, vol.VI, n.° 2, mayo-agosto de 1955, y reproducido en *Anales de Economía*, diciembre de 1959.

1. J. Tinbergen, «De quelques problèmes posés per le concept de Structure Économique», *Revue d'Économie Politique*, enero-febrero de 1952.

2. Todavía en fecha tan reciente como noviembre de 1954, la *Revue Économique* consideraba necesario dedicar un número monográfico a la problemática estructural, porque —como advierte el correspondiente editorial— la mayoría de los economistas, a pesar de usar frecuentemente el término «estructura», tienen «la sensación confusa de estar manejando una noción todavía insuficientemente determinada».

Precisamente, la enseñanza de la estructura económica en nuestra Universidad de Madrid tiene una breve historia, que resulta sumamente probatoria de la novedad del tema; empezando por el hecho de que dicha universidad es la única —a nuestro saber— donde se cursa estructura con rango de asignatura independiente. Y aunque no nos atrevemos a afirmar que no exista tal disciplina en ninguna otra, sí cabe admitir, por lo menos, que la nueva especialidad no ha de ser nada fácil de encontrar en los planes de estudios de la mayoría de las universidades.

Pues bien, aun en esta misma Universidad Central española, que tan sensitivamente ha captado en sus planes lo que hay ya de «clima estructural» en los modernos economistas, resulta prácticamente nueva la asignatura. En efecto, el primer plan de estudios, promulgado en 1943 para la entonces recién creada Facultad de Ciencias Políticas y Económicas, no incluía ningún curso de estructura. Pero ya al año siguiente y sustituyendo a la asignatura de «Geografía económica» (y la sustitución es ya de por sí bastante significativa, por implicar la superación del enfoque preferentemente espacial dado antes a la materia), se establecieron en la Sección de Ciencias Económicas dos cursos denominados respectivamente «Estructura económica mundial» y «Estructura económica de España», al mismo tiempo que en la Sección de Políticas se creaba un curso de «Estructura económica». Hasta que, en 1953, el nuevo plan sustituyó los dos primeros cursos citados por otros dos de «Estructura e instituciones económicas españolas en relación con las extranjeras», introduciendo así un anejo institucional también altamente significativo por razones que no es ésta la ocasión de desarrollar, pero que, a nuestro juicio, se hallan vinculadas a lo más sustancial de ambos conceptos: «institución» y «estructura».

Esta breve historia nos demuestra, con sus vicisitudes en sucesivo progreso, la novedad de la disciplina. Pero también nos dice, claro está, que es enseñada. Luego existe, podemos completar a lo cartesiano. Y así es porque, como consignábamos al comenzar, hace ya tiempo que aparecen libros dedicados a estudios de carácter estructural[3] e in-

3. Recordemos, sin propósito exhaustivo, obras tan conocidas como *Estructura y ritmo de la economía mundial*, de Wagemann; o *National Power and the Structure of*

cluso algunas obras que, al traducirse o continuarse, dan cabida en sus títulos a un término «estructura», inexistente en su primera presentación.[4] Es cierto, asimismo, que lo estructural se ve crecientemente cultivado en los artículos de revista y otros trabajos menores. Pero en vano hemos buscado un tratado de estructura, una precisión de su concepto, una exposición de sus métodos, una obra, en fin, general y básica, como las existentes en otros campos científicos. Y por eso todavía podía publicarse en noviembre pasado —en el aludido número monográfico de la *Revue Économique*— un artículo de Akerman que comienza con palabras casi exactamente iguales a las de Tinbergen, transcritas al comienzo de este trabajo:

> Desde hace un quincena de años, el concepto de estructura aparece cada vez con mayor frecuencia en los debates económicos. Pero conviene advertir que el sentido del vocablo es impreciso, carente de definición explícita. En realidad, la «estructura» no está lejos de presentarse hoy con la misma ambigüedad que el «capital» o el «ciclo» en investigaciones más antiguas.

Nueva, ma non troppo

No seguiremos prolongando los comentarios precedentes para persuadirnos de algo tan conocido como la novedad de esta rama reciente de la economía. Por el contrario, nos apresuraremos a matizar prontamente tal calificación de novedad, pues importa no caer en la actitud muy ingenua —y nada rara— de pensar que modestas meditaciones personales descubren o inauguran nada menos que una especialidad científica. No sólo no lo creemos así, sino que, por el contrario, tenemos bien presente la vieja advertencia del *nihil novum sub*

Foreign Trade, de Hirschman; o *L'Industrialisation des pays agricoles et la structure de l'économie mondiale après la guerre*, de Prokopovicz.

4. Así, v. gr., la famosa *Social Framework*, de Hicks, que en la traducción castellana de la adaptación norteamericana de Hart lleva el título de *Estructura de la economía*. O la conocida *International Economics*, de Ellsworth, cuya reciente segunda parte se titula *The International Economy: Its Structure and Operation*.

sole que, para aleccionamiento de economistas, ilustró tan estupendamente Einaudi en las primeras páginas de su *Mitos y paradojas de la justicia tributaria*. Después de todo, no otra es la vieja sabiduría del *Libro de los proverbios*, que nuestro gran Feijoo trató ya, con su penetración peculiar, en el Discurso XII de su *Teatro crítico:* «Resurrección de las artes y apología de los antiguos».

La estructura económica es, desde luego, una especialidad nueva. Pero no en absoluto, porque difícilmente habrá algo que lo sea, a poco que toque al hombre y sus problemas. No nos sorprendamos, por lo tanto, si al adentrarnos en el tema advertimos pronto cuán importantes aportaciones ofrecen autores de la época en que dio sus primeros pasos la ciencia económica moderna. Autores, sin embargo, que no por eso construyeron la especialidad estructural, a causa de esa aparente paradoja que tan felizmente supo formular Whitehead, según recuerda Merton: «Todo lo que tiene importancia ha sido ya dicho antes por alguien que no lo descubrió».

No pretendemos, por tanto, descubrir Mediterráneos, porque el valor vital auténtico que tiene para cada hombre el hecho de descubrir por sí mismo el Mediterráneo no justifica nunca el trasplante de esa experiencia al terreno objetivo de la ciencia. Pero aun sin esa pretensión, sigue siendo cierto que la especialidad estructural es rigurosamente nueva, siempre que esta afirmación se interprete en su recto sentido. Y esta novedad debe ser analizada, porque la atención del hombre no se desvía sin motivo desde uno a otro campo del conocimiento.

Por otra parte, no cabe duda de que empezaremos a saber algo de nuestra materia si nos contestamos, aunque sólo sea provisional y aproximadamente, a estas dos preguntas introductorias:

a) ¿Por qué ha tardado tanto en comenzar a sistematizarse la orientación estructural de la economía?; y

b) ¿Por qué precisamente ahora es cuando empieza a cuajar ese nuevo módulo de conocimientos, generalizándose una actitud científica que no pudo arraigar antes, pese a geniales atisbos precursores?

Un motivo de sorpresa

Abordemos la contestación a nuestra primera pregunta, valiéndonos de una sencilla observación. Imaginemos un naturalista que, paseando por el campo, golpea con el pie una piedra. Se inclina, la examina brevemente, piensa la palabra «granito», y sigue su camino. Ese solo vocablo le ha permitido designar de una vez, e inequívocamente, un complejo conjunto de propiedades existentes en el fragmento de realidad que acaba de examinar. Porque «granito» es el epígrafe de un casillero científico previamente elaborado, cuyo empleo ahorra muchos esfuerzos en la aplicación de los conocimientos a la realidad y evita todas las polémicas susceptibles de surgir cuando falta un sistema terminológico basado en una tipología suficientemente precisa.

En la ciencia económica, en cambio, y frente a la historia natural, sólo contamos hoy con balbuceos de una tipología sistemática que permita clasificar los objetos propios de su estudio con alguna utilidad práctica. Los calificativos de «agrícola», «industrial», «adelantada» o «retrasada», por ejemplo, suelen utilizarse con una vaguedad y una imprecisión que constituyen un verdadero motivo de sorpresa ante la falta de una elaboración clasificatoria, como la que han podido construir otras ciencias. Pues los intentos realizados en ese sentido, con frecuencia basados en criterios no económicos, no han logrado aceptación general. Esta falta de una precisa tipología científica[5] resulta más sorprendente aún si se recuerda que justamente la economía cristalizó como ciencia cuando el afán clasificador rendía frutos tan óptimos como la tipología linneana.

Con estas reflexiones resulta todavía más imperiosa la primera de las dos preguntas que nos formulábamos anteriormente, y cuya respuesta vamos a intentar dar.

5. No es que olvidemos intentos tipológicos como, v. gr., el de Wagemann, ya citado, o los de List, Hahn, Hildebrand, Bücher, Hilgerdy y otros autores cuya crítica puede verse en Woytinsky, *World Population and Production* (Nueva York, 1953). Pero el propio Woytinsky, después de pasarles revista, se ve reducido a mantener los vagos criterios «agrícolas», «industrial» y «mixto», insatisfactoriamente combinados con los de «subdesarrollo» y «desarrollado».

El difícil estudio de la estructura económica

Para irnos entendiendo por ahora, consignemos que, si bien el contenido de la «estructura económica» no se encuentra precisado, cabe asimilarlo poco más o menos —en una primera aproximación provisional— a lo que hay de morfológico en la realidad económica, a lo que ésta tiene de disposición de partes dentro de un todo, con alusión a las relaciones o conexiones existentes entre esas mismas partes. Como veremos, de todo esto se encuentra entre los precursores de la especialidad estructura, que en distintas ocasiones atisbaron aspectos anatómicos, orgánicos o funcionales de la realidad.

Partiendo de esa noción preliminar, surge pronto una primera explicación del retraso en la elaboración de los conceptos estructurales que, a su vez, hubieran permitido llegar a una tipología. Pues no cabe duda de que esa tarea científica, relativamente más fácil en otros órdenes de realidades, se dificulta extraordinariamente cuando nos enfrentamos con el mundo social económico. No cabe duda, por ejemplo, de que el ingeniero enfrentado con una estructura mecánica goza de una doble ventaja para comprenderla: la de que se trata de una realidad plenamente exterior a él, y la de que, además, es algo creado por el hombre. Esta última ventaja desaparece en el caso de una estructura biológica, pues la realidad viva implica el hecho de que las partes dejan de ser lo que eran cuando se las separa del todo; pero, aun así, el anatómico todavía puede abarcar, como el ingeniero mecánico, el conjunto del cuerpo que va a someter a disección. En cambio, al observador de la realidad económica le falta incluso esta posibilidad, hasta el extremo de encontrarse inmerso en el mundo que estudia, del que él mismo forma parte. Como decía Rousseau, citado a este mismo propósito por Bastiat, «hace falta mucha filosofía para observar los hechos demasiado próximos a nosotros».[6]

Esta inmersión del observador en el objeto de su estudio se agrava debido a la complejidad del mundo social, donde es tan difícil seguir el paso a las repercusiones de los fenómenos, así como por el hecho de que ese mundo no se ha formado de acuerdo con un

6. F. Bastiat, *Harmonies économiques*, 6.ª ed., París, 1870.

plan racional, sino que es esencialmente fruto del devenir histórico y constituye una realidad viva, más comprendida a veces por la intuición del político que por el razonamiento lógico.

Todos esos obstáculos y esas resistencias opuestas por lo social a la observación científica requerían para su superación instrumentos auxiliares de trabajo que, como es fácil comprender, tardaron en ser elaborados. Hay técnicas que, en sí mismas, podrán parecer secundarias, pero sin las cuales no se puede dar un solo paso. Y lo mismo que sin el microscopio es posible que los fisiólogos estuvieran discutiendo todavía los «humores» del cuerpo, así también el análisis de la realidad económica necesita de técnicas estadísticas y matemáticas, junto con esquemas conceptuales previos, cuya falta explica que intuiciones tan geniales como las de Petty o Quesnay no pudieran pasar de meros atisbos precursores. Explicando los distintos grupos de estudios que han convergido en la formación de las ciencias sociales, decía ya Seignobos:

> Uno de estos grupos se ha constituido mediante la creación de una estadística fundada sobre un método científico. Los primeros ensayos se remontan a finales del siglo XVII, a los trabajos de Petty y a las tablas de mortalidad. Pero fue preciso esperar a disponer de series suficientemente completas y relativas a fenómenos suficientemente variados para inducir a estudiarlas metódicamente, extrayendo de ellas conclusiones generales.[7]

La escuela clásica y las ideas estructurales

A las razones precedentes podrían añadirse otras. Sin duda, por ejemplo, los creadores de la economía clásica se cuidaron mucho más de explicar la realidad que de describirla con precisión científica. Cosa, por lo demás, comprensible, pues, por una parte, tendían a dar por conocida la realidad circundante y, por otra, aunque no ignoraban la existencia de realidades diferentes —recuérdese, v. gr., las abundantes

7. C. Seignobos, *La méthode historique appliquée aux sciences sociales*, París, 1901.

referencias del filósofo Adam Smith al Oriente coetáneo o a la Antigüedad—, les parecía, sin duda, más urgente afrontar los problemas propios: además de la natural tendencia humana, sobre todo en materia social, a pensar «dentro» de los propios problemas, como justifica Valentín Andrés Álvarez, precisamente con ejemplos de la economía clásica, en su ensayo «La lógica de la economía y la economía de la lógica».[8] Y por eso, entre otros motivos, los clásicos ingleses dedicaron principalmente su atención, según afirma Prokopovicz,

> a la distribución internacional de los factores móviles de la producción. El hecho de haber ignorado el fenómeno de la distribución de esos factores en el interior de una nación y de la distribución internacional de los recursos naturales les impedía penetrar más a fondo en las cuestiones relativas a la estructura morfológica de la economía nacional y mundial.[9]

Pese a esta posición de los clásicos, insistimos, existen otros precursores que no es exagerado calificar de geniales. No cabe duda, por ejemplo, de que la *Aritmética política* de William Petty es el más perfecto trabajo de estructura económica que se podía construir en su tiempo; como lo es también, con otro criterio, la concepción extraordinaria de Quesnay, a la que se vinculan tantos autores. Y si Von Thünen incorpora los problemas espaciales al campo estructural, Federico List formula un intento de tipología económica enlazado ya a las ideas historicistas alemanas. Más aún, creemos que antes, sin duda, del propio Petty podrían fácilmente hallarse valiosas ideas estructurales, aun sin llegar tan lejos como Villeneuve-Bargemont, que, según recuerda Luigi Cossa, opinaba que los comienzos de la ciencia económica se encontraban en el paraíso terrenal. Pues cuando a algo considerado tan moderno como la utilidad marginal se le han podido encontrar rastros entre los pensadores griegos,[10] claro está

8. Publicado en la revista *Moneda y Crédito*, junio de 1951.
9. S. N. Prokopovicz, *L'Industrialisation des pays agricoles et la structure de l'économie mondiales après la guerre*, París, 1946.
10. Véase E. Kauder, «Genesis of the Marginal Utility Theory», *The Economic Journal*, septiembre de 1953.

que cabe buscarlos también para otras cuestiones más evidentes. Pero el esfuerzo correspondiente no se vería compensado. Dudamos de que, desde aguas tan profundas, sacáramos en la red ideas que no están elaboradas en los autores de la época moderna, con más aproximación a nuestras preocupaciones concretas.

Se observará, no obstante, que entre los autores citados —de acuerdo con la idea de Prokopovicz en el párrafo anteriormente transcrito— no figuran los grandes nombres de la escuela clásica, sin que esto signifique su total exclusión, pues Ricardo, por citar un solo ejemplo, tiene ideas estructurales muy valiosas, v. gr., en el capítulo 19 de sus *Principios*, significativamente titulado: «De los cambios súbitos en las vías del comercio». A nuestro juicio, y aparte de las dificultades aludidas antes, puede comprenderse esa actitud de los clásicos fundamentalmente por la naturaleza explicativa y microeconómica de sus exposiciones, poco afines al enfoque descriptivo y macroeconómico característico de lo estructural. A esto se suma la coetánea división del trabajo entre los científicos, pues resulta que durante el florecimiento de los grandes autores clásicos existía, bajo el nombre de «estadística» y al margen de la economía política de Smith y Ricardo, una disciplina que era en realidad la que abordaba, dentro de las posibilidades de entonces, lo que hoy consideramos como estructura. Esta diferencia entre economía y estadística se aprecia muy bien, v. gr., en un autor como Rau, que en el apartado segundo de la introducción a su *Tratado de economía nacional* (traducción francesa de 1839, Bruselas) escribe lo siguiente, al ocuparse de las relaciones de la economía con otras ciencias:

> La estadística proporciona los hechos mediante los cuales cabe trazar el cuadro de la situación de un Estado en una época dada (generalmente el momento actual). Los datos sobre la riqueza ocupan un lugar importante en los estudios de esta ciencia, porque se dejan expresar fácilmente en cifras, lo que es muy de desear para la estadística. Las enseñanzas de ésta sobre la producción, la distribución, la posesión y el consumo de las riquezas materiales de una nación, así como sobre la situación de las finanzas, son del máximo interés para la economía política, cuyos principios completa y confirma la estadística, justificán-

dolos y facilitando su aplicación en diversas circunstancias. A su vez, la economía política es para la estadística un auxiliar poderoso, indicándole el punto de vista en función del cual pueden ser recogidos, comprobados y clasificados los datos estadísticos. Es, pues, muy útil para ambas ciencias hacer progresar paralelamente sus experiencias.

Lo que en el texto precedente se dice de la estadística —herencia evidente de los antiguos «estadísticos» alemanes— podría muy bien aplicarse hoy a la estructura sin grandes variaciones. Y como en un párrafo precedente Rau explica el contenido de la economía integrándolo en leyes causales y en reglas sobre los efectos esperables en determinadas circunstancias, se comprende hasta qué punto lo descriptivo quedaba encomendado entonces a otra disciplina diferente. Y no se piense que la confusión no dura más allá de la mitad del siglo, pues poco antes de 1900, cuando Seignobos escribe su ya citada obra, todavía sigue distinguiendo en ella, dentro de las ciencias sociales, entre las «ciencias estadísticas» —la «física social» de Quetelet—, incluida la demografía, por una parte, y las «ciencias de la vida económica», por otra.

Además del motivo expuesto, seguramente influyó también en el desinterés de los clásicos el hecho de que la concepción de conjunto de toda la realidad económica se impregnó muy pronto de matiz político y fue a alimentar, no las argumentaciones de los estudiosos desapasionados y objetivos, sino el arsenal polémico de los hombres de acción, empeñados, sobre todo, en ganar batallas políticas. No sólo en el caso evidentísimo de Marx, sino en el de los socialistas de cátedra o del propio grupo fisiócrata —cuyas conexiones ideológicas con los principios de la Revolución francesa no pueden ser discutidas—, se advierte este matiz político, aunque a veces sea involuntario y no se ponga conscientemente en evidencia. Hasta tal punto, que la más extendida clasificación tipológica de estructuras económicas, la que más cuantiosamente ha sido utilizada y la que por antonomasia responde a lo que en Estados Unidos se estudia bajo el epígrafe de «Sistemas económicos comparados», es principalmente una clasificación de carácter político-jurídico en la que, si bien hay diferencias económicas, éstas son mera consecuencia. Y ante esta pasión polémica y práctica, muchísimo más apreciable en las primeras construcciones macroeconómicas que en las elaboraciones de la escuela clásica, era natural que ésta evitase arriesgar su objetividad dando entrada a construcciones a veces descaradamente parciales en función de móviles externos a la ciencia económica.

La creación de nuevos instrumentos de trabajo

Los párrafos anteriores ofrecen, sin pretender agotar el tema, un intento de explicación para comprender por qué los estudios estructurales no encontraron la oportunidad histórica de su eclosión en el seno de la economía clásica, transmitida en general como núcleo central de la ciencia. Podemos complementar ahora esa exposición interpretativa procurando contestar a la segunda de las preguntas que nos formulábamos al comenzar este capítulo: ¿por qué cuaja más tarde el enfoque estructural dentro de la ciencia económica?

El reciente éxito ulterior de la palabra estructura y de su contenido ideológico no puede atribuirse a la casualidad. Antes al contrario, cuando en el ambiente científico se difunde una determinada orientación y obtiene rápidamente la aquiescencia general es porque ha llegado su momento y encuentra un caldo de cultivo propicio donde cristaliza la idea como una disolución sobresaturada, cuya inestable quietud altera un golpe súbito. Entonces no sólo es que cuajan los principios que en vano quisieron prosperar en una época anterior, sino que ciertas concepciones parecen estar en el aire por todos respirado, hasta el extremo de no ser raro que las formulen varios investigadores simultáneamente y con absoluta independencia unos de otros. De estos casos tenemos en economía el conocidísimo ejemplo de la exposición de la utilidad marginal por Jevons, Menger y Walras, poco más o menos, al mismo tiempo. En biología es aún más sorprendente —por la más rigurosa simultaneidad del descubrimiento— la coincidencia en ser formulada la idea primaria de la evolución de las especies en 1794-1795 por Goethe, Geoffroy Saint-Hilaire, Erasmos Darwin, según cuenta el nieto de este último en la introducción histórica a su famoso libro sobre el *Origen de las especies.*

En el caso de la estructura, la coincidencia no es tan llamativa, pero no por eso deja de ser cierto que la anterior situación adversa en el ambiente científico va poco a poco convirtiéndose. La primera causa para ello se encuentra, desde luego, en la remoción de los obstáculos descritos en párrafos precedentes. Las técnicas de observación y conocimiento de la compleja realidad social envolvente se encuentran hoy en un estado de adelanto incomparablemente superior a la época en que los primeros macroeconomistas, desde Petty y Quesnay en adelante, pretendían concretar sus intuiciones en versiones reales y concretas del mundo económico. El análisis matemático de los datos estadísticos y la organización administrativa para la recogida de éstos permite hoy proponerse objetivos que hace solamente cuarenta años hubieran parecido quiméricos. Por añadidura, y muy recientemente, las máquinas electrónicas de cálculo permiten confiar en la desaparición de otro obstáculo, aun esgrimido como argumento supremo contra los economistas matemáticos: la desdeñosa frase de que «aun cuando en teoría fuesen ciertos los sistemas de ecuaciones del equilibrio general y los modelos econométricos, en la práctica plantearían siempre problemas de cálculo irresolubles». No haremos esta afirmación por nuestra cuenta, sino transcribiendo lo escrito por un gran especialista como Ragnar Frisch, cuando en 1948[11] consideraba necesario dar cuenta al mundo científico de ciertos estudios, en gran parte estructurales —he aquí otra manifestación de novedad—, elaborados en la Universidad de Oslo:

> Por consiguiente, se requiere un considerable perfeccionamiento de la técnica de cálculo. Ésta es la razón por la cual fui encargado por mi universidad para que investigara las posibilidades de los grandes aparatos calculadores creados en Estados Unidos durante la guerra. Me refiero particularmente a los construidos en Harvard y en la Universidad de Pensilvania, así como el que actualmente se está construyendo en Princeton. Estoy convencido de que si se pusieran a disposición de los econometristas los servicios de estos aparatos, podrían atacarse problemas que anteriormente no hubieran podido abordarse ni en sue-

11. R. Frisch, «Repercussion Studies at Oslo», *The American Economic Review*, junio de 1948.

ños. Y creo que los progresos de tales técnicas vendrán a revolucionar todo el campo de la econometría, abriendo sobre todo la ruta para que esta ciencia se convierta en un instrumento cada vez más útil desde el punto de vista de las aplicaciones prácticas.

Es evidente, por tanto, que la adquisición de nuevos instrumentos de trabajo ha contribuido a eliminar obstáculos para el desarrollo de los estudios estructurales. Y si queremos persuadirnos de hasta qué extremo y hasta qué época tan reciente ha constituido un problema la falta de información científicamente concebida, bastará consignar que en Estados Unidos —país de tan copiosas y elaboradas estadísticas— no se pudieron publicar oficialmente datos de la renta nacional real hasta enero de 1951. A pesar de que, hasta aquella fecha, y según un texto del Departamento de Comercio,

> la medida física de la producción nacional era posiblemente la más urgente necesidad para poder mejorar y suplementar el sistema de contabilidad nacional.[12]

La tendencia científica general hacia la estructura

Claro está que la simple remoción de obstáculos instrumentales, aunque necesaria, no es suficiente para justificar la eclosión de una especialidad científica. Son necesarios otros factores positivos y, en nuestro caso, nos parece muy importante el de que el interés reciente por lo estructural no es un fenómeno limitado sólo a la economía, sino observable también en otras ciencias.

No vamos a engolfarnos aquí —supera nuestro propósito y nuestros medios— en una interpretación general de la historia de nuestra ciencia, tratada ya por autores diversos y, según la cual, desde el orden social natural de los fisiócratas, concebido como una simple suma de las individualidades, se evoluciona hacia la idea de una integración con interpenetraciones mutuas, en la que el resul-

12. *National Income*, 1951, *Edition*. U. S. Government Printing Office, Washington, 1951.

tado colectivo es algo distinto de la mera suma. En este sentido, un economista ha podido ver en Balzac —y después, con menos vigor, en el «unanimismo», de Jules Romains— la expresión literaria de la concepción macroeconómica moderna frente al protagonista individual de los esquemas clásicos.[13] Del mismo modo que se aprecian otras manifestaciones de esta misma tendencia, por lo que respecta a la ingeniería, en la torre Eiffel y otras llamativas estructuras metálicas de la época; en lo que concierne a la química, en la aparición, a principios de siglo, de las resinas sintéticas de Baekeland, que condujeron a los estudios sobre la estructura de las grandes moléculas con todas sus impresionantes aplicaciones actuales;[14] en psicología, en las concepciones vinculadas a la estructura del carácter; y en ciencias sociales, para terminar, en una amplia evolución general que preferimos describir con palabras más autorizadas que las nuestras:

> Los aspectos de las transformaciones socioculturales, que fueron objeto de profundo estudio en los siglos XVIII y XIX, difieren totalmente de los que hoy se imponen a nuestra atención. El pensamiento social de dichas centurias se orientaba principalmente hacia el estudio de diversas tendencias lineales, que se creía habrían de exteriorizarse a lo largo del tiempo y en el conjunto de la humanidad. Esta idea no atendía más que a la humanidad en general, y tenía por objeto descubrir las «leyes dinámicas de la evolución y del progreso» que rigen en el curso de la historia humana...
>
> En oposición con el interés dominante durante los siglos XVIII y XIX, en el siglo XX las disciplinas filosóficas, sociales y humanas se dedican principalmente a estudiar aquellos procesos y relaciones socioculturales que, o bien son *constantes* —es decir, que aparecen siempre y en todas partes, entre los fenómenos socioculturales—, o bien se *repiten* en el tiempo o en el espacio, o en ambos, en forma

13. G. Luftfalla, «La querelle des classiques et des modernes», *Revue d'Économie Politique*, mayo-junio de 1947.

14. Sobre el desarrollo de las ideas estructurales en las ciencias de la materia, puede leerse, entre otros, el conocido libro de Eddington, *La filosofía de la ciencia física* —especialmente el delicioso capítulo 9—, o la sugestiva recapitulación de Philippe Olmer, *La Structure des choses*, París, 1949.

de ritmos, fluctuaciones, oscilaciones o «ciclos», con sus periodicidades.[15]

El texto precedente resulta sumamente significativo porque formula, en el plano de la máxima elevación y generalidad, una relación entre lo cíclico y lo estructural, que se aprecia y estudia con singular nitidez en la ciencia económica. Y, volviendo entretanto a ésta, ya puede comprenderse que ese común interés por la estructura hubo de reflejarse en diversas posiciones científicas que, por ahora, nos limitamos a presentar en varios ejemplos.

En efecto, si dentro de la línea caracterizada por el instrumento matemático cabe reconocer ya en el equilibrio general de Walras-Pareto un verdadero modelo macroeconómico, también los pensadores políticos impregnados de economía (resulta más claro expresarlo así que al contrario) nos ofrecen reflexiones estructurales como las que se aprecian en Tugan-Baranowski, apoyándose, a su vez, sobre Sismondi y Marx. Entretanto, los históricos, los institucionalistas y demás «heterodoxos» venían labrando importantes piedras sillares para erigir el edificio de la estructura. Y Wicksell mismo, con su peculiar genio para la síntesis entre diversas ramas del conocimiento (genio que, más que a la Escuela de Estocolmo, ha pasado a su sucesor en la cátedra de Lund, Johan Akerman), formula ya desde 1901 la orientación hacia lo macroeconómico, escribiendo en la introducción de sus famosas *Lecciones*:

> De acuerdo con el punto de vista moderno, el estudio de la economía política está convirtiéndose cada vez más en la doctrina de los fenómenos económicos y de sus interrelaciones, contempladas *como un conjunto*; es decir, en cuanto afectan uniformemente a clases enteras de la comunidad, o al pueblo entero o a la totalidad de los pueblos.[16]

15. P. A. Sorokin, «Dynamique socio-culturelle et évolutionnisme», en *La Sociologie au XXᵉ siècle*, París, 1947. La cursiva es del autor.

16. K. Wicksell, *Lectures on Political Economy*, Londres, 1934. La cursiva es del autor.

Este puñado de referencias sin pretensión exhaustiva testimonia ya la penetración entre los economistas de una ideología estructural. Pero faltaba todavía a principios de siglo, en tal ambiente sobresaturado, esa llamada de atención que —por así decirlo— hiciera cristalizar el interés hacia los problemas estructurales. A nuestro juicio, tal cristalización se produjo justamente siguiendo esa doble tendencia de las ciencias sociales hacia lo constante y hacia lo repetido a la vez, que tan sagazmente señala Sorokin en el texto precedentemente transcrito. No es difícil comprobarlo repasando las sucesivas preocupaciones temáticas de la ciencia económica a través de las revistas especializadas.

El acicate de los estudios sobre el ciclo

En efecto, consultando las publicaciones correspondientes a los primeros años del siglo, hasta que los cañones de 1914 no imponen otros temas, vemos abundar las polémicas metodológicas, con alguna atención especial hacia problemas específicos como, v. gr., la dedicada por el *Giornale degli Economisti* a la emigración italiana. Pero ya desde principios de la segunda década se atiende mucho más a realidades concretas que hoy incorporaríamos a la estructura, tales como el transahariano, los ferrocarriles chinos, la sericultura, las potasas alemanas y el caucho, reseñándose también —en 1912— la aparición del primer anuario internacional de estadística agraria, fruto del instituto creado en Roma por la conferencia internacional celebrada en 1905.[17] Pasada la guerra, las revistas se ocupan, v. gr., de la reconstrucción y de la Conferencia de Bruselas; y, ulteriormente, de los problemas agrícolas (tema que aborda reiteradamente *The Economic Journal* en 1925-1926) e incluso, nuevamente, de metodología,

17. Digamos de paso —¡qué interesante sería escribir una historia de las ideas económicas modernas a través de las revistas!— que en 1910 el *Giornale degli Economisti* publica un artículo de T. Martello con un título tan delicioso como éste: «L'aeroplano: apoteosi della scienza economica». Y no había sido menos audaz el venerable Pantaleoni al publicar en 1907, y en la misma revista, su «Una visione cinematografica della scienza economica».

quizá al amparo de la apacible onda de prosperidad que dura hasta 1929.

Pero en la cuarta década del siglo —más bien entre 1929 y 1939— los temas cambian. La Gran Depresión monopoliza a muchos economistas y organismos económicos mundiales. Claro que el tema de los ciclos era ya más antiguo: los libros famosos de Mitchell y de Moore son de 1913 y 1914; el estudio de Aftalion, de 1913, lo mismo que el de Hawtrey; y el de Hansen es de 1921. En las revistas, el artículo de Clark sobre «La aceleración de la actividad y la ley de la demanda» es de 1917; el de Mitchell, sobre «Los ciclos económicos», de 1923. Pero la proliferación de trabajos sobre el tema, espoleada comprensiblemente por el problema del paro y alimentada con los nuevos combustibles de las teorías keynesianas y el multiplicador, se produce, sobre todo en esa década a que nos referimos, como prueba la bibliografía reunida por Harold M. Somers. Y, para terminar, de 1934 es el artículo de Neisser sobre la ley del mercado de J. B. Say, en cuyos subtítulos se plantean ya los problemas de las variaciones en la estructura de la población y en la estructura de la demanda.

Pues, como es fácil comprender, el estudio del ciclo económico pone inevitablemente de relieve la cuestión, decisiva para nosotros, de distinguir entre lo que tiene carácter estructural y lo coyuntural, que no lo tiene. Más profundamente aún: hay que distinguir entre el sistema circulatorio de la economía —los canales o arterias que la recorren— y las corrientes que por ellos discurren. Aquél varía lentamente, pero el caudal de éstas presenta modificaciones mucho más rápidas.

Esta última imagen merece ser subrayada, pues procede de la famosa «teoría del desarrollo económico», publicada en 1911 por Schumpeter, autor que es uno de los ejemplos más claros de la penetración mutua entre los problemas del ciclo y los de la estructura. Porque Schumpeter, considerado tradicionalmente como un especialista en problemas del ciclo, es mucho más importante desde el punto de vista de la estructura. Su teoría de las «innovaciones» es en realidad una teoría del desenvolvimiento económico, entendido como paso de una estructura a otra. Sobre este amplio tema hemos de limitarnos aquí a recordar, en apoyo de nuestra tesis acerca del papel estimulante de los estudios sobre el ciclo, que ya antes de 1900 —en una época en que, como dice el propio autor, «pocos libros científicos tratan de la historia de las crisis»— Tugan-Baranowski expone cómo varían en cada época los caracteres generales de las crisis y del paro, reconociendo así la diferencia entre lo coyuntural —las propias crisis— y lo estructural. Y presenta bajo el nombre de paro «moderno» lo que es un evidente paro estructural, hasta el punto de atribuirlo el autor, de acuerdo naturalmente con su ideología política, a la estructura capitalista.[18]

Al mismo tiempo, y ligados de otra parte al progreso de la estadística, los problemas de la renta nacional impulsan asimismo, por razones conexas, a estudiar la estructura. El artículo de Bowley —uno de los adelantados en estos problemas— en *The Economic Journal* es de 1926, multiplicándose en la década siguiente los trabajos sobre el tema, así como después de 1940, en que todavía debaten el concepto de la renta nacional Kuznetsk (1941), Hicks (1940), Meade y Stone (1941 y 1944) y Barna (1942), entre otros.

Creciente importancia de las formas económicas extraeuropeas

Para concluir, quisiéramos añadir otro estímulo hacia lo estructural, además de la ya citada adquisición de nuevos instrumentos y del interés por lo cíclico, por el progreso económico y por la renta nacional. Se trata de que las culturas y formas de vida extraeuropeas han ido pasando, durante los últimos años, a un plano mucho más destacado de la conciencia mundial, multiplicándose los contactos entre los estudiosos europeos y los de otros continentes.

No queremos sugerir con eso que tal contacto no existiese anteriormente. El mismo siglo XIX, por el contrario, fue un siglo de colonizaciones modernas, y los clásicos economistas anglosajones eran quienes menos podían ignorarlo. Pero el contacto con países de otro

18. Tugan-Baranowski, *Les crises industrielles en Angleterre*, París, 1913.

tipo estructural completamente distinto no podía ser muy estrecho tal como se realizaba por unos colonizadores que, como se ha escrito entre los propios ingleses, se acercaban a África, v. gr., con un espíritu mixto: «Business and charity, fifty fifty». El contacto, naturalmente, no pasaba, en general, de los puestos militares y administrativos o de las factorías para el intercambio, y, lo que es más importante, los países exóticos no podían presentar directamente sus problemas en la elevada esfera de las tres o cuatro cancillerías europeas donde se decidía qué asuntos eran realmente importantes. Pocos políticos occidentales tenían conciencia de que las comunicaciones nos hacían ya vivir a todos en una estructura mundial crecientemente unificada; hasta tal punto que, contra la opinión de otros estadistas más perspicaces —el mariscal Smuts, por ejemplo—, el presidente Wilson y sus seguidores consiguieron imponer en Versalles la tesis de que no era necesario continuar en la paz la cooperación económica desarrollada por los aliados durante la guerra. Por esta causa, la Carta de la Sociedad de Naciones no establece un organismo económico (el comité inicial, más adelante convertido en Organización Económica y Financiera, nació sólo como consecuencia de los problemas planteados después en la Conferencia de Bruselas), y limita prácticamente su alusión a lo económico en una vaga referencia genérica a «fomentar la cooperación internacional» (preámbulo) y en el artículo 23 e), que asegura la libertad de comunicaciones y tránsito y el trato comercial equitativo, así como ciertos acuerdos en relación con los países devastados por la guerra.

El cambio de panorama, tan sólo treinta y cinco años después, resulta impresionante: desde ese pequeño y tan revelador detalle de sustituir la palabra «financiera» por «social», en el Consejo Económico y Social de las Naciones Unidas, hasta ver a éstas presididas por una dama representante de la India. Y es que la Primera Guerra Mundial fue un espolazo al desarrollo y a la evolución de los llamados países nuevos, donde ya antes de 1939 se había advertido que los esquemas estructurales de las naciones de Europa no eran total y fielmente adaptables en todas las colectividades. Y la historia de la economía contemporánea, tal como se aprende a través de las revistas, nos hace ir viendo aparecer en los sumarios nombres de canadienses o australianos, por ejemplo, e incluso la enrevesada grafía de los nombres de indostánicos y otros orientales. Con todo ello, los estudiosos de las ciencias sociales se acercan a esas formas de vida distintas de las europeas, incluyendo muchas veces entre sus preocupaciones científicas la de la actividad económica. Es muy significativo el hecho de que en 1921, y en un puesto de honor de *The Economic Journal*, se publicara ya un artículo sobre la economía entre los isleños de Trobriand, debido nada menos que a un antropólogo de la talla de Malinowski, cuyas teorías merecen ser estudiadas detalladamente por la luz que arrojan para resolver los problemas planteados por la existencia de instituciones dentro de la estructura económica.

En resumen, cabe afirmar que durante los últimos lustros se adquieren nuevos instrumentos técnicos indispensables y se difunde una mentalidad general cuya manifestación en nuestra ciencia tiene carácter netamente macroeconómico. A ello se suma el interés —espoleado por el paro y la depresión— hacia la coyuntura y el desarrollo económico en las economías europeas, por una parte, y, por otra, al estudio de estructuras económicas diversas, fomentado por la presencia cada vez más intensa en el escenario internacional de países muy diferentes en organización y actividad. Todas estas razones explican suficientemente, a nuestro juicio, por qué durante los últimos años se produce la eclosión de los estudios estructurales.

Tradición y futuro de la estructura económica

Hemos llegado con esto al final de nuestra breve introducción histórico-genética. Hemos aludido en ella a variados autores que son fuentes muy dispares de la estructura económica, aunque la cultivaban sin saberlo, como hablaba en prosa el burgués de Molière; o sin saber, mejor dicho, que lo que hacían sería llamado después «estructura». Hemos comprobado que la ciencia es nueva, según afirmábamos al comenzar, pero también que sus cultivadores son antiguos; por lo que, al contar con ellos en nuestro trabajo, nos resulta más fácil —como recomienda Eucken— ser «innovadores dentro de la tradición». Conviene ahora puntualizar, más precisa y sistemáticamente, cuáles son las corrientes de dicha tradición. Ya se comprenderá, sin embargo, que tal tarea requiere un libro —y en ello estamos— para ser desarrollada con algún detalle y, por tanto, que aquí sólo pretendemos abocetar en grandes líneas las clases de materiales que encuentra en el pasado el especialista de la estructura. Al hacerlo así, somos conscientes de sacrificar cien detalles valiosos y hasta de introducir clasificaciones demasiado netas para realidades cuyos límites son siempre discutibles y confusos. Confiamos, sin embargo, en que con ello resaltarán mejor los relieves básicos de la tradición económica cuando se la contempla a través del prisma estructural.

Pues bien, al iluminar así las corrientes que afluyen a la presente cuenca de conocimientos estructurales, distinguimos tres troncos principales que llamaremos «geográfico-locacional», «económico» e «histórico-social» y cuyas características y riquezas vamos a explorar someramente.

1. La *aportación geográfico-locacional* nos ofrece, con la geografía, ideas y materiales que datan de la Antigüedad. Para nuestro fin actual, sin embargo, arrancaremos sólo de los dos grandes nombres de Humboldt y Ritter, que, precedidos por Kant, sientan las bases de la geografía moderna a principios del siglo XIX. Los trabajos de Le Play, Andrée (que publicó ya en 1862 una geografía comercial), Ratzel, La Blache, Chisholm, Brunhes, Huntington y Demangeon a lo largo del siglo XIX y del XX permiten trazar poco más o menos —entre otros muchos autores, naturalmente— la ruta de aportaciones que, dentro del campo geográfico y con el espíritu y los principios de esta ciencia de la Tierra, más pueden interesar como materiales para la estructura, especialmente en lo relativo al tratamiento del factor espacio. Ahora bien, algunos economistas han estudiado especialmente ese mismo factor, construyendo una teoría de la localización que podemos hacer arrancar de la obra de Von Thünen (1826) y llega hasta nuestros días, pasando principalmente por Launhardt, Alfred Weber, Palander, Lösch y Hoover. A veces, como sucede en el caso de Le Play o, modernamente, en el tratamiento conjunto desde distintos enfoques científicos de los problemas de regiones enteras, es difícil precisar dónde termina la mentalidad geográfica y dónde comienza la económica; de ahí que hayamos fundi-

do en un solo tronco toda esta corriente de aportaciones a doble vertiente, cuyas creaciones, en general, se encuentran sobre todo vinculadas a los problemas espaciales de la estructura.

2. Hemos denominado *económico* al segundo conjunto de aportaciones, y con ello queremos significar que agrupa a las creaciones de distintos autores, más próximos al enfoque dado por los clásicos a la ciencia económica. Ya se comprenderá que con eso no queremos negar el carácter de economistas, y de economistas importantes, a un Von Thünen o a un List, v. gr.; y que, una vez más, sacrificamos al rigor, a la necesidad de percibir en una sola ojeada panoramas demasiado vastos. Pues bien, así entendido, este segundo tronco aparece con mayor complejidad y se remonta a la divisoria entre los siglos XVII y XVIII, con las creaciones de Petty y demás «aritméticos políticos», de una parte, y las de los cameralistas y estadísticos alemanes, de otra. No podemos desarrollar aquí —algo ha quedado apuntado en párrafos precedentes— por qué la estructura económica no queda definitivamente creada con la obra de Petty, o, poco después, con la de Quesnay; ni por qué se soterran para no reflorecer —y por qué razones— hasta bien entrado el siglo XX. El caso es que durante el siglo XIX, según hemos atisbado ya, el grupo de los clásicos resulta relativamente menos interesante desde el punto de vista de la especialidad estructural, si bien hace florecer, en cambio, durante los últimos tiempos una serie de orientaciones de la mayor importancia que vamos a especificar someramente:

a) En primer lugar, los estudios de la *renta nacional*, con la extraordinaria difusión actual de los correspondientes trabajos valorativos.

b) En relación con el anterior, los estudios dedicados a la *contabilidad nacional*, que también tienen ya antecedentes precursores en el propio Petty y que actualmente cristalizan en ideas tan modernas como el sistema noruego de «ecocírculos» y en métodos internacionales como el sistema normalizado de Stone y sus colaboradores, adoptado por la Organización Europea de Cooperación Económica.

c) El *modelo de Leontief*, heredero declarado del *Tableau Économique* de Quesnay, que viene siendo objeto de aplicaciones muy recientes en distintos países.

d) Los *modelos econométricos*, en general, que, inicialmente concebidos más bien para estudios coyunturales, han conducido también a delimitaciones y conceptos de interés estructural, sobre todo a través de los trabajos de Tinbergen y de Frisch, o el grupo de econometristas de la Cowles Commission.

e) Finalmente, y en una posición ligada al estudio de los ciclos, pero que debe situarse ya a caballo entre este grupo y el siguiente, se encuentran una serie de autores que han trabajado a veces con propósitos diversos, pero que coinciden en facilitarnos —aunque sólo sea de manera subsidiaria— aportaciones sobre «problemas a largo plazo y de desarrollo económico». Aparte de toda la moderna corriente centrada en torno a la cuestión de «áreas no desarrolladas» (con consideración de factores sociales, institucionales, etc.), los nombres de Schumpeter y Akerman figuran, sin duda, entre los más destacados de esta orientación.

3. En tercer lugar, hemos aludido a una corriente *histórico-social*, dentro de esa tradición estructural. Distinguiremos ahora en ese grupo, de una parte, a las varias escuelas de economistas no clásicos (institucionalistas e históricos principalmente) y, de otra, a los cultivadores de diversas ciencias sociales distintas de la economía. Estos últimos incluyen sobre todo, desde nuestro punto de vista estructural, a los etnógrafos y a ciertos especialistas de la sociología, como los integrados en la llamada «sociología sistemática», o como, más modernamente, los investigadores de la sociología de los grupos y los que, con Talcott Parsons, analizan las estructuras y los problemas de la actividad social.

Esas tres corrientes abarcan, como puede apreciarse, una muy varia y amplia tradición científica, cuya sola asimilación y reexposición desde el punto de vista estructural representa ya una tarea considerable. Ahora bien, si reflexionamos sobre las distintas direcciones precedentemente abocetadas, veremos cómo de ellas sedimentan, por una parte, conceptos y métodos para el estudio de los aspectos cuantitativos de la estructura, y, por otra, instrumentos análogos para el estudio de lo cualitativo. Concretando más aún, es fácil advertir que los actuales trabajos relacionados con la renta y la contabilidad nacional, con las tablas de Leontief y con los distintos tipos de modelos integran toda una dirección teórico-aplicativa para llegar al conocimiento científico de la realidad económica en sus facetas sometibles a la formulación numérica; al mismo tiempo que las técnicas y adquisiciones recientes de las ciencias sociales y de la corriente «histórico-social» aportan medios para atacar el aspecto cualitativo y, sobre todo, institucional de la estructura.

Así es como de esa tradición, tan extensa y varia, se decantan unas adquisiciones válidas para el futuro; así es como de la base recibida cabe proyectarse hacia la tarea pendiente. Y apresurémonos a afirmar que, pese a la cantidad y calidad de lo heredado, quedan todavía sin resolver problemas considerables de concepto y de metodología, no habiéndose logrado plenamente síntesis descriptivas dotadas del detalle suficiente para ser útiles sin resultar por ello confusas o penosamente perceptibles. Pero permítasenos deducir, de tal acelerado y apenas esquemático resumen de corrientes tradicionales, una observación a nuestro juicio importante sobre la naturaleza de la especialidad estructural y sobre su puesto entre las demás ramas de la ciencia económica.

Obsérvese, ante todo, que al hacer confluir tan varias aportaciones pasadas se verifica, por de pronto, la superación de controversias que en su tiempo fueron muy encarnizadas, y que, si bien hoy han pasado a segundo plano, no por eso dejan de aletear en ocasiones. Nótese, en efecto, que a la estructura vienen a abocar, en sus distintas corrientes, los históricos y los clásicos; como vienen a coincidir asimismo los representantes de la macroeconomía y de la microeconomía —en cierto modo, otro aspecto de la misma cuestión—, y del análisis general y el parcial. Sucede como si las obras de un puente comenzado simultáneamente a construir desde una y otra ribera viniesen, por fin, a cerrarse y reunirse en esta piedra común de la estructura.

Pero, al mismo tiempo, la estructura ofrece una fecunda base para articular la economía con otras ciencias, principalmente sociales, y las estadísticas y matemáticas. Y, por otra parte, esta nueva especialidad crea la base necesaria e imprescindible para una política económica realmente científica. Todas estas razones nos conducen a concebir la estructura como una verdadera clave de arco. Pues en ella queda soldado el puente comenzado a construir desde cada lado por la microeconomía y la macroeconomía, respectivamente. En ella se ven aplicados los conceptos de la teoría económica, tomando cuerpo real para el quehacer de la política económica. En ella, finalmente, han de superarse armónicamente sobre todo gracias a nuevos medios de cómputo —controversias metodológicas como las que han separado a históricos y clásicos, o a matemáticos y no matemáticos; pues todos ellos, salvo menores detalles de ensambladura, pueden colaborar en el edificio estructural.

No se vea en las anteriores palabras una pretensión de mayor jerarquía para la estructura económica. No es en sí más importante la encrucijada que las avenidas aferentes a ella; y no es éste un problema de «estatura» sino de posición en un mismo plano. Por otro lado —aparte de que tales susceptibilidades carecen de sentido—, tampoco debe extrañarnos la posición que atribuimos a la especialidad estructural dentro de la ciencia económica, puesto que su objeto, en términos generales, es la descripción científica del mundo real. Recordaba Cassel, en unas conocidas conferencias impresas bajo el título *Pensamientos fundamentales en la economía*, que «el objeto de la ciencia económica es la vida económica». Y estas palabras explican, mejor que las nuestras, por qué la estructura económica resulta ser esa confluencia, ese puente acabado, esa clave de bóveda.

4

De cómo dejé de ser *Homo oeconomicus*

¿Un homenaje a Valentín Andrés Álvarez? ¡Allá voy en el acto, con un entusiasmo tan ardiente como nostálgico! Ahora bien, precisamente porque se trata de él y porque también en eso fui discípulo suyo, nadie espere que pretenda aportar mi granito de arena a la construcción de la ciencia. Ya un maestro universitario de la medicina española, que quizá Valentín alcanzó a conocer, decía de tal pretensión que «con tanto granito de arena eso se va a convertir en el desierto del Sahara». Por otra parte, como se irá viendo, esa ciencia en su estado actual, antes que desierto, me parece una torre bastante babélica, aunque más confundidora que confundida, pues sabe muy bien lo que hace. Valentín, que fue vicepresidente de un grupo dadaísta (en el que, dicho sea de paso, todos eran vicepresidentes), comprenderá sin duda que, al negarme a la convención de los homenajes, sólo trato de acercarme más a él. De hablarle con «la voz a ti debida», como escribió un poeta suyo y mío.

¿Qué vengo a ofrecer entonces? Yo quisiera que fuese una semilla; tan pequeña como el grano de arena, pero viva. O, al menos, una advertencia a los «jóvenes amables que al templo de Minerva dirigen sus pasos», como decía el diestro fabulista y excelente poeta erótico Samaniego. Quizá este escrito roce ambos objetivos. En todo caso, dará testimonio de valentinidad, mostrando a mi maestro que, si últimamente parezco desviarme de sus enseñanzas, es porque he dado un rodeo (menos de la producción que de la vida) para acabar instalándome a la sombra de palabras valentinianas.

Capítulo del libro *Ciencia social y análisis económico: estudios en homenaje al profesor Valentín Andrés Álvarez*, 1978.

Del Homo oeconomicus a la estructura

¡Las enseñanzas de Valentín Andrés! Aunque ya faltan algunos, ¡cuántos revivirán todavía conmigo aquellas clases de hace treinta años, en el viejo Paraninfo de la Universidad Central! Isabel II, tan opulenta como siempre, nos presidía desde los frescos de la bóveda, sosteniendo en su mano el sol de la divisa complutense («Libertas perfundet omnia luce»; pero en los años cuarenta ese lema no regía) y rodeada por los decimonónicos símbolos del progreso con que la envolvió Espalter: locomotora, aparato Morse, canales. Claro que todo eso no se percibía desde abajo; he llegado a descubrirlo después, en el libro de don Elías Tormo. Gracias a que veíamos el punto de Cournot en la pizarra y que lográbamos oír a Valentín Andrés en aquella vasta caverna vespertina, a veces algo platónica. Allí me inicié en los fundamentos de la ciencia económica todavía reverenciada hoy en Cambridge y el MIT (léase *Em-Ai-Ti*; resulta más superior), aunque esconda en su seno, como gusano en manzana, un armario con el esqueleto del *Homo oeconomicus*. Ya no es de buen gusto aludirlo, pero el tal esqueleto es fantasma en activo del palacio académico, donde seguirá vagando mientras esa ciencia no deje de apoyarse en el individuo, como supuesta base de la sociedad, y en el mercado, como supuesto coordinador de los individuos.

Ya no me alojo en esos aposentos (aun sintiendo no gozar de sus riquezas) porque huelen a cerrado. Mi mudanza explica el título de este homenaje, evocador del de una conferencia de Cánovas sobre el proteccionismo, que precisamente Valentín nos dio a conocer. En cierto modo, también voy a contar cómo renuncié a falsas seguridades ideológicas e instalé en la calle mi tenderete intelectual. No por hallar mérito en eso, sino para presentarme así como aprendiz de Valentín y, también, para orientar —quisiera— a los jóvenes en su busca del mundo que, como siempre, está fuera del templo.

Pero ¿fui alguna vez *Homo oeconomicus*? Desde luego está escrito, por José María Naharro en un artículo para *Moneda y Crédito*, que fui buen discípulo de Stackelberg; aunque ya se añade que pronto me descarrié. Cierto también que ante la pizarra de Valentín admiré sinceramente las lindezas de la teoría paretiana del consumo; pero no es menos verdad que, junto al propio maestro, aprendí que los bienes no se reducen últimamente a dinero, aunque se esfuercen en ello las mandíbulas del mercado. Valentín Andrés recordará su propia llegada a un pueblo, al lado de un camionero en los años en que se viajaba como se podía —sólo era preciso haber sobrevivido— y la lección que le dio el chófer sobre la enorme diferencia entre el vino y la gasolina, idéntica ésta en cualquier surtidor, como producto de la técnica, y distinto aquél en cada taberna, como fruto de la biología.

En todo caso, si alguna vez fui *Homo oeconomicus*, pronto empecé a desaprender, aunque cohibido por tanto autor ilustre y tanta exposición «elegante» («elegante» era el elogio máximo). Contribuyó mucho a mi desaprendizaje —ejercicio siempre indispensable para vivir— el hecho de que, recién terminada mi carrera, se me confiara un curso de «Estructura económica». Éste es el momento de recordar que debemos a Valentín y a sus dos compañeros de aquellos primeros tiempos (Manuel de Torres y José Castañeda) el acierto de incluir tal disciplina en su plan universitario, anticipándose a la irrupción posterior de estructuralismos y análisis de sistemas. Frente a aquella visión de nuestros tres maestros, ¡qué encogido horizonte científico mostraba la comisión de la facultad, que, veinticinco años más tarde, propuso suprimir en el plan la «Estructura económica» y logró, por lo menos, restarle horas de docencia!

Empecé, como digo, a enseñar estructura; es decir, me apliqué a estudiarla. Lo afirmo sin desdoro, pues todo profesor sabe que no se enseña sin aprender. Pensando así por mi cuenta, pronto percibí la insuficiencia de los análisis parciales que se yuxtaponen, aunque sea «elegantemente», para constituir la teoría convencional; llamando también parcial, claro está, a la llamada teoría «general» de Keynes. Comprendí que la acotación del campo, primera operación científica para entender la realidad, está deficientemente realizada por esa teoría, al dejar fuera de su consideración variables indispensables. Y más adelante comprendí, además, que los análisis estáticos no revelan nada en las ciencias sociales, porque en nuestro mundo no hay situaciones, sino procesos, y sólo tienen sentido las estructuras dinámicas.

Ampliar el campo y contemplar la vida en marcha: sé muy bien que eso multiplica la dificultad y debilita el rigor formal. ¡Oh, catástrofe para muchos, aflojar ese rigor que, con el redoble de sus dos erres, tan sonoramente nos llena la boca! Pero ¡qué remedio! Más vale la verdad imprecisa que el simulacro expresado en rigurosos formalismos. Como ha dicho magistralmente Luis Carandell, «bien está el rigor, pero no *mortis*».

Los mitos de la teoría

Sin ponerme a historiar por lo menudo mi progresivo desaprendizaje, sí recordaré que uno de mis primeros escándalos ante la teoría fue la tremenda amputación de la realidad que impone a su análisis del consumo, al partir de los gustos del consumidor y excluir las variables que los implantan en la voluntad, al parecer autónoma, del sujeto. Así se defiende el mito de que el consumidor es rey en el mercado y los empresarios, como el genio al servicio de Aladino, sólo atienden a satisfacer tales gustos. ¡Qué truco para hacernos tragar satisfechos la manipulación del mercado por los productores y para cantar elogios a la libertad en el mercado! Sí, pues nos juran que éste es el único sistema económico libre, «demostrándolo» con las colas de compradores en Moscú.

Se callan, claro, que en el mercado sólo es libre quien tiene dinero; y que si no hay colas es porque las elimina el no tenerlo: el pobre ni siquiera se acerca a la tienda. El mercado ajusta la oferta a la demanda, sí —por eso no hay colas—, pero de manera que, según la conocida frase, el precio de la leche hace que ésta sobre para los gatos de los ricos mientras falta para los hijos de los pobres.

Más aún. Incluso con dinero la libertad es condicionada, en un sentido pavloviano, pues se nos inoculan los gustos y compramos lo que nos sugieren comprar. Para ignorar tal evidencia, la teoría económica ha de cerrar los ojos a algo tan económico como la creación de gustos por la publicidad. ¡Ah, pero hay que cerrarlos!, porque también en el templo académico el verdadero dios, el escondido en el secreto santuario para iniciados, es el becerro de oro. (Nadie se asombre: en el mundo del mercado también los templos han de producir dinero, si quieren dinero para sostenerse. Testigo próximo:

nuestra catedral de la Almudena que como ya apenas produce, con sus famosos consuelos, la resignación de los pobres suficiente para consolidar la estabilidad de los ricos, se ha quedado a medio edificar en esta cristianísima España. Los fieles residuales pueden consolarse pensando que igual está la protestante catedral de Liverpool.)

Otro mito pronto disipado fue la regocijante teoría de la distribución de la renta según la productividad marginal. No necesito combatirla porque, aunque la sigan enseñando en pro del becerro de oro, ya no creen en ella ni sus apologistas. Cedo la palabra a un autor tan ortodoxo y celebrado como Lipsey, cuya *Economía positiva* parece ser el manual más generalizado en las facultades españolas para iniciar a los jóvenes. Supongo que será para iniciarles en la teoría, pero desde luego no para asomarles a la realidad del mundo. En efecto, en el mundo del señor Lipsey, a juzgar por las páginas que el autor asigna a estudiar cada cuestión, el problema del crecimiento y el de los países subdesarrollados (veintiocho páginas de la quinta reimpresión inglesa) tiene tres veces menos importancia que la teoría de la distribución de la renta (noventa páginas). Cierto que en el mundo real la distribución de la renta es importante, pero en cambio es muy dudoso el valor de la teoría allí expuesta. Al menos, lo duda el propio Lipsey, que en la página 494, tras su larga disquisición, escribe: «Debemos, por el momento, reconocer nuestra derrota y admitir que no podemos afrontar en absoluto esta importante clase de problemas». Y añade en nota al pie: «Es arriesgada empresa tratar de avizorar la futura orientación del progreso en el conocimiento. Personalmente, sin embargo, yo me atrevería a conjeturar que ningún adelanto útil en las macroteorías de la distribución podrá llegarnos gracias a la teoría de la productividad marginal». ¿Qué tal? Como prueba de positivismo científico y criterio ponderado, el dedicar numerosas páginas a algo que no sirve ni conducirá a nada, mientras se despacha en unas pocas el problema del Tercer Mundo, no parece ser un acierto a la hora de iniciar a los jóvenes.

¿Para qué reiterar los ejemplos? Otro campo escandaloso es el de la inflación, donde las contradicciones de los más sabios (y la ineficacia de todos ellos) evocan el Bizancio de las controversias sobre el sexo de los ángeles. No me desdigo ni al conocer recientemente la concesión del Nobel al agudísimo Friedman: es un premio al admirable talento inútil con que estudia las hojas quien es ciego para el bosque. Y se pierde en él, claro.

En fin, toda una escolástica, en el sentido dado a este vocablo por García Bacca, otro importante español marginado: como un conocimiento «que cuela el mosquito y se traga el camello»; que analiza al microscopio la productividad marginal y se traga nada menos que el camellazo del poder sobre el obrero. Lo mismo que en la teoría del consumo se escamotea el poder del productor para crear los gustos y dominar así al consumidor. O, en la de la inflación, el de la creación de dinero. O, en la del desarrollo, el poder sobre el mercado, sobre la educación y hasta sobre los gobiernos subdesarrollados. Y así sucesivamente.

La dependencia generalizada

Porque ésa es la gran ausente de la teoría convencional: la variable «poder», sin la cual es difícil explicarse nada importante. Naturalmente, su escamoteo teórico permite exonerar de toda responsabilidad a los que ejercen ese poder (si no existe, ¿de qué han de responder?), fingir neutralidad en la ciencia económica y, además, inyectar a los explotados la ilusión de que nadie les oprime.

Los economistas no convencionales han destruido ya hace tiempo tal ficción, construyendo, por ejemplo, una explicación más verdadera del salario y, recientemente, otra también mejor del desarrollo basada en la dependencia; es decir, en la supeditación a otro poder más fuerte. Pero sostengo que la dependencia no se limita a esos casos, sino que está presente también en las diferencias regionales, en la situación del consumidor, en las discriminaciones de las minorías… en suma, en todas partes. Así he acabado instalándome en la convicción de que sólo una *teoría de la dependencia generalizada* (dependencias diversas y encadenadas sucesivamente en una estructura) permitirá un conocimiento global y efectivo de la realidad económica. Subrayo la expresión porque si algo llegan a tener de simiente estas reflexiones, el germen está en las palabras en cursiva. Son deliberadamente ambiguas porque tanto quiero significar una generalización de la teoría de la dependencia como, a la vez, una explicación teórica de la dependencia generalizada.

La explicación válida de la realidad económica está ahí: en la percepción del poder, con sus encadenamientos y jerarquías y variantes dentro de la estructura. Lo demás es lo que hay ahora: pura tecnoeconomía para manejo ciego de instrumentos. La variable «poder» es ineludible, pues los procesos económicos son el resultado de decisiones que, al ser colectivas (si fueran individuales buscaríamos motivaciones), dependen del poder que prevalece. Si la teoría económica es una teoría de esas decisiones, ¿cómo construirla prescindiendo de las relaciones de poder?

No se me oculta que esa variable «pertenece» a la ciencia política. Pero, en primer lugar, los intentos de distinguir economía y política, con toda esa palabrería de los medios y los fines, son bien artificiosos. Porque, además, casi siempre que en la investigación se desciende a la base acaba constatándose la falta de confines divisorios y se confunden las disciplinas, como en la físico-química o la bioquímica. Por eso, frente a quienes despolitizaron la economía convirtiéndola de *political economy* en *economics* (mejor dicho, la politizaron por omisión, para servir intereses de grupo), pudo Marx convertir la política en economía. Pues claro que no olvido a Marx, y menos cuando critica el sistema de mercado. Cuando se canta la excelencia de los mecanismos de ese sistema, su igualación de la oferta y la demanda, su asignación «óptima» de los recursos, etc., lo que se está realmente haciendo es poner las decisiones colectivas en manos de un determinado poder: el del dinero. En el mercado, quien manda es el dinero.

Triste y feo mercado

Reconozco gustoso que desplazar el poder de la tierra y la aristocracia al dinero y la burguesía fue en su momento una hazaña histórica positiva. Pero la historia ha continuado y ahora exige reemplazar tal sistema porque el mercado ha cumplido su misión de liberar las fuerzas técnicas, detenidas entonces por otros intereses. Hoy el problema es distinto: consiste en someter esas fuerzas al servicio de la humanidad y no al del pequeño grupo poseedor de los instrumentos que permiten aprovecharlas.

Bastaría esa necesidad ética para rechazar la omnipotencia del dinero en el sistema. Pero hay, además, muchas necesidades vitales. En aspectos no económicos, el mercado tiene pocos atractivos que ofrecernos. Mientras el sistema capitalista empujaba a la historia, sirvió también al hombre estimulando las artes y el pensamiento. Pero desde que empezó a resultar un freno, ¡qué impotencia la suya para la belleza y la vida! Podemos comprobarlo con un gran experimento de la historia. Justamente el año en que cumple su bicentenario el libro fundamental de Adam Smith se conmemora también el de Estados Unidos. Pues bien, ¿qué ha dado de sí, para nuestro vivir y en comparación con otras culturas, ese coloso paradigmático del capitalismo tardío? Hasta el cine y el jazz le han venido de fuera; y no digamos el automóvil, la astronáutica o la bomba atómica. Sinceramente, ¿cuándo perdería más la humanidad: amputándole esos doscientos años o borrando solamente cien de la pequeña Atenas, de la Florencia de los Médicis, de la Venecia vivaldiana, el mundo germánico del siglo XVIII o el siglo V de Confucio y Buda? Para algunos son los romanos de hoy; pero Roma creó nuestro derecho. Eso sí, han potenciado el mercado; han inventado el *gadget*: eso que no sirve para nada y se vende por millones de unidades.

En conclusión, se escamotea el poder para dejárselo al mercado sin que se note. Se ceden las decisiones al dinero, y ¿qué cabe esperar de él? Tan sólo más dinero, y para sí mismo. No le interesa la condición de las cosas, pues, como observó bien Marx, el mercado transforma todo bien en mercancía. La fragancia de la rosa, el filo de la espada, la magia de la sonata, el paladeo del pan no son para el mercader sino lo que se paga por ello. Y todo lo no vendible, como la luna (por ahora), el horizonte o la generosidad, queda fuera de consideración; salvo que se convierta en vendible y, como el amor, deje así de ser lo que era. En fin, el mercado es el gran corruptor. De cosas y de valores. Del pobre, obligándole a sacrificar su vida al dinero. Hasta del rico porque le reduce a ser su propio administrador, como dijo no recuerdo qué Santo Padre de la Iglesia, en los tiempos en que aún había tal clase de personas.

Aunque todo eso lo saben los estudiosos, cuando se hacen economistas convencionales han decidido creerse que, no obstante, la competencia lucrativa y el egoísmo general llevan a la prosperidad colectiva, como en el famoso pasaje smithiano de la «mano invisible», que tantos oímos leer por primera vez a Valentín Andrés en 1944, allí en el Paraninfo. Deciden creerlo, aunque sus propias estadísticas les muestran cómo se agranda el foso entre pobres y ricos del mundo. Aunque sepamos que el progreso depende del hombre mismo —no del dinero— y veamos cada día que el mercado no mejora al hombre. ¿Confiar al dinero las decisiones sobre nuestro vivir? Sólo podrá estar conforme quien tenga el dinero, porque equivaldrá a decidir él.

Eso pudo ser útil cuando los del dinero encarnaban el motor histórico, pero ya no. Ha terminado la era smithiana en que el orden nacional resulta de integrar los intereses individuales en el mercado; como ha concluido también su casi coetánea era de Clausewitz, con su orden mundial resultante de los conflictos permanentes entre soberanías estatales supremas.

Trabajar con disciplina y vivir con libertad

¿Y por qué no habían de pasar esas épocas, así como tantas otras? Lo sorprendente no es que concluya la era individualista, sino que haya durado tanto esa ficción, ciega también a una historia en la que el hombre es modelado constantemente por la sociedad, y no a la inversa. Me asombra desde hace tiempo que la famosa factoría de los alfileres, con su división del trabajo en la descripción smithiana (que también nos descubrió Valentín Andrés), pueda conducir a la conclusión individualista del mercado y a los análisis marginalistas, en vez de revelar que un obrero aislado (el cortador de alambre, por ejemplo) no consigue nada solo; que todos dependemos de todos y que sólo colectivamente producimos algo. No llegaré a decir, como algún biólogo, que el verdadero individuo es el enjambre y no la abeja. Pero sí confieso no ser yo quien en verdad escribe estas frases, producto más bien del trabajo de muchos, desde hace siglos, e incluso del propio Valentín Andrés, que me enseñó. Al creerlo así no me siento minimizado, sino al contrario. Me ensancho al sentirme resonador de todos y, por ser mi humildad sincera, me quita peso propio y me facilita el vuelo.

Por eso pensamos muchos que si en otros tiempos fue la hora del capitalismo, hoy lo es la del socialismo. Supeditar la técnica a los hombres (y ése es el problema) es algo que no se logrará mientras las herramientas de la técnica estén al servicio de lucros particulares. Si queremos un nuevo desarrollo, no contaminado, no mercantilizado, es indispensable el socialismo. El pronóstico es fácil, aunque todavía pueda sobrevivir algún tiempo el capitalismo.

Ahora bien, ¿qué socialismo? Porque ese sistema le quita el poder al dinero y repone la sociedad por encima del individuo, pero deja el problema del poder. Así tocamos a la contradicción fundamental de la vida social, de la que las contradicciones marxistas sólo son casos particulares: la existente entre el poder necesario para la organización que conduce a la eficacia y la libertad indispensable para sentirse vivir. Y así también es como, después de mi largo rodeo, vuelvo a acogerme a las enseñanzas de mi maestro. En una conferencia inolvidable, hace ya más de treinta años, Valentín Andrés concluía propugnando este programa: trabajar con disciplina y vivir con libertad. Esas palabras nunca me han abandonado.

La libertad: o de todos o de nadie

El problema está en desarrollar ese programa. Contra lo que suele afirmarse, el mercado no da la libertad. La libertad es un bien (satisface una necesidad y es —¡ay, cuánto!— escasa) de los que no interesan al mecanismo mercantil porque no se vende: sólo hay oferta de su simulacro, que a muchos basta pero a la larga no sirve. Tampoco se compra, aunque se demande, y ni siquiera puede recibirse gratis. La libertad solamente se conquista, porque no es un bien para consumir, sino para ejercer. Se produce ejerciéndola, que es justamente su goce. Véase hasta qué punto su naturaleza es irreductible a los requisitos mercantiles.

Pienso que, cuando el consumismo aspira en el futuro a una sociedad sin clases, está pensando en superar la contradicción, creando una disciplina sin poder que la imponga. Pero tengo más confianza en confiar la disciplina a un poder fraccionado al máximo entre los grupos e instituciones, para evitar la corruptora concentración. Y aún juzgo más deseable el fomento del único poder que no recae sobre los demás: el poder de cada cual sobre sí mismo. Crear la capacidad de autolimitarse; fomentar el acatamiento a unas «reglas del juego», siempre imprescindibles porque el hombre sólo vuela como la cometa: atado a un hilo muy ligero y casi invisible. Aplicando también el autodominio a la tarea de crear las reglas.

Ya sé que eso es utópico, pero no es imposible. Y tampoco contradigo mi antiindividualismo precedente, porque las reglas y el respeto individual a ellas se moldearía también por la sociedad. Ya ha habido culturas muy conscientes de los límites, y lo son aún hoy muchas tradicionales. En 1948, en su ensayo *L'Exil d'Hélène*, escribía Camus: «El pensamiento griego siempre se afirmó sobre la idea del límite. [...] Nuestra Europa, en cambio, lanzada a la conquista de la totalidad, es hija de la desmesura. [...] En su locura, rechaza los límites eternos y, en el acto, oscuras Erinias se abaten sobre ella y la despedazan. Némesis vela, diosa de la mesura, no de la venganza».

Digo más: no sólo no contradigo mi individualismo, sino que veo la libertad como imcompatible con el individualismo capitalista, porque no hay libertad sino en sociedad. Ni Robinson, tan caro a los economistas convencionales, ni los padres del yermo tienen libertad. Éstos porque aunque el renunciar a ella pueda parecer el colmo de la libertad, equivale a no ejercerla. Robinson, porque la soledad en la naturaleza no es libertad humana, sino solamente física, como imagino la animal. Así, la libertad no es un bien que pueda gozar *el hombre*, sino *los* hombres. La libertad del hombre es también un producto social; cuando no la tienen todos no la tiene nadie. Ni siquiera el dictador, movido por influencias y sospechas, prisionero de sí mismo, porque un poderoso es el menos capaz de dominarse.

La libertad es producto colectivo, además, porque sólo se da contra el telón de fondo de las reglas del juego, también fruto social. La libertad sin trabas no tendría sentido aunque fuera posible y ni siquiera podría plantearse; las trabas sin libertad estrangulan la vida. Entre ambas florece, en afilado balancín, la danza de la cometa: el goce y la vivencia de la libertad. Así, la fantasía prodigiosa de un Bach entre la red del contrapunto; o las treinta y tres variaciones beethovenianas uncidas al tema de Diabelli. Muy bien lo entendería el Herman Hesse de *El juego de las cuentas de cristal.*

Semplice e cantabile

Ahora bien, por esa vía del poder sobre sí mismo para jugar con las reglas sociales, acatándolas, ¿adónde se va? Nos lo decía Valentín Andrés en aquella conferencia. A hacer de la vida, creación; del trabajo, vida.

Porque de lo que se trata siempre es de vivir. Comprendo que esa pretensión inquiete a los mercaderes, que compran el trabajo y venden el vivir. Reconozco que aspirar a una disciplina sin otros poderes que sobre uno mismo resulte anarquista. ¡Pues claro! ¿Qué otra cosa, sino anarquista, puede ser un intelectual independiente? Aunque por el momento, mientras lo posible sea utópico, se conforme con un socialismo de poderes muy dispersos, como medio para destronar al triste y feo tirano que es el dinero.

Sobre esa armazón he acabado montando mi tenderete. Es pobre, pero nada se acerca tanto a la libertad como la pobreza voluntaria y no extremosa. Así, entre los cacharros con que juego y a los que debo el pan, acaricio la visión de un mundo inspirado en el código con que Camus cierra su ensayo: «La ignorancia identificada, la negación del fanatismo, los límites del mundo y del hombre, el rostro amado, la belleza: he ahí el campo donde volveremos a encontrar a los griegos. En cierto modo, el sentido de la historia de mañana no es el que suele creerse. Consiste en la lucha entre la creación y la inquisición».

Valentín Andrés, que enseñaba creación, también nos aleccionó sobre la lucha contra la inquisición. ¿Que ese mundo no llega? Se está viviendo ya en lo que se espera. Espero, por ejemplo, escuchando esas variaciones de Diabelli —en una rescatada versión de Schnabel— y al concluir la XX («la esfinge inmóvil, única y aislada en el desierto», que escribió Romain Rolland) las interrumpo y me vuelvo hacia su hermana la *Arietta* de la última sonata: *Adagio molto semplice e cantabile.* Todo el arte de vivir en cinco palabras.

¿He perdido el hilo? Es que en las alturas —es decir, en las honduras— de la *Arietta* ya no hay hilo. Sólo puro latido.

No sabrá vivirlo el *Homo oeconomicus.* El mercado se apodera de la fórmula de Valentín Andrés y condiciona la libertad, a la vez que convierte el trabajo en mercancía.

¿Y es esto economía? Ciencia académica por supuesto que no, pero ya lo he advertido. Y si lleva carga de literatura será por haber seguido también en eso, de lejos, a Valentín Andrés. Con lo que mi homenaje vendrá a ser el de todo aprendiz: la inconsciente y cariñosa imitación.

5

La teoría de la dependencia y el desarrollo regional

¿Cómo comprender el subdesarrollo regional? ¿Cómo corregirlo? Pretendo aquí contribuir en alguna medida a contestar esas interrogantes o, al menos, formular a los historiadores preguntas que, en ese orden de ideas, acucian al economista.

Para estas reflexiones me baso en la interpretación del subdesarrollo como dependencia que, a su vez, implica un enfoque estructural. Como ambos conceptos —dependencia y estructura— carecen de novedad para el historiador, no voy a detenerme en ellos. Pero como ninguno está por ahora bien definido, de forma generalmente aceptada, y como el saber económico convencional discute el primero (o lo rechaza) e ignora el segundo, habré de evocarlos muy brevemente, aportando además precisiones personales, necesarias para llegar a mis conclusiones.

Análisis estructural dialéctico

El núcleo del concepto de estructura, con sus dos operaciones de totalidad e independencia, mutuamente condicionadas, es bien conocido; los diversos matices adicionales —adscripción de una ley combinatoria, por ejemplo— resultan secundarios para mi propósito y no he de considerarlos. Sólo mantendré que, en mi concepto, la acotación de la totalidad no viene objetivamente dada en las ciencias so-

Comunicación al I Congreso de Historia de Andalucía publicada en la revista *Estudios Regionales*, enero-junio de 1978.

ciales, sino que la postula el investigador según las exigencias de cada problema concreto y las interdependencias que quiere explicar. Así, no tiene sentido preguntarse cuántas estructuras tiene un país o cuántos sectores se distinguen en una economía, como si fueran un número físicamente dado. Por supuesto que la realidad muestra heterogeneidades y fisuras capaces de sugerir acotaciones determinadas. Pero el investigador no debe someterse a ellas fatalmente, sino que a veces deberá ignorarlas y basarse en otras totalidades más adecuadas a su problema.

Una segunda proposición, para mí indispensable en nuestro campo, es la de que toda estructura social está siempre «en marcha», es decir, vive un proceso: es, en rigor, un proceso. El verbo «ser» le conviene menos que el «estar», porque en lo que decimos que esa estructura «es» ya hay algo de lo que no es e incluso una inclinación a dejar de serlo. Nuestro mundo es el de la existencia más que el de la esencia y nuestro filósofo es Heráclito. La distinción entre sincronía y diacronía sólo se tolera por exigencias del discurso y puede dañar la visión de la realidad social y su comprensión profunda. No hay estructuras sociales estáticas; todas viven un movimiento que, además, no se sujeta a la ley predeterminada (como v. gr., la trayectoria biológica de un animal, genéticamente programada), sino que se manifiesta sobre todo en la autotransformación.

En consecuencia, los métodos válidos para sistemas mecánicos o biológicos sólo son aplicables parcialmente y con cautela a las estructuras sociales. Comprendo que el éxito del análisis de sistemas en otros campos induzca tentadoramene a usarlos en el nuestro, pero ni los enfoques atomísticos ni los organicistas permiten interpretar procesos dialécticos. Por haber caído en ese error, la ciencia económica convencional se está quedando reducida a una mera yuxtaposición de modelos parciales sin operaciones autotransformadoras, y es importante para abordar temas como el del desarrollo.

Denomino a ese error la «trampa tecnolátrica» (mejor que tecnocrática) del análisis estructural. Y lo emparejo con otra no menos nefasta, la «trampa metafísica», que denomino así por basarse en la creencia formulada como sigue por su más famoso representante: «la actividad inconsciente del espíritu consiste en imponer formas a un contenido y esas formas son fundamentalmente las mismas para todos los espíritus, antiguos y modernos, primitivos y civilizados». Pues bien, frente a esa visión de un hombre inmutable en su nivel más profundo, oponemos otro hombre que, aun cuando naturalmente condicionado, es ante todo un ser histórico porque está en permanente autotransformación sobre todo en su vivir social. ¿O acaso la ciudad moderna es un hecho natural? Y como ya se habrá reconocido, en la frase transcrita, un representativo texto de Lévi-Strauss (de su *Anthropologie structurale*), claro está que al denunciar la «trampa metafísica» rechazo ese estructurismo. Por eso entiendo la estructura como una unidad en proceso de cambio. Más exactamente: una totalización de interdependencias en transformación dialéctica.

El subdesarrollo como marginación

La ideología económica convencional supone al desarrollo como dado por añadidura merced a la virtud de la «mano invisible» atribuida al mercado por Adam Smith. Al imponer los hechos una creciente duda sobre tal virtud, esa ideología reacciona tendiendo a eludir la cuestión o a subsumirla en el estudio de unos alambicados modelos sin apenas utilidad real para el desarrollo, pero de un rigor formal que además de deleitoso, engorda sustancialmente el prestigio académico. Sólo autores reformistas o neoinstitucionalistas llegan a plantearse mejor el problema, como Galbraith o Myrdal, pero se resisten a cargar con las consecuencias.

Como es sabido, frente a esa doctrina ha ido surgiendo otra interpretación del subdesarrollo que distingue entre «centro» y «periferia», debida a la inspiración de Prebisch en la CEPAL. Esa teoría enfrenta dos sistemas diferentes en el mundo: el centro, hoy desarrollado porque se industrializó primero y ocupó los grandes mercados, y la periferia subdesarrollada, cuyo progreso no podrá traerlo la «mano invisible» pues las condiciones de partida son distintas de las iniciales para el centro y es inútil seguir la misma vía que éste, aunque lo recomiende la teoría convencional.

Esa interpretación ha conducido al actual concepto del «subdesarrollo como dependencia», muy superior a la doctrina convencional. Aun así, todavía es mejor sustituir la visión de dos sistemas enfrentados (la periferia dependiendo del centro) por la de un único sistema capitalista mundial en el que una parte, al desarrollarse, engrendró paralelamente el subdesarrollo del resto, e incluso cimentó su progreso en la pobreza ajena. Por eso, en mi trabajo «Conciencia del subdesarrollo», preferí hablar de «marginación» dentro de un sistema único, aunque pueda usarse el término «dependencia».

La dependencia generalizada

En general, la teoría suele circunscribirse a la situación comparada de unos países respecto de otros; es decir, a la marginación en la esfera internacional. Pero también cabe hablar de una marginación intranacional, pues en todo país hay regiones subdesarrolladas respecto de otras. El enfoque análogo de ambos casos es ya practicado por los economistas no convencionales, y creo personalmente que todavía debería extenderse mucho más. El tema es muy importante y no puedo dejar de proponer, aunque sólo sea de pasada, que generalicemos la idea de dependencia como fecunda guía para una revisión crítica de la economía convencional, porque la dependencia no se manifiesta sólo en esos dos casos, sino también en la situación del consumidor, en la explotación de las minorías, en los intercambios en general. Estoy convencido de que sólo una «teoría de la dependencia generalizada» —es decir, una aceptación del poder como variable económica fundamental— nos permitirá explicar mucho mejor la realidad económica al mostrárnosla como es: una articulación de dependencias diversas y encadenadas en una interdependencia estructural.

En cualquier caso, la más elemental aproximación al problema permite pensar que la analogía entre el subdesarrollo internacional y el regional es más que suficiente para aplicar a este último caso el concepto de dependencia, con tal de tener bien en cuenta las diferencias significativas. Así se ha hecho ya mucho, pero a mi juicio más para apelar a «colonialismos» internos con fines de movilización política que aplicando sistemáticamente la teoría del subdesarrollo marginado. Creyéndolo así, esta comunicación intentará ahora contribuir a dicha aplicación mediante una muy inicial tipología de las relaciones de dependencia internacional comparada con las de dependencia regional, precisando las diferencias y desde el punto de vista de la posible acción correctora.

Las relaciones de dependencia internacional

Como se ha dicho, la teoría del caso internacional considera los países subdesarrollados como dependientes del centro. Pero aceptar como unidades últimas los países —bien enfrentados en dos sistemas o dentro de uno solo— es una abstracción excesiva y desorientadora. Hay que penetrar en esas unidades y distinguir distintos componentes con función diferenciadora en la relación de dependencia, tanto en los países del centro como en los subdesarrollados. No obstante, en esta primera aproximación solamente distinguiré grupos dentro de los países dependientes, postulando como términos de la relación de dependencia internacional estos tres componentes: el «Exterior», *E*, o centro desarrollado; el sector «Dominante» dentro del país subdesarrollado, *P*; y el sector dependiente o «Marginado», *M*, dentro también del mismo país. Por supuesto que podría hablarse de explotadores y explotados, pero elijo aquí una terminología menos provocativa.

Dependencia internacional

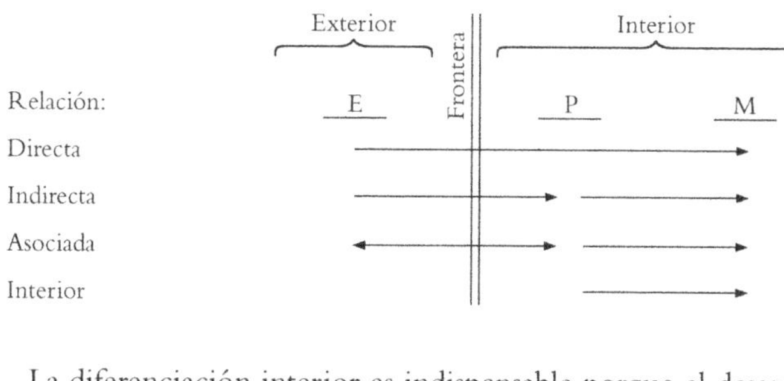

La diferenciación interior es indispensable porque el desarrollo es un proceso de cambio estructural resultante de decisiones adoptadas en la actuación conflictiva de los diferentes grupos sociales, en defensa de sus contradictorios intereses. Y aun limitándome a esos tres componentes y a las relaciones entre países, encarnados en sus respectivos gobiernos. En efecto, aparecen, por lo menos, estos tipos de relaciones diferentes:

a) *Dependencia directa*, cuando el Exterior se implanta o influye directamente en el sector dominado *M* del país dependiente. Es el caso típico del colonialismo clásico: la plantación o la mina en cuya explotación los grupos dominantes *P* del país pobre apenas participan —por eso llamo «directa» a la relación— más que en aparentes legalizaciones, percepción de cánones, etc.

b) *Dependencia indirecta*, cuando ciertas presiones del Exterior sobre el país dependiente deciden a los grupos dominantes de éste a intensificar a su vez su presión sobre sus propios grupos marginados. Los ejemplos pueden ser muy varios, pues no es lo mismo dar lugar a que el gobierno dependiente explote directamente la mina vendiendo desventajosamente al exterior que, de un modo aún más indirecto, inducirle a mayores exacciones al pueblo para afrontar deudas contraídas con el extranjero. En general, los grupos dominados no se sienten dependientes del Exterior en estos casos, sino de sus propios dominadores; aunque en realidad éstos actúen forzados por la dependencia global del país entero respecto del mundo exterior desarrollado.

Nótese que esta relación puede ser presentada a los marginados —y de hecho suele serlo— como progreso, bajo la apariencia, por ejemplo, de la sustitución de una empresa extranjera por una «nacional», o como la triunfalista «nacionalización» de técnicas avanzadas, etc. En realidad, la asociación agravará la dependencia si los aliados interiores del extranjero no se interesan por la defensa económica del país (en todo caso, la supeditan a su beneficio propio) y, además, al facilitarse así la penetración interior con la asociación de los aliados, se crea otra causa general de dependencia del país: por ejemplo, difundiendo hábitos de consumo desarrollados que refuerzan la dependencia económica global. El halago interesado a los sentimientos populares nacionalistas ocultará entonces estas asociaciones explotadoras y procurará justificar la nueva relación de dependencia.

c) Finalmente, la *dependencia interior*; es decir, la de la explotación de *M* por los grupos dominantes compatriotas, sin intervención ni participación del Exterior.

Para resumir la descripción anterior, ofrezco el gráfico de la página 100, cuya comprensión es inmediata tras las explicaciones precedentes.

Las relaciones de dependencia regional

Para el análisis de la dependencia regional, los componentes estructurales del modelo pasan a ser cuatro: el Exterior, *E*, con las mismas características que antes; los grupos dominantes *P* en el país subdesarrollado, también idénticos; y otros dos sectores dentro de la región en estudio, que son los dominantes regionales, *D*, y los sustentadores últimos de todo el mecanismo o marginados, *M*, que son los mismos de antes pero circunscribiéndose sólo a la región, pues para simplificar prescindo de todos los demás grupos marginados, en otros escalones superiores, aunque también juegan su papel en la realidad.

Dependencia regional

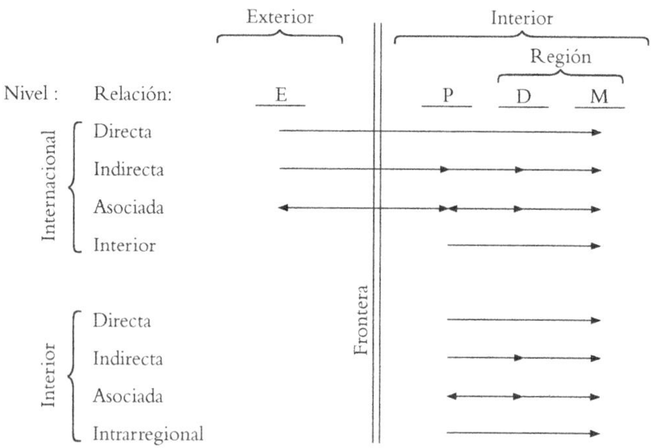

Al adaptar al nuevo caso la tipología anterior, tendremos también, como muestra el gráfico de la página 102, relaciones directas, indirectas y asociadas, pero a dos niveles diferentes: el nivel Internacional (en el que existe una explotación del país subdesarrollado y de su región por parte de grupos extranjeros) y el Interior, en que los productos de la dominación se quedan en el país. En todo caso, por supuesto, existirá, además, una relación única de dependencia intrarregional —análoga a la única del modelo anterior, aunque a inferior nivel— que será normalmente bastante intensa, pero que de hecho no se agota en los grupos dirigentes regionales, que habitualmente invierten beneficios fuera de la región, lo mismo que los dirigentes del país hacen en el extranjero. Pero éstas ya son relaciones de orden ulterior que, como otras, a mi juicio menos importantes, quedan eliminadas en esta primera aproximación al problema.

La región, indefensa

Al comparar los dos gráficos se advierte que, formalmente, el segundo se convierte en el primero con sólo suprimir todo el nivel que he llamado Internacional y variar las denominaciones del mismo para igualarlas a las del modelo anterior. Pero esta reducción puramente formal prescindiría de un hecho trascendental: la existencia de frontera, inherente a toda consideración a nivel internacional. Así se pone de relieve la decisiva diferencia cualitativa entre la dependencia de países y la de regiones respecto del resto del país; diferencia conocida, pero trascendente para la política posible, pues la ausencia de una frontera hace a la región todavía más vulnerable que a un país, y la coloca en un estado de mayor indefensión.

Este resultado es conocido, pero con frecuencia subestimado, pues lo enmascara la idea, al parecer natural, de que entre compatriotas existe solidaridad y todas las relaciones son positivas. Por supuesto, no afirmo que siempre sea peor la situación regional que la del subdesarrollo internacional (aunque, para comparar, habría que equiparar siempre los términos), pero sí sostengo que, frente a sus dominadores externos, un país puede apelar a instrumentos más eficaces que los asequibles a una región frente a sus dominadores internos. Aparte de que, al aumentar los intermediarios —en las operaciones asociadas—, tiende a agravarse la intensidad de la explotación.

En efecto, salvo en las formas antiguas y más brutales de la colonización, el país dependiente puede defenderse cerrando sus fronteras o manejando la amplia gama de barreras arancelarias, económicas o políticas. Puede también legislar frente a las infiltraciones previas (inversiones de capital extranjero, etc.), o frente a actitudes de sus propios naturales (evasiones de capital, por ejemplo). Claro que la posibilidad de hacerlo así variará en cada caso real, pero el instrumento existe siempre y puede intentarse con él suavizar al menos la dependencia.

En cambio, las posibilidades ligadas a la frontera no existen en general para la región. Más aún, la supuesta comunidad de intereses de todo el país, proclamada en todo el sistema de educación e información, hace incluso difícil percibir la intensidad y realidad de la explotación. Con frecuencia, incluso, toda una elaboración ideológica contribuye a enmascararla bajo una visión idealizada de la realidad regional. Así, toda una literatura falsamente «folklórica» procura presentar el subdesarrollo como un mundo de vida fácil y relajada, entre cantares y jolgorio popular. A veces, hasta se logra por ese medio inspirar un justificado orgullo de su situación entre los propios explotados.

Progresos retrógrados

Como un corolario de esa conclusión, quiero poner de relieve el sentido negativo de ciertos «progresos» aparentemente ventajosos para las regiones, cuando en realidad son dañinos. Así, la mejora de las comunicaciones con el resto del país puede perjudicar a la región facilitando, v. gr., las motivaciones de la emigración, acarreando una selección humana a la inversa cuando se marchan los más dotados de espíritu de iniciativa (aunque, como suelen ser los más inconformistas, su partida tranquilice a los grupos dominantes regionales). Y no se olvide que las remesas de esos emigrantes no suelen quedarse del todo en la región porque, recogidas por instituciones que son sucursales del área central, se invierten fuera, en destinos más productivos. Por otra parte, aun cuando la mejora de las comunicaciones tiene innegables facetas positivas, también facilita las alianzas y las relaciones asociadas.

De modo análogo, también hay aparentes «progresos» políticos que, en realidad, se traducen en mayor sometimiento para los marginados de la región. Así, por ejemplo, si al lograrse un mayor grado de autonomía regional, el poder local resulta traspasado a manos de los grupos dominantes, con lo que resultaría excesivamente optimista esperar que los marginados mejoren sensiblemente. En otras palabras, sólo un poder regional auténticamente popular puede variar la situación.

Conclusiones y sugerencias

Aun sin explotar más a fondo el tema, la conclusión está clara: «la región es más vulnerable ante la explotación externa a ella que un Estado políticamente independiente». Además, la corrección de la dependencia difícilmente puede alcanzarse —a consecuencia de lo expuesto— por vías puramente económicas. En consecuencia, lo imprescindible y urgente es mejorar el grado de participación regional en las decisiones nacionales y, por supuesto, el de participación popular en la propia región; sobre todo cuando las decisiones globales afectan especialmente a la región. En otras palabras, hay que ir a un poder estatal que represente auténticamente los intereses marginados, así como a un poder regional igualmente representativo y con participación suficiente para poder defender sus intereses en los conflictos con otras regiones. A falta de esa estructura de poder, sólo caben mecanismos parciales, que apenas conseguirán mitigar más o menos la dependencia.

Con eso llega el momento de atreverme a sugerir a los historiadores algunas de las aportaciones que éstos pueden ofrecer a los economistas para planear el desarrollo regional. Por nuestra parte, los economistas hemos de consagrarnos a desmitificar toda ideología encubridora y a revelar los mecanismos económicos de dependencia. En cuanto a los historiadores, nos harían un gran servicio con tareas como las que siguen y que, por supuesto, vienen realizando ya sin necesidad de mi modesta petición, pero no siempre —y esto es esencial— apoyándose en una teoría de desarrollo como la de la dependencia:

a) Revisar, de espaldas a las ideologías convencionales sobre el desarrollo, *la génesis* de *la marginación regional*, para explicar correctamente su formación y detectar los sectores o nodos en que puede influirse favorablemente. Así se ha empezado a hacer ya en la esfera internacional, revisando la verdadera estructura de las relaciones coloniales y la forma en que han transformado la estructura colonizada, hasta entonces autónoma, en una estructura dependiente.

b) Analizar, incluso en la actualidad —pienso ahora en otros científicos sociales—, las *relaciones de dependencia* que *no son puramente económicas* y en las que se concreta nuestra atención de economistas. La dependencia es una situación global y muchas de sus manifestaciones —políticas, culturales, sanitarias, etc.— refuerzan y consolidan la explotación económica. Más aún, es apoyándose en esos otros aspectos como suele justificarse o disimularse la explotación económica, como he apuntado al referirme al falso «folklore». Análogamente, en la esfera internacional, ¡cuántas veces la implantación de progresos como la «libertad», «democracia» y otros (*made in USA*) sirve para implantar estructuras de demanda, empresas multinacionales o enseñanzas de contenido desorientador, más esclavizadoras y alienantes que la explotación interna!

c) Por supuesto, contribuir a detectar posibilidades de acción en la situación presente, a base de ofrecernos *lecciones del pasado* que, si no siempre son fácilmente trasplantables como guías de conducta, sí pueden con frecuencia evitarnos errores precedentes.

La libertad concertada

Nada de lo expuesto debe desviar la voluntad hacia objetivos irreales, como lo sería pretender la independencia total o la autarquía económica; imposibles ambos porque la técnica hace ineficaces esas pequeñas unidades que son las regiones.

La meta es otra, a saber: la independencia para la interdependencia. No la libertad marginada de hoy, sino la libertad concertada; es decir, pactada políticamente por los cauces de instituciones adecuadas, y ejercida cada día en la región y entre las distintas regiones.

Ahora bien, ¿es eso posible? Tras mi conclusión sobre la vulnerabilidad intrínseca de la región, podría parecer inevitable el pesimismo. Pero no lo creo así, por una razón decisiva: mi proposición inicial de que las estructuras sociales sólo existen en un proceso dialéctico, entretejido de contradicciones que son creadoras precisamente porque destruyen. Las condiciones del ayer se modifican históricamente, y resulta que hoy asistimos al declive de las llamadas «grandes potencias» hace medio siglo —los estados europeos creados desde la Edad Moderna— porque su magnitud es inferior al óptimo exigido por la técnica actual para combinar recursos productivos con eficacia. Y al mismo tiempo, presenciamos la aptitud de las unidades a escala regional, para desempeñar funciones subestatales con mayor eficacia, o incluso nuevas actitudes suscitadas por ese mismo progreso técnico.

Eso significa que mientras los marginados regionales luchaban en condiciones adversas en los tiempos de los «nacionalismos» estatalmente aprovechados, hoy el proceso dialéctico de la historia viene alterando favorablemente aquellas condiciones. Podría añadir ahora que mi visión de la estructura internacional en el futuro del siglo XXI —por razones más detalladas en otro lugar— generaliza de tal modo la necesidad de «regionalizar» mundialmente las decisiones, que la esperanza se reaviva. Pensando además en el caso concreto de Andalucía, podría añadir también que —como razoné hace ya tres lustros— la dialéctica de la historia ha transformado el estancado Mediterráneo de hace dos siglos en una nueva área dinámica del planeta. Pero estos dos temas rebasan con mucho mi propósito inicial y, si los he mencionado, ha sido solamente para desmentir los pesimismos.

Por todo ello pienso que el horizonte no está cerrado para los hombres dispuestos a abrir brechas en su situación dependiente si, en el terreno político sobre todo, saben aprovechar la cresta de la ola histórica que en nuestra época tiende a revalorizar a la región. ¡Ojalá ocurra así en una Andalucía que tanto lo merece por sus valores vitales!

II

SOBRE ECONOMÍA ESPAÑOLA

1

España en las corrientes económicas mundiales

Queridos amigos, y permítanme ustedes que empiece así dado el ambiente en que me encuentro. Tengo que empezar dando las gracias a Lasuén, que ha hecho de mí una presentación inmerecida. Creía, efectivamente, que no era sensible más que al halago por mis novelas; ahora me doy cuenta de que el halago a mi estructura económica también me llega al corazón. Es una lástima que en los minutos quizá pesados que van a seguir tenga que dedicarme sin querer a la penosa tarea de desmentir a Lasuén casi constantemente; pero en fin, qué le vamos a hacer. Quiero decir también que estoy enormemente contento de encontrarme aquí; esto no es una frase de cortesía, en absoluto, pues si uno tiene ya alguna ambición en esta vida, y conste que es una ambición muy grande, es la de alcanzar un mínimo de autenticidad humana; por eso no me interesan las conferencias masivas ni cosas por el estilo, ni actos ni zarandajas, ni nada. Si algún día pudiera poner un cargo importante para mí debajo de mi nombre en la tarjeta pondría «José Luis Sampedro, no oficial»; y, por eso, cuando, por el contrario, se trata de una reunión como ésta y desde que he llegado a Barcelona, y desde contactos anteriores sé hasta qué punto coincido y me encuentro a gusto entre ustedes. Por eso, digo, me encuentro absolutamente contento. Voy, pues, a tratar de alcanzar, con el pretexto de la estructura económica, como hubiera sido posible con cualquier otro pretexto, un mínimo de autenticidad humana, y esto quiere decir

Conferencia impartida en el Círculo de Economía de Barcelona el 18 de febrero de 1960.

tratar de serles útil, tratar de servirles en lo que valga. Éste es mi propósito.

Como ha dicho Lasuén, soy también un universitario, y el universitario se encuentra en una posición bastante satisfactoria en algún caso. Por lo menos por mi parte, he llegado a la conclusión de que sería incapaz de ganarme el dinero en la actividad económica y entonces pensé que quizá dedicándome a una profesión que consiste en intentar explicar a los demás cómo deben ellos ganárselo, podría yo ganarme el dinero que no sabía ganarme por mí mismo; y, por encima de esa comodidad, resulta que me he dedicado a la estructura económica, lo cual es una posición mucho más cómoda todavía, porque como aquí piensa uno a largo plazo, siempre resulta que los hechos no me pueden desmentir hasta dentro de veinte o treinta o cuarenta años y estoy en una posición mucho más cómoda que la del economista que, por su especialización, se ve obligado a pronosticarles a ustedes qué es lo que va a pasar dentro de seis meses. Para mí seis meses no son nada, un grano en el desierto de la historia; a mí me hablan ustedes de cuarenta o cincuenta años y entonces veremos si de aquí a entonces me he equivocado, me complacerá muchísimo poder oírlos cómo me desmienten.

He dicho que esta posición es cómoda, y realmente debería haber dicho que era cómoda, porque, y éste es un problema que incide ya inmediatamente sobre el tema de hoy, si algo está claro en la evolución histórica mundial, es su proceso de aceleración. Hay un libro en la historia del siglo XIX de Michelet que comienza con uno de los pasajes en los que el autor se asombra de las cosas que ha visto en el curso de su vida. Desde la Revolución francesa hasta la caída del Seguno Imperio. Bueno, eso no es nada con lo que hemos visto casi todos nosotros, con una vida mucho más corta de la que tenía Michelet cuando escribía y, posiblemente, esto va más deprisa. De modo que está claro que los cultivadores de la estructura y del largo plazo no podemos hablar de cincuenta años; tenemos que hablar de mucho menos. Pero así y todo, hablamos siempre pensando en lo fundamental, pensando siempre a largo plazo, y por esta deformación mía profesional, sugerí este tema que aceptó el Círculo de Economía muy amablemente, que consiste en estudiar el problema de España en las corrientes económicas mundiales. Con esto, además, creo que podré tratar no de eludir las cuestiones que están en la mente y en las preocupaciones cotidianas de todos nosotros, sino, por el contrario, si tengo un poco de suerte, podré tratar de aspirar a considerarlas desde un ángulo que ha sido, en mi opinión, escasamente considerado: el problema a largo plazo. El problema en su sustrato fundamental y más permanente, es decir, algo así como ver la estabilización o la liberalización, o todas esas «ciones» en las que estamos viviendo, verlas desde el ángulo de la estructura y, naturalmente, también en la estructura de las instituciones. Entonces elegí esta formulación del tema que evita citar en él las palabras liberalización y estabilización, para que el público no crea que uno viene a dar otro golpe a lo mismo; nada más lejos de mi ánimo, como creo que al menos podré demostrar. Además de esta razón, un poco digamos de estrategia de orador, que sabe muy bien que no lo es, había otra razón para elegir el tema, y es que, en mi opinión, hoy por hoy, los fenómenos más importantes por su efecto sobre nuestra vida económica se producen fuera, en eso que está referido en el enunciado del tema como las corrientes económicas mundiales. Basta para considerarlo el mismo problema de la estabilización que ustedes saben fue una de las medidas de la nueva política económica, precedidas de un cuestionario económico que el gobierno presentó a una serie de entidades e instituciones, en el cual se empieza diciendo que, en el ejercicio pasado, es decir, a finales de 1958, se han producido tres hechos económicos fundamentales: la convertibilidad de moneda, la libertad de cambios y el ajuste monetario, etc., y se dice que este conjunto de decisiones afectan de manera importante a la economía española y plantea el grave problema de adoptar una línea de acción conveniente frente a ella. Es decir, que las circunstancias económicas exteriores fueron las que determinaron (habría que matizar mucho esta palabra, pero, en fin, admitámosla por ahora y creo que es suficiente) una serie de decisiones cuya importancia, evidentemente, no necesita ser demostrada.

Por todo esto me lancé a la osadía de tratar de presentarles este tema de «España en las corrientes económicas mundiales». Y digo la osadía porque el tema es muy vasto en sus dos partes: España y las corrientes económicas mundiales que, por supuesto, no voy a pretender presentarles más que fraccionadamente. Pero como esta costumbre me parece plausabilísima, como luego tienen ustedes el derecho de venganza sobre el conferenciante y éste hace no de san Pedro (y perdonen ustedes este chiste tan malo), sino de san Sebastián para las flechas del público, entonces creo que si alguna cosa ha quedado mal tocada pueden plantear aquí la cuestión, ya que estoy dispuesto a resignarme a demostrar mi ignorancia, todavía más en la parte dedicada al coloquio.

Vamos, pues, a tratar sucesivamente dos partes: el problema de las corrientes y el problema de España.

El problema de las corrientes mundiales requiere una actitud mental que estoy seguro que este Círculo posee, porque si no, no existiría como es, pero así y todo me veo en la obligación de reclamar y requerir nuevamente, de exhortarles a ustedes a que se sitúen en esa actitud. Esta actitud es justo lo contrario de la fe. Seguramente es tan difícil como la fe. Ustedes saben que la fe es creer lo que no vemos, pues yo les pido que tengan imaginación suficiente para creer lo que vemos, que es lo que no cree ni ve casi nadie. No sé si esto les parece a ustedes atrevido y falso. Creo que se puede demostrar que la reciente historia contemporánea está llena de pruebas palpables de que las personas más obligadas a ver lo que está pasando en el mundo ante sus ojos no se han enterado. El Colón que descubre América y se cree que es Asia es simbólico de lo que pasa todos los días; y para animar un poco, muy brevemente, esta pesada introducción (quizá no lo sea comparada con el resto) voy a decirles, por ejemplo, cuál fue la actitud de la gente cuando apareció el automóvil. Hay un artículo en dos periódicos de Estados Unidos de la década de 1890 que dice que sí, que el automóvil es un chisme que está muy bien, pero que nunca llegará a ser tan importante ni tan interesante como la bicicleta. Tengo aquí un texto que demuestra la falta de capacidad de percepción de lo que pasa. Es un texto de unos médicos norteamericanos que escriben sobre los riesgos del automóvil. Recuerden ustedes que la fecha en que se escribió esto es cuando el automóvil corría a las vertiginosas velocidades de cuarenta kilómetros por hora y cosas por el estilo. Y dice: «La exposición a las corrientes de aire a estas velocidades ocasionará sinusitis. Al mismo tiempo que la costumbre de asirse al volante y de estar nervioso sujeto a él engendrará la facies automovilista», dice el doctor, «caracterizada por la boca perpetuamente abierta que, aparte de consideraciones estéticas, hará a la víctima especialmente susceptible de infección». Me he traído el texto porque suponía que no se lo iban ustedes a creer si no aportaba el documento. Pero bien, así y todo el automóvil avanza, se acepta, y el año 1899 el Departamento del Ejército de Washington decide pactar con el nuevo invento e incorporarlo a las Fuerzas Armadas. Y entonces dice: «Han sido adquiridos tres automóviles para el Departamento de la Guerra, para el uso de los oficiales. Cada uno está equipado de manera que tiene un dispositivo capaz de poder enganchar una mula en el caso de que no ande el automóvil». Y, por último, hay una frase importante de Wilson que dice lo siguiente (es importante porque tiene mucho más fondo del que a primera vista parece. Era el que fue después el presidente Wilson. Entonces no lo era aún. Eso fue en 1906): «Nada ha extendido más los sentimientos socialistas en este país que el automóvil».

Ustedes dirán que qué tiene que ver el socialismo con el automóvil. Pues mi tesis de hoy es que muchas de estas cosas tienen que ver entre sí. Es decir, la técnica y las instituciones. El problema es, tal como yo lo veo, que todo este curso de fenómenos que voy a tratar de examinar brevemente marcha sobre estas dos ruedas: la técnica y las instituciones. Con frecuencia despareja, con frecuencia desfasada, pero en cualquier caso ellas dos son las que hacen rodar el conjunto, o las que ruedan en el conjunto, no sé cómo decirlo, pero el caso es que es una marcha de ambas cosas con otras muchas, y estas dos cosas son las que especialmente voy a subrayar.

Me he detenido en esto del automóvil no sólo para bromear, sino como ejemplo de lo que pasa y porque, además, tendré que volver sobre algo de lo cual es representativo este fenómeno del automóvil. Pero si pensásemos en economía y sin necesidad de invocar aquellas palabras tan deliciosas que el presidente Einaudi con toda su humanidad dedica a los expertos en los mitos y paradojas de la justicia tributaria, unos paisajes deliciosos que deberían obligar a aprenderse de memoria a todos los expertos para que no se pongan ño-

ños, incluido yo, quiero decirles que, a partir de 1918, la historia de la economía mundial, en mi opinión, por lo menos hasta los últimos años en que esto ya se va viendo, es una sistemática y reiterada recaída de los expertos en considerar como crisis coyunturales un fenómeno que era esencialmente una crisis estructural del mundo entero. En el año 1929 se produce el viernes negro de la economía norteamericana, la crisis mundial, la Gran Depresión que se inicia entonces, etc. ¿Cuál es la reacción oficial? Pues aquella frase famosa de Hoover y su equipo «Prosperity is round the corner», «La prosperidad está a la vuelta de la esquina». Entonces eso no pasa y tienen que afrontar otros hechos. Pero antes ya, en 1927, una conferencia económica internacional de Ginebra que se preocupó de estos problemas también se había equivocado sobre el diagnóstico de la cuestión y creía que no eran más que fenómenos transitorios en un mundo que seguía siendo el anterior a 1914, y justamente esto era lo que no era, un mundo que seguía siendo el de antes de 1914. El año 1934, en la Conferencia Económica de Londres, sigue siendo lo mismo; pero es que pasa la Segunda Guerra Mundial y la actitud en muchos técnicos es igual. En 1944 se reúne la Conferencia de Bretton Woods y crea estos dos gemelos del Fondo y el Banco y creen que con la ortopedia establecida pueden evitar una serie de fenómenos. La historia de las devaluaciones monetarias, la de Francia en enero de 1948, y la de Inglaterra con todas sus consecuencias, el 18 de septiembre de 1949, demuestran que estas ortopedias no valían. En 1945, todavía una autoridad tan importante como Keynes concierta con Estados Unidos el empréstito americano de 3.700 millones de dólares, que, en su opinión, un año después iba a permitir la convertibilidad de la libra.

Son hechos tan conocidos que basta con aludirlos. Recuerden ustedes que la convertibilidad de la libra duró apenas un mes. No pudo resistir más. De modo que el mundo se había venido equivocando sistemáticamente y, en mi opinión, simplificando demasiado las cosas, pero lo que pasaba era que se había tomado como fenómenos puramente coyunturales unos hechos que eran esencialmente estructurales y que estaban afectando al equilibrio del fondo de toda la economía mundial. Por eso me parece muy justa la actitud de un amigo mío que dice que convendría publicar un libro titulado: *La economía al alcance de los ministros.* A mí me parece que el libro se vendería mucho, pero insistiría en que serían los ministros de todas partes, porque estos anacronismos los hacen, los estamos viendo todos los días por desgracia, los ministros de todas partes. No se enteran de lo que pasa. No lo ven. Yo no pretendo verlo, pero, en fin, creo que algunos errores sí pueden quedar de relieve si reflexionamos sobre las cosas y evitamos que los árboles, como decimos aquí, nos impidan ver el bosque. Así pues, adquirida, o, mejor dicho, reforzada esa actitud de ver las cosas que pasan tal como pasan, de creer lo que vemos, vamos a ver qué es lo que vemos. Lo que sucede es tan complejo que no puedo pretender exponerme. Yo llamaría la atención de ustedes sobre algunos detalles que se ven en los periódicos. Por ejemplo, uno ve a lo mejor un anuncio de la SAS o de Air France o de alguna compañía que habla de sus rutas polares. Esto de las rutas polares está ligado a algo que me he dedicado a explicar alguna vez con gran regocijo del auditorio al principio y con menos regocijo al final, que consiste en denunciar que el mundo es una esfera achatada por los polos y ensanchada por el ecuador sólo desde el año 1927 y 1928. Sería un tema que me llevaría una hora. Ustedes ahora se ríen mucho, o, mejor dicho, contienen la risa, pero estoy seguro de que si me dedicara a desarrollar el tema se darían cuenta de que tengo muchísima razón y de que antes el mundo era redondo, pero no una esfera. En fin, ésta es una cuestión que se ve en los anuncios de los periódicos. Otro detalle, por ejemplo, y a mí me impresiona mucho, es esos anuncios de la Coca-Cola, v. gr., cuando uno oye lo de «Haga usted una pausa y refrésquese», o como se diga, pues afecta al negro del Congo o afecta al peregrino que va a La Meca. Es un problema que, así como el anterior nos refiere a la técnica que ha hecho esférico el mundo a los efectos visuales, alude a las instituciones en el sentido sociológico de formas de comportamiento y nos muestra que el mundo, quizá no siendo tan alcohólico, se está alcococalizando. Esto está relacionado con un problema de técnicas de difusión, de comunicaciones y de aproximación, en ciertos sentidos sí y en otros no, que no puedo desmenuzar aquí, pero que está relacionado, por ejemplo, con los fenómenos de Jruschov en la televisión, o de los candidatos electorales norteamericanos, también en la televisión, o de las Naciones Unidas en la televisión, con todo el impacto sociológico que esto representa. Pero no se trata aquí de esta cuestión, sino de sistematizar en breve plazo, si puedo, sobre lo que ha pasado o está pasando sobre lo que llamaba Calderón «el gran teatro del mundo».

Como les he dicho, el mundo es redondo, en mi opinión desde hace no mucho tiempo. Todos sabemos, además, que es más pequeño, pero al mismo tiempo se ha agrandado ahora con las técnicas del espacio exterior. Sabemos, por tanto, que el mundo es pequeño y se ha hecho más pequeño por estas técnicas, y por tanto *a priori* todo está más cerca y nos reímos entonces de aquella proeza juliovernesca del señor Fogg dando la vuelta al mundo en ochenta días. Bueno, no nos riamos tanto, porque hoy día seguramente ninguno nos sentiríamos capaz de repetir aquella proeza. Ninguno seríamos capaz de repetirla porque, recuerden ustedes cómo pasó aquello: el señor Fogg estaba en un círculo como éste. De pronto, un día al anochecer hizo aquella famosa apuesta y dijo: «Nada, mañana salgo de viaje y atravieso un montón de países, y doy la vuelta al mundo en ochenta días». Y, efectivamente, salió al día siguiente e hizo aquella proeza.

Si yo, ahora mismo, me comprometo a atravesar todos estos países, a pesar de los medios técnicos, necesito mucho más de ochenta días porque necesito quizá los ochenta días para preparar papeles, conseguir divisas, autorizaciones, pasaportes, para vacunarme contra el cólera, la tifoidea, para jurar que no voy a asesinar al presidente de Estados Unidos, ni al otro, ni al de más allá y, eso sí, cuando reúna todo esto, me subo al avión y en cuatro, cinco o seis días (se ha hecho ya en tres días, utilizando sólo líneas comerciales) doy la vuelta al mundo. Hay que decir que, efectivamente, las técnicas modernas han empequeñecido el mundo y han aproximado muchas cosas, pero que hay unos aspectos político-sociales que están alejando mucho y están fragmentando mucho este mundo aproximado por la técnica. Pero, además de haber variado el escenario que es más redondo, más pequeño, pero no más cercano ni todas estas cosas, además de esto, han aparecido nuevos factores y esto es un hecho muy importante.

Lo he estudiado en un libro (a cuya lectura no invito, porque son setecientas páginas en folio, de modo que es para desanimar a cualquiera) y, una vez dicho, parece una perogrullada lo que voy a afirmar; pero les advierto que en el año 1956 estuve en las Naciones Unidas y resulta que mucha gente tampoco se había enterado todavía de esta perogrullada. En 1958 estuve en una junta de una asociación de estudios en España (no la quiero citar) y me marché porque me di cuenta de que ninguno de ellos se había enterado de esto que voy a decir. Creo que en este año se habrán enterado ya de ello. Y es lo siguiente: para decirlo con brevedad, diré que en este escenario mundial ha pasado lo siguiente: hace cincuenta años más o menos era una función de ópera donde había una tiple más bien gorda y, en fin, de cierta edad como era habitual, y estaba cantando un solo; esa tiple era Europa, que tenía la hegemonía de la economía mundial. Pasaron unos años y entonces aquella aria se convirtió en un dúo. Ya aparecían dos personajes. Esto lo sabemos todos, dos personajes que cantan a dúo no con mucha concordancia, al parecer: uno es el traidor, otro es el tenor. Depende de cómo miremos las cosas, de en qué lado de la sala estemos sentados. De todo esto ya se enteró la gente, eso está claro: que hay unos por aquí, otros por allá, que hay una polaridad mundial. Fíjense ustedes que esto es justamente lo que yo quería aludir cuando decía que en vez de crisis coyuntural había una crisis estructural, que era simplemente el pasar de una economía monopolar o mononuclear dominada por Europa, a una economía bipolar con dos polos diferentes: el de Estados Unidos, o lo que llamamos Occidente incorrectamente, y el mundo soviético. Pero es que casi tan de pronto como aparecieron estos dos personajes a cantar su dúo, se empezó a producir otro fenómeno tremendo que ya impresiona, si se me permite repetir la frase del título del libro de este amigo mío, ya incluso a los ministros, y es que en el fondo del escenario en esta ópera había el coro, esos malditos que se citan en el *Tenorio*, y esos malditos resulta que ahora están avanzando hasta las candilejas y están pegando gritos todos y cantando. Y nos guste o no nos guste, lo hagan bien o lo hagan mal, esto es un hecho; y es un hecho importantísimo en la alteración del equilibrio económico y naturalmente político, pero estoy hablando como economista, el equilibrio económico mundial que está profundamente trastornado. Ustedes dirán que esto es trivial, que es pueril, que esto lo ve todo el mundo; bueno, yo les digo que en el año 1956 en las Naciones Unidas yo hablaba con gente importante y que no le daba importancia. Pero es que, además, este equilibrio se sigue alterando con gran rapidez, no sólo por razones políticas, sino por otro tipo de razones, porque el mundo camina ahora a seis mil por hora, no digo kilómetros, digo nacimientos, seis mil nacimientos por hora, y dentro de unos diez años se calcula que la población mundial aumentará a razón de diez mil habitantes nuevos por hora. Como además estos nacimientos se producen en áreas distintas del planeta y de una manera también muy desequilibrada, éste es otro factor muy importante en favor de la tesis de los rápidos desequilibrios de la economía mundial, combinado con el papel que desarrollan políticas económicas dentro de estos mismos países, a las que aludiré luego. Pero, por consiguiente, estos nuevos actores, y repito no es tan trivial, si no interpreto mal las cosas la acción de los occidentales cuando el canal de Suez, en el año 1957, era un puro y absoluto anacronismo, derivado simplemente del hecho de no haber comprendido lo que eran los malditos éstos, los nuevos personajes, y digo malditos sin ánimo de molestar, pensando simplemente en términos teatrales, es decir, en el papel nuevo que representaban estos nuevos personajes, y para mí aquella acción no había reparado en eso, fue una incomprensión de este fenómeno y me parece que esto justifica mi tesis de que la cosa no es tan trivial. Pero es que, además, estos nuevos actores juegan con nuevos instrumentos, no voy a hacer aquí una exposición de lo que es la técnica en la vida económica moderna, la doy por sabida. Asimismo, están desempeñando nuevos papeles y eso que tampoco se ve mucho, no puedo desarrollar aquí la tesis, también la he escrito en otro lado y está publicada y, en fin, ustedes conocen el tema. Sobre todo esto hay un libro reciente y muy difundido, de Galbraith: *La sociedad opulenta*, donde se dicen algunas de estas cosas, pero, por ejemplo, es un hecho fácilmente comprobable que hoy existe un nuevo tipo de empresario en ciertos países. Estoy pensando sobre todo en Estados Unidos, donde el fenómeno, por razones que no cuentan aquí, se da con más claridad que entre nosotros mismos. Pero basta con que ustedes lean novelas y que comparen, por ejemplo, el «financiero» de Dreisser con otra novela, que es la *Torre de los ambiciosos*. Entonces se ve perfectamente la diferencia entre, por ejemplo, Morgan o Rockefeller, y en fin cualquiera de los grandes financieros antiguos conocidos, comparados con los que sustituyen hoy. Tengo aquí otro mamotreto del cual podría citar bastantes pasajes: se trata de *Tendencias económicas en la posguerra de Estados Unidos*, un libro que acaba de publicarse y que contiene unos cuantos ensayos de buenos autores, y esto les serviría para fundamentar mi opinión, pero en fin, créanme bajo palabra y si no están de acuerdo planteen la cuestión después y la discutiremos. La tesis es que el nuevo empresario no es el que maneja su empresa, ésta no es un instrumento en sí, sino que él mismo está sumergido, subsumido en la empresa, es un elemento más de ella y está engranado en ella misma y no dirigiéndola desde fuera como una palanca propia que él libremente hace funcionar. Está institucionalizado, está metido en la organización; casi diría, si no fuese por su matiz político, que está socializado en la empresa, y una de las cosas que más me han convencido a mí es ver cómo en algunas empresas norteamericanas se está llegando a la reglamentación de los derechos de cada directivo de la empresa. En unos reglamentos se dice, por ejemplo, para que nadie se moleste, que el presidente tiene derecho a un despacho en la primera planta, con tantos metros cuadrados, con unos cuadros (se llega a detalles de este tipo), óleos originales, de buenas firmas, con un antedespacho, con dos secretarias, con una percha, un diván, etc., que luego el que lo sigue tiene menos despacho, etc. Está todo previsto y es un grado de institucionalización muy extremado.

Además de esto, hay nuevos consumidores que son nuevos actores. El consumidor hoy es completamente distinto, lo es por su número que es creciente, lo es por su calidad, porque, por ejemplo, antes había un consumidor fundamental que era el hombre adulto, por decirlo así, y ahora aparece un mercado de cosas para niños, y aparece un mercado de cosas para viejos; porque como hemos inventado unas cosas para que los viejos lleguen a más viejos, ahora tenemos que inventar otras para que tengan algo que hacer cuando lleguen a más viejos. Por ejemplo, en la memoria de la casa Dupont, que editó a raíz de su centenario, se dice que una de las grandes revoluciones del consumo es la mujer. Cuando la mujer empezó a fumar, naturalmente provocó un problema nuevo; cuando empezó a conducir automóviles hubo que inventar el botón de arranque, porque aquellas señoras de entonces no iban a darle a la manivela. Es decir, una serie de cosas que hacen que parezcan nuevos consumidores. Además, estos consumidores hacen un consumo masivo, y mucho más diversificado. Por ejemplo, no nos asombra que los norteamericanos en cierto año, 1955 o 1956, no estoy muy al día, gastasen 73.000 millones de dólares en alimentos, pero sí hasta la diversificación de que gastaran también 73.000 millones en artículos para digerir, en productos y potingues para poder digerir los otros 73.000 millones de antes, de modo que además de los motivos del consumo, también han variado mucho, y no insistiré aquí en este aspecto porque en este libro de Galbraith que ustedes conocen seguramente casi todos, se alude mucho al problema de la creación de necesidades. Además de esto, qué duda cabe de que hay un nuevo tipo de ahorrador que no ha acabado de morir en aquella eutanasia de que hablaba Keynes, y la inversión misma está mucho más institucionalizada. En fin, que hay una serie de nuevos papeles para los personajes. En suma, para resumir, si queremos aislar de las varias tendencias observables, las que a mí más me importan en este momento con vistas al problema de nuestro propio país, yo diría que hay una tendencia muy clara: a la creación por razones esencialmente técnicas de mayores unidades económicas, sean naciones, sean empresas agrícolas, sean empresas industriales, en algunos sectores, porque en otros aparecen también, por ejemplo en servicios y tal, ciertos tipos de pequeñas empresas, pero, en fin, hay una tendencia a crear nuevas vidas económicas en naciones, y volveré sobre esto; por otra parte, que haya este fenómeno de institucionalización o de socialización o de organización o como lo quieran llamar.

Este fenómeno se ve perfectamente en las dos grandes manifestaciones de esta economía bipolar a la que están teniendo acceso los del coro de la ópera, es decir, a estos dos personajes que están ahora cantando el dúo más o menos desentonadamente, tanto en Estados Unidos como en la Unión Soviética. En Estados Unidos vemos muy claro, creo, y volveré sobre lo que es observable fácilmente, los problemas de la lucha del individuo contra esta organización; es muy curioso, y no sé si se ha amenizado sobre esto, que un fenómeno tan importante como la guerra que debía suscitar tantos aspectos de otro orden, haya tenido cristalizaciones literarias o cinematográficas, como por ejemplo *El motín del Caine* o *De aquí a la eternidad*, que plantea unos problemas completamente distintos, los problemas del individuo frente a la organización. Se ve también en este mismo libro, permítanme una cita muy breve, tanto lo que se llaman valores tradicionales que están en decadencia, como los valores emergentes o incipientes. Por ejemplo, entre los que están en decadencia se encuentra el individualismo y entre los que son emergentes, la sociabilidad, la consideración por los demás y la conformidad con el comportamiento del grupo. Todo esto tiende a ese fenómeno que imprecisamente se llama socialización, o de masificación, como quieran ustedes decir.

No insisto sobre esto, pero sí quiero referirme al problema de si esto es la confirmación o no de la tesis marxista de la crisis del capitalismo. Ustedes saben que Marx pronosticaba esa curva final del capitalismo en el cual éste, al estar en manos de unos cuantos mientras el resto permanecía cada vez más proletarizado, llevaría al final. Saben que Schumpeter, en un matiz diferente, lo atribuye más al éxito que al fracaso del capitalismo, pero como quiera que sea esto no nos dice si supone una aproximación o no a la posición de la Unión Soviética.

Como los hechos de Estados Unidos son bien conocidos, voy a referirme más bien a los problemas de la Unión Soviética porque, en mi opinión, también en la economía soviética está pasando algo que consiste en una desviación del comercio exterior en el capitalismo en la que el comercio exterior teme al socialismo. He aquí lo que se dice sobre el comercio exterior: como ya hemos dicho, el paso al capitalismo va unido a la creación del mercado mundial. Lenin indica que el capitalismo surge como resultado de una circulación de mercancías ampliamente desarrollada que rebasa los límites del Estado. Por eso no es posible imaginarse, ni existe una nación capitalista sin comercio exterior, de modo que el comercio exterior aparece aquí como una actividad al servicio del capitalismo, asociado con las ideas sobre el imperialismo que se atribuyen también al capitalismo como ustedes saben. Bueno, pues vamos a ver lo que es el comercio exterior en el socialismo. El comercio exterior en el socialismo es éste. En la economía socialista existe un amplio desarrollo del comercio exterior, del cambio de mercancías con los países extranjeros, lo que permite aprovechar las ventajas de la división internacional. El comercio exterior es en el socialismo un medio de satisfacer de manera más completa las crecientes demandas de la sociedad, etc., y aquí se hace elogio del comercio exterior en el socialismo. Apunta así la impresión de semejanzas funcionales en ambos sistemas, apreciables también en el mercado, en los precios, que se estiman asimismo fundamentales para la economía socialista; son precios de otro tipo, reconozcámoslo, pero en fin, en definitiva, venimos a esta idea, de una cierta convergencia entre instituciones o mecanismos de los dos sistemas económicos con grandes diferencias de otro tipo naturalmente, pero una convergencia que no es sólo una idea mía. Por ejemplo, en el libro reciente de Rostow tienen ustedes un paralelismo entre los desarrollos económicos de las dos economías, y hay otra fuente donde se puede ver esto. Salvando todas las distancias, parece entonces que, prescindiendo de los aspectos políticos, en la medida en que se puede prescindir de ellos, existe por diversas razones: en Estados Unidos porque la técnica obliga a un mayor tamaño de las empresas y a un planeamiento estatal mayor, y en la Unión Soviética porque la difusión de costumbres en otros países, con los deseos que engendran los consumidores y la consiguiente diversificación de la demanda obliga también a modificar los esquemas iniciales. Creo que se puede sostener que, económicamente hablando, existe una cierta convergencia de mecanismo. Y esto nos lleva a una cuestión de tanta actualidad, como son las elecciones norteamericanas. Supongo que han leído los artículos de los asesores de Kennedy, de Schlesinger, en este caso, y por ejemplo los del mismo Galbraith o de Rostow; en fin, de los asesores del presidente, pero voy a citar una frase de un artículo de Schlesinger que indica hasta qué punto entre los campeones de la economía de mercado se está pensando en una aproximación a la intervención de otros mecanismos en la decisión productiva. Dice Schlesinger: «El presidente Eisenhower ha dejado pasar pocas ocasiones en reafirmar su punto de vista, ha dicho el año pasado que nuestro dinero no será nunca gastado tan inteligente y útilmente para la economía como si lo hubiera sido por el contribuyente si éste no hubiera venido a ceder tan gran parte de sus ingresos al gobierno».Y comenta él: «Si quiere decir algo, esta declaración significa que el presidente de Estados Unidos cree seriamente que es más inteligente y útil que el dinero sea gastado por el consumidor individual para comprarse un segundo coche y un tercer aparato de televisión, que por el gobierno para la enseñanza, la lucha contra la pobreza, la defensa nacional». Creo que no hace falta decir más para reconocer la enorme distancia que hay entre este punto de vista, con todo lo que supone de decisiones de la producción ajenas a los resultantes de las decisiones de los propios consumidores, distancia, digo, entre este punto de vista y el punto de vista que llamaremos tradicional. Así pues, a las tesis de creación de unidades mayores económicas, de creciente organización, añadan ustedes el hecho de que esta organización muestra ciertos matices de convergencia en sus dos representantes principales. Añadan, además, el hecho de que con la política mundial de desarrollo económico estas convergencias tienden en cierta medida, y salvo lo que diré enseguida, a homogeneizar las posibilidades de la conformación del desarrollo de los nuevos países, todos estos del coro de la ópera a que me he referido antes, entonces, creo que con esto tenemos las líneas de la evolución económica mundial, tal como me interesa subrayarlas desde el punto de vista de la economía española. Añadiré que hay un factor muy considerable de incertidumbre sobre el cual no sé pronunciarme, y es el problema de China. China, no sólo por la magnitud del país, no sólo por la influencia posible que puede tener, no sólo por la rapidez de su evolución y de su crecimiento —tengo aquí unos textos, pero ando muy mal de tiempo y no quiero molestarles demasiado, pero en fin, hay aquí un número de una revista donde se dicen cosas sobre esa evolución que es bien conocida por otra parte—, sino también porque es el país que más a fondo, en mi opinión, y con más novedad y más radicalmente ha afrontado el problema agrícola a través de estas comunas organizadas; de hecho, ustedes saben que el problema agrícola ha sido y todavía sigue siendo el más difícil de digerir en la economía soviética dentro de su propio sistema. Digo, pues, que esto introduce unos factores de incertidumbre sobre lo que puede pasar; pero creo que en general se pueden aceptar, y luego me someteré a la discusión de ustedes, estas líneas como las más fundamentales para mi propósito. Y ahora, pasado este largo preámbulo que ha sido sin duda muy precipitado, vamos a ver qué pasa en la economía española dentro de estos condicionantes.

Si yo tuviera que elegir una imagen para la situación económica española de hoy, diría que vivimos en un invernadero, y que todo el problema reside en si abrimos o no las ventanas del invernadero, o esperamos a que la diferencia de presión y las corrientes de fuera rompan las ventanas. Creo que éste es el problema reducido a su expresión más elemental, y como siempre más imprecisa, más falta de rigor. Y creo que si hubiera que hacer alguna clasificación entre los españoles, sería la de los que quieren que se abran las ventanas y la de los que quieren que permanezcan cerradas. Creo que ésta es la introducción que mejor me permite entrar de lleno en la cuestión. Por ejemplo, tomemos esa corriente histórica que a mí me parece tan evidente de la creación de unidades de decisión más amplia, en el sentido de las economías nacionales. Creo que por mucho que se discuta el proceso de integración económica europea, por mucho que se quiera matizar hasta dónde se ha llegado, y hasta dónde no se ha llegado, creo sinceramente que en el año 1960 estamos en un momento que no se hubiera podido imaginar sin duda alguna en el año 1945; creo que las cosas han ido mucho más deprisa, pues bien, la posición española en este aspecto era la siguiente, que cito textualmente, y esto fue en un discurso del jefe del Estado en la noche del 31 de diciembre de 1956, y dice: «Constituye una quimera que la realidad no tardaría en desbaratar esas ambiciosas aspiraciones de unos Estados Unidos de Europa, que ni siquiera para los problemas de interés vital suele lograrse. Las naciones viejas de Occidente han formado a través de los siglos su propia personalidad, que no puede borrarse».

Yo supongo que en mil trescientos y pico o algo así, no estoy muy fuerte en historia, algún señor feudal de Calatorao, o de algún sitio de León o de Castilla, diría lo mismo sobre la unidad española, verdad que queda eso de ponerse de acuerdo los aragoneses y los castellanos y todas esas cosas. Puede que algunas de esas cosas queden en pie todavía. Pero esto no ha llegado a impedir una posibilidad de organizar una economía nacional a una escala mucho más amplia. Creo, pues, que el golpe de vista en esa situación no estaba muy acreditado. De hecho, no habían pasado más de tres meses cuando se había firmado el Tratado de Roma sobre el Mercado Común, y no habían pasado seis cuando el gobierno español tenía que crear una comisión presidida por un ministro del gobierno para estudiar las repercusiones que sobre la economía española podía tener la creación del Mercado Común. Creo que era un caso clásico de invernadero, y que se podía describir la situación como algo así como si en el Paraíso nos hubiéramos tenido que tragar la fruta del árbol del Bien y del Mal, dada por una Eva que naturalmente sería francesa, y tener que hacer entonces un canto al mercado, precisamente cuando en tantos sitios se está matizando eso del mercado.

Por otra parte, todo esto fue, como he dicho al principio, una causa esencial en las decisiones para la estabilización y la liberalización. Sin embargo, como corresponde en esta pugna de si abrimos las ventanas o no abrimos las ventanas, y para mí crean ustedes que las ventanas son terriblemente simbólicas, digo, pues, que no hay que alarmarse mucho. Hubo liberalización, *ma no troppo*. Siempre me acuerdo de una frase de Eugenio d'Ors, que, comentando un espectáculo, decía con su manera tan graciosa de decir las cosas: «Hubo un entusiasmo pero no indescriptible», bueno, pues hubo liberalización, pero no indescriptible, ¿no? Por ejemplo se abrieron las fronteras, bueno, bueno, pero en fin queremos saber no sólo el arancel que es normal que se ponga, y que da justamente lo que no había funcionado hasta entonces, sino, en fin, luego en las normas de aplicación; y sobre todo se tuvo mucho cuidado con los capitales extranjeros, porque cuando entran los capitales, también lo hace la técnica, y cuando entra la técnica, entran, como decía Wilson sobre el automóvil, las instituciones, o por lo menos algunas. Y entonces vemos cómo en esta liberalización hay una gran resistencia a la técnica por parte del invernadero. Por ejemplo, vemos cómo en las últimas memorias del

INI nos encontramos con la referencia a la autarquía, que es una palabra que no quiero decir si es justa o no es justa, o es correcta o no es correcta, o expresa un fenómeno aceptable o no; es mucho peor que eso, está pasada de moda. Cuando una cosa está pasada de moda, estamos como cuando, creo que era Tayllerand, decía: «Eso no es un crimen, es mucho peor, es una tontería». Bueno, pues eso es lo que pasa con el empleo de ciertas palabras. Vemos, por ejemplo, que hay que evitar esta nueva técnica porque en el invernadero estamos dedicándonos a hacer nuestra propia técnica y a inventar por nuestra cuenta cosas como, por ejemplo, el Alcotán, que es un avión de hélice naturalmente, o el camión de ocho toneladas, que lo estamos inventando también. De modo que, claro, estamos dedicándonos a eso, y la apertura de las ventanas no es nada sana para esas ideas. Por ejemplo, hemos aplicado la liberalización a la productividad, pero seguimos con un factor de rigidez tan extraordinario como el laboral. Por ejemplo, nos hemos dedicado a la liberalización en la industria. En vez de hacer comentarios prefiero leer una disposición: «El 13 de junio de 1960, no de 1942 ni de 1953, ni nada de eso, de 1960, se modifica el apartado C, párrafo 3°, sobre reglamentación técnico-sanitaria de la industria de churrería», lo pueden ustedes ver en el *Boletín Oficial del Estado* de 22 de junio, y se dice: «De conformidad con la propuesta que, a petición del grupo de churros, del Sindicato Nacional de Alimentación...», no, perdón, que no estoy leyendo el papelín nacional, sino el *Boletín Oficial*, y entonces lo que se dice en esta disposición es que, y es en definitiva una liberalización, las instalaciones de churros en la vía pública quedan exceptuadas del cumplimiento de lo dispuesto en los artículos 12 y 13. Las instalaciones en ferias y fiestas al aire libre quedan exceptuadas de lo dispuesto en los artículos 10, 8 y 9 y en la parte del 18 referente a la autorización por parte de la Dirección General de Industria. De modo que los puestos en ferias y fiestas al aire libre no necesitan autorización de la Dirección General de Industria. Es, evidentemente, un paso más en la liberación de los controles industriales, pero ustedes dirán, bueno es que esto modifica una legislación muy antigua. No, no, la reglamentación de la churrería es de 28 de abril de 1959, *Boletín Oficial del Estado* de 1 y 2 de mayo. Y tiene este primer artículo que es inefable: «Artículo 1 - Los productos propios de la industria de churrería con carácter enunciativo son: churros y buñuelos, en sus diferentes variedades [no, si no he acabado] y por asimilación patatas fritas en tanto no tengan una reglamentación específica», de modo que, queridos amigos, tranquilícense ustedes porque es posible que si continúa la liberalización, lleguemos a tener una legislación especial para la fabricación de patatas fritas. El documento es inefable. Yo no se lo puedo leer todo porque llevo ya cuarenta y cinco minutos y temo que ustedes se cansen, ¿verdad? Pero bueno, es que se entera uno de qué es lo que se exhibe en los puestos al aire libre, por ejemplo, una cosa que estaban obligados a hacer, hasta que se dieron cuenta de que no lo hacían, fue el poner azulejos hasta un metro sesenta, llevar plano del saneamiento, pedir permiso a media humanidad, a la Dirección General de Sanidad, Sindicato Alimentación, al ministro de Industria y los demás informes que ya... ustedes comprenderán que cuando se estaba planeando la liberalización, que cuando nos estamos enfrentando con los reajustes monetarios... el Mercado Común, los Siete, que estamos pensando en la reglamentación y el control de la fabricación de churros al aire libre, creo que es algo que me dispensa de todo comentario, de modo que, liberalización, *ma non troppo*. *Ma non troppo*, porque, claro, no hay resistencia si hay resistencia a la técnica, es en mi opinión, esencialmente por las consecuencias institucionales que tendría la entrada de la técnica en el invernadero. No quiero comentar más largamente esto, principalmente por la falta de tiempo; además, ustedes tienen todos los informes de los organismos internacionales, el del Fondo Monetario que se acaba de publicar, los que sistemáticamente publica la OECE, diciendo todo lo que, en fin, no publicamos por aquí, por razones que no viene al caso recordar, si bien ahí están todas las alusiones a las deficiencias de esa liberalización, pero el problema es esencial desde el punto de vista de un modesto profesor de estructura, porque todo el problema está ahí. El problema, en su manifestación inmediata, es de productividad. Si vamos a abrir las ventanas, tenemos económicamente que contar con una productividad que permita a las plantitas de invernadero resistir al aire libre. Pero es que esa productividad no se resuelve con la estabilización ni con los meses que hemos pasado, esto se resuelve con la solución de problemas de estructura; sin correcciones estructurales no hay productividad.

Les voy a poner un ejemplo que para mí es decisivo, y que nadie se ha planteado, para mi asombro, hasta el punto de que durante mucho tiempo he pensado que yo estaba equivocado. No sé si lo estaré todavía, pero, por ejemplo, me encuentro en la agricultura con el fenómeno de la concentración parcelaria; y a mí me parece bien la concentración parcelaria, no le veo más que ventajas. Pero ¿qué es lo más que podemos conseguir con la concentración parcelaria? Lo máximo que podemos conseguir con la concentración parcelaria es que el propietario que tiene su propiedad repartida en siete parcelas, por ejemplo, llegue en el caso límite, que nunca se alcanzaría, a integrarla en una sola parcela. Bueno, y en toda la Castilla cereal en media España, en todo el cultivo de secano de todo el pequeño minifundio de Burgos, de Palencia, de Valladolid y de todas estas provincias. ¿De qué sirve poner en una sola, bajo una sola dirección, la explotación de las siete, de las ocho, de las doce, de las quince, si eso como promedio no alcanza más que, según las provincias, doce o catorce o dieciséis o veinte hectáreas? ¿De qué sirve eso? ¿Cómo elevará eso la productividad por hombre frente a las explotaciones de doscientas, cuatrocientas, mil, mil quinientas, dos mil hectáreas mecanizadas en otra zona? Es decir, que aun en el caso de que lleguemos al máximo de la política de concentración parcelaria, o reformamos este aspecto de la estructura que es la distribución de la tierra, o no hemos resuelto nada en el terreno de la productividad. Pero absolutamente nada.Y conste que esto no prejuzga ningún tipo de solución política, teóricamente con una sociedad anónima se podría cultivar y de una sola vez todo el término municipal, o con una cooperativa presidida por el cura párroco dentro de otro tipo menos capitalista, pero en fin, más digamos de otra orientación, o naturalmente en el otro extremo de la reforma agraria brutal, la profesión así lo que ustedes quieran. Quiero decir que es un problema y estoy atacando el problema económico de rendimiento, de combinación de los factores; hombres y tierra, o trabajo y tierra. No el problema de la solución política, que no es mi problema, pero insisto en que este problema es estructural, como los problemas de la estructura de la industria, de los que ustedes saben mucho más que yo, en ciertos aspectos concretos y en otros también naturalmente, y quiero decir que sin la solución de estos problemas estructurales no resolveremos nada.

Se pensaba que la estabilización conduciría a presionar en el sentido de lograr algunos de estos aspectos estructurales y solucionarlos. Pero estamos en un momento en que resulta sumamente difícil diagnosticar, tal como les decía a algunos de ustedes ayer. Para mí es un momento muy confuso, y no sé exactamente qué es lo que va a pasar. Afortunadamente, tampoco es mi papel, de modo que esto que lo resuelvan los políticos económicos. Pero como no puedo esquivar el bulto de esta manera y he venido aquí a dar la cara, como suele decirse, y no debo hacer lo contrario, pienso que, seguramente, llegaremos a eso que se llama la reactivación. Y llegaremos porque, si no, se llegaría de otra manera; de hecho, tenemos una afirmación muy reciente del marqués de Suanzes, que nos ha dado la solución: que el INI puede volver a ser llamado para realizar su tarea, etc. Y, claro, a través del INI se puede hacer mucho en favor de la reactivación, llamémosla así. De todas maneras, el problema es que seguirían sin resolverse los aspectos estructurales e institucionales. Y entonces ¿cuál es la moraleja, cuál es la conclusión de todo esto? Sencillamente que el sistema ha demostrado en estos meses que puede manipular a costa de lo que sea, a costa, no me importa decirlo así, del sector privado. A costa de esto puede manipular la moneda, puede manipular el crédito, puede manipular ciertos aspectos de la coyuntura, y esto ha funcionado y ha dado los resultados que se le habían pedido. Pero esto solo no podía dar los otros, que son los problemas de cambios estructurales e institucionales, sin los cuales no resolveremos nada y seguiremos teniendo que vivir en el invernadero. Como para resolver esto haría falta una posibilidad de discusión, me limitaré a decir, al igual que en mi última clase del segundo de los dos cursos que imparto, cuando uno trata de dejar dicho a los alumnos eso que se puede llamar su última palabra, o más pedantemente una especie de testamento espiritual, que el primer problema económico, y subrayo lo de económico, de España es, naturalmente, la censura. Porque, como decía Ortega, no sabemos lo que nos pasa y eso es justamente lo que nos pasa. Entonces, ¿qué ocurre? Se queda uno «Ya hemos topado», no como decía Sancho Panza con la Iglesia, sino con la Iglesia y otras cosas; en fin, no sé muy bien con qué hemos topado, pero que hemos topado está clarísimo, digo, pues, que hemos topado ya con la estructura y las instituciones, eso no se mueve y entonces, ¿qué?

Pues entonces, si me permiten ustedes decir también esa última palabra, mientras no me obliguen a pronunciar otra, les citaría, y perdón por mi concesión a la literatura, un verso de Shakespeare de *Enrique V* en aquel monólogo estupendo que hacía Laurence Olivier en el cine, donde recuerda que la hierba crece de noche. Creo que la hierba sigue creciendo, incluso en los invernaderos. Como creo en esto, veo que así y todo las técnicas penetran en el país y los vientos se filtran y entran. Como se filtran y entran las instituciones. Los estudiantes salen al extranjero, los obreros emigran y luego vuelven, y veo que los cafés, aquellos de terciopelo y de peluche que tanta nostalgia le inspiran a uno de vez en cuando, se transforman, para bien o para mal, eso es otra cuestión, pero es un hecho, en las cafeterías. Y veo que, a pesar de todas las circulares que florecen por los meses de junio y julio sobre la moralidad en las playas, aparecen los biquinis.

No es que sea yo especialmente partidario de los biquinis, creo que en general no favorecen demasiado, pero en fin, guste o no, se quiera o no se quiera, sea como sea, los nuevos comportamientos penetran y entran. ¿Por qué? Pues porque la hierba crece de noche y entonces uno que tiene que agradecer a la vida esta felicidad de tratar con muchachos, de encontrarse todos los años a principios de curso frente a un acantilado de caras que le rejuvenece de una manera extraordinaria (es uno de los grandes atractivos de esta profesión), digo, pues, que uno que viene observando a los chicos a lo largo del tiempo se da cuenta de que efectivamente en ellos también la hierba crece de noche. Y este mismo Círculo, ¿qué representa? Representa, naturalmente, que en ciertos sectores, en ciertos puntos, en ciertas personas, se está al día y se vive al día del mundo, no del invernadero. Si yo tuviera que dar algún consejo a los empresarios que me escuchan, si tuviera esa osadía, les diría que si quieren crear a largo plazo como cualquier profesor de estructura, que creasen pensando en el futuro, que creasen empresas para cuando se hayan abierto las ventanas, que creasen empresas que sean capaces de resistir a la apertura de las ventanas, lo demás es edificar sobre arena. No sé si me equivoco al darles este consejo, pero puedo decirles a ustedes una cosa, que no soy neutral, es decir, que corro el mismo riesgo. Tengo una empresa importantísima que es mi hija, estoy educando a mi hija para cuando se abran las ventanas, y creo que esto me da derecho a decir, puesto que estoy en el mismo barco, que sigan ustedes esta actitud. Ya no me queda sino darles las gracias por su tolerancia y su paciencia. Muchas gracias.

2

España, su Plan de Desarrollo y el Mercado Común

Recuerden ustedes que cuando estuve aquí hace cosa de año y medio sostuve la tesis de que España debía integrarse en Europa por una serie de razones. La verdad es que desde hace un año y medio hasta ahora, todavía se han producido una serie de manifestaciones muy oficiales y autorizadas que eran bastante discordantes con la tesis que yo me había atrevido a expresar. Recuerdo en concreto que no hace todavía un año, en el discurso de mayo en la clausura del congreso sindical, el jefe del Estado puso muy en guardia contra estas tendencias de integración, advirtiendo, creo recordar textualmente, que éstas eran las modernas formas de los nuevos imperialismos. Sin embargo, hubo un discurso del ministro de Hacienda que era, en cambio, un planteamiento oficial en favor de esa integración; hubo también un discurso en Barcelona del ministro de Comercio, donde había un poco de sí y un poco de no, y todavía en los discursos de Burgos se decía que había que tener mucho cuidado con los aspectos políticos de tales cuestiones. Mas de pronto nos encontramos con que hemos tomado la decisión de pedir la asociación al Mercado Común. No sé si ustedes plantearán preguntas en relación con este tema. En todo caso, trataré de contestarlas, pero creo francamente que en este Círculo donde se ha tenido siempre tal amplitud de perspectivas y donde siempre se han tenido ventanas muy abiertas al horizonte, y sobre todo al horizonte internacional, será repetir cosas. Insisto en que lo que ha pasado no hace más que confirmar la

Conferencia impartida en el Círculo de Economía de Barcelona el 26 de febrero de 1962.

tesis de los que pensábamos más o menos en la inevitabilidad del europeísmo español. Creo justamente, y por eso he insistido en estos discursos y en estos textos no sólo por una venganza malévola, que cuanto más se pueda subrayar una resistencia previa a la decisión de asociarse al Mercado Común, más impresionante es la decisión de asociarse. Es decir, cuanto más se ha dicho «Ojo con esto» o «Cuidado con aquello», etc., más importancia tiene que de pronto se haya dicho «Ah, pues sí», etc.

Esto es enormemente importante, por dos razones: primera, porque confirma una especie de esperanza histórica o de confianza histórica que personalmente tengo —en ciertos hechos se tienen que producir—; segundo, porque la decisión no suprime las motivaciones internas de resistencia a la decisión. Es decir, que la asociación se ha pedido, pero ahora vamos a ver qué pasa. Antes de ver qué sucede, creo que debemos dedicar dos palabras a rebatir un poco el argumento de que nos jugamos la soberanía nacional, y el argumento de que esto tiene implicaciones políticas. No a rebatir, sino más bien a comentar. En cuanto al problema de la soberanía nacional, decía yo esta mañana en la Facultad de Derecho, creo que en un acuerdo se pierde soberanía en la medida en que se gana soberanía sobre los demás; es decir, si se asocia y firma un tratado, España se comprometerá a hacer ciertas cosas y a no hacer otras, y a cambio de esto los demás países se comprometerán también a hacernos ciertas cosas y a no hacernos otras, de modo que, si vamos a esto, cualquier tratado, un tratado comercial, sería más pérdida de soberanía; otra cosa que decía yo esta mañana, y me parece más fuerte, es que no veo que exista en realidad tal tipo de soberanía; el argumento es el siguiente: ¿ustedes creen que, si por conservar la soberanía nos aislásemos por completo, como he dicho en un libro, tibetanizásemos el país y nos limitásemos a nuestros propios recursos, no creen que en un caso de un conflicto político o económico, nuestra soberanía estaría mucho más perdida que en condiciones contrarias? Es decir, ¿creen que de verdad se es soberano cuando faltan una serie de recursos, una serie de posibilidades? Es una defensa de soberanía que, para empezar, me parece bastante discutible. No sé a qué fuerza nos conduciría el aislamiento a largo plazo, y si no hay tal fuerza veo muy endeble la base práctica de la soberanía en cuanto a las implicaciones políticas. Vamos a poner las cartas sobre la mesa. Qué duda cabe que el Mercado Común tiene implicaciones políticas. Es una de las razones por las cuales uno es partidario desde hace mucho tiempo de la asociación a todo este tipo de cosas, y supongo que esto no me pasa a mí solo. De modo que claro que es verdad que tiene implicaciones políticas. Ahora, a los que ven con temores estas implicaciones políticas yo les diría lo siguiente: ¿ustedes creen que si se aíslan del todo las implicaciones no son desde su punto de vista mucho más serias y mucho más trascendentes que las que se derivan de la asociación? Para poner un ejemplo práctico, si nos aislásemos por completo, si renunciásemos al intercambio, si nos quedásemos solos frente a una Europa unida, ¿creen que, por ejemplo, tener que llegar a racionar la gasolina en 1965, en 1968, no sería muy difícil de justificar? ¿No creen que sería un problema político mucho más serio, desde el punto de vista de los que están en desacuerdo con las implicaciones políticas de la asociación?

En fin, me parece que esto es un poco de reflexión sobre cosas que creo que estarán de acuerdo, ya me lo plantearán, pero resulta bastante claro, y, además, resulta tan claro que, si no fuese así, no se hubiese pedido la asociación; en otras palabras, haber llegado a pedir la asociación es simplemente la prueba de que era inevitable, y lo era porque las implicaciones políticas de la no asociación en perspectiva habían llegado a ser más fuertes que las implicaciones políticas de la asociación. De modo que, ante estos argumentos de la soberanía nacional y los problemas políticos y demás literatura, creo que estos comentarios, que, repito, no son una mera venganza personal, contribuyen esencialmente a ver las cosas. Creo que con esto podemos pasar a lo que sucede.

Bueno, ya hemos pedido la asociación al Mercado Común; tengo que decir, y me complace hacerlo porque esta primera parte de exposición ha sido un poco tumultuosa, que el texto mismo de la nota con que se ha pedido la asociación me parece realmente hábil y bien construido, porque una cosa importante en esta nota, desde un punto de vista de llegar a resultados prácticos, era consignar expresamente, como se hace en la nota, que pedimos la asociación pensando en llegar a ser miembros de pleno derecho. Esto es importante porque si no estoy equivocado, ahora se plantea dentro del mundo del Mercado Común el problema de los tres países que suelen llamarse neutrales, Suecia, Suiza y Austria. Estos tres países han pedido la asociación, pero haciendo constar de una manera o de otra su posición de que no pueden llegar a ser países miembros. Algunos como Austria, por obligaciones derivadas con su tratado de paz con Rusia; Suiza por una tradición de neutralidad; Suecia también por su posición neutral entre un mundo y otro; y tengo entendido que también extraoficialmente «se les ha hecho notar» que el Mercado Común no veía con gusto y que probablemente no accederá a asociaciones limitadas. Desde este punto de vista, el hecho de que la propuesta española diga que se pide la asociación pero pensando en llegar en el futuro a la integración es un rasgo de buen saber político y una actitud adecuada a las circunstancias que me gusta subrayar, puesto que subrayo con la misma *sans façon* otras cosas. Como ahora que digo: ¿qué pasará? Según el *modus operandi* con que se siguen estas cosas, aunque los precedentes son escasos, ya que no hay más precedentes en realidad que la petición de Grecia que luego se aprobó al cabo del tiempo y la de Turquía que quedó dudosa.

Ahora que, en cambio, se acumulan las peticiones, parece probable que primero nos den una especie de acuse de recibo, diciendo que se estudiará y etc., etc., que luego se empiece a discutir; se empiece a negociar, y parece probable que esto vaya bastante despacio; es decir, no puedo fijar el tiempo, hay acontecimientos que pueden precipitar las cosas. Pero a mí me sorprendería bastante que hubiésemos firmado un tratado de asociación antes de año y medio aproximadamente, y esta firma, en cualquier caso, supondría —repito que es muy aproximado, me puedo equivocar en ocho o diez meses— que entonces se iniciaría un período transitorio que tendría que ser bastante largo en interés común de las dos partes, porque no podríamos lanzarnos precipitadamente a alegrías demasiado entusiastas y demasiado poco responsables, de modo que el problema de la integración va despacio. Está supeditado, además, a dos cuestiones, a dos aspectos, uno de tipo político y otro de tipo técnico —de tipo económico—. El primero no es de mi competencia, pues no sé nada de eso, pero no quisiera eludirlo tampoco. El problema deriva de las actitudes que ciertos sectores de los países miembros del Mercado Común pueden adoptar, y de hecho han adoptado ya, en relación con la petición española.

Ustedes saben sobradamente que hay sectores —sindicatos, organizaciones laborales y demás— que han dicho ¿cómo se va a admitir a España?, etc. Bueno, la verdad es que éste es un problema de transacción, un problema de negociación y no me atrevo a conjeturar lo que puede pasar, pero a mí me extrañaría que, salvo complicaciones políticas importantes, ello produjese la no admisión de España. Creo que si la posición de los grupos que en estos países desearán la transformación del sistema español es inteligente, lo que deben hacer es facilitar la entrada de España en el Mercado Común. Me parece desde su punto de vista mucho más eficaz, a largo plazo, que el poner condiciones, el exigir las cosas, etc. Por otra parte, creo que, aunque estos sectores de tales países se mostrasen más o menos irreductibles, más o menos dogmáticos, como dirían ellos, celtíberos y fanáticos, creo que los gobiernos adoptarán otra actitud diferente. Me extrañaría que esta decisión se hubiese tomado sin hacer exploraciones previas y me extrañaría que, en consecuencia, los gobiernos se saliesen con una cosa más bien inusitada con las relaciones normales, y me parece que, en todo caso, lo más que puede pasar es que digan bueno, estamos dispuestos, pero consideren ustedes tal cosa; tienen ustedes que cambiar esto o lo otro más o menos. En fin, una serie de matices a los que está uno acostumbrado en la literatura y en la práctica de las negociaciones. Esto supondría probablemente una dilación de las cosas, pero habida cuenta de que a ellos no les corre demasiada prisa que entremos tal y como veo las cosas, y me atrevo a sospechar que, a pesar de la petición, aquí tampoco tenemos demasiada prisa en plantear el problema de verdad, entonces la cosa se sigue desarrollando y resulta que yo me he equivocado en algunos meses más o menos. Como digo, éste es el problema político tal como yo lo veo. El problema importante para nosotros, el problema de la adaptación real de una estructura a la unión, a la integración, a la incorporación gradual a otras estructuras; sobre esto, como digo, no tenemos plan; tenemos comisario nada más.

Hace un año aproximadamente, en el mes de abril o mayo, estuvieron aquí unos miembros del Banco Internacional de Reconstrucción y Fomento, porque el gobierno español había pedido que prestaran su asesoramiento para construir un plan. Estos miembros estuvieron aquí un mes o un mes y medio, se fueron a Washington, están trabajando la mar y parece que algún día facilitarán un plan. Es decir, según mis noticias están a punto de aparecer una serie de recomendaciones del Banco que contribuyan a plantear un plan. Mientras tanto, no es cosa de que nosotros hagamos un plan si se está haciendo uno. ¿Para qué vamos a hacer un plan? En vez de esto hacemos un montón de planes como ustedes saben muy bien, tenemos el Plan de la Tierra de Campos, el de Málaga, el de no sé dónde. Hay una serie de planes, más o menos incompatibles como es lógico unos con otros, o por lo menos cuya compatibilidad, que yo sepa, no está siendo estudiada, y si no tenemos, como dije en broma la otra vez que estuve aquí, el plan nuestro de cada día, tenemos por lo menos el plan nuestro de cada pueblo. Creo que la incompatibilidad es un hecho en economía enormemente importante porque conduce a un despilfarro de recursos, y, además, creo que no es una invención mía. Les podría citar medidas concretas que, a mi juicio, son absolutamente incompatibles con una política de integración con Europa. Por ejemplo, la Refinería de Puertollano es un hecho de una magnitud considerable que supone una suma de inversiones muy grandes y que, en mi opinión —desde luego, he visto documentos e informes y hablo con cierto conocimiento de la cuestión aun sin ser un técnico en esa materia—, se puede afirmar con toda objetividad que eso no es compatible con una política de acercamiento a Europa.

Entonces yo pienso que mientras se hace el plan, se construye el otro plan, decimos que esta recomendación sí, pero esta no, y así sucesivamente; en fin, lo de siempre, pues mientras tanto van a seguir realizándose cosas que, a mi juicio, no van a estar del todo mal, parte sí, parte no, unas veces más, otras menos... Creo que no podemos entrar a estudiar sector por sector; yo no domino todos los sectores. En cambio, creo que se puede generalizar un poco a la luz de la teoría tipológica de los planes de desarrollo o de los procesos de desarrollo. Con frecuencia se hacen tres distinciones en tres órdenes diferentes de cómo pueden ser los procesos reales de desarrollo. Hay, por ejemplo, una comparación entre desarrollos extensivos e intensivos. Los primeros son los que se hacen en un país cuando queda una abundancia de recursos sin explotar y se puede conseguir una mejora de la situación a base de que entren en juego estos recursos; sobre todo recursos naturales; es el caso por ejemplo de un país como Brasil, o lo fue mucho más claramente Estados Unidos. Creo que tenemos que pensar que el desarrollo español tiene que ser un desarrollo intensivo, no creo que podamos pensar por un momento que tenemos grandes disponibilidades de recursos naturales no explotados, y por consiguiente tenemos que pensar en que la mejora de productividad, el desarrollo económico, tiene que venir en ese orden de ideas, en un desarrollo intensivo, es decir, de un mejor aprovechamiento de los recursos de que disponemos.

Otra clasificación que suele hacerse es entre desarrollo dominante y no dominante, según que los países lo hagan a base de sus propias fuerzas internas, de su progreso técnico, o que lo hagan dentro de la órbita de otros grupos, de otros países, pero está claro que en nuestro caso se trata de un desarrollo no dominante; asimismo se suele hablar de un aspecto que es muy importante porque ya se relaciona con el plan, y es la cuestión de si el desarrollo se realiza de una manera autónoma o de una manera inducida, entendiendo por la segunda el hecho de que el Estado influya decisivamente en las decisiones que conducen al desarrollo, a las inversiones que van a conducir a una mayor productividad y a una estructura más avanzada. Hoy día con el papel que juega el Estado en cualquier país, incluso en aquellos en que puede menos, hay un cierto grado de inducción, es decir, de dirección estatal en el desarrollo económico. La autonomía es menor que en otras épocas, que en otras circunstancias. En nuestro caso, el problema es bastante confuso; porque si bien, por una parte, existe una manifestación de dirección estatal, entonces pienso que algún aspecto de esta manifestación estatal tendería, como he dicho antes, a un desarrollo no compatible con un desarrollo dirigido hacia la integración. Por una parte por eso, y por otra parte, porque la dirección estatal es mucho más formal en muchos casos que efectiva, por una serie de razones, no sé si podría precisar muy bien el grado en que el plan de desarrollo español sería inducido o autónomo. Creo, sin embargo, que a través, primero, de la confección de un plan y algún aspecto de los acontecimientos más recientes en España, como, por ejemplo, lo que voy a llamar con cierta prudencia moderada la «reforma bancaria» —ya comentaré si ustedes quieren el par de comillas que pongo delante—, se va a concentrar algo más la posibilidad de dirigir, de inducir las características y las condiciones del desarrollo económico.

No sé si en cuanto a este planteamiento general se puede decir más, o es conveniente que diga algo más. Quizá sea mejor que antes de hablarles del problema de Cataluña que planteaba el profesor Figa Faura y que voy a tratar no por osadía, sino porque me solidarizo con la preocupación de ustedes sobre esta cuestión, me limite a leer un documento que presenté a la Presidencia del Gobierno cuando en abril del año pasado me pidieron unas ideas para los técnicos del Banco Internacional de Reconstrucción y Fomento; me atrevo a leer este documento porque debo decir que sorprendió bastante a la Presidencia del Gobierno; de hecho, dijeron que quién se había atrevido a escribir eso. Creo que a ustedes no les parecerá audaz, pero aunque lo fuera, creo que debe haber audacias cuando el poder público le pide a uno un informe. Entonces es cuando creo que uno tiene el deber de decir las cosas como le parece que se deben decir; no sé si una de las cosas que cayeron un poco así fue que yo lo titulaba «Breve andamiaje provisional para colgar otras ideas sobre la situación y la planificación en España». No creo que sea un gran delito, porque cuando un organismo estatal se dirige a un catedrático y le pide su opinión, parece que lo primero que tiene que hacer el catedrático es ponerse la toga, después el birrete, luego sentarse a la mesa y empezar a titular las cosas de una manera mucho más pomposa y protocolaria, pero como a mí me parece que llama más la atención escribiendo esto que la cosa pomposa y protocolaria, intencionadamente lo hice así.

En fin, no lo voy a leer todo, pero sí dos epígrafes que son «Situación actual» y «Causas básicas y orientaciones correctoras». La situación actual exige recordar algunos precedentes. Yo no los recordaría si fuesen dirigidos a españoles solamente, pero como este documento está escrito para extranjeros hay que recordarles algunos hechos.

En «Situación actual» se recuerdan algunos precedentes: *a*) desde 1936 a 1939 el proteccionismo anterior se exaspera con la mitología autárquica y con la retórica imperialista, se suma la realidad del aislamiento para respaldar esta tendencia; *b*) período 1940-1950: máximo de autarquía e intervencionismo, desentendiendo la estructura económica de los criterios de mercado. La inflación desorienta el empleo de recursos e inversiones en su aplicación más productiva; c) período 1951-1954: un nuevo gobierno intenta una nueva etapa. Supresión de algunas restricciones y relativa estabilidad; d) agravación inflacionista; *e*) 1959-1960: estabilización, éxito monetario y de pagos exteriores, inflación frenada, pero incumplimiento casi total de medidas relativas al retorno hacia una economía de mercado, indicios recientes de contramarcha (yo hacía esto en el mes de marzo o abril), manifestaciones del INI y tasa del cemento. Resumen: casi veinte años de intervención constante, autarquismo frecuente y casi persistente inflación.

Ahora hay una aparente unidad, declarada oficialmente, en aceptar los criterios de mercado recomendados por los organismos internacionales, pero en realidad existe una discrepancia de fondo entre estabilizadores e intervencionistas. Esto es con todas las traiciones a la realidad que supone la simplificación tan extremada al hacer desaparecer toda una serie de matices y aparte, naturalmente, de todos los errores que yo pueda cometer al apreciar las cosas. Era un poco mi idea de la situación que veníamos heredando. Las decisiones de política económica, como todas, tienen que empezar por tener en cuenta la situación planteada, la situación heredada, pero lo que importa subrayar son unas causas básicas con las orientaciones correctoras. Repito que esto lo hago en el seno de esta confianza, me parecía que como mera orientación para unos extranjeros que llegan se podían resumir las cosas un poco así. Se decía: «Nota general de la situación». *a*) Baja productividad: esto me parece muy importante y vuelvo a relacionarlo con el hecho de que el desarrollo tiene que ser no extensivo porque no hay base para ello sino un desarrollo de tipo intensivo, de mejor aprovechamiento de los propios recursos que hoy tenemos, y no debemos contar en principio con nuevos recursos disponibles en cantidad sustancial, ya que esta baja productividad tiene una serie de causas que hay que tratar de corregir, en parte el medio natural, todas las mejoras de regadíos, etc. *b*) Unidades de explotación antieconómica, tanto en la agricultura, latifundio-minifundio, como en la industria, lo cual exigiría reformas institucionales y reorganizaciones de sectores industriales; *c*) Equipo inadecuado en las empresas, ahorro y capitales, créditos, facilidades fiscales, importaciones. *d*) Equipo nacional inadecuado en transportes y otros servicios, obras públicas, etc. *e*) Condiciones propicias para el monopolio, comercialización del país como remedio, supresión de obstáculos a la iniciativa, revisión de legislación restrictiva; *f*) Insatisfactoria capacidad empresarial sobre todo en el campo, hacia donde no hay atracción de empresarios, y en la pequeña empresa, problemas de incentivos y capacitaciones; *g*) Insuficiente educación básica, general y profesional, lucha contra el analfabetismo, educación y, por último, insuficiente información y discusión pública de los problemas, sustitución de la censura previa por un ordenamiento compatible con la opinión responsable. Éste es un poco el resumen de la cuestión tal como me permití verla entonces. Lo he citado como base para suscitar algunas preguntas.

Y ahora vamos a hablar de lo que todavía sé menos, que es del problema de Cataluña. Por el documento que tengo aquí, veo que el profesor Figa Faura era un poco pesimista. Voy a tratar de justificar un poco razonando una actitud algo diferente, reconociendo de antemano que ustedes conocen mucho mejor la situación que yo y, por consiguiente, lo más probable es que tengan razón. Pero así y todo, me parece que para una persona que viene de fuera debo decir hasta qué punto creo que hay mucho que hacer, que hay que recuperar terreno perdido evidentemente, pero que no hay que hacerlo con una impresión de que todo está perdido, de que no hay nada que hacer y que hay un pesimismo. Esto también lo creo, si no estoy equivocado creo que esta etapa anterior que he relacionado aquí ha jugado en contra de Cataluña. Estoy hablando económicamente sobre todo, pues creo que, en general, esta coyuntura ha jugado, por razones objetivas y económicas, en contra de la economía catalana. En concreto, por ejemplo, me parece que la tendencia político-económica, la política más o menos autárquica, sobre todo en los primeros tiempos de estos últimos veinte años, trataba y se esforzaba en crear más que nada una serie de industrias básicas de industria pesada, metalúrgica, etc., y, en cambio, desatendía una serie de industrias de consumo, como, por ejemplo, la industria textil. Sé muy bien que Cataluña no es sólo la industria textil, que hay otras industrias. Pero reconocerán ustedes que ocupa un núcleo suficientemente importante para lo que le pasa a la industria textil. Y, por otra parte, saben mejor que yo que otras industrias textiles de otros países también atraviesan una serie de dificultades, digo para que lo que le ocurra a la industria textil repercuta en general sobre la economía de la región. En segundo lugar, creo que la limitación del intercambio, tanto en el sentido de salidas al exterior de importaciones-exportaciones a lo largo de estos años como la limitación del comercio interior por una serie de razones, juega también en contra de esta actividad catalana, donde el aspecto comercial juega realmente un papel importante. Por otra parte, las competencias, es decir, la capacidad de mejorar las instalaciones propias, de elevar la productividad a base de reajustes de innovaciones, de iniciativas empresariales, etc., esa competencia ha quedado en estos años mucho más limitada que en otras ocasiones.

En primer lugar, las condiciones generales de escasez jugaban a favor de una limitación de competencia y, por tanto, a un desentendimiento de la reacción de mayor productividad que plantea la competencia. En segundo lugar, en un sistema de intervención estatal muy acusado, acusado no quiere decir eficaz, pero quiere decir intencionado, juegan una serie de factores políticos incluso de tipo personal que naturalmente era lógico pensar que se resolvían mejor en Madrid que aquí. Con esto no revelo ningún secreto y supongo que todos ustedes lo han comentado alguna vez. No había, regionalmente hablando, una igualdad de oportunidades, para entendernos en la jerga de los economistas y, claro, esto debe evolucionar favorablemente por cualquier vía, especialmente por la vía o bien de un plan de desarrollo más o menos inspirado en las recomendaciones de organismos exteriores, o más o menos a través de una integración creciente con Europa; en mi opinión, cualquier reactivación de la competencia debe restablecer la situación anterior, debe jugar un poco más en favor de Cataluña. No sé si estas razones les convencen; no pretendo, repito, conocer la situación mejor que ustedes, pero comparando no la Cataluña de hoy con la de otra época, que quizá es lo que ustedes comparan, sino la Cataluña de hoy con otras regiones españolas, no tengo la impresión de que se deba ser tan marcadamente pesimista.

De lo que sí tengo la impresión es de que hay mucho que hacer, de que se ha perdido terreno, pero de que este terreno se puede recuperar: a mí me asombraría que, en circunstancias diferentes político-económicas, no se manifestase otra vez la capacidad que Cataluña ha tenido de organizarse para crear instituciones y plantear problemas para estudiarlos muy seriamente, a través de un trabajo colectivo y bien organizado, bien fundamentado, con unos institutos técnicos serios, y para llevar y plantear estos problemas a donde sea necesario. No creo francamente que muchas otras regiones españolas estén en condiciones tan preparadas y tan capacitadas como Cataluña para defender sus posiciones, con objetividad y con seriedad como se ha hecho en otras ocasiones. Me resisto a creerlo y creo que es una tarea que ustedes deben pensar y que consiste esencialmente en esto, en enterarse bien después de toda esta época de no saber bien lo que pasa, enterarse bien de cómo están las cosas, plantear los problemas y hacer una labor conjuntamente constructiva y seria en el sentido de replantear la cuestión. Y luego hay otra cosa que sí digo a ustedes: creo que con conocimiento de causa y con seriedad, entrando en un terreno en el que no es muy fácil entrar ni opinar. Quería decirles que quizá es un matiz en el que han cambiado algo las cosas en el sentido de que yo, que por lo menos tengo muchos contactos con la juventud, con la generación que me sigue, con la mía misma, creo poder decirles a ustedes muy seriamente que lo que pudiera haber en el pasado de disyuntivas, de recelos, de oposiciones, el problema del catalanismo visto desde Madrid, en gran parte ha desaparecido como problema.

Es decir, creo honradamente que hoy en los hombres de mi generación, y sobre todo de la siguiente, no hay un prejuicio, no hay una actitud, por lo menos entre los muchos inconvenientes que ha tenido la historia reciente, que por lo menos este factor positivo se ha conseguido; es decir, creo que hoy se puede plantear un problema de esta región tranquilamente en muchos ámbitos de Madrid y verse con un espíritu que realmente me atrevo a afirmar que no tiene precedentes. No sé si ustedes valoran como yo esta cuestión, creo que éste es un factor de cierta importancia. Y, aparte de esto, quiero decir, para terminar, que una de las experiencias más esperanzadoras sobre el futuro de todos, no sólo de Cataluña, que he tenido en mi vida fue mis contactos más estrechos con miembros de este Círculo en el mes de mayo pasado. Ustedes saben que hubo una reunión en Sant Feliu de Guíxols y aquello fue extraordinario, excepcional, indescriptible. Y estoy convencido, lo he recordado y he dicho siempre, que con este espíritu y con gente así se puede ir muy lejos, se pueden hacer muchísimas cosas. No lo vean como una adulación a los miembros que están aquí, ni siquiera como una adulación general a este Círculo y sus actividades. Lo digo porque ha sido una de las experiencias más inolvidables que he tenido en mi vida y, francamente, si con estas cosas, si con esta capacidad, si con este espíritu, si con una tradición de altura para enfocar problemas y para plantearlos, no se puede recuperar mucho terreno perdido, entonces creo con franqueza que muchas cosas que a diario pasan no deberían haberse esperado que pasaran. Vean ustedes para terminar no sólo mi buena intención, que la hay, sino que está fundada en razones objetivas.

3

Problemas sociales del desarrollo español

Queridos amigos y consocios:

Y consocios, porque ya he ingresado en el Círculo, después de un largo noviciado, muy grato, como acaba de decir Carlos Güell. Queridos amigos, difícilmente podría expresar lo a gusto que me encuentro aquí. Sinceramente, sin protocolo; lo bien que recuerdo este saloncito, y lo bien que recuerdo bastantes caras que han sido siempre para mí, o lo fueron en algunas ocasiones concretas, como cuando constituimos aquella Asociación de Caballeros de la Reina Elisenda, un estímulo extraordinario. Así que he venido en cuanto he podido, sin más propósito que el de la buena intención.

Se me había pedido para Sant Feliu que hablase, en general, de sociología del desarrollo. Como entretanto ha aparecido el Plan de Desarrollo Económico y Social ha resultado completamente lógico y natural que yo viniese a hablar aquí de los problemas sociales del desarrollo económico español, por supuesto desde el punto de vista del Plan, y esto me impulsa a comenzar planteando claramente mi posición.

Desde luego, como verán, la mayoría de las cuestiones que voy a formular son primero observaciones desde el punto de vista sociológico, y segundo, observaciones críticas, es decir, objeciones. Quiero decir claramente que mi posición respecto al Plan no es en absoluto negativa; prefiero el Plan, y precisamente éste, a que no haya Plan; prefiero esta forma de racionalizar la actuación económica y de evi-

Conferencia impartida en el Círculo de Economía de Barcelona el 18 de febrero de 1964.

tar los milagros, evitar, en fin, aquella otra situación de desconexión y de falta de coordinación anterior. El Plan aporta, y lo celebro, y me alegro de ello, una mayor coordinación, una mayor racionalización de la política económica. Sólo por eso supondría una aportación hacia la modernización de nuestra sociedad y, concretamente, de nuestra estructura económica y social; pero es una aportación indirecta y, en esencia, lo que voy a reprochar al Plan es que pretenda hacer aportaciones más directas, en mi opinión, sin aportarlas. Ésta es la tesis de lo que voy a decir en general. Ahora bien, insisto en que no tengo una opinión negativa del Plan y que si se me diese a elegir entre que se hubiera hecho o no, desde luego hubiera votado sin discusión por la existencia del Plan.

Si después de dicho esto parece que mi posición no es objetiva porque me voy a dedicar —lo confieso desde ahora— mucho más a criticar el Plan que a defenderlo, es porque la objetividad radica no en lo que yo diga aquí, sino en la compensación de lo que se dice en general; y como ustedes reconocerán que hay muchos más elogios al Plan que objeciones, no creo que sea falta de objetividad dedicar una tarde entre muchas a esas objeciones.

Como digo, la cuestión reside en que, en mi opinión, el Plan no es directamente social —enseguida habrá que explicar qué entendemos por social, porque uno de los problemas de nuestra vida corriente es lo que se entiende por ciertas palabras y el diferente uso de una misma terminología—. Indirectamente sí, la mera racionalización de la política económica supone una modernización. Por eso, lo mejor del Plan, en mi opinión, son justamente los aspectos técnicos del mismo, pero creo que lo peor del Plan es que los técnicos parten de una estructura dada; aceptan una estructura social y no la discuten seriamente en él por lo menos; para explicar esto que será un leitmotiv de lo que voy a decir.

Quisiera que imaginasen la vida nacional como algo que sucede dentro de una gran pajarera; en una enorme jaula; una enorme jaula donde efectivamente hay pájaros (dicho sea sin el menor ánimo de entender la palabra pájaros en ningún sentido; yo soy uno de los que revolotean dentro de esa jaula y no necesito decirles a ustedes que no tengo mala opinión de mí). Pero en la jaula hay también otras muchas cosas. En esa jaula hay unos palitos donde se posan los pájaros; unos palitos son más confortables que otros, unos están más arriba y otros más abajo; hay unos columpios donde los pájaros se balancean —ciertos pájaros, no todos—. Hay unos determinados bebederos, hay unos ciertos comederos, y hay un suelo de zinc como suele ocurrir en las jaulas donde viven una serie de pájaros —diríamos más bien pajarillos— que no tienen derecho a columpio ni palos especialmente confortables y que en vez de dormir en unos nidos situados allá arriba en las alturas, duermen metiendo la cabeza debajo del ala. Esto es lo que sucede. Y dentro de esta jaula, con sus intrincamientos, sus alambres, sus escaleritas para subir, sus escalerazas para bajar, etc., etc., hay una estructura de alambre; en mi opinión, en el Plan se discute poco esa estructura de alambre. En este sentido digo que no es social, aunque en otros sentidos lo sea.

Comprendo que los técnicos tienen perfectísima razón si dicen que no es cuestión de ellos discutir esa estructura, pero es cuestión nuestra evitar que esa obra, perfectamente loable desde el punto de vista técnico, sea una cortina técnica que oculte una realidad social que, a mí por lo menos, no me parece tan loable. Esto es en esencia lo que quiero decir. Estoy de acuerdo en que yo también soy un técnico, soy un profesional —a uno le dicen plantéeme, resuélvame técnicamente este problema, y no voy a empezar diciendo «Un momento, un momento, vamos a ver, ¿cuál es la estructura social que hay aquí?»—. No, de acuerdo. Pero los demás no juguemos a eso. Yo por lo menos prefiero no jugar y trato modestamente de no jugar. Los demás debemos decidir, y es lo que trato de decir esta tarde, que a esa perfección técnica que en su mayor parte alcanza el Plan, se podrían hacer unas reservas como a todo; que en general estoy completamente de acuerdo, en la inmensa mayoría de los aspectos técnicos del Plan, pero al mismo tiempo creo que tengo la obligación —y por eso estoy aquí—, de decir que es nuestro papel, de todos los que estamos aquí y de todos los que están fuera, de todos los pájaros que vuelan por la jaula, tratar de conseguir que esa perfección técnica no sirva de cortina para ocultar imperfecciones sociales. Ésta es la cuestión.

Por consiguiente, vamos a hablar de lo social y a entendernos un poco respecto al contenido de esta palabra, porque si se dice que el Plan es social, se tiene razón, según se entienda lo social. Si se dice que el Plan no lo es, que es lo que yo voy a decir, creo que se tiene razón si se entiende también en otra forma. Yo discutía con un amigo que me decía: «Pues sí, es social, es un plan democrático, es un plan tal»; todas esas cosas que se dicen en el mismo Plan. Yo decía: «Un momento, un momento. ¿Tú crees que son democráticas las Cortes Españolas?». Y me contestó: «Hombre, naturalmente». «Ah, entonces —dije yo— puede que tengas razón.» Es decir, cierto que el Plan, en mi opinión, es social en el mismo sentido en que son democráticas las Cortes Españolas o las elecciones municipales, por ejemplo. Ahora bien, si se tiene de lo social y lo democrático un concepto distinto de lo que representan las Cortes Españolas y las elecciones municipales, entonces entiendo que el Plan no es social. Por eso conviene que precisemos lo que queremos decir cuando hablamos de algo que es social.

Por de pronto noten ustedes que el Plan no se ha llamado social hasta muy recientemente. Esto no es una prueba, pero es un indicio. Tengo a este respecto una pequeña anécdota personal. Escribí un artículo en *Cuadernos para el Diálogo* —lo acaba de mencionar Carlos Güell—, y la censura me tachó el final. En este artículo se dice ya la opinión del autor: que el Plan no es social. El final era más o menos el siguiente: se cuenta que es un señor que va a dar una conferencia, entonces hay alguien, un interlocutor (como va a pasar seguramente en este coloquio, en que alguno de ustedes me dirá que no tengo razón, y me alegraré de que me lo digan porque me servirá para aprender), que le dice a ese señor que da la conferencia que el Plan no es social. El señor vuelve a Madrid y manifiesta a sus superiores: «Miren ustedes, me han dicho que el Plan no es social». Los superiores contestan: «Bueno, pues mire usted, para que no haya duda de que el Plan es social, en vez de llamarlo Plan de Desarrollo Económico lo vamos a llamar Plan de Desarrollo Económico y Social». Éste es el final de mi artículo.

Escribí este artículo hacia el 20 de diciembre —lo podrían atestiguar si estuvieran aquí las personas de la revista que lo recogieron—, y aquel día el plan se llamaba Plan de Desarrollo Económico. El 27 de diciembre, después de unas deliberaciones en las Cortes sobre las cuales yo les podría contar algunas cosas si fuese más indiscreto de lo que habitualmente soy, pues bien, el 27 de diciembre se le llamó Plan de Desarrollo Económico Social. Y por eso resulta que yo, como otras tantas personas —que tuvieron unos ejemplares antes de tiempo—, tengo un Plan de Desarrollo Económico, que no es más que económico. Como decía el personaje de mi artículo: «Claro que si lo llamamos Plan de Desarrollo Económico y Social, habrá que reimprimir las cubiertas, pero vale la pena». Pues eso es lo que se hizo, reimprimir las cubiertas. De modo que, en mi modestia, el 20 de diciembre me anticipé a los acontecimientos y sugerí que se podía llamar Plan de Desarrollo Económico y Social, para que no quedase la menor duda de que es social. Pero, en fin, esto es una anécdota.

Desde luego, el Plan dice claramente que es social, lo dice muchas veces, especialmente en un párrafo: «El desarrollo económico no es un mero proceso de expansión consistente en producir mayor volumen de bienes y servicios al menor coste posible; su ámbito es mucho mayor, ya que une solidariamente el crecimiento económico y el progreso social». Desde luego, esto es absolutamente cierto. Sería inconcebible un progreso económico sin cierto progreso social. La cuestión reside —y esto no lo dice el Plan, sino yo— en si nos resignamos a que se produzca un desarrollo social como consecuencia de un progreso económico, o si preferiríamos impulsar directamente el progreso social al mismo tiempo, o por delante de un progreso económico. Ésta es la cuestión. Hay otro párrafo que anoto desde ahora porque me servirá después que dice: «Los objetivos sociales son irrenunciables para un Estado al servicio de un esquema definido de valores humanos y morales». Tomen ustedes nota de «los valores», porque luego hablaremos de ellos. Pues bien, la cuestión está en que hay que ponerse de acuerdo sobre lo que entendemos por social.

Evidentemente, el Plan está lleno, no lo discuto, de aspectos sociales. Se habla de la vivienda, se habla de la distribución de las rentas, se habla de la sanidad, se habla de asistencia social, se habla de seguridad social, se habla de todas esas cosas que evidentemente son sociales; pero es que tal como yo lo entiendo, tanto el progreso social como el desarrollo económico son esencialmente una transformación de estructura. A largo plazo, no hay desarrollo posible sin transformación de estructura, y el auténtico progreso social, el progreso que supone realmente eso, un progreso, y no simplemente la beneficencia, por ejemplo, significa transformaciones de estructura lo que entiendo es que el Plan, sólo indirectamente me atrevo a decir, casi sólo irremediablemente, procura transformaciones de estructura social; pero no directamente, que es lo que voy a tratar de desarrollar aquí. Diré más, diré que esta especie de concepto de lo social, que aquí en España consiste en pensar en las viudas, en los huérfanos, en los accidentados, en los hospitales y en esas cosas, no sólo no es realmente el deseo de la transformación de la estructura, sino justamente la ortopedia que se pone a la estructura, porque no se piensa en transformarla, que es justamente lo contrario.

Volviendo a la idea de la pajarera, yo llamo transformación social y progreso social a transformar la estructura de la jaula, a cambiar las situaciones de los palitos, de los columpios, de los comederos, de los nidos y de todas esas cosas. Pero no llamo social a que desde los nidos de arriba o de los palitos de arriba se echen unos granitos más en el comedero correspondiente. Esto es la beneficencia, la compensación, la ortopedia que pone al sistema; no es, en mi opinión, el progreso del sistema.

Vamos, pues, a decir unas palabras breves sobre conceptos, sin duda conocidos, pero que me resulta imprescindible recordar aquí en relación con este problema, el problema de la transformación de la estructura. Si admiten ustedes que en el desarrollo económico, y lo mismo en el social, no puede haber progresos sustanciales, no puede haber desarrollo sustancialmente, sin transformaciones de la estructura, lo mismo, en definitiva —el ejemplo no es exacto, pero creo que puede servir teniendo en cuenta, en fin, la comprensión de ustedes—, que el empresario, a la larga, no puede ampliar mucho su negocio sin transformar la estructura de la fábrica, sin ampliarla, sin sustituir maquinaria, etc.; de la misma manera que esto es así, el progreso social supone transformación. Entonces, para comprender las cosas, debemos pensar un poco en los tipos de estructura sociales más opuestos a las transformaciones. Y éstos, los más estables, los que en la historia han demostrado mantenerse milenariamente más o menos de la misma manera, son los que se llaman la sociedad tradicional. Quedan todavía ejemplos de estas sociedades tradicionales, y los sociólogos han declarado y han decidido muy concretamente qué es una estructura social tradicional.

Una estructura social tradicional tiene una serie de características, de las cuales insistiré sobre todo en dos: primero, es una sociedad regida por la costumbre y, segundo, es una sociedad fuertemente jerarquizada. Es decir, la tradición regida por la costumbre y la autoridad fuertemente jerarquizada son las notas básicas, las notas esenciales de la sociedad tradicional. Hay otros rasgos que recordaré muy brevemente y que más o menos son, se derivan, o son consecuencia de los anteriores. Por ejemplo, como dicen los sociólogos anglosajones, este tipo de sociedad es adscriptiva, es decir, en ella los puestos en la sociedad, las posiciones sociales, se tienen por herencia, no son *achieved*, no son «alcanzadas», o sea, las posiciones de casi todo el mundo, son eminentemente heredadas. Por otra parte, en estas sociedades domina mucho la tierra y la agricultura como actividad; existe un tipo de familia que llaman familia ampliada basada en el gobierno patriarcal; son formas también de la autoridad y de la tradición y, en suma, existe un tipo de sociedad que es, sobre todo, evidentemente dualista, evidentemente dual.

El dualismo que en estas sociedades se refleja en la distinción entre la gran masa, principalmente campesina, y las clases superiores, con unos intermediarios muy curiosos y en los cuales no me puedo detener ahora (son esencialmente el mercader y el administrador de distintos tipos, y el sabio, el erudito, y el filósofo). Con estos tipos intermediarios, esta sociedad mantiene un dualismo muy marcado entre las clases rurales y las clases escogidas. Y lo que en esencia resulta de todo esto, de esta fuerza tremenda de la tradición y de la autoridad, es el acatamiento de la situación, el no tratar de modificar la situación. Todos, los unos y los otros, especialmente los que soportan la situación, son los primeros que la acatan. En estas sociedades, el pueblo no se rebela, no se le ocurre siquiera rebelarse. La situación social es para ellos algo así como la situación meteorológica de la que dependen sus cosechas. Lo mismo que hay que hacer ofrendas a los dioses para conseguir que las cosechas sean buenas, de la misma manera hay que propiciarse al mandarín o al superior, para conseguir que bajen del cielo de la pajarera beneficios parecidos al maná, que es la lluvia del cielo meteorológico. Y, esencialmente, la idea es la de que eso, el orden social, lo mismo que los fenómenos de la naturaleza, es un orden natural. La creencia en un orden natural, es decir, la creencia en que es un pecado contra la naturaleza el sublevarse contra ese orden, es justamente lo que da fuerza y estabilidad a esas sociedades. También las clases superiores lo aceptan de la misma manera. Por supuesto, para ellos parece más cómodo, tienen esa posición heredada, pero también lo aceptan, en la mayoría de los casos de buena fe, sin duda alguna, como un orden natural. Las cosas son así, la vida es así, y éste es un orden que no hay por qué cambiarlo. Sería una aberración tratar de transformarlo. De modo que donde está más estabilizada la sociedad de este tipo es justamente en las cabezas de la gente, en las mentes de la gente. Esto es lo más característico.

Frente a ello está la sociedad moderna, que es todo lo contrario, esencialmente innovadora y esencialmente racional; es decir, se trata de racionalizar el comportamiento y se trata de admitir, de aceptar, de desear, las innovaciones aconsejadas por esta racionalización. Y luego están las sociedades intermedias. Pero las sociedades intermedias —digamos el blanco y el negro— no son grises, no son de un color uniforme, son islas de blanco en medio de un mar negro, o islas de negro en medio de un mar blanco, como ustedes quieran; pero el hecho es que el dualismo se acusa y se refuerza todavía más en estos casos.

Volviendo al desarrollo —perdonen ustedes que haya recordado estas cosas conocidas—, la posición de las sociedades tradicionales es, naturalmente, no interesarse por el desarrollo para nada. No interesa. Así como los chinos en la película *55 días en Pekín*, por ejemplo, decían que no querían saber nada de los diablos extranjeros, ni de sus inventos, ni de nada de eso, y que, además, de las fronteras no vienen más que aires mefíticos y malas costumbres (estoy hablando de los chinos de *55 días en Pekín*), de la misma manera dicen que de desarrollo, de transformación, nada. El mejor de los mundos es ese orden natural, e ir contra lo que hacían nuestros padres es un pecado, una barbaridad. Las sociedades modernas, naturalmente, son partidarias de la innovación, es decir, de la transformación, del desarrollo.

¿Y las sociedades intermedias? Las sociedades intermedias, como he expuesto en un artículo que publiqué en *Revista de Occidente*, son partidarias del desarrollo, *ma non troppo*. Claro, no pueden decir que no son partidarias del desarrollo. Afirman, desde luego, que lo son, y comentan que quieren el máximo desarrollo; pero hacen una reserva, y esa reserva suele expresarse en una fórmula como ésta: «Queremos el desarrollo, pero dejando a salvo nuestro "sistema tradicional de vida", dejando a salvo los "valores nacionales"». Por eso hablaba yo antes de los «valores». «Pero dejando a salvo "la raigambre nacional"», para decirlo con las palabras del presidente del recién creado Instituto del Desarrollo Económico en España, que reproduje en este artículo de *Cuadernos para el Diálogo* y que tomo del diario *ABC*, de octubre último. Este señor terminó su discurso diciendo que «la preocupación por el desarrollo y el bienestar no hará olvidar en ningún momento los valores tradicionales de nuestra patria». ¿Por qué entiendo yo que esto es una reserva? Pues, hombre, entiendo que es una reserva, porque, ¿qué son estos valores? No son las verdades eternas. Nadie va a pensar que una verdad eterna va a cambiar como consecuencia del desarrollo. Entonces resulta que son valores mucho menos eternos, son generalmente tópicos; son, por ejemplo, el obrero pobre pero honrado, la caritativa dama, el pundonoroso caballero, todas estas cosas que el lenguaje conserva, es la forma de vida tradicional que sociológicamente se manifiesta, entre otras muchas cosas, en esta de la terminología que empleo por brevedad; es, en suma (ahora creo que se llama el repelente niño Vicente, no estoy muy al día, pero es el Juanito de mi infancia), el niño con todos esos valores y por eso entiendo que esas reservas significan el desarrollo, *ma non troppo*.

Para apoyar esta afirmación y otras muchas que sostengo, he traído un librejo que tiene la ventaja de que es un simposio de unos sociólogos, es una publicación de la UNESCO. Se titula *Aspectos sociales del desarrollo económico en la América Latina*, y conste que los textos que están aquí no los he preparado con vistas a esta conferencia, son simplemente la opinión de mucha gente sobre la realidad social en relación con el desarrollo de América Latina. A propósito de estos sistemas, que no son los más propicios para el desarrollo económico, vean ustedes lo que dice un sociólogo tan conocido como Medina Echevarría. Hablando de cuáles son las formas de actividad política que hacen difícil o imposible el necesario paralelismo entre las dos racionalidades, económica y política, o, dicho de otra manera, que son irracionales desde la perspectiva del desarrollo económico, dice: «Tales son, por un lado, el autoritarismo tradicional, y por otro, las dictaduras populistas o cesarismos democráticos que se caracterizan por la ausencia en ellas de ideologías rigurosamente racionalizadas y de un aparato político del mismo carácter. En el autoritarismo tradicional, parece ser lo típico la desatención a los problemas del desarrollo, o, en el caso más favorable, el hecho de que ese desarrollo quede frenado y, en una u otra forma, cuando las consecuencias político-sociales del mismo amagan peligrosamente la duración del régimen autoritario. En los cesarismos democráticos puede existir, y se da las más de las veces, un interés por el crecimiento económico, pero se produce por lo común en impulsos irracionales». ¿Cómo se manifiesta el interés por el crecimiento económico en estos sistemas? Pues justamente en el interés por la técnica, pero no más. Se trata de una política que tiene ya un nombre antiguo que data de finales de siglo, y que se llama «porfirismo» en México, en referencia a Porfirio Díaz, que empleaba «técnicos». Se llamaban así entonces en México, y se sigue hablando todavía así de los «científicos»; los «científicos» eran ingenieros que traía don Porfirio Díaz para que explotasen minas, hiciesen carreteras, construyeran puentes, etc. Ahora bien, de modificar la estructura social, el sistema de la propiedad rural, etc., etc., que había entonces en México, de eso ni hablar. Técnica sí, pero conservando los valores tradicionales de la vida, etc.

En este mismo documento hay un texto que me parece muy ilustrativo sobre ese afán por la técnica en esas situaciones. Es un texto de Cosío Villegas, donde dice: «Lo curioso es que en los últimos veinte o veinticinco años ningún gobierno latinoamericano ha dejado de hacer grandes obras públicas, ni gobernante que no haya presumido de haberlas hecho, de ser las suyas sucesoras en número y precio a las de sus predecesores, y aun de sus sucesores; aquellos enormes letreros de "Perón cumple" que aparecían aun antes de darse la primera palada de una obra, y que en todo tiempo fueron el signo más visible de ella, captaron jactanciosamente, pero fielmente, el deseo de hacer progresar el país y la vanidad de haberlo intentado y logrado. No hay gobernante latinoamericano que haya escapado a la experiencia de planear ciertas obras públicas; al placer divino de crearlas de la nada, contemplándolas primero en los planos y maquetas; a la zozobra de no verlas avanzar al ritmo deseado, de sentir agotarse los fondos dedicados a ellas y, finalmente, el orgullo de descubrir la placa conmemorativa en que queda ligado eternamente su nombre a la obra». Creo que el culto a la técnica en general, el culto al cemento en particular, es un rasgo evidente que se puede ver hasta en los noticiarios. No es extraño, pues, que si ésta es la realidad sociológica, y honestamente creo que lo es —no estoy diciendo lo que no creo, en absoluto—, no es extraño, digo, que el Plan sea un reflejo de esta realidad sociológica —mal pudiera ser de otra manera—, y entonces resulta que el Plan es eminentemente dualista, desde el punto de vista sociológico. Vamos a ver en qué consiste el dualismo.

He dicho que estas sociedades mantenían un predominio de la autoridad y de la tradición. Pues bien, en mi opinión, el Plan es autoritario. A este respecto, permítanme que les lea un texto mío, un informe que creo que se va a publicar —no estoy muy seguro, está entregado hace algún tiempo—, en el cual se alude a esta cuestión. Luego he visto que Tamames, en el último capítulo de la segunda edición de su libro, que dedica al Plan de Desarrollo, mantiene exactamente la misma tesis, y, poco más o menos, con las mismas ideas. Decía yo aquí que, sin conjunción de voluntades —refiriéndome a la adhesión o no adhesión previa del sector privado—, el Plan no es un programa nacional, sino simplemente una promulgación de deseos administrativos respecto al sector privado, en cuya observancia nadie está comprometido. Son muy numerosos los pasajes del Plan que reiteran la existencia de esa adhesión. Se reconoce expresamente, por ejemplo, que —dice el Plan— «la participación colectiva en la elaboración de la política económica precisa que el Plan sea abierto y su elaboración, democrática». Se añade que han intervenido en esa elaboración más de un millar de empresarios, obreros, técnicos, etc., en representación de los sectores productivos y grupos sociales interesados. Se afirma también que el Plan ha significado un diálogo entre la administración y los administrados, y se repite que la elaboración del Plan de Desarrollo, como acción colectiva, ha sido ampliamente democrática, por lo que el logro de los objetivos previstos «significará la clara expresión de un libre compromiso de decisiones responsables y de una libre subordinación de intereses». Ahora continúo yo.

Si estas u otras muchas afirmaciones análogas se multiplican en el texto, es precisamente porque ahí está la cuestión vital. ¿Existe realmente ese compromiso? ¿Ha sido democrática la elaboración del Plan? Quiero decir que empleemos la palabra democrática en el auténtico sentido habitual más allá de nuestras fronteras y no en el que oficialmente se le asigne, en España, en extraña coexistencia con la censura, como situación permanente. Aunque la cuestión corresponda al derecho político, también el economista debe inquietarse si el diálogo democrático a que se refiere el Plan es sólo de acuerdo con el sentido oficial de esta palabra. Cierto que en el Plan se nombran mil ciento noventa y seis personas, algunas repetidas, como miembros de las ponencias y comisiones, o de la propia comisaría; pero sucede que los presidentes de las ponencias y comisiones fueron nombrados por decreto, que entre los representantes abundan los designados «libremente» por personas asimismo designadas no menos «libremente», y que, por no insistir más, lo que podría parecerse a una representación democrática serían los miembros de sindicatos, cuya representatividad es dudosa, porque en su mayoría son altos cargos sindicales, también nombrados «libremente», y porque, además, es difícil llamar democrático a un sindicato oficial. No dudamos que, entre esas personas, aun elegidas tan poco democráticamente, habrá existido diálogo democrático en el seno de las comisiones, pero lo cierto es que hasta junio pasado la opinión pública española, incluidos casi todos los empresarios cuya adhesión y libre compromiso pretende el Plan, ignoró por completo la orientación del programa, y aun cuando entonces se la anunciase algo en la prensa, de ningún modo intervino realmente en el Plan.

Entiendo, por tanto, que el Plan es autoritario. Y entiendo, además, que, por el contrario, la participación es absolutamente imprescindible para el éxito de este tipo de realizaciones. Me voy a permitir usar otro texto de la UNESCO sobre la necesidad de la participación. El texto es de Jorge Aumada, jefe de la División del Desarrollo de la CEPAL. Dice: «El proceso del desarrollo acelerado exige, desde el punto de vista de un economista, la movilización de los máximos esfuerzos posibles, del mayor número posible de personas. Hay no muchos ejemplos de que dicha administración se logra cuando hay un sentido de participación y cuando los participantes tienen fe en lo que están haciendo, y en quienes los están dirigiendo. En relación con esto, es notable el cambio que ha experimentado la población indígena boliviana con respecto a las escuelas y al aprendizaje del español. Antes lo rechazaban, después de la revolución ellos mismos están construyendo edificios y presionando al gobierno para que proporcione los profesores necesarios. Será una opinión personal mía, pero tengo la impresión de que los indios bolivianos han sido más informados o se ha logrado de ellos mayor participación que la de nosotros en general».

Me parece, pues, que el Plan es más autoritario que democrático. El dualismo reside en que si por este lado respeta ese aspecto de la sociedad tradicional, en cambio, me parece que no la respeta en el sentido de la tradición. El Plan, realmente, es algo nuevo, supone un paso distinto —lo he dicho desde el principio—, y eso es de lo que me felicito, porque contribuye, se quiera o no, a la modernización de nuestra estructura, supone, como supuso ya el Programa de Estabilización en este sentido —es una continuación de la misma línea, una línea plausible, una línea loable—, «algo» distinto de la autarquía, de la antidemocracia, en fin, todo eso que se podía leer en los periódicos del año 1940 y hace no muchos años. En este sentido, por tanto, el Plan es un hecho nuevo, abre perspectivas, abre puertas, y éste es su valor, es el que he subrayado desde el principio. Sin embargo, incluso al romper con la tradición, mantiene una cierta tradición, como consecuencia a atenerse a la autoridad. ¿Cuál es esa tradición?

En mi opinión, es la tradición que seguimos ya hace tiempo, que consiste en la intención de hacer felices a los españoles —no dudo de tal intención—, pero sin contar con los españoles. Ésta es una tradición que creo que venimos experimentando, hay numerosas medidas en este sentido, y creo que el Plan es, una vez más, una medida de este tipo en general. Es, en suma, el problema del paternalismo. Y, si digo estas cosas, y si me preocupo por estas cosas, es porque creo, sinceramente, que los tiempos del paternalismo han pasado. No sé si ustedes tienen esta sensación, pero creo que es preciso contar más con la gente, porque si no se hace, nos arriesgamos a muchas cosas —hablaremos de esto un poco más adelante.

Si vamos ahora al contenido del Plan, pues, vemos que, efectivamente, sobre todo en el capítulo séptimo, al tratar de los factores humanos y sociales, se habla de la integridad social, de la movilidad social, de la promoción social, con toda esta serie de medidas a que he aludido antes, de redistribución de las rentas, de política fiscal, de empleos, de salarios, de vivienda; en fin, de todas estas cosas. Pero vuelvo a decir que eso no me parece tanto —aunque algo se haga con ello, pero no tanto transformación como ortopedia— y creo que ya es hora de que les explique cómo distingo entre transformación y ortopedia.

He recibido un documento que es un informe oficial, un informe del Sindicato Español Universitario, Servicio Universitario de Trabajo del verano de 1963. Les voy a contar una historia que ha observado un universitario y que está escrita en él. Este universitario se embarcó en Huelva e hizo una vida con los pescadores. Cuenta, en breves palabras, el resultado económico de la explotación de los pescadores. Dice: «El valor de la pesca capturada en las proximidades de las Islas Canarias alcanzó el importe de unas 600.000 pesetas. De este valor total, se descuentan todos los costes en que se ha incurrido, incluyéndose los de salida y entrada en el puerto, administrativos, etc. Los costes vienen a suponer aproximadamente el 20 por ciento del monte mayor, que así se llama entre ellos al beneficio bruto de la pesca. Del restante dinero, el que se llama monte menor, se reserva el armador o empresario el 73 por ciento. De manera que después de deducidos los gastos, sólo el 27 por ciento del monte menor es lo que se distribuye a los marineros con arreglo, en nuestro barco, a los siguientes porcentajes».Y aquí vienen los porcentajes, del patrón de pesca, etc. (noten que es el sistema que se llama «a la parte», es decir con participación de los obreros). Dice: «con arreglo a estos índices, la distribución de este turno resultó ser la siguiente: importe de los gastos de navegación, 120.000 pesetas; beneficios del armador, 350.400 pesetas; salario de cada marinero, 1.600 pesetas. Como en esta ocasión la pesca no había sido bastante fructífera y el salario del pescador no alcanzaba el mínimo legal, el armador pagó al marinero sobre las 1.600 pesetas otras 600 más, y hasta alcanzar dicho mínimo,y la diferencia como compensación al trabajo realizado en los cuatro domingos que estuvieron en el mar». Así pues, el marinero cobró 2.200 pesetas, de las que le descontaron 750 en concepto de alimentación a bordo, consistente en un plato sin postre, que, junto a las vestiduras de trabajo, corre por cuenta del marinero. A cambio de esto, el armador se benefició con 350.400 pesetas como compensación a un riesgo consistente en el pago de la póliza del seguro, que pesa sobre el barco, y como retribución al capital invertido. Eso hace advertir en este estado de cosas una grave situación de injusticia. Es lo que ocurre en la pajarera, y ahora si ustedes me dicen que es social que estos hombres que trabajan para el que cobra 350.400 pesetas por el importe de 2.200 pesetas, menos 750, si ustedes me dicen que es social, que se les dé un seguro de vejez, un seguro de accidente, que se haga una distribución fiscal, que haya derecho a hospital, a todas esas cosas, bueno, yo admitiré que efectivamente, eso es social. No puedo negar que eso corresponde al ámbito de las cosas que llamamos sociales. Pero ¿creen que eso es transformación, o creen que es ortopedia? ¿No piensan que hay algo en la estructura de la jaula, no creen que hay algo en la distribución de los alambres, de los columpios, de las escaleritas y de los comederos que habría que pensar en transformar? Comprendo que el técnico que tiene que aceptar —y yo soy un técnico de este tipo— una situación dada, piense en mejorar la comunidad de los bebederos, hacerlos más asequibles para seis, en vez de para cinco, etc., porque no puede hacer otra gran cosa. Ahora bien, insisto, nosotros debemos tratar de impedir —cuando digo nosotros, me refiero a todos— que una cortina técnica sirva para ocultar una estructura social inaceptable.

Creo que transformar —en este caso concreto de los pescadores, como en otros muchos—, transformar en el sentido de progreso, de desarrollo social, no es simplemente mejorar el retiro con unas cuantas pesetas más, o aumentar lo que se da a los pescadores, en caso de que se hunda el barco. Creo, sinceramente, que eso sería el progreso social, y por eso digo que el Plan, en mi opinión, no tiende directamente al progreso social. Opino, además, y temo que les estoy entreteniendo a ustedes mucho, que hay una serie de visiones en el Plan que verdaderamente reflejan esta posición. Por ejemplo, cuando se habla de toda la serie de transformaciones de la agricultura son escasas y tímidas (no negaré que he encontrado alguna, pero, en fin, el entusiasmo no es indescriptible, sinceramente); alusiones, digo, a la reforma agraria. Naturalmente que hay mucho que decir de la reforma agraria, y que tiene sus inconvenientes. Claro que los tiene, pero vean ustedes lo que afirman los sociólogos norteamericanos sobre la reforma agraria. Por ejemplo, «la rigidez de la sociedad rural arcaica —dice Jack Toumbert— es causa de una extrema concentración de la riqueza, pero, sobre todo, da a esta sociedad de contrastes —demasiado intensos y elementales— una gran fuerza de resistencia a los cambios, es decir, de resistencia al progreso, mantenerla inmóvil». Contribuye a diferenciarla de la sociedad urbana y acusar la urbanidad social. Cabe poner en duda que las reformas agrarias sean una exigencia inmediata del desarrollo económico de América Latina, pero no se puede negar que son necesarias para diversificar las estructuras sociales rurales y facilitar su integración en la sociedad nacional. Muchos de los que vacilarían en afirmar que la reforma agraria mexicana haya tenido efectos económicos positivos, están, sin embargo, convencidos de que ha tenido efectos sociales muy importantes, al facilitar la integración de las sociedades. Es decir, piensan que la reforma agraria tiene, desde luego, inconvenientes económicos, pero creen que es necesaria por razones de romper la inmovilidad social. Eso ha pasado a las conclusiones de todo este estudio. Y se dice: «La integración social de América Latina [noten ustedes: integración social, que no es mera redistribución de renta, política de precios, salarios, etc., sino de sentirse voluntariamente integrados en una colectividad, unos seres humanos y otros, y no estar separados por distancias en la jaula] requiere en muchos casos modificaciones estructurales en los sistemas agrarios, incluso a expensas de un descenso a corto plazo de la productividad». Es decir, se admite que va a ser económicamente perjudicial, por lo menos a corto plazo, pero se entiende que conviene sacrificarlo a eso que es la integridad social, en el sentido sociológico de la palabra y no puramente de redistribución.

Otro aspecto importante como omisión —me alegro de que lo haya citado también Tamames en su libro— es el de los sindicatos. Los expertos de la OCDE, los expertos del Fondo, y casi todos los que han venido aquí han entendido que para mejorar la productividad hacía falta reformar la rigidez de la legislación laboral. En las conclusiones de la UNESCO, y estoy ahorrándoles a ustedes párrafos, se dice concretamente: «Una actividad sindical responsable y eficaz puede contribuir a la integración de la mano de obra en las nuevas estructuras sociales, así como a ayudar a la protección económica de sus miembros». En momentos en que se hablaría de liberación y de libertad, y que todo eso mantiene un monopolio como el que éste supone.

Por ejemplo, qué duda cabe que la enseñanza tiene una finalidad social, pero qué enseñanza. Cuando hablamos aquí de igualdad de oportunidades, de nuevas becas, etc., estamos, en suma, pensando en dar más dinero —para cierta enseñanza—, pero no sé si el párrafo que voy dar a leer les recuerda alguna clase de enseñanza. Esto se refiere, naturalmente, a América. Dice: «Las críticas [es un trabajo, de Óscar Vera, otro sociólogo americano] que más frecuentemente se han hecho a los programas de educación primaria y secundaria coinciden en señalar que son enciclopédicos, excesivamente recargados, ambiciosos y rígidos, que, divorciados de la realidad que viven los alumnos, pierden de vista los objetivos fundamentales de la educación y estimulan la memorización, el verbalismo y el intelectualismo, y en vez de favorecer el desarrollo integrado de la personalidad, de la iniciativa, del espíritu de observación y aplicación, del método científico y de las habilidades y conocimientos adquiridos a los problemas de la vida, que incluyen materias o tópicos de diversa justificación y excluyen otros que serían de mayor interés y eficacia para la obra educativa, y por último que entran en excesivos detalles y limitan la iniciativa del maestro, en vez de dar a éste, junto con una indicación precisa y realista de fines y objetivos, sugestiones metodológicas adecuadas». Como yo acabo de terminar el bachillerato, porque he seguido paso a paso el de mi hija, lamento decir que todo esto me recuerda bastante lo que acabamos de pasar mi hija y yo.

En estas condiciones, ustedes comprenderán que se trata de una enseñanza que yo creo, y soy de los que la dan y me siento culpable de estas cuestiones, que no es precisamente la que más tiende a favorecer actitudes innovadoras y racionales, sino al contrario, actitudes eminentemente dogmáticas, incluso en el sentido intelectual. La distinción entre letra grande y letra chica es una cosa que se sigue haciendo aquí, y eso quiere decir que la letra grande tiene mayor autoridad que la letra chica. Lo que se dice con letra grande es más verdad que lo que se dice con letra chica y cosas de este tipo. Claro, ustedes reconocerán que ésta no es precisamente la manera de arrancar de las cabezas la idea de un orden natural contra el cual es un pecado contranatura rebelarse. No es esto.

Por otra parte, si se habla de liberalización de mercados, de economía de mercados, productividad, etc., no sé qué hace en nuestro sistema la censura. No lo entiendo. No lo comprendo. Me parece simplemente el atentado más considerable y más fuerte a la política del mercado intelectual. Pero parece esencial para todo lo demás. Y, sinceramente, estoy de acuerdo en que no es cuestión del Plan de Desarrollo hablar de la censura, pero mientras haya censura dudaré muchísimo de que ningún Plan de España tienda realmente al progreso y a la transformación social. Ésta es la que me parece que es una serie de realidades, que algunas se han abordado como enseñanza y que deberían haberse abordado de otra forma.

En todo caso, si el economista del Plan tiene razón al decir que no es su misión hacer planes de enseñanza, nosotros, vuelvo a decir, tenemos la obligación de insistir en que tampoco basta con que el dinero que se dedica a la enseñanza esté bien gastado, esté bien planeado, esté calculado en relación con las posibilidades de la inversión, del ahorro nacional, etc., etc. Es decir, no es sólo cuestión económica. No debe deslumbrarnos la cantidad de excelente y loable técnica económica que hay en el Plan. Repito, no dejemos que una cortina técnica nos oculte una realidad social. Y entonces —estoy terminando, y les ruego que me otorguen un poco más de los cuarenta y cinco minutos que me habían sido concedidos—, insisto en que el Plan es, pues, un compromiso, una transacción, entre cosas diferentes. El Plan es tan dual como dual es toda la realidad sociológica española. Y creo que esta forma de dualidad consiste en iniciativa privada, sí, pero con censura; desarrollo económico sí, pero con valores tradicionales; libertad, pero condicionada; incentivos, pero según, etc. Es decir, planes dualistas.

Hay un texto que me ha parecido enormemente sugestivo, y que no sé si también les suena a algo. Dice Cosío Villegas, hablando de política sin incentivos: «Una consecuencia última de esta política de incentivos a la empresa privada es la que vale la pena destacar aun encontrándose ya implícita en lo dicho hasta ahora. Los nuevos capitanes industriales y bancarios acaban por formar, no meros grupos de presión, según los llama la jerga sociológica, sino verdaderas oligarquías, que en el panorama social latinoamericano han sustituido a la vieja oligarquía terrateniente. Entre la nueva y la vieja hay, sin embargo, dos diferencias muy importantes: una política y otra social. La vieja oligarquía terrateniente gobernó ella misma, durante el siglo XIX y ya entrado el siglo actual, en casi todos los países latinoamericanos. En estas condiciones se hizo abiertamente con el poder político y lo disfrutó, sin duda en su provecho, pero al mismo tiempo asumió la consiguiente responsabilidad. La nueva oligarquía industrial y bancaria quiere pesar, y pesa, en las decisiones del gobierno, pero sin afrontar las responsabilidades que, por necesidad, esas decisiones traen consigo. La diferencia social no es menos importante. La vieja oligarquía terrateniente llegó a reformarse con el tiempo, a ser culta y de buen gusto, capaz de comprender muchos problemas generales, que nada tenían que ver con la explotación de sus tierras. La nueva oligarquía no parece entender nada que no se relacione directísimamente con sus negocios. Estas dos características de la nueva oligarquía, gobernar en la sombra y tener una conducta descarnadamente interesada, dañan también al gobierno y al Estado; primero, porque la opinión pública encuentra difícil e imposible saber en qué medida la política económica oficial, y hasta la política general, es propia del gobierno, y en qué otra está inspirada en los consejos o impuesta por la presión oligárquica. Lo daña, también, porque el Estado resulta protector de un tipo de hombre que, además de parecer a la opinión pública descarnadamente económico, lo juzga como un aventurero afortunado, que no compensa a la sociedad en la que vive y de la que vive con ningún acto, siquiera un gesto desinteresado. El resultado final de esta política imprecisa de incentivos, que no obedece no ya a un plan, ni siquiera a propósitos claros, es el riesgo de que en la opinión pública se abra paso la duda de si el Estado, so capa de favorecer el crecimiento económico nacional y no ha hecho otra cosa que crear una casta de nuevos ricos». Las circunstancias en España —lo digo ahora sin atisbo de ironía— no son exactamente las mismas. No lo son, pero me preocupa que una gran cantidad de españoles tenga la sensación de que la situación contribuye a esta creación de las riquezas.

No sé en qué medida salen ustedes por los campos y hablan con la gente. Yo salgo mucho. Por manías, si quieren, por vicios, por deformaciones novelescas, que alguna vez me han sido reprochadas y de las que estoy orgullosísimo, por esas manías, quiero decir, resulta que hablo con mucha gente. Les podría hacer una antología del «sastre», del «limpiabotas», del «pastor», del «maderero», y les diría bastantes cosas de interés. Pero lo que sí les digo es que la manera que todos ellos tienen de volver la espalda a la España oficial es algo que debería hacernos pensar a todos, y especialmente a la España oficial. Creo que esa dicotomía que hizo Ortega entre la España oficial y la España vital no ha sido jamás tan fuerte como ahora, al menos desde que he podido observar las cosas; y esto es justamente grave, porque es lo contrario de la integración social. Por eso digo que aplaudamos a los técnicos, de acuerdo, pero censuremos a los políticos, porque me parece que nos jugamos mucho en eso; si yo he hecho estas observaciones, es porque me siento obligado a tener un sentido constructivo, y no por otra cosa.

Y si quieren, finalmente, tener una significación o una muestra, un símbolo sociológico de lo que pasa, noten ustedes qué poco, qué escasamente, qué raramente, se emplea oficialmente en discursos y en manifestaciones una palabra tan formidable, tan hermosa, tan entrañable, y tan extraordinaria, como es la palabra «pueblo». ¿Cuántas veces oyen «pueblo» en los discursos? ¿Cuántas veces dicen que esto se haga por el pueblo, o para el pueblo? Rara vez. Yo la he oído en otras épocas muchísimo más, y eso me parece que significa, junto con otras razones, que el pueblo no está. Eso es peligrosísimo. Creo que el pueblo no está, y que el pueblo debería estar. Creo que el momento del paternalismo ha pasado ya, y que la gente no quiere tanto que la hagan feliz, cuanto dedicarse a hacerse feliz. Por eso he dicho estas palabras y sentiría que hubiesen sido en algún momento más duras de lo que mi carácter me impulsa a ser, pero verdaderamente uno tiene la obligación de esto. Ustedes perdonen, y muchas gracias.

4

Las regiones españolas ante la asociación con Europa

Señoras y señores:

De todos los títulos con que, cariñosamente, me ha saludado y presentado Carlos Güell, quisiera reivindicar, casi violentamente, uno: el de amigo del Círculo, amigo de esta casa, amigo de esta ciudad, amigo de ustedes.

Sé que en estos momentos iniciales hay un protocolo y que —perdonen la manera de expresarlo— todos dicen lo mismo, pero les aseguro que es una manifestación sincera, que es absolutamente verdad que encontrarme en Barcelona me conmueve, literalmente. Me conmueve estar aquí, con estos amigos, estar en esta cámara prestigiosa, que me honra cediéndome su tribuna y me conmueve andar por la calle. No encuentro palabra más elocuente para decirles a ustedes la satisfacción con que estoy aquí; más esta vez en que, por razones de salud, llevaba demasiado tiempo ausente de Barcelona.

Dicho esto, me permitirán que me siente, porque el conferenciante sentado es, como los cómicos, menos agresivo (los cómicos de teatro saben que las grandes «parrafadas» no se pueden decir sentado). Y entonces esto les evitará a ustedes lo que pueda haber de modesta pretensión retórica —no deliberada— en estas palabras mías.

El tema, efectivamente, como ha dicho muy bien Carlos Güell, es un tema por completo de actualidad. En él se conjugan

Conferencia impartida en el Círculo de Economía de Barcelona el 16 de noviembre de 1966.

dos asuntos, creo que vitales, en este instante para nosotros: «Europa» y «regiones». Estos dos asuntos, conjugados, van a ser el tema de esta exposición, que va a resumir las ideas contenidas en un trabajo científico de aparición reciente que he dirigido, pero que no es obra personal mía, sino que se ha hecho con otros colegas, y cuya primera parte tuve ya la oportunidad de ofrecer en Barcelona en otra ocasión; de ahí que, en lo referente a aquella parte, seré muy breve.

Como digo, es un trabajo reciente; pero al llegar aquí me he encontrado ya con que ha habido comentarios a esta publicación; con que colegas míos, economistas competentísimos de Barcelona, se han ocupado ya de este asunto (por ejemplo, he leído artículos de Jorge Petit, Ros Hombravella) y esto me prueba, una vez más —sin que me sorprenda nada—, la extraordinaria sensibilidad para el tema en una ciudad como ésta. No me sorprende, pero aumenta mi responsabilidad, y me obliga de antemano a dar excusas, una vez más, por mi deficiencia ante un público tan competente en estas cosas.

Acabo de decir que esas dos palabras, «Europa» y «región», son palabras de actualidad. Sin embargo, en realidad la historia del tema tiene por lo menos medio milenio. Sin insistir demasiado en aspectos marginales del tema, permítanme recordarles que hace algún tiempo, a uno de los científicos más eminentes de nuestra época, al fundador de la cibernética, Wiener, se le preguntó cuáles creía que eran los tres inventos más decisivos de la humanidad. Contestó que la pólvora, la brújula y la imprenta.

Efectivamente, hace más o menos medio milenio que, en Occidente, la brújula, la pólvora y la imprenta crearon transformaciones decisivas. Creo que se puede muy bien centrar el progreso técnico de un cierto momento histórico en torno a estas tres innovaciones —innovaciones en Occidente, repito; los chinos las conocían mucho tiempo antes—. La pólvora derribó los muros de piedra; la imprenta derribó muros de ignorancia; la brújula derribó muros de distancia. Con ello se transformó el mundo. Se transformó el mundo, junto con otras muchas manifestaciones de la técnica, y, poco a poco, la organización que había reinado hasta entonces en Europa se fue derrumbando a impulsos de esta evolución técnica. Entonces nacieron lo que hoy llamamos las «grandes nacionalidades modernas», designando así a las naciones clásicas al estilo europeo.

Pero estas nacionalidades se han quedado hoy ya pequeñas, porque la técnica continúa, la técnica sigue adelante. Hoy cualquier país europeo es pequeño para hacer astronáutica, investigaciones nucleares en serio, o incluso para abordar seriamente la producción en gran escala de muchos artículos de consumo. De ahí que Europa sea ahora de más actualidad. De ahí que la integración europea, en una forma o en otra —no voy a entrar en esa cuestión—, la superación de las nacionalidades clásicas y de las fronteras nacionalistas del XIX, en su nueva forma de decisión, en unas unidades de decisión superiores, sea algo que nos viene, en mi opinión, impuesto por la corriente histórica.

Sí, estos países se han quedado pequeños. Me acuerdo, para citar un solo caso, que Bélgica compró, allá por los años 1940-1950, algunos aviones de reacción y para probarlos tuvo que hacerlo fuera de su territorio, sobre el mar del Norte. Una nación como Bélgica es pequeña para un avión de reacción. Y otras naciones europeas más grandes que Bélgica son pequeñas para otras muchas cosas.

Así es como, en esta corriente de transformación, Europa se impone de una manera que es ineludible, en mi opinión. Y por eso, Europa está de actualidad. Creo que estas cosas son bastante obvias. No vale la pena insistir en ellas. Pero no sé si es tan obvio que, lo mismo que está ocurriendo al nivel de la superación de la nacionalidad clásica, suceda también al nivel de la superación de las unidades administrativas menores. Y eso es lo que explica la revalorización actual, hablando siempre como unidad de realización económica, de la región.

Ustedes saben perfectamente que los pequeños municipios rurales se desploman. No son unidades de organización aptas para montar una serie de servicios que hoy se exigen. Las provincias administrativas, en cambio, en muchos casos mantienen una estructura burocrática que no tiene ya gran sentido. Y esto se ve confirmado por el hecho de que, en todos los países, la revalorización de unidades más amplias que la provincia clásica, la región concretamente, es un hecho general. Piensen en la política francesa del *management des territoires*, en las *development areas* inglesas, en el *mezzogiorno* italiano: acabarán siempre viendo cómo la región se impone como una unidad de organización económica más eficiente que otras unidades menores y cómo es la unidad base dentro de los nuevos tipos de naciones a que se tiende. No es una casualidad, sino una respuesta a estos hechos el que, por ejemplo, la Organización de Cooperación y Desarrollo Económicos, la OCDE europea, esté haciendo estudios regionales muy importantes de las distintas regiones de esa área superior europea.

Por tanto, creo que podemos partir de esta base; y ése fue justamente el punto de partida del estudio que voy a tener el honor de exponerles.

Arranca en el año 1962. Se pensó que se imponía la necesidad de estudiar los efectos de la asociación o la incorporación de España a Europa de algún modo. Pero se pensó también que dentro de los numerosos estudios —algunos excelentes— que se han hecho sobre la materia, era preciso hacer alguno que abordase la cuestión desde el ángulo de las regiones, y que se plantease el problema siguiente: si España se incorpora o se asocia a Europa en alguna forma, ¿qué efectos diferentes va a acarrear a las distintas regiones? ¿Va a incidir este hecho exactamente igual sobre todas? Parece que no, que eso sería una gran casualidad.

¿Qué va a ocurrir con las distintas regiones? ¿Algunas van a soportar una incidencia más fuerte que otras? Éste fue el problema que nos planteamos. Y en este problema hemos trabajado durante todo este tiempo. Hace un par de años publicamos ya un texto que, como digo, pude resumir aquí y del cual voy a recordar las líneas fundamentales porque son esenciales para lo que luego tendré que comentar.

Quiero recordar, sin embargo, que hasta en España misma se ha revalorizado también en este proceso la idea de región. La idea de regionalización en la política económica se ha ido abriendo paso cada vez más. Todavía en 1902 no había tal cosa, pero existían unos gérmenes de donde procedieron otros. Fue aquella famosa política hidráulica, como se decía entonces; la política de Gasset, que continuó más o menos durante una serie de años. Todavía en 1916 hubo otro plan, que se llamaba de obras hidráulicas.

Después vino ya la planificación de obras públicas, con el sentido de las confederaciones hidrográficas, que continúa en 1933. Pero, poco a poco, se entró ya en la idea de planificación regional. Se empezó por la ordenación económico-social de las provincias y, para abreviar, un proceso que subrogó ciertos aspectos que a mí me parece que no es exactamente lo que hay que hacer, sino más bien lo contrario, es decir, los planes dispersos y aislados. Hemos llegado a una situación en la que ha acabado por haber casi un plan para cada zona del país: el Plan Jaén, el Plan Badajoz... en fin, la provincia que no tenía un plan se consideraba de poca importancia. Era poco menos una cuestión de eso que llama la gente, a veces, «categoría», pero esto se ha superado. Sin embargo, como ustedes saben, ya en el desarrollo español se ha introducido la idea de regionalización; no de una manera tan completa como en Francia, pero me parece que la región va siendo cada vez más una unidad más reconocida. Pues bien, lo que hemos tratado nosotros es de conjugar ambas cosas, de ver, sobre todo, cuál sería el distinto impacto sobre las diferentes regiones de la integración, asociación o incorporación de España a Europa. Para esto, lo primero que nos planteamos, en un estudio que financió la Sociedad de Estudios y Publicaciones y la Fundación Ford, fue saber cuáles eran las regiones. Parecerá un poco obvio e innecesario hacer esto, pero ustedes saben que hay distintos criterios para regionalizar el país. Nos pareció que valía la pena abordar un procedimiento del que, que yo sepa, no había precedentes; un procedimiento empírico que en vez de buscar razonamientos de otro tipo, buscaba delimitar las regiones españolas con un criterio un poco como el negativo de las fotografías. Es decir, sobre todo el territorio nacional, encontrar algo así como las vertientes de dispersión de las actividades económicas; lo mismo que las cimas de las cordilleras que separan un valle de otro, sobre ellas no hay producción ni actividad. Estuvimos localizando las zonas españolas en las que la actividad económica, en general, presentara lagunas, y estudiando una serie de criterios como los de las comunicaciones o la demografía. Lo que preten-

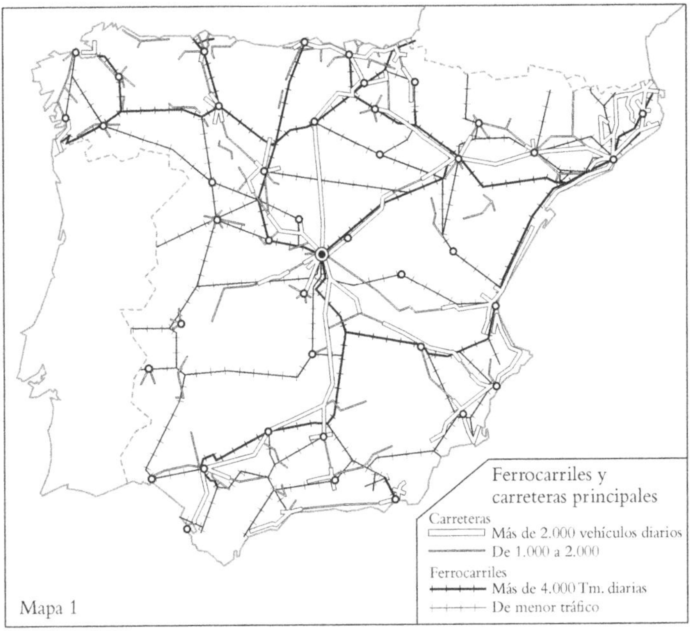

Mapa 1

do aquí es mostrar uno de los criterios que utilizamos: las comunicaciones.

Es fácil ver enseguida cómo en la geografía española pueden notarse unas áreas casi sin comunicaciones, que son soluciones de continuidad de la actividad económica. Hay estrangulamiento. Por ejemplo, prácticamente todo el sur de España depende de ese tronco de carretera y de ese ferrocarril por Despeñaperros. Hay otras áreas donde hay muy escasas comunicaciones.

Otro criterio fue el demográfico: ver qué regiones de España se despueblan y, entonces, comparando el censo de 1950 y 1960, nos encontramos con las distintas zonas de los vacíos demográficos, con las despoblaciones que se producen en el territorio español. En estos diez años muy pocas zonas han aumentado de población más que el promedio español. Otras zonas han crecido, pero menos que la media nacional. Y en el resto se ve la despoblación de gran parte del país. Aparecen unas grandes vertientes. Parece como si las aguas

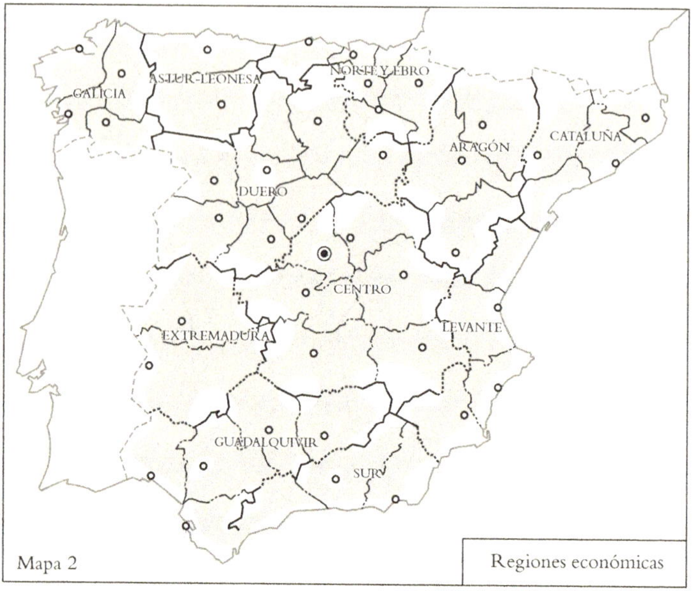

Mapa 2 — Regiones económicas

de la actividad económica se separasen a un lado y a otro y entonces van quedando como en negativo los núcleos donde hay actividad económica.

Interpretar estos criterios conduce a una división de regiones que coincide bastante con la clásica (mapa 2), pero que todo lo que es zonas blancas y con una línea muy marcada son zonas donde está muy clara la separación de una región a otra. En cambio, éstos son los pasillos que unen la actividad económica de unas regiones con otras.

No pretendo que este sistema tenga mayores virtudes. Lo único que hemos hecho con esto era buscar un procedimiento empírico, es decir, sin ningún *parti pris*, un procedimiento empírico para contrastar otros trabajos que se han hecho sobre las regiones. Como es natural, la coincidencia con otros criterios de regionalización es bastante amplia, pero como este procedimiento no se había ensayado, nos pareció que valía la pena hacerlo.

Una vez que supimos cuáles eran las regiones, dijimos: muy bien, y ahora ¿cómo son las regiones?, ¿cómo es la economía de las regiones? Entonces, para afrontar este problema, utilizamos un método que tampoco creo que se haya empleado. No vengo aquí con pretensiones de ninguna clase, pero tiene la ventaja de que es como una radiografía de la economía de cada región. Porque me parece que podrán apreciar cómo, en un golpe de vista, se puede ver perfectamente el perfil económico de una región, del cual demostraré enseguida unos ejemplos.

Se estableció con arreglo al siguiente patrón. Dividimos cada región teóricamente en 20 sectores. Del 3 al 10, con un rayado relativamente suave, intermedio, son sectores agrícolas, cereales, la vid el olivo, frutas, hortalizas, plantas textiles, ganadería y montes. Los comprendidos entre el 11 y el 18, más oscuros, son industriales. El 1, 2, 19 y 20 son la renta por habitante de la provincia, la minería, la hostelería y la población activa en la industria, respectivamente.

Según la importancia que cada sector tenga en cada región, hemos marcado más o menos largo el sector correspondiente. Si el sector no llega al circuito negro, entonces es que no llega a la media nacional, porque todo esto está comparado con el promedio nacional. Si pasa, es que rebasa el promedio nacional. Van a ver us-

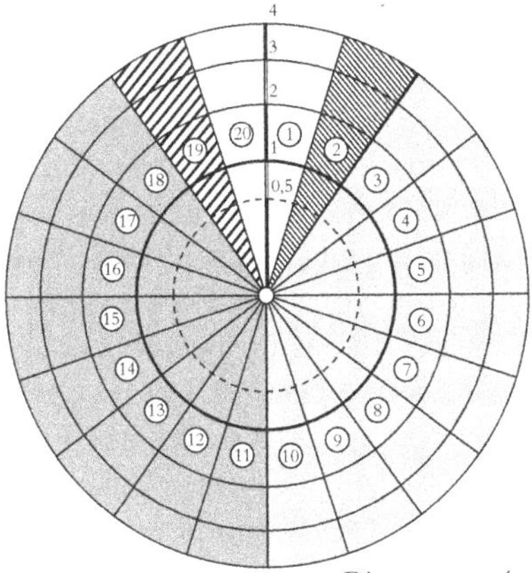

Diagrama patrón

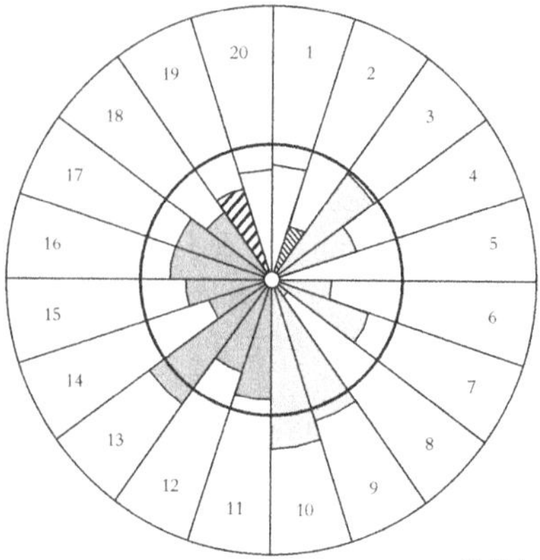

Galicia

tedes esto más claramente enseguida en un caso de región agrícola: el de Galicia.

El sector de renta por habitante no llega a la media nacional. Es una región deprimida. De todos los sectores, no llegan a la media nacional más que ganadería, montes y madera y muebles. Es una región poco industrial, porque la población activa en la industria es menor en relación con España que la renta por habitante y, además, el consumo de energía en la industria, que es el sector 18, es comparativamente bajo. De modo que es incluso una industria que utiliza poca energía. Creo que con estos gráficos se pueden comparar muy rápidamente una región con otra, de una manera intuitiva y directa, como primera aproximación, claro está. Pero los datos y los números los publicamos todos en este trabajo. Entonces se ve, por ejemplo, cómo el olivo no tiene ninguna representación, cómo las plantas textiles tampoco, en fin, son características de este tipo de región.

Vamos a ver ahora otra región agrícola, también de renta baja, pero, en cambio, más desequilibrada: Canarias. Con las frutas, hortalizas y el turismo, por encima de la media nacional. Si obtuviéramos estos datos ahora, probablemente marcaría un exceso mayor. Pero se ve también una región de renta baja, principalmente agrícola, aunque con un fuerte desequilibrio frente al caso de Galicia.

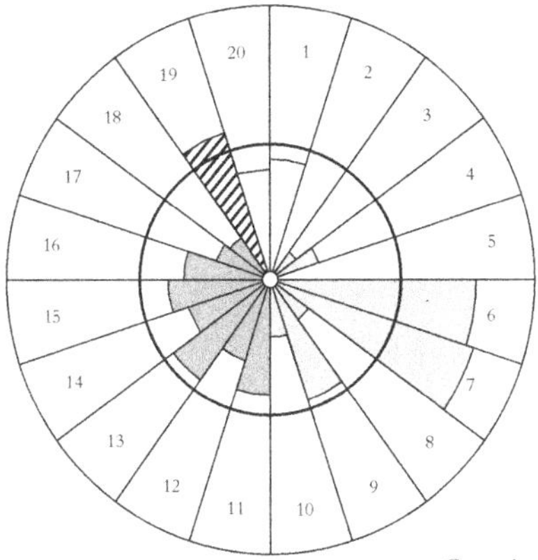

Canarias

He aquí un caso agrícola con renta alta: Levante. La renta está por encima del promedio y, claro, la salida enorme de frutas y hortalizas se dispara en este proceso.

Vamos a ver ahora las regiones industriales. Ésta es una de las tres regiones más industrializadas en España. Pero vean que la renta por habitante no es más alta que la nacional. La especialización industrial

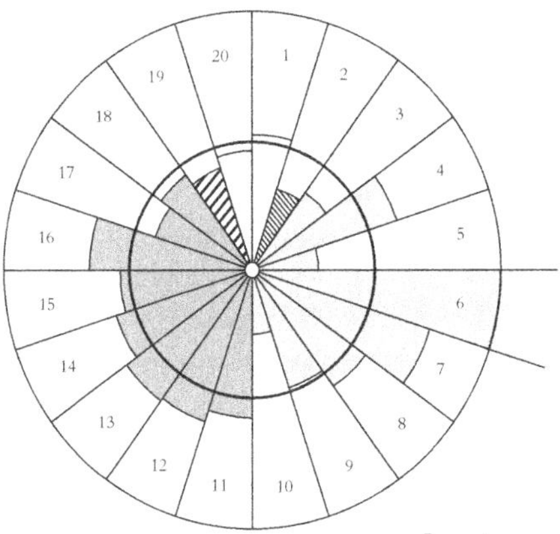

Levante

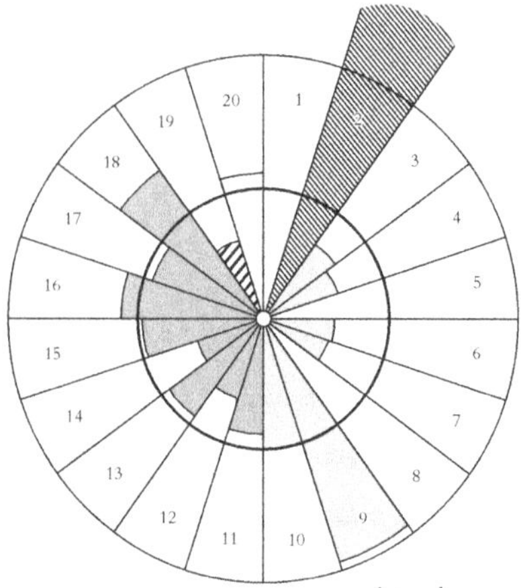

Astur-leonesa

es, sobre todo, el peso enorme de la minería. Es la región astur-leonesa, Asturias y León. El peso enorme de la minería es casi nueve veces mayor en proporción que el que correspondería al promedio nacional. Luego la industria siderometalúrgica apenas pesa en este sector. Es, pues, una zona industrial, pero muy fuertemente especializada.

La región Norte y Ebro tiene un nivel ya más alto y una especialización en el consumo de energía y también la siderometalúrgica; junto con el papel, que también es una especialidad, industrias químicas y algo también de madera y muebles. Pero, en cambio, la agricultura en general, salvo la ganadería, no presenta sectores destacados. Es otra región industrial con un nivel más alto que el anterior.

Cataluña, naturalmente. Vamos a ver su radiografía regional. Tienen ustedes una estructura mucho más equilibrada que las dos anteriores. En primer lugar, el nivel de renta es más alto que el nacional. Hay un predominio fuerte en las industrias en casi todos los sectores. También hay sectores agrícolas comparativamente equilibrados. El único con muy poca representación son las plantas textiles. En general, es una estructura mucho más equilibrada que las otras dos. Subrayo esto de que es mucho más equilibrada, mucho más diver-

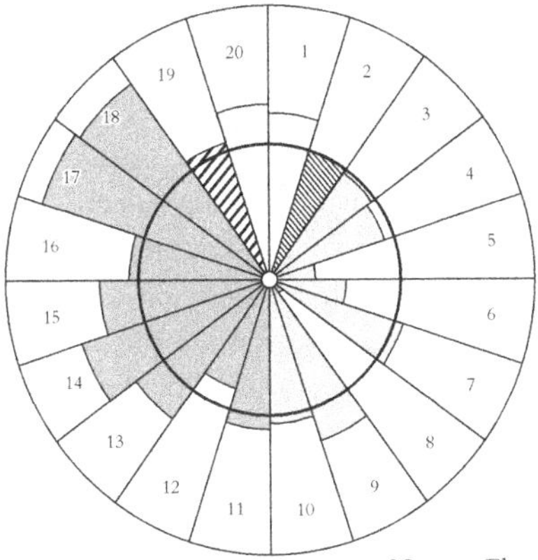

Norte y Ebro

sificada (también en servicios, el turismo ejerce un papel visible), sólo porque es muy importante para las conclusiones a que llegaré después.

De modo que con todo esto hemos visto dos problemas, la estructura de las distintas regiones, tal como se nos aparecía en este primer trabajo.

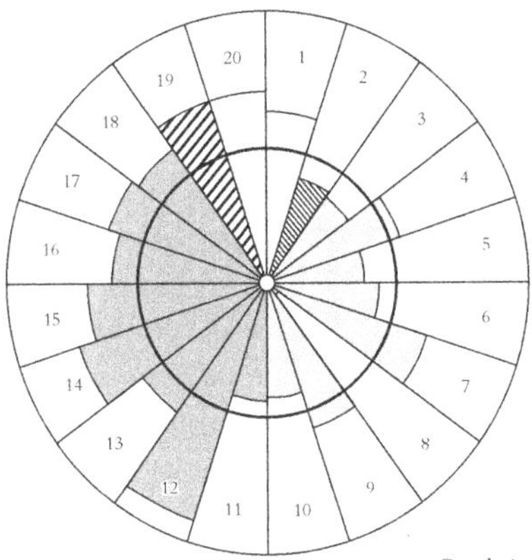

Cataluña

Tenemos, pues, por un lado, una identificación de las regiones; por otro, una caracterización tipológica, unos perfiles económicos de estas regiones. Entonces empezó la parte del trabajo que voy a exponer con un poco más de detalle, porque es lo más nuevo: sabiendo cuáles y cómo son las regiones, el problema con el que nos enfrentamos es el de tratar de calcular cuál es el impacto que en cada una de estas regiones puede ejercer una asociación con Europa.

No necesito decirles que esto no se puede medir. Yo no vengo aquí con la pretensión de haberlo medido. Es un tipo de fenómeno económico, más aún, político, cultural. De tal forma que no se puede reducir a unas cifras. A algunos científicos eso les induce a no tratar el tema. Porque, ante temas de tanto riesgo en las conclusiones, en los que son opinables, son discutibles, les induce a refugiarse en temas más demostrables, en temas que se parecen más a los teoremas matemáticos, y entonces se presentan como los defensores del purismo, del rigor de la ciencia, del valor académico, etc. Confieso que no soy de este tipo de personas. Creo que uno tiene que afrontar los problemas vitales, aportar a ellos lo que se puede aportar, consciente, desde luego, de que no aporta verdades inconclusas, sino orientaciones, puntos de vista discutibles, pero puntos de vista científicamente fundados hasta el punto de lo posible, y siempre objetivamente justificados en la medida de lo posible, pero hay que aportarlos porque, de lo contrario, el valor de la cooperación del científico en problemas vitales de un país, de sus compatriotas, del momento histórico, se reduce extraordinariamente. Si para ahorrarnos los lodos de las impurezas de la realidad nos refugiamos en la torre de marfil, creo que dejamos de ser útiles en gran parte. De modo que nosotros decidimos afrontar estos problemas, estos riesgos, y consideramos las consecuencias sobre cada región. Para hacer esto, el método consistió en estudiar los distintos sectores y ver, por una serie de criterios, cuál era su situación, comparadamente: por las más o menos similares actividades económicas en Europa. Porque la idea era que si un sector de España, una actividad determinada funciona con un alto grado de competitividad, se verá ventajosamente afectado cuando se proceda a una asociación con Europa. Si se trabaja en mejores condiciones, en la lucha competitiva, se triunfará. Si se trabaja en peores condiciones, habrá mayores o menores pérdidas. Basándonos en esta idea, hicimos unas comparaciones a las que aportamos una serie de datos:

Un sector es importador o es exportador. Si en las condiciones actuales un sector exporta, normalmente parece que hay un juicio, *a priori*, favorable en este sentido. Es decir, es un sector que es capaz de afrontar la competencia internacional. Si, en cambio, es importador, parece que, *a priori*, por el contrario, la situación es la opuesta.

Otro criterio que hubiera sido (en caso de haber podido emplearlo) absolutamente decisivo es el de la comparación de la productividad. Que se trata muy bien en teoría y se hacen unas fórmulas y unas cosas muy satisfactorias, pero la medida real de la productividad es dificilísima e insatisfactoria siempre. Hemos consultado lo que hemos podido de estos trabajos, sobre todo en estudios comparados entre industrias de Estados Unidos y de la Gran Bretaña o en trabajos que se han efectuado por la agencia europea de la productividad en París. En fin, hicimos lo que pudimos, pero la verdad es que, aunque algunas cifras de productividad se aportan, es uno de los datos menos fiables del conjunto.

Un tercer criterio al que recurrimos fue el de las estructuras de costes, porque se pensaba que si en ciertos sectores dominan determinados costes, cabe prejuzgar algo sobre las posibilidades de adaptación. Por ejemplo, si en un sector la proporción de los salarios es muy alta, entonces, teniendo en cuenta la diferencia de salarios, puede pensarse que ahí hay una cierta capacidad de resistencia para el futuro, entendámonos bien: a corto plazo. Porque, claro, como le decía a un periodista: «No se puede ser europeo para los precios y no ser europeo para los salarios».

Otros datos semejantes eran la proporción en que los costes entran en los artículos importados o no. Son una serie de criterios que creo sería pesado detallar, pero que, de todas maneras, tienen ustedes en esta publicación para los más especializados en estas materias y para los que les interesen más este tipo de detalles. Con todo esto, nos hicimos la siguiente composición de lugar. Supuesta una cierta situación actual de un sector en comparación con Europa, ocurrirá que éste puede encontrarse o bien en una situación favorable, o en una situación desfavorable. Si está en una situación favorable, el impacto europeo puede ser reforzar esa situación o al contrario, perjudicarla. Y lo mismo si está en una situación desfavorable; el impacto europeo puede ser corregir esa situación desfavorable o, por el contrario, reforzar esa situación desfavorable. Cada uno de estos impactos puede ser objeto —o no— de medidas correctoras de política económica, porque no hay que pensar en que el país soportase de manera pasiva la integración europea.

Siempre que hablamos de estos temas y decimos asociación, incorporación, y expresiones por el estilo, pensamos en un proceso en el tiempo, con un cierto período de adaptación, durante el cual se desarrolla una política y una actividad encaminada a sacarle a esa adaptación todo el partido posible y a reducir, también en lo posible, sus efectos desagradables. Por consiguiente, suponiendo que pueda haber una política de adaptación en algunos sectores, podría ocurrir que un sector aceptado inicialmente de una manera desfavorable pudiera compensarse, sostenerse.

Distinguimos entre sectores expansivos, que son los que obtienen el resultado más favorable de todos, es decir, que están bien ahora, que el impacto es favorable y que todo va mucho mejor, sectores estimulados, sectores compensables, ya en una situación un poco más precaria, sectores sostenibles y sectores afectados, que son aquellos para los cuales, en general, vemos unas dificultades mayores. Entonces la cuestión residía en lo siguiente:

Dados los sectores que habíamos determinado antes, valorar todos ellos y saber cuánto aportaba cada uno a la economía regional. Suponiendo —cosa que, desgraciadamente, no nos sucede en ningún caso— que en una economía regional absolutamente todos los sectores obtuvieron resultados favorables, de esto que aquí llamamos expansivos, entonces, claro está, esa región no tenía más que echarse en brazos de Europa. Pero, por supuesto, como digo, esto no hace al caso en ninguna ocasión. Si, por el contrario —tampoco existe el caso—, todos los sectores de la región iban a ser afectados, el diagnóstico sería siniestro. Porque ustedes comprenderán que, si todos iban a verse en este razonamiento perjudicados, no había terapéutica recomendable; a uno no se le ocurriría nada.

Como es natural, todo fue más o menos mezclado, y justamente lo que hemos tratado en nuestro estudio es de cuantificar en lo posible esa mezcla. Es decir, ¿qué proporción hay en cada región de sectores estimulados o de sectores afectados? ¿Cómo se distribuyen estos sectores?

Hemos dado unas tablas con esta distribución. Son como las líneas que hay en los cascos de los buques, para saber si está muy hundido o poco. Nosotros lo que hemos hecho (en el buque hipotético de cada región) ha sido marcar unas líneas: hasta aquí los sectores expansivos, hasta aquí los estimulados, hasta aquí los sostenidos, los compensables, los afectados. ¿Hasta dónde se hundirá el buque? Esto ya depende un poco de la hipótesis que se formule. Si hacemos una hipótesis muy rigurosa y pensamos que sólo los sectores que están bien serán aceptados bien, y que, por consiguiente, se desarrollarán bien, es decir, los sectores expansivos son los que flotan, entonces el barco quedará flotando relativamente poco, porque, naturalmente, ésos son los menos, aunque más en unas regiones que en otras.

ESCALA REGIONAL
(primera hipótesis)

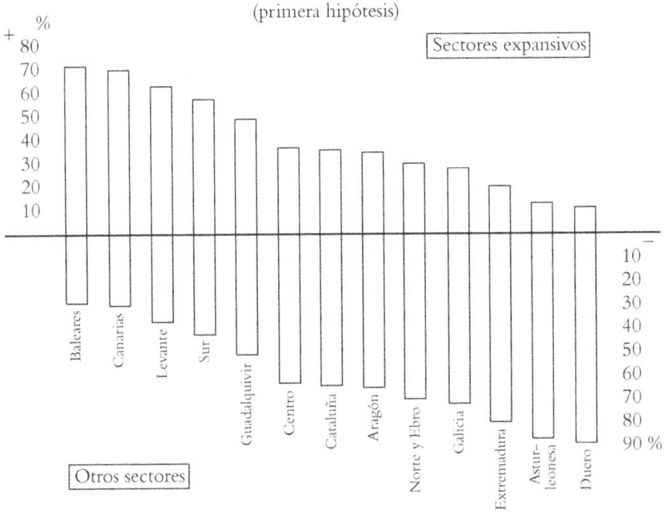

Si hacemos una hipótesis un poco más amplia, pero, a mi juicio, todavía realista, que es la de sectores expansivos y estimulados, entonces el barco flota un poco más. Yo, la verdad, de ahí no me atrevo a pasar. Si los optimistas pueden pensar que se puede flotar con otros sectores también, aquí están los datos y cada cual puede trazar la línea según su temperamento. Hemos preferido dejar abierta una gama de hipótesis posible al investigador que crea de alguna utilidad consultar este trabajo, en vez de dar nosotros una única solución. Voy a presentarles ahora lo que pasará, adoptando una u otra solución.

Tenemos las distintas regiones. La línea de flotación. Los barcos que flotan más o menos. Cuanto más flotan, naturalmente, en mejor situación están. Esto quiere decir que de la línea de flotación para arriba son tantos por ciento cubiertos por sectores expansivos y sectores estimulados. Ésta es la hipótesis más favorable. La región en situación más favorable es Baleares. Cubre casi el 80 y tantos por ciento por encima de la línea de flotación. No tiene más que «obra viva», como dicen los marinos. La región que está en peor situación es la astur-leonesa; se hunde hastas el 60 y tantos por ciento. Entre estas dos escalas, todas las demás regiones se van situando de una manera u otra.

Las tres regiones industrializadas ocupan los tres últimos lugares. La cosa no es difícil de comprender. Comentaré esto más ampliamente después, al tratar el caso particular de Cataluña. El hecho de estar industrializado es un arma de dos filos. En cierto sentido, es una ventaja para la integración, porque ésta es comparativamente más fácil cuando existe mayor homogeneidad, pero, en cambio, en otro sentido se hace más vulnerable, precisamente a los sectores europeos que pueden hacer competencia, porque no son regiones complementarias, sino, al contrario, de una producción más o menos sustitutiva.

No es extraño que las regiones más especializadas en España en la agricultura de exportación, las frutas, las hortalizas, y el turismo, como Baleares, Canarias o el sur de España, sean las que aparecen en mejor situación dentro de esta perspectiva. Sin embargo, quiero hacer notar, y esto se verá más fuerte aún en la hipótesis más restricti-

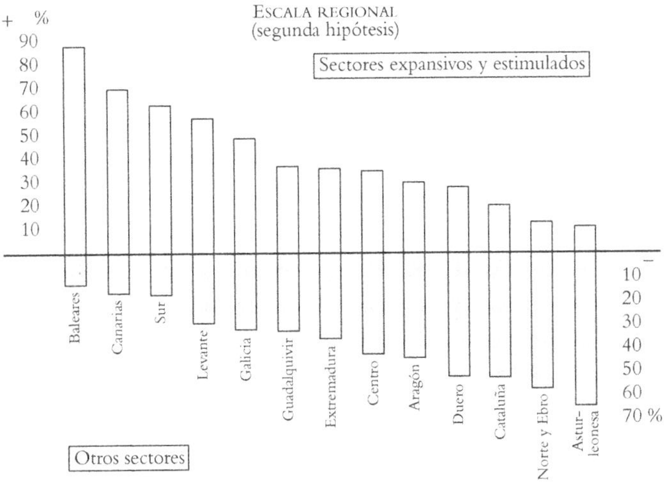

va, porque ésta es la más optimista de las dos, que, de todas las maneras, Cataluña ocupa el lugar más favorable entre las tres regiones industrializadas, punto que comentaré después. Vamos a ver ahora la otra hipótesis que sólo recoge los sectores expansivos.

Aquí, naturalmente, todo se hunde más, porque hemos eliminado los sectores que hemos llamado estimulados. Entonces aparece la región del Duero como una de las que se hunden más profundamente. Tengo que decir, para satisfacción de los mallorquines que pueda haber aquí, que Baleares sigue estando en primer lugar. Cataluña ha mejorado mucho de situación. Sigue estando antes que la astur-leonesa, que está en el penúltimo lugar, y que la del Norte y Ebro, que ocupa el quinto lugar empezando por el final. Cataluña está todavía dos lugares delante con una línea de flotación que abarca aproximadamente el 36-38 por ciento. Esto quiere decir que los sectores que estimamos con más posible defensa alcanzan en esta región un 36 por ciento. Hasta aquí lo cuantitativo, los números.

No sé si ustedes se hacen ahora una pregunta que yo desde luego me hago. La pregunta es: bueno, muy bien: ya nos ha dicho usted hasta con centésimas que esto va a pasar así. ¿Es esto verdad? Pues señores, hasta las centésimas y hasta las unidades, desde luego no. He empezado por decir, categóricamente, que ésta no es más que una aproximación que creo sinceramente que es mejor que ninguna. Es decir, que es mejor, no que ninguna otra, sino mejor que no tener una aproximación. Es preferible tener una estimación de las cosas, aunque sea con tanta conciencia de las deficiencias de medida como yo tengo, y tenemos todos los que hemos participado en esto, que carecer de estimaciones. De modo que los números no lo dicen todo y hay que matizarlos. Éstas son las consideraciones que voy a hacer ahora.

En lo que respecta a Cataluña —discúlpenme por hablar de Cataluña ante ustedes, que saben mucho más que yo de esto, pero me parecía que mi obligación de hoy era tratar especialmente el problema de esta región—, esta capacidad de defensa mayor dentro de las regiones industrializadas españolas responde, en mi opinión, a lo que he dicho antes, es decir, a la mayor diversificación de su producción.

No es una región tan especializada en la minería como la asturleonesa, y precisamente en la minería del carbón, que es una actividad que está experimentando dificultades prácticamente en todas partes. No tiene tan concentrada su actividad industrial como la siderurgia de las provincias vascongadas, también una industria, sobre todo, que en sus aspectos básicos plantea muchos problemas en todas partes.

Tiene un mayor equilibrio entre agricultura e industria. Los aspectos de servicio, en especial en relación con la hostelería, con el turismo, mucho más sensiblemente marcados que en las otras, y dentro de la industria misma, un equilibrio mayor entre unas y otras actividades.

Todas estas razones son las que a nosotros nos hacen pensar que la diversificación, la importancia de las industrias de consumo, que pueden defenderse mejor porque están más ligadas a ciertas áreas de mercado, y también este interés de los servicios, justifican la idea de que, entre las regiones industrializadas españolas, Cataluña se encuentra en mejores condiciones. No les puedo asegurar que lo que va a flotar es el 36, el 42 o el 25 por ciento. Creo, sinceramente, que aquí hay más posibilidades de sostenerse, como región industrializada, que en las otras regiones industrializadas españolas.

Pero como les decía, los números no lo son todo, y menos en fenómenos tan complejos. En primer lugar, aquí hemos aislado unos sectores de otros, cosa inevitable. Era imprescindible hacerlo así. Pero esto no está científicamente justificado. Es decir, que todos los sectores son interdependientes unos de otros, y en la medida en que uno prospere puede influir favorablemente sobre otros. Éstos son aspectos de la cuestión que no hemos podido analizar.

Hay, también, una interdependencia entre las regiones. Las regiones no flotan o se aíslan solas, sino que hay unas relaciones entre unas u otras. Estas relaciones es otro aspecto que tampoco hemos podido medir.

Existe asimismo otra serie de aspectos: por ejemplo, la heterogeneidad de las comparaciones: ¿qué quiere decir comparar la industria metalúrgica española con la industria metalúrgica alemana?; pues comparar, en el fondo, cosas diferentes con una misma palabra. Tampoco se puede medir esto. En fin, siento mucho, después de la aparente precisión de los números, hacer esta especie de autocrítica, pero me parece lo único honrado. Creo que la justificación de elaborar este trabajo es la necesidad de hacerlo, pero que hay que ser perfectamente consciente de que no es más que una indicación y ojalá que esto se mejore mucho, por otros investigadores.

Pero no es sólo el problema de la interdependencia el que influye aquí, sino el problema del tiempo. He dicho antes que cualquier forma de asociación tiene que pensarse, en un proceso, en un período de tiempo. Pero la verdad es que, en ciertos sentidos, la integración o asociación con Europa ha empezado ya. Supongo que ustedes aquí lo notan perfectamente.Vamos a tener en cuenta que ciertas formas de competencia de la producción extranjera son mucho mayores que hace algún tiempo. Creo que las cifras de evolución del comercio de España en el Mercado Común, en los últimos años, reflejan de sobra que este proceso ha comenzado ya.Y, en este sentido, hay que insistir en la importancia del proceso de transición, y lo que se haga durante el mismo.

Además, el tiempo influye, en mi opinión, también a mucho más largo plazo. He desarrollado el tema en otro de mis libros (cuya lectura no aconsejo a nadie porque son setecientas páginas en folio y yo mismo, si ahora me obligasen a leérmelo, me consideraría gravemente sancionado por quien me obligara) en el que digo que me parece que es cierto que el Mediterráneo, como área geográfica, está experimentando también en los últimos decenios una revalorización que es paralela a la de otras regiones del mundo. No puedo entrar ahora en detalles —si a ustedes les interesa la cuestión y quieren plantearlo después, con mucho gusto haré alguna ampliación sobre esto—. Pero pienso que la técnica moderna, en su evolución, se ha abierto a un área como el Mediterráneo (hasta la apertura del canal de Suez, en los últimos tiempos, se había convertido en una especie de callejón sin salida de la geografía y de la historia mundial, en donde no pasaba nada más que apenas pequeñas cosas: la guerra de Grecia, la muerte de lord Byron, y asuntos de este tipo), la ha convertido otra vez en un área enormemente importante.

En algún sitio he estudiado también la diferencia entre ciertas zonas del planeta muy acotadas, muy delimitadas y otras que son como plazas públicas, como encrucijadas, en el sentido del intercambio económico y el intercambio cultural. El Mediterráneo se parece, en mi opinión —ahora más que en otros momentos históricos, aunque se asemeja a otros del pasado que ustedes en Cataluña conocen muy bien y vivieron intensamente—, mucho más a eso que llamamos con distintas palabras semejantes: ágora, zoco, patio, plaza pública, una encrucijada de influencias y de corrientes. Esto creo que es un hecho, y que a largo plazo tenemos que pensar los españoles, y los españoles mediterráneos en particular, en las nuevas perspectivas del área mediterránea.

Pero sobre todo en la medida en que juega el tiempo, señores, es en la acción del hombre. Los números dicen algo, pero poco. Hay que contar con la capacidad activa del ser humano. Cuando se piensa aquí en una asociación y en un proceso de adaptación, creo que a ninguno se nos ha ocurrido pensar que vamos a soportar lo que nos caiga encima sin movernos en absoluto. Hay que contar con la acción humana, con la capacidad, con la iniciativa.

Tengo para esto una frase que voy a reproducir porque me parece expresiva. Digo siempre que en España en los últimos tiempos, los primeros que descubrieron Europa no fue el gobierno ni los catedráticos de universidad, sino las muchachas de servicio, las criadas que se colocaron en París; las primeras que hicieron Mercado Común fueron las pobres analfabetas. Después lo descubrieron algunos catedráticos de universidad, no todos, ¿verdad? Sí, sí, lo siento, pero es así. Después lo descubrieron los obreros que emigraban, sobre todo a partir de 1959 y 1961, a Alemania, Suiza, etc. Y en el año 1962 lo descubrió el gobierno; y dirigió una carta ya al Mercado Común, diciendo que se asociaba, después de haber presentado una evidente resistencia durante mucho tiempo.

De modo que confiemos en el ser humano. Confiemos en la capacidad de adaptación. Crean ustedes que este brío es un alegato retórico para terminar de una manera optimista y con brindis al sol: es una confianza absoluta. Creo que los motivos más importantes de confianza para el optimismo en la vida futura del país están en todos nosotros, en el país como pueblo, mucho más que en otras cosas. Creo mucho más en el desarrollo español, porque la gente se ha decidido a desarrollarse, que porque existan planes de desarrollo, aparte de que me parezca bien que existan.

Pero creo mucho más en la dinámica humana, en cómo ha cambiado el mapa de población de España, que quiere decir, pura y simplemente, que la gente que aguantó un cierto tipo de vida durante decenios y decenios, ha decidido no aguantarla más. Y como no puede modificar sus condiciones de vida, hace lo único que puede: marcharse.

Bueno, pues en esta dinámica —que implica, naturalmente, padecimientos tremendos para mucha gente, que no es cómoda ni fácil, que es dolorosa, comprendo perfectamente los sufrimientos de las muchachas de servir, de los emigrantes rurales, y tantas y tantas cosas, de las mujeres que salen de sus casas para ponerse a trabajar y compensan así una proporción femenina activa que era la más baja de Europa en 1950—, pues en todo esto es en lo que yo confío. Porque esto es la España vital, y esto es en lo que realmente tengo esperanza.

En este sentido, señores, pienso que en una región como ésta, donde hay una tradición del sentido de la responsabilidad, del sentido de la acción ciudadana como la que hay (no estoy en absoluto tratando de adularles, quizá fuera el momento en que los castellanos —yo nací en Barcelona, pero mis recuerdos y mis formaciones son castellanas— sacamos a relucir el *seny* que quizá es lo único que citamos para estos casos; a mí no se me ocurrirá esa pedantería, ni esa tontada), honrada y honestamente, creo que se puede decir que aquí hay una tradición de capacidad de iniciativa y del sentido de la responsabilidad y ciudadano de la vida.

No creo que mis dotes de observador sean infalibles, pero puedo decirles que cada vez que vengo a Barcelona, y más esta vez porque ha pasado demasiado tiempo (para mi gusto, no sé si para los que me oyen), creo darme cuenta de que este sentido también se aviva, de que esta capacidad está resurgiendo. Me doy cuenta de que hay instituciones como esta misma casa, como el Círculo de Economía, o como otras numerosas que existen y que se sienten cada vez más responsables. Hay un contraste tremendo entre la lectura de los periódicos de Madrid y los periódicos de Barcelona en cuanto a actividades de este tipo de responsabilidad ciudadana. Y esto es lo decisivo y lo fundamental.

Por encima de los números tenemos que tener en cuenta, en mi opinión, lo siguiente: que no podemos esperar a decidir si echaremos a botar la nave a las aguas europeas, según lleguen estos números y estos cálculos, ni los míos ni los de nadie. Creo que debemos darnos cuenta de que tenemos la nave en un dique seco, cerrado hace bastante tiempo, y que el agua europea está subiendo, y nos alcanzará. Es una imposición ineludible de la corriente histórica. Hay que hacerse a la idea de que habrá que navegar, de que habrá que echarse a flotar de todas maneras. Con esta idea ineludible de la incorporación en Europa, lo que hay que hacer es irse adaptando, con este sentido que yo creo sinceramente que aquí existe, en esta región a caballo de Europa, con más vitalidad, con más vigor que en otros muchos sitios.

Para terminar, creo que con esta conciencia del problema, con esta tradición, con estas aptitudes, estos tipos de trabajo pueden ayudar; pero lo esencial es que un pueblo se decida a hacer una cosa, sí o no, y que haya conciencia de estos problemas. Espero, estoy seguro, de que por lo menos aquí la hay, y lo deseo de todo corazón. Mil perdones y muchísimas gracias.

5

El Plan de Desarrollo español en su marco social

Es muy evidente que la discusión acerca de un Plan de Desarrollo como el que está en vigor en España no puede reducirse a un comentario de su propio texto. Es igualmente evidente que tampoco basta, para completar esa discusión, comparar los objetivos o las previsiones del Plan con los resultados realmente conseguidos. Pero como en España esas dos verdades se olvidan de forma sistemática y los estudios puramente «técnicos» en la materia son mucho más numerosos que los otros, espero que se me permita estudiar el verdadero significado del Plan en la vida española desde un punto de vista más general. Para ello es indispensable, sin perjuicio de esos otros estudios, resituar el Plan en el contexto social que lo explica y condiciona. Para ello, y pese a no disponer aquí ni del tiempo ni del espacio necesarios para agotar la cuestión, creo que es útil aportar algunas observaciones sobre ese contexto social, a fin de completar de este modo los trabajos sobre temas parecidos.

La versión oficial del desarrollo español, aceptada a veces con enorme ingenuidad por la mayoría de la gente en España y en el extranjero, consiste en presentar el llamado «milagro económico» español como el resultado de una política prudente y deliberada que desde 1957 comenzó unos trabajos previos, articulados más tarde, en 1959, en un Plan de Estabilización, que preparaba a su vez el Primer Plan de Desarrollo Económico y Social que entró en vigor en 1964. Ahora bien, interpretar los hechos de esta manera es caer en el error

Artículo publicado en el volumen *L'Espagne à l'heure du développment* de la revista *Revue Tiers-Monde*, octubre-diciembre de 1967. Traducción de María Pons.

en el que yo personalmente me negué a caer desde el primer momento, como afirmaba ya en febrero de 1964, en una conferencia pronunciada en Barcelona en la que desarrollaba la idea central según la cual el Plan no era un instrumento económico de desarrollo, sino un instrumento político con fines conservadores. Como es fácil comprender, los medios de difusión puestos a la disposición de aquellos que, como yo, piensan de este modo son en España mucho más reducidos que los medios movilizados por la propaganda oficial, y no es de extrañar que prevalezca la idea de un «milagro» producido gracias al Plan. Más aún, incluso los estudios que critican el Plan en sus aspectos técnicos contribuyen a menudo a otorgarle una trascendencia superior a la que tiene. En efecto, cuanto más se habla del Plan, incluso para rechazarlo, más se atrae sobre él la atención del público, a la vez que se le impide interesarse por el fondo del problema. Es como cuando el prestidigitador agita con su mano derecha el pañuelo rojo y se refiere constantemente a él, para que el hábil escamoteo que realiza mientras tanto la mano izquierda escape a la mirada de los espectadores. En nuestro caso, el pañuelo rojo es el Plan y el escamoteo es la actuación de los grupos dominantes en España. Lo que se escamotea es, naturalmente, el desarrollo económico y social.

Reconozco que el Plan ha producido ciertos efectos, sobre todo en el ámbito de las relaciones con el exterior; además, es en sí mismo una actitud ante los problemas económicos más moderna y más racional que la autarquía o la arbitrariedad de otros períodos recientes. Por ello, prefiero que exista el Plan, pero me niego a creer que los progresos recientemente registrados en España sean obra suya. Y, sobre todo, no acepto que con ese Plan se haya pretendido transformar verdaderamente las estructuras de España; es decir, niego que sea realmente un Plan de Desarrollo. En efecto, hay que recordar que «desarrollo» no significa sólo crecimiento, o expansión en el interior de una misma estructura. Es lo que se dice expresamente en un documento tan importante como los *Programas de acción* de Naciones Unidas: «El desarrollo no es solamente crecimiento económico; es crecimiento más cambio» (*The U.N. Development Decade*, Nueva York, 1962). Sólo desde la acepción más radicalmente conservadora se puede pretender que el Plan español sea «de desarrollo». En efecto, este Plan no contiene ninguna transformación importante de estructuras. Al contrario, escamotea las reformas —agraria, cultural, sindical, etc.— bajo una avalancha de otros objetivos vinculados más bien al crecimiento conservador.

La palabra «social» llegó muy tarde

Antes de aportar algunas pruebas concretas, permítaseme recordar aquí algo muy significativo y que nunca he visto comentar: el extraordinario retraso con que el calificativo «social» se añadió al título oficial del Plan. Efectivamente, es fácil demostrar que durante todo el período preparatorio del Plan éste siempre fue designado oficialmente como «Plan de Desarrollo Económico». Más aún, en el mes de octubre de 1963 se imprimieron numerosos ejemplares provisionales del Plan con ese único título, ejemplares que, como veremos, se convirtieron después en una curiosidad político-bibliográfica. El contenido de ese volumen se publicó prácticamente con la misma forma más tarde, en 1964, con el título nuevo y ampliado de «Plan de Desarrollo Económico y Social». No parece, sin embargo, que los aspectos sociales del desarrollo estuvieran muy presentes en el espíritu de los planificadores antes de 1964.

¿En qué momento ese término «social», freudianamente reprimido hasta entonces, se integró en el título del Plan? Según fuentes bien informadas, aunque no garantizadas, en el último minuto. Al parecer, en la última discusión del Plan ante la comisión de las Cortes Españolas (el 26 de diciembre de 1963), cierto representante deploraba la ausencia de contenido social en el Plan. Otro miembro de las Cortes sugirió entonces, para evitar cualquier equívoco sobre ese contenido por parte del público, añadir el apéndice «y Social» al nombre oficial del Plan. El primero se disponía a replicar que esto sería añadir mentira a la injusticia, pero renunció a protestar cuando se le advirtió discretamente que el añadido de «y Social» había sido sugerido en un mensaje de las más altas autoridades políticas, que acababa de llegar a las manos del segundo representante. Naturalmente, la ampliación del título se aprobó tal cual.

He relatado este incidente porque, en regímenes como el actual español, supone mucho más que una anécdota. El significado profundo de este hecho no escapó sin duda a los medios oficiales porque, cuando intenté, en esa época, publicar un comentario sobre ello, la censura mutiló el artículo que había enviado a la revista *Cuadernos para el Diálogo*. Pero es bien evidente que si niego que el Plan español tenga intenciones sinceras de reforma no es sólo por esos incidentes, sino por un argumento mucho más determinante, a saber: que todo cambio importante de estructuras es incompatible con los intereses de los grupos dominantes que ocupan las posiciones administrativas de donde debería partir esa transformación. Son esas fuerzas situadas en torno al Plan las que limitan su alcance, mucho más que sus posibles deficiencias técnicas. No se puede comprender la economía española de los últimos treinta años —con sus avatares sucesivos de autarquía, intervencionismo, estabilización, liberalización, etc.—, si no la contemplamos como el beneficio obtenido por ciertos grupos de la victoria en la guerra civil, que sus vencedores no cesan de conmemorar.

La envoltura conservadora del Plan

¿Cuáles son esos grupos que tienen poder para hacer transformaciones, y no tienen en cambio interés alguno en realizarlas? Son fáciles de reconocer por sus hechos y por sus gestos, y los españoles no tienen, por lo general, ninguna necesidad de que se los señalen, a pesar de las anteojeras puestas por el sistema educativo y el resto de los mecanismos de autojustificación o de preservación. Si voy a recordar algunos de esos mecanismos es porque pienso en otros lectores y tengo en cuenta la propaganda orquestada en el extranjero al servicio de las versiones oficiales del desarrollo.

Para ver de qué modo el aprovechamiento económico de la victoria comenzó desde el primer momento, basta echar una ojeada a un texto concluyente, teniendo en cuenta su carácter oficial: el *Proyecto de Ordenación Económico-Social de la Provincia de Cáceres*, publicado en 1957 por el Secretariado General para la Ordenación Económica y Social, dependiente de la Presidencia del Gobierno.[1]

Ese texto aborda el problema de los yunteros, esto es, de una clase obrera típica de Extremadura, compuesta por familias que poseen una pareja de animales de tiro, o yunta (y de ahí el nombre), y los aperos indispensables, pero que carecen de tierra en plena propiedad. Esos yunteros trabajaban tradicionalmente en aparcería, cultivando las parcelas disponibles en los latifundios de Extremadura. Cada año pasaban de una parcela a otra en el interior de una misma explotación, como exigía la rotación habitual de los cultivos en esa región, y por esta razón no se les consideraba legalmente como los cultivadores permanentes de una misma parcela, a pesar de que disponían, como casi siempre, de contratos verbales antiguos con los propietarios de la tierra. Ahora bien, durante la República, los yunteros consiguieron mejorar algo su condición, reduciendo al mismo tiempo los beneficios de los propietarios y suscitando en ellos «la intención de recuperar lo que habían perdido».

Precisamente en esos términos explica ese documento la situación, y prosigue así: «Esta intención —la de recuperar— halló el momento propicio al final de la guerra de liberación cuando se decretó la posibilidad legal de revisar los contratos, y de despedir a los aparceros. [...] Protegidos por las leyes, muchos propietarios consiguieron transformar esos antiguos acuerdos verbales en contratos escritos a un precio muy alto o en todo caso desproporcionado en relación con lo que obtenían anualmente los aparceros, de manera que, al no poder cumplir sus compromisos pasaban a ser susceptibles de despido». En otras palabras: los propietarios, «protegidos por las leyes», consiguieron a menudo exigir rentas imposibles, y a la vez el despido de los aparceros cuando éstos no podían pagarles.

1. Que no se utilice el nombre de ese secretariado general como argumento para defender la existencia de una preocupación oficial por lo «social» desde 1957. La palabra «ordenación» (cuya etimología —orden— es muy significativa) es suficientemente expresiva para evitar este error. Quien conozca la realidad española, no se sorprenderá de que exista un interés oficial por la ordenación social, sin que eso implique que exista también un interés por el desarrollo social.

El documento continúa en el mismo tono y añade: «Esta situación de hecho se agravó por la ley del 23 de julio de 1942. [...] A partir de ese momento, el número de despidos fue muy elevado y creó un problema gravísimo entre la masa de trabajadores modestos. Muchos yunteros, privados de tierra, se vieron obligados a deshacerse de sus mulos y de sus utensilios para convertirse en jornaleros eventuales, descendiendo de categoría social y económica, hasta integrarse en la masa campesina de los peones. Si a todo esto unimos la tendencia, ya observada, a la reducción de la explotación agrícola en favor de la ganadería y la preferencia de los propietarios por esta última, tendremos la explicación de por qué varios miles de familias campesinas de la provincia, que en otra época habían podido vivir de unas tierras que mantenían en aparcería, se encuentran hoy en día en una situación difícil y han pasado a engrosar la masa del proletariado agrícola de la provincia». Añadiremos que, para muchos, la solución fue emigrar a la ciudad, como prueban casos concretos como los relatados en el libro de Miguel Siguán *Del campo al suburbio: un estudio sobre la inmigración interior en España*, editado en 1959 por el Consejo Superior de Investigaciones Científicas.

No es difícil en esas condiciones concluir que los beneficiarios de la situación en el campo fueron esos grandes propietarios que, «protegidos por las leyes», cambiaron en beneficio propio la situación existente antes de 1936. Se dirá que se trata sólo de un ejemplo aislado. Podríamos buscar otros, pero existe una prueba mucho más general sobre quién se llevó la peor parte en el campo: el éxodo rural sin freno, fenómeno impresionante de la España actual. Ciertamente, la agricultura no es hoy día una actividad muy rentable para nadie. Pero esto se explica por otras razones y no invalida el hecho de que, en el mundo rural, quien se lleva la peor parte es el pueblo.

Y en la industria, ¿a quién beneficia más el sistema? Es cierto que incluso los directores de las grandes empresas también se quejan —y con las restricciones actuales del crédito ciertamente tienen motivos para hacerlo—, pero si consideramos en su conjunto los beneficios de la industria, no parece que esté atravesando precisamente por un período de dificultades. Según un estudio del Banco de Vizcaya publicado en su *Revista financiera* (julio de 1966), la rentabilidad media de 247 grandes empresas españolas en 1965, una vez deducidas las amortizaciones, fue del 19,4 por ciento en relación con el capital desembolsado. En el caso de determinadas sociedades, esas cifras se elevaban considerablemente. Los bancos, por ejemplo, obtuvieron una rentabilidad del 52,6 por ciento y las compañías aseguradoras, del 78,5 por ciento. Esto en un solo año.

Merece la pena destacar estas últimas cifras, porque son las que completan el cuadro. Realmente, es difícil negar la situación privilegiada de los banqueros españoles. Sus ventajas se pusieron claramente de manifiesto cuando en 1960 —el año siguiente al del Plan de Estabilización, que registró un estancamiento de la renta nacional— los bancos obtuvieron unos beneficios anuales superiores a los de los ejercicios anteriores, como suele ser habitual en esos establecimientos. El freno que supuso la estabilización no afectó para nada a las entidades bancarias. No es de extrañar que, en la asamblea general celebrada por una de ellas en 1961, su presidente diera públicamente gracias a Dios por el documento que acababa de poner en manos de los accionistas, como se pudo leer al día siguiente en los periódicos madrileños, que informaron de ese gesto.Y no diría que esta situación privilegiada haya cambiado, ni mucho menos, con la reforma de 1962.

Estas situaciones en las empresas y el nivel de beneficios que les corresponde sólo pueden explicarse sobre la base de un marco legislativo muy favorable que, tanto en la industria como en los servicios, mantiene a las grandes empresas «bajo la protección de las leyes», como lo estaban, ya lo hemos visto, los latifundistas de Extremadura. Esta protección se tradujo, sobre todo, en un monopolio creciente, cuya magnitud escandalosa llevó a promulgar el 20 de julio de 1963 la ley sobre las «Prácticas restrictivas de la competencia», creando incluso un tribunal contra las prácticas monopolísticas. Pero hasta el momento, el entusiasmo oficial no ha ido demasiado lejos: la ley y el tribunal, a fecha de hoy, tres años más tarde, no han sido utilizados casi nunca.

Supongo que no hacen falta más aclaraciones para que el lector comprenda lo que los españoles saben muy bien: la importancia de la protección ofrecida por el sistema legal a los grandes grupos de intereses económicos privados. Se comprenderá, asimismo, que esos grupos de intereses protegidos por las leyes no tengan el más mínimo interés real en renunciar a esa protección y en modificar la estructura social en un sentido que les sea menos favorable.

Las resistencias de los conservadores

La historia de estos últimos años corrobora, en efecto, todo esto, demostrando la resistencia opuesta constantemente a cualquier transformación seria de las estructuras, susceptible de afectar a estas posiciones económicas privilegiadas. La política española está dispuesta a favorecer cualquier progreso, siempre que no implique reformas en el sentido que hemos expuesto. No importa que esas reformas estén recomendadas por los organismos internacionales de mayor influencia, a los que tanta atención se presta en otras circunstancias. Así, el informe de la OCDE sobre la economía española, publicado en mayo de 1962, enumeraba la lista de los hechos «que muestran claramente la diversidad y el alcance de las reformas estructurales que la economía española deberá efectuar antes de entrar en una fase de crecimiento rápido y sostenido» (§§ 39 y siguientes); y concluye afirmando que «es indispensable adoptar una nueva política y realizar amplias reformas estructurales en numerosos sectores». Hacia esas reformas tendían ya algunos aspectos del Plan de Estabilización de 1959, elaborado en cooperación con organismos económicos internacionales. Pero un año más tarde se reconocía en la revista oficial del Ministerio de Comercio (*Información Comercial Española*, abril de 1960) que ese Plan, aplicado con eficacia y éxito principalmente en el ámbito monetario y comercial, no había sido aplicado en sus aspectos de mayor alcance estructural.

En otras palabras, el Plan de Estabilización de 1959 quedó en letra muerta precisamente en aquello que tenía de reformista. Ahora bien, es exactamente lo mismo que ocurre en la actualidad con el Plan de Desarrollo. Para tener la certeza, basta examinar el grado de realización de las inversiones públicas, y creo que este argumento nos parecerá entonces definitivo, ya que para conocer las verdaderas intenciones de un Plan de Desarrollo no hay nada mejor que analizar la estructura y el número de inversiones que realmente se han realizado.

Si consultamos la *Memoria oficial sobre la ejecución del Plan de Desarrollo en 1964* —nos limitamos a este documento, sin emprender aquí estudios exhaustivos—, veremos que las inversiones públicas (a pesar de su carácter obligatorio y forzoso para la propia administración) sólo alcanzaron el 87 por ciento de lo previsto en el Plan, cifra además sobrestimada porque no tiene en cuenta el alza de los precios. Pero lo que resulta revelador no es tanto este incumplimiento parcial del programa (que cabría esperar que se compensara en los años venideros), sino el trato distinto otorgado a los diferentes sectores. Así, aparecen con cifras inferiores a la media sectores cuyo interés social es tan directo como la enseñanza y la formación profesional (69,6 por ciento) o la sanidad y la asistencia social (64,1 por ciento); a la vez que la agricultura responde a su carácter de sector con débil capacidad de presión con la cifra del 75,8 por ciento, igualmente inferior a la media. Una cifra realmente sorprendente es la relativa al comercio interior, cuyo saneamiento podría perjudicar de alguna manera el monopolio de los circuitos de distribución, y en el que se invirtió solamente el 4,3 por ciento de lo que había sido previsto. En el otro extremo de la escala, tan sólo dos tipos de inversiones superaron las previsiones: las dedicadas al urbanismo y a la vivienda (de carácter social, ciertamente, pero muy alentadas por los factores especulativos), que alcanzan la cifra del 104,9 por ciento, y las destinadas a los servicios de información, que, con un nivel muy notable del 134 por ciento son un ejemplo elocuente de la simpatía del sistema por los instrumentos de su propia propaganda.

El desarrollo pese a todo

En resumen: se dedicó a la propaganda un esfuerzo máximo; a las inversiones en el dominio social, un esfuerzo mínimo; a las reformas estructurales, ninguno. De modo que, insistimos, si no hay reformas estructurales, lo que se busca no es un desarrollo auténtico. Para rechazar las reformas, los grupos de interés y las fuerzas responsables del Plan español denuncian claramente que no entra en sus intenciones transformar la economía —y menos aún provocar un cambio social— por mucho que lo proclamen en el texto del Plan. Esta actitud tiene una fácil explicación: aceptar las reformas equivaldría a ceder poco a poco las posiciones de privilegio reconquistadas tan penosamente treinta años atrás.

El lector puede objetar que, pese a todo, no cabe poner en duda el progreso de España, puesto que la producción y la renta per cápita están en pleno crecimiento y se han acumulado reservas de divisas en los últimos años. ¿Qué pasa, entonces?

A esta pregunta responderé diciendo que, efectivamente, España está progresando. Pero la causa fundamental de ese progreso no hay que buscarla en el esfuerzo de los privilegiados ni en la eficacia directa del Plan. España progresa como se hace en esos casos: en contra de la voluntad de aquellos que se resisten al cambio. El desarrollo español se produce «a pesar de» estas actitudes negativas, que la historia acaba siempre por vencer. De no ser así, el progreso no habría existido jamás y los numerosos países del Tercer Mundo que se hallan en una situación más o menos comparable a la de España no podrían albergar ninguna esperanza.

En España, esta esperanza no nos viene de la mano de un equipo de tecnócratas planificadores, sino del dinamismo creciente de un pueblo entero, que ya no se resigna a su situación tradicional. Antes de que el gobierno descubriera la Europa en marcha —a la que se negó a integrarse hasta 1962, año en que solicitó su adhesión al Mercado Común—, las campesinas se colocaban en París como criadas y los obreros emigraban a Alemania o a Suiza. Antes de que una legislación, anacrónica y antifeminista, lo acepte, las españolas participan cada vez más en las actividades profesionales. Antes de que una administración obstinada se la conceda, los estudiantes reivindican la libertad de expresión, que es normal en cualquier país moderno. Antes de que las empresas o las autoridades se los ofrezcan, los obreros y los empleados reclaman niveles de vida decentes y luchan por conseguir ventajas, pese a las resistencias del marco social. A todo ese dinamismo vital se le añade la inevitable y cada vez mayor comunicación con el exterior, que insufla un aire nuevo al invernadero protegido de la economía española. Algunos sectores privilegiados intentan inútilmente mantener esta protección, mientras que otros grupos más prudentes buscan su salvación en acuerdos con las grandes empresas extranjeras.

Por otra parte, esta permeabilidad creciente de las fronteras ha provocado la gran causa inmediata de lo que se ha dado en llamar «el milagro español»: el turismo, que ha aportado las divisas sin las cuales las recientes importaciones de alimentos y de bienes de equipo para mantener una relativa estabilidad de los precios hubieran sido imposibles. No hay duda de que el turismo se ha visto muy beneficiado por la impresión favorable creada en el exterior por la liberalización, la planificación y las relaciones más estrechas con los organismos y los círculos internacionales. Es uno de los efectos indirectos más importantes del Plan al que aludíamos al comienzo de este artículo. El hecho mismo de confeccionar un Plan ya es una concesión de la España conservadora al mundo moderno. Pero esto no significa, como ya hemos visto, que el Plan sea efectivamente de «desarrollo», ni que deba desembocar en las indispensables reformas, obstaculizadas por los grupos que elaboran y ejecutan el Plan.

Afortunadamente, como hemos visto, existen otras fuerzas en torno al Plan, aunque desde hace treinta años se ha hecho lo posible para que apenas puedan manifestarse. Mientras que el Plan es objeto de la propaganda oficial, de discusiones académicas, de pactos entre las empresas o de acuerdos entre la administración pública y los intereses privados en provecho de estos últimos, esas otras fuerzas viven al margen del Plan. La economía española se interpreta así como otro caso particular de una situación que existe en muchos países en vías de desarrollo: una estructura anacrónica que beneficia a una minoría privilegiada que se obstina en conservarla tal como está, y unas fuerzas históricas que se agitan por doquier y utilizan esta estructura. Impelidas por esas fuerzas, las minorías hacen pequeñas concesiones: simulacros de modernización, aparente igualdad de oportunidades, tecnocracia, planificación. Pero al margen de todas estas cosas —que no son, en el fondo, más que instrumentos destinados a preservar las estructuras—, los pueblos crecen, emigran, aprenden, trabajan, se comunican entre sí. En una palabra, emergen. Y es en esta emergencia donde reside la verdadera garantía de transformación de las estructuras; es decir, del desarrollo auténtico. Esta emergencia es nada menos que la esperanza.

6

Problemas estructurales del crecimiento

Me ha correspondido a mí el tema concreto «Situación y perspectivas del crecimiento en Andalucía» y tengo unos quince minutos aproximadamente para enmarcar el problema antes de que entren en mayores detalles las ponencias de mis colegas. Voy a ser muy breve por dos razones: la primera porque ciertamente parte de ese marco lo han suministrado ya no sólo el profesor Valle, sino el señor Gisbert, alguna de cuyas oportunas frases me permitiré recordar más adelante; y la segunda razón es porque a la entrada de este salón nos han repartido unos formularios para hacer preguntas, y estoy convencido de que en estas situaciones las preguntas son mucho más importantes que las exposiciones. Las preguntas son vitales, responden mucho mejor al interés del público, y yo mismo, como ustedes verán, voy a exponer el tema a base de hacerme preguntas en voz alta.

Para entrar ahora en el tema sobre «Situación y perspectivas del crecimiento», quisiera puntualizar que, en mi opinión, estamos más bien ante un problema de desarrollo porque, como es bien sabido, el desarrollo significa crecimiento más cambio, y creo que si no comprendemos que el problema andaluz consiste en el cambio social realmente no entenderemos bien la cuestión. Hablaré, pues, de desarrollo, y no sólo de crecimiento, porque es necesario, además del crecimiento, el cambio.

Para tratar el tema lo ordenaré en seis puntos, lo más concretamente posible. Primera cuestión, Dinamarca tiene cuarenta y

Capítulo de *Situación y perspectiva del crecimiento en Andalucía* publicado a partir de las conferencias impartidas el 17 de mayo de 1978.

tres mil kilómetros cuadrados, y cinco millones de habitantes. Suiza se extiende en cuarenta y un mil kilómetros cuadrados, y seis millones de habitantes. Andalucía alcanza a ochenta y ocho mil kilómetros cuadrados, y seis millones de habitantes. Son poblaciones comparables, pero no hace falta subrayar la diferencia de nivel entre las situaciones de países como Dinamarca o Suiza y la de Andalucía.

Ya ha subrayado el profesor Valle cuál es la situación relativa de renta de Andalucía, comparada con el resto de España, y ha manejado otras variables y parámetros que serán detallados por otro ponente. ¿Qué pasa en Andalucía? Evidentemente, algo ocurre para que existan esas diferencias, y no es cuestión de recursos naturales, pues he elegido deliberadamente Dinamarca y Suiza porque, como ustedes saben bien, la pobreza de recursos físicos de Dinamarca y de Suiza es llamativa. Prácticamente ambas naciones carecen de minerales metálicos y de combustibles, aunque Suiza tiene la energía hidroeléctrica. Pues bien, ¿qué ocurre para que Andalucía, con el doble de extensión y con una población comparable, no esté en mejor situación? ¿Podría deberse al sistema económico, que en Dinamarca y Suiza es un capitalismo más adelantado? No apoya esa idea el caso de Cuba, con ciento once mil kilómetros cuadrados (un poco más que la extensión andaluza), nueve millones de habitantes y otro sistema económico completamente distinto. Cuba es hoy un país que, aun con muchas restricciones y dificultades internas, está afrontando problemas no sólo en el continente latinoamericano, sino en África. No se trata de preferir un sistema a otro, sino de plantear aquí unos hechos. Repito, ¿qué es lo que ocurre?

Mi segundo punto es el siguiente: lo que ocurre es fruto de la evolución histórica. Andalucía es resultado de la historia y, si planteamos así el problema, entonces nos encontramos con que lo que ocurre en Andalucía es aún más desconcertante, porque basta darse un paseo (como lo hemos dado mis compañeros y yo esta mañana) por esta ciudad para evocar todo lo que ustedes saben hasta la saciedad; es decir, el pasado esplendoroso, brillante y extraordinario de Andalucía y que no sólo en tiempos comparativamente remotos, sino aun en la Edad Moderna, era todavía una próspera región, un rico país.

¿Qué ha pasado con esa historia? Desde el punto de vista de ciertas posiciones muy marcadas de determinismo geográfico, que ve en la naturaleza un condicionante decisivo de la vida humana, podría atribuirse la evolución a un marco poco propicio para la industria, pero hoy son pocos los autores que piensan de esa manera, porque los recursos se pueden utilizar bien o mal. La historia, en definitiva, la hacen los hombres, de una manera peculiar y fascinante, pues la hacen, pero, al mismo tiempo, los hombres son hechos por la historia. Este juego dialéctico, este proceso de hacer la historia y ser al mismo tiempo producto de ella, de cargar con el pasado y al mismo tiempo recrearlo y cambiar su proyección hacia el futuro, esto es el quehacer humano más fascinante, es el quehacer de las sociedades humanas, y en eso consiste justamente el problema del desarrollo y del cambio social. Como decía el señor Gisbert, la historia deben escribirla los andaluces; en efecto, he aquí una idea básica sin la cual no se puede seguir adelante.

Decía yo hace un instante, y entro así en el tercer punto, que los hombres hacen la historia. Ahora bien, ¿qué hombres la hacen? Puede decirse, por ejemplo, que la historia de la Gran Bretaña, al menos desde la invasión normanda, la han hecho los británicos: los ingleses, los escoceses, los galeses; ¿acaso cabe decir igualmente que la historia de América Latina la han hecho los latinoamericanos, al menos desde la emancipación? Parece que no la han hecho ellos solos porque sus decisiones han estado condicionadas desde fuera por otras decisiones más importantes impuestas desde el exterior, incluso desde que formalmente la mayoría de estos países adquirieron la independencia. Digo que incluso después, porque todavía decisiones importantes son tomadas fuera de ese ámbito y, por eso, mi tercera pregunta consiste en aclarar qué hombres hacen la historia. Así, los que hacen la historia latinoamericana no son sólo los latinoamericanos, y ni siquiera quizá en la medida más importante.

Eso es tan cierto que, frente a las teorías ortodoxas y conformistas de la economía convencional enseñada en los centros más famosos de Occidente, se ha elaborado por los propios latinoamericanos principalmente otra interpretación del desarrollo y del subdesarrollo, presentando este último fenómeno como una situación dependiente. Es decir, estima esa interpretación que las decisiones básicas, las que condicionan las posibilidades de progreso de una sociedad determinada, son adoptadas fuera.

Al reflexionar acerca del subdesarrollo, es preciso insistir en algo que no he leído en los libros; a saber, que el prefijo «sub» no sólo significa que un país está desarrollado por debajo de otros, es decir,que hay otros situados a un nivel económico más alto. Este significado es inmediato y bien conocido; pero hay otra significación para mí más patética, más entrañable y conmovedora, consistente en encontrarse por debajo de uno mismo cuando se está subdesarrollado; sea el individuo o sea la sociedad. Es decir, estar por debajo de las propias posibilidades y, si triste es encontrarse inferior a otros, más triste es todavía esa segunda significación que acompaña a la primera porque supone que no nos hemos realizado, que no nos hemos cumplido, que no estamos llegando al tope de nuestras posibilidades vitales. Sentir reprimida una parte de nuestras posibilidades vitales es lo mismo que una mutilación, y una mutilación en las ilusiones interiores, en el individuo, o en las ilusiones interiores de la potencialidad latente de una sociedad.

Eso es lo que significa sobre todo el subdesarrollo: sentirse frustrado, sentirse engañado por el destino; y sentir esa estafa de la vida es lo que explica actitudes, situaciones que se perpetúan y continúan: esto es lo que no dicen los libros. Pues bien, volvamos a Andalucía y entraremos así en nuestro cuarto punto. Si interpreto bien lo expuesto ya por las dos personas que me han precedido en el uso de la palabra, cabe afirmar que también aquí hay decisiones importantes adoptadas fuera y, por tanto, que las decisiones posibles en Andalucía son en este momento condicionadas por decisiones más amplias y exteriores. Esta realidad la expresaría no sólo un profesor de universidad tan modesto como yo, sino cualquiera de los muchos emigrantes que están fuera de Andalucía, en otras regiones españolas o incluso en el extranjero. En efecto, ¿por qué se marchan? Muchos contestarían que hay una respuesta clara: aquí no hay nada que hacer y me voy. Pero ese «aquí no hay nada que hacer» significa que no hay posibilidades de potenciar esas capacidades que podrían ser creadoras y constructivas, y esa imposibilidad de desarrollarse es la que determina básicamente una expulsión del propio país. Nadie creerá que un andaluz vive más contento en Frankfurt o en Edimburgo que en Córdoba o en Sevilla; de modo que por alguna razón habrá emigrado. Aparte de las explicaciones inmediatas y superficiales, esa razón es la frustración de sentirse por debajo de sí mismo, porque sólo se emigra cuando se cree que en otro lugar la misma persona puede dar más de sí, realizarse mejor.

Ésa es la conclusión: Andalucía se encuentra en una situación de dependencia regional y algunos de los presentes han tenido la amabilidad de recordarme antes de empezar que en este mismo salón hace casi exactamente año y medio presenté una breve ponencia sobre la dependencia regional, en general, y pude mostrar en ella que la dependencia regional, analizada teóricamente (con independencia del caso andaluz o cualquier otro), presenta características tales que la hacen más fuerte y más penosa. La dependencia regional determina una servidumbre mayor que la dependencia de los países independientes, subdesarrollados respecto a otros países. En consecuencia, todas las preguntas que vengo contestándome en voz alta conducen a mostrar que la historia que hay que hacer aquí tropieza esencialmente con una situación de dependencia regional. Ciertamente, deben escribir la historia los andaluces, pero se enfrentan en ello con una situación de dependencia regional.

A este respecto apuntaba ya el profesor Valle, y sobre esa base me planteo la quinta pregunta del problema consistente en cuál puede ser la salida de la dependencia. Parece fácil, terminológicamente, responder que lo contrario de la dependencia es la independencia; pero la independencia hoy no se puede concebir en el mundo más que a niveles de vida muy baja, renunciando al intercambio capaz de enriquecer la vida del individuo aislado o de la sociedad. El hombre no está hecho para vivir solo, y las sociedades tampoco, menos aún en unos tiempos en que las comunicaciones y las técnicas en general han hecho realmente ecuménico el planeta. Por eso la verdadera salida de la dependencia es la interdependencia, la cual comprende, por una parte, un cierto grado de poder regional en este caso. Hace falta un mínimo de poder regional, la independencia intercambiada (por decirlo así). Es indispensable un mínimo de poder regional y yo recojo en ese sentido las palabras del profesor Valle por las oportunidades que ofrece una autonomía. Pero, al mismo tiempo, también se requiere un cierto grado de coordinación o de participación nacional, lo cual debe entenderse en el sentido de que, si bien para ciertas decisiones hay que proceder a una descentralización, de modo que esas decisiones se adopten con independencia regional, en cambio otras decisiones generales que han de englobar a las anteriores y han de ser adoptadas entre todos deben planearse en un centro colectivo en el que tengan su voz también todas y cada una de las regiones que van a ser afectadas por esas decisiones globales. No se trata de que se ceda soberanía regional, digámoslo así, en ciertas materias; se trata de que esas materias queden sujetas a decisiones colectivas aprobadas por todas las regiones afectadas en conjunto.

Me queda por decir sobre esta misma cuestión, y éste es un punto importante, que en la medida en que la región tenga poder regional, ese poder ha de ser auténticamente regional. Quiero decir que lo mismo que está pasando todos los días en la esfera mundial, lo mismo que ciertas aparentes independencias nacionales son en realidad dependencias de pueblos enteros respecto de una minoría, los países más adelantados, también eso puede producirse en la escala regional. Por eso el poder regional adecuado será aquel que tome decisiones pensando en los intereses de minorías regionales, que en ciertos casos podrían ejercer el poder contra el interés general. No debe evitarse la dependencia del centro para caer en la de la minoría regional. Desde ese punto de vista interesa la cifra que representan las cajas de ahorros en Andalucía: el poder democrático implícito en estos depósitos es realmente importante y hay que utilizarlo en favor de esa masa que es la gran mayoría de la gente; sólo así se organizan los recursos para la propia región y no en interés de ciertos grupos de la región.

Me queda un punto final, que casi es el final de mi tiempo, y consiste en que no podemos olvidar que también el conjunto español es dependiente, contra lo que se suele afirmar. Mantengo, y no es cosa de entrar ahora en su justificación (si se me pregunta, intentaré responder), que España es un país en desarrollo y, sobre todo, un país dependiente, aunque estemos en la UNCTAD en el grupo B y aunque nos consideremos la décima o la novena potencia industrial. Pese a ello, somos un país dependiente y no sólo dependiente de otras potencias, sino dependiente de los condicionamientos impuestos por el sistema capitalista. En ese sistema económico hay problemas que, a mi juicio, no tienen solución por ahora. Por ejemplo, he escrito un pequeño libro para sostener que la inflación, esta inflación que conocemos ahora, no tiene solución dentro del sistema. Igualmente, el profesor Valle ha mencionado el problema del desempleo, y a mí me parece que este tipo de desempleo no tiene solución dentro del sistema y que vamos gravemente hacia una situación creciente de desempleo que podrá mitigarse temporalmente con innovaciones tecnológicas de cierto tipo, pero cuya base está en las características del sistema, por las cuales hace falta un crecimiento cada vez mayor del producto nacional para mantenerse al menos la oferta de empleo a las generaciones jóvenes que se van incorporando a la población. De ese modo, nos enfrentamos con una magna decisión colectiva sobre este sistema que no pienso que se vaya a adoptar pronto, ni en España ni en ningún otro sitio, porque apenas se están apuntando las actitudes que deben conducir a ellas, y esa decisión consiste en abandonar el modelo de desarrollo consumista en el que vivimos. Es decir, abandonar la idea de que lo esencial en el hombre es su dimensión económica y que las demás no importan; rectificar la creencia de que se es más feliz si se tienen dos coches que si solamente se tiene uno; abandonar, en suma, toda esa actitud del mundo capitalista que aquí llamamos consumista y que en muchos países socialistas podemos llamar productivista, pero que responde, en el fondo, a la misma filosofía: valorar las cosas y los objetos por encima del ser humano. El planeamiento de otro desarrollo es para mí el gran problema de nuestra época, pero ésa es otra historia de la que no tengo que hablar hoy, distinta de mi tema, y, por consiguiente, con esta observación termino agradeciéndoles su paciencia porque me he excedido algo del tiempo señalado. Perdón y muchas gracias.

7

Economía y ecología

Pregunta: En los últimos años, usted ha venido mostrándose especialmente interesado por los temas y problemas planteados por la ecología. ¿Ofrece la ecología una alternativa al *impasse* en que se hallan las ciencias económicas?

Respuesta: La ecología es un planteamiento a la vez global e insuficiente. Global en el sentido de que, por supuesto, integra saberes dispersos, que no están conectados, que se cultivan independientemente, y por lo tanto, de manera contraproducente, unos contra otros, o contra la realidad misma. Insuficiente también porque me temo que en la mayoría de los casos el quehacer ecológico —no diré que siempre, pero sí algunas veces— cae en la trampa de quedarse en mera técnica, o de aspirar a ser nueva técnica (para estudiar, por ejemplo, los daños que la intervención humana causa en un ecosistema determinado) constituida por conocimientos indispensables y necesarios, pero no suficientes, de ciencias naturales, de ingeniería o de lo que sea. A mí eso me parece insuficiente y preso en la trampa técnica que debemos evitar a toda costa. Lo que exige la ecología, mucho antes que una ciencia, es una posición frente al mundo, una actitud. La ecología implica una contemplación de la realidad distinta de la ciencia convencional elaborada desde la Edad Moderna; es decir, exige un reconocimiento reverencial (y no me importa la palabra porque las emociones no sólo no son dañosas al científico social, sino que son necesarias, debidamente identificadas) de que el hombre está

Entrevista de Pilar Alarcón publicada en la revista *Transición* en diciembre de 1979.

inserto en un sistema y no fuera de él. El hombre no es ajeno al mundo, ni puede aprovecharse arbitrariamente de la naturaleza. Lo que ha de hacer es vivir en ella, ser hombre en el sistema en el cual otras cosas existen y le condicionan. Tener conciencia de esa situación es previo a la actuación técnica, es una actitud esencialmente filosófica, para algunos religiosa, para otros vital. La cuestión empieza ahí porque la ecología es una actitud distinta. Luego incidirán saberes técnicos, pero, ante todo y lo primero, es una toma de posición en lo más fundamental, que es la implantación del hombre en el mundo.

P.: ¿No le parece que esa forma de ver la ecología como un saber técnico aplicado a problemas concretos es la actitud que adopta el capitalismo para absorber y desvirtuar esa otra visión global, que al fin y al cabo es «negativa» para la existencia del mismo capitalismo?

R.: Naturalmente. Cualquier sistema que se encuentra con un cuerpo extraño, desde las amebas hasta las estrellas —supongo— procura convertirlo en sustancia propia o por lo menos no dañina, como la ostra creando la perla. Ante la idea ajena y agresiva que penetra en él, el sistema se lanza inmediatamente a desnaturalizarla, lo que con frecuencia suele lograrse mejor de una forma lateral que de una manera frontal. Por ejemplo, la protesta juvenil quiere manifestarse, entre otras cosas, en vestidos distintos, y surge Mary Quant con la moda apropiada que el sistema convierte en negocio y traduce a su propio lenguaje. Como domina todos los medios de uso del lenguaje y nosotros tenemos que adaptarnos a ese lenguaje, si queremos ser comprendidos, caemos en la trampa y aceptamos. En nuestro caso ecológico, el sistema trata de convertir un problema radical, fundamental, en una cuestión técnica, y no diré que así lo trivializa porque los conocimientos técnicos son muy importantes; pero lo deja en el plano técnico y no en el político y mucho menos en el filosófico.

P.: Y se monta una industria a su costa…

R.: Claro, por supuesto, convierte la descontaminación en otra industria, vende máquinas de descontaminar, etc.

P.: En cambio, en tanto que visión global, esa actitud filosófica ante la vida que es la ecología es subversiva para el capitalismo, ¿no?

R.: Por supuesto, y afortunadamente. El mero hecho de que exista una actitud ecológica (aunque no sea la más difundida y seamos minoría) supone que el capitalismo no ha podido evitar la destrucción que está llevando a cabo. El capitalismo ha llegado a destruir de tal modo que personas no expertas se dan plenamente cuenta de ello. Porque la actitud ecológica es antigua pero era muy minoritaria. La difusión es actual y por eso la ecología empieza a ser subversiva. En bastantes personas la actitud ecológica es una oposición consciente. Pero creo que su mayor difusión se hace por la vía de lo que yo llamaría el miedo al catastrofismo. Para mucha gente, no es que luchen como ecologistas contra el capitalismo, sino que se aterran de las consecuencias del capitalismo o se empiezan a asustar.

La falacia nuclear

P.: Ahí estarían las centrales nucleares, entre otras cuestiones.

R.: Sí, y ése es otro ejemplo de cómo ciertos enfoques son insuficientes, porque para mí discutir si debe haber o no centrales nucleares es secundario; lo que hay que atacar es la causa de las centrales nucleares, es decir, el tipo de desarrollo que tenemos. En otras palabras, no tiene sentido discutir si centrales sí o no, porque mientras se impulse este tipo de desarrollo las centrales nucleares serán inevitables. Si se quiere seguir produciendo constantemente cada vez más productos consumidores de energía, como ponía de manifiesto un artículo de vuestra revista hace unos meses, habrá que recurrir a las centrales nucleares, porque a corto plazo no hay otro medio de responder a eso. Pero justamente estoy en contra de esa manera de vivir, contra ese tipo de producción y contra el abuso de esa tecnología. No es que no deba lucharse contra las centrales, pero es insuficiente el planteamiento sólo a nivel de energía nuclear, en el cual tiene todas las de ganar el técnico capitalista al sostener que el pueblo —y ahí es donde está la falacia— quiere ese desarrollo y hay que servírselo con centrales nucleares. La falacia está en decirte que la gente quiere eso porque a la gente no se lo han preguntado y, además, aunque se lo pregunten, ¿qué van a responder si están previamente condicionados y nadie les ha hablado «desde arriba» y con los medios disponibles de otra alternativa? Además, somos indoctrinados desde niños para desear ese desarrollo económico, y si no lo tuviéramos no sabríamos qué hacer con nuestras propias vidas. Si nos quitas el artefacto, el bien o el servicio que tenemos que pagar, con las cosas gratuitas no sabemos qué hacer. No se sabe andar y pasear tranquilamente, no se sabe estar a solas reflexionando, no se sabe estar cansado en un campo y estar viviéndose a sí mismo, no se sabe porque al mercado no le interesa que se sepa. Por ejemplo, ahora se ha inventado el footing, en vez de pasear. Yo no tengo nada contra el footing, pero ya es una industria, ya le empiezan a decir a uno que para practicarlo hace falta el calzado no sé cuántos, el pantalón no sé qué y el chándal no sé cuál, etc. Ya está industrializado. Luego vendrán las pistas para footinistas, y así sucesivamente. La gente está indoctrinada para ser incapaz de ser otra cosa que consumidor. La enorme falacia es creer que vivir es consumir, pero no son cosas equivalentes. Se repite con frecuencia «Ha aumentado la producción, ha aumentado el consumo, es decir, ha aumentado el nivel de vida». No, no; aumentar el nivel de consumo de cosas no es aumentar el nivel de vida, porque la vida tiene otras dimensiones que no son consumir o simplemente disponer de coche. De modo que la gente quiere «eso» porque está condicionada por el bombardeo de los medios de comunicación, de la educación, de la publicidad y por toda la ideología, en suma, capitalista, consumista, de mercado. Está condicionada para no querer otra cosa.

P.: Los principios básicos del capitalismo están en plena contradicción con el enfoque ecológico.

R.: Desde luego, y además lo grotesco es que la ciencia económica convencional, que desde la primera página de cualquier manual declara ocuparse de bienes escasos, opera como si el planeta no fuera escaso, cuando resulta que el planeta es el primer bien escaso; es el más escaso.

P.: Antes hablábamos de que no es sólo un problema del capitalismo, que el «socialismo real» implantado en una serie de países tampoco tiene una actitud ecológica.

R.: Sí, eso es también lamentable. Se afirma el agotamiento del modelo, pero, entonces, ¿qué modelo? A primera vista podría parecer que el socialismo, pero el socialismo sólo se aparta del capitalismo (y ya es bastante e importante; no lo niego) esencialmente en cuanto a problemas de redistribución de lo producido. En cambio, tiene el mismo afán en lograr tasas de crecimiento de la producción, y aunque por el momento se atiende todavía más a la capitalización, es decir, a la producción de bienes de capital, en el fondo hay latente un afán de consumo creciente y un afán de imitación del modelo de vida capitalista. El socialismo actual, de todas formas, es antiecológico en el sentido de que, aunque no sea consumista, es por lo menos productivista, fomentando la producción creciente. Por supuesto, hoy se justifica por muchas razones, especialmente por la necesidad de afrontar el reto capitalista, pero eso no arregla la cuestión. La cuestión de fondo es que, a partir del Renacimiento, la actitud del hombre consiste en situarse fuera del mundo, contemplarlo como botín, decir «Esto es mío» y dedicarse a explotarlo de una forma agresiva y sin precedentes. Así se ha caído en la idolatría de la técnica, en una tecnolatría, tanto en los países socialistas como en los capitalistas. Aunque se predica en ambos sitios el desarrollo del hombre, en realidad a lo que se va es al desarrollo de las cosas. Si acaso yo reconocería que en el socialismo hay más desarrollo del hombre, pero desarrollo educativo en el sentido técnico y científico; no tanto, creo yo, en el campo emocional. Y la vida está hecha mucho más de emociones de sensibilidad y de sensaciones que de conocimiento. El conocimiento científico nos «calienta» la sangre, por decirlo así, sólo indirectamente, en la medida en que nos produce satisfacciones emocionales de autorrealización o prestigio ante los demás, o cierto grado de poder, pero no por sí mismo. El arte de vivir, que es esencialmente la sabiduría de vivir las emociones y no de aplastarlas, está mucho más atrasado entre nosotros que entre los llamados países primitivos. No diré que se sea más feliz en una isla de la Melanesia —la palabra «feliz» es poco útil—, pero sí que la educación del hombre allí es mucho más sensata. Por de pronto, los niños no hacen más que jugar y adiestrarse para la vida jugando; los viejos se ocupan de ellos colectivamente, les transmiten oralmente la «historia» que crea la identidad psicológica del grupo. Mientras tanto, los padres están produciendo. Cuando son jóvenes se les inicia sexualmente en lugar de enfrentarles con un tabú. Todo eso me parece mucho más racional.

Y enlazando con lo anterior, ¿qué modelo estamos brindando al Tercer Mundo? Pues la imitación de nuestro desarrollo. Cierto que, vuelvo a decir, en el Tercer Mundo es más comprensible, porque cuando no se come hay que producir para comer; sólo después se puede filosofar. De todas formas, el modelo no es éste y, sobre todo, no debe ser único. No hay un solo modelo de desarrollo, sino que ha de haber vías de desarrollo diferentes según la situación de cada país. Básicamente, hay que buscar un desarrollo que compense las deficiencias de cada caso para lograr el progreso integral del hombre. Por eso en un país industrializado me preocuparía muchísimo menos del incremento del PNB que de los aspectos culturales, del disfrute de la vida, del goce, de reducir las horas de trabajo, pues ¿de qué nos sirve la mayor productividad si hemos de seguir trabajando más? Pero, claro, eso implica renunciar a la propaganda, al mercado, al gasto, etc., que es lo que el sistema quiere defender para elevar los beneficios.

En cambio, en los países con formas de vida más integrada en la naturaleza (aunque sea a pesar suyo, como en países muy pobres), ahí sí aplicaría yo la técnica y continuaría durante el tiempo necesario para ofrecer más bienes y servicios. Estoy pensando en un país tan pobre como la India, que, en cambio, psicológicamente tiene una cultura mucho más rica que nosotros: no tenemos terminología para traducir los refinamientos del pensamiento. Es evidente que el desarrollo no puede consistir en un solo modelo para todos.

Anarquía y poder

P.: Usted a veces se ha definido como «anarquista ético»...

R.: Yo me siento, no sé cómo decirlo sin que inmediatamente tenga connotaciones, bastante anarquista. Para empezar, creo que la actitud más próxima al intelectual, al hombre que piensa, es el anarquismo, porque éste, en su reducción máxima, es estar contra un poder dominante, y el intelectual lo está incluso contra el poder de las ideas establecidas, pues su profesión consiste en poner en cuestión lo que le afirman, preguntándose inmediatamente ¿acaso es así?, ¿es verdad? Eso acaba implicando reaccionar contra un poder que va a ser, por fuerza, un poder político y que va a tratar de imponernos ideas de una forma mucho más escandalosa, intolerable y sangrante que la autoridad científica equivocada; porque, después de todo, el magisterio que se equivoca es mucho más aceptable que el dictador que quiere hacerte creer lo que le conviene. Por eso algunas veces que me han preguntado he dicho que yo era un anarquista ético, a sabiendas de que con eso cometía una redundancia, porque cualquier anarquismo rectamente entendido es ético, y supone no admitir ni respetar otro poder que el de cada cual sobre sí mismo. Ése es el único poder que admito y que respeto. Los demás son poderes impuestos, que discuto y pongo en cuestión en todo momento (aunque, naturalmente, me vea sometido a ellos), y por eso no hace falta decir anarquista ético, porque la ética exige esencialmente el dominio de uno sobre sí mismo.

Y entonces, claro, esas formas del anarquismo van contra el sistema, porque lo que caracteriza esencialmente al sistema es la concentración y la totalización del poder. El poder está utilizando técnicas cada vez más concentracionarias, y ése es otro problema, el de la supuesta neutralidad de la técnica, porque el desarrollo de la informática nos conduce a un poder totalitario. Tal y como están los medios de indoctrinación, no excluyo la posibilidad de que otros seres humanos del futuro puedan sentirse satisfechos en ese mundo concentracionario, porque lo mismo que hoy se les indoctrina para sentirse satisfechos no siendo más que unos bebedores de Coca-Cola o unos montadores de motocicletas japonesas, lo mismo entonces se les indoctrinará para conformarse, pero espero que siempre haya un revolucionario en algún sitio.

P.: La idea, ya lejana, de vivir en armonía con la naturaleza y ciertas fórmulas paralelas a cierto anarquismo se acercarían a estos planteamientos.

R.: Mientras se trate exclusivamente de vivir en armonía con la naturaleza, la expresión es ambigua y peligrosa en el sentido de que sigue implicando, o puede en alguna interpretación implicar, que somos un sistema distinto y que depende de nosotros el querer o no estar en armonía con la naturaleza. No, no, creo que hay que expresarlo de manera que quede claro que estamos dentro de la naturaleza. El hombre es un ser histórico porque elabora su propio destino, pero dentro del marco natural al que pertenece; es decir, el hombre es un ser histórico en una libertad naturalmente condicionada. Por eso una actitud rousseauniana me parece también insuficiente porque es como si el hombre, por su voluntad y deliberadamente, pactase con la naturaleza. Me parece tan erróneo como esta idea de un dios con el que más o menos pactamos y nos ordena hacer esto o lo otro. No se trata de eso, hay que volver a la idea del límite del quehacer histórico, del límite de vivir individual, y ésta es una idea clásica. El arte de vivir consiste en no traspasar los límites y no sólo aceptarlos,y sometemos como a regañadientes, sino aprovechar el infinito interior, el infinito hacia dentro, y no esa pura actitud hacia fuera olvidada de todo límite.

P.:Y buscando la «salida», habrá que llevar a nuevas fórmulas de convivencia, formas de autogestión más cercanas al propio hombre.

R.: Sí, al poder hay que fragmentarlo. Lo malo es que el sistema camina cada vez más hacia un poder centralizado, totalizador y más dominante. Hay que atacar el poder, porque de esa manera se puede corregir el sistema entero; lo que pasa es que soy muy receloso de que los asaltantes del poder no decidan después quedarse con el poder. Mientras tanto hay otras actitudes que van desde la «salvación» individual y egoísta de cada cual (yo me salvo como puedo) a la protesta sistemática y aparentemente inútil pero que, por fuerza, va dejando una huella y va contribuyendo a la difusión, a la asociación en pequeños grupos que tratan de vivir de otra manera, como las comunas... y otras, hasta la de crear organizaciones más amplias y realizar el ecodesarrollo de una comarca. Cuando esto se haga por países enteros, tendrá más posibilidades de éxito, pero hoy nadie se puede aislar. Por eso, a corto plazo, soy muy escéptico. Pero, al menos, hay que protestar. A uno le arrollarán, pero, por lo menos, no con su conformidad y complicidad.

P.: La frustración, la soledad, la pérdida de la identidad propias de la vida que se lleva, se inserta plenamente en esta visión del sistema de que hablamos.

R.: Sí, pero lo que pasa es que es muy difícil decir, desde mis valores, que los demás están equivocados. A lo mejor esta gente está encantada con su manera de vivir, están muy satisfechas cuando cambian un coche de doce caballos por otro de catorce, y cosas de ésas. Pero es que a esa gente le espera —no a los individuos, sino a la forma de vida— una catástrofe si siguen adelante. Nada puede crecer al 5 o al 6 por ciento indefinidamente; eso tiene sus límites y en algún momento es posible que el catastrofismo haga reflexionar, pero, claro, yo preferiría que se reflexionase antes. Hay ya indicios de una creciente frustración.

El lucro como motor de la vida

P.: El capitalismo, que cubre sólo una pequeña etapa en la historia del hombre, está haciendo lo que no se hizo jamás, destrozar el planeta y desnaturalizar al hombre.

R.: Nos han hecho creer que el lucro es el motor de la vida. Será el motor de la vida de ellos, pero a mí no me inspira el menor respeto. ¡Triste y degradante motor de la vida humana! Es triste su creencia de que si no hay dinero nadie se mueve ni invierte. Yo tengo de ellos mejor opinión que ellos mismos, pues creo que, a pesar de todo, son seres humanos, capaces de invertir por otras razones: por la satisfacción de crear una empresa y no solamente por el dinero, por ejemplo. Pero la doctrina oficial que ellos patrocinan afirma que si no hay dinero no invierten, no se mueven. Esto es triste.

P.: Me pregunto si en su actitud vital hay un componente estoico.

R.: Es mi *modus vivendi*, mi «apaño» para no pegarme un tiro, como decías antes. Hay otras salidas. Hay la salida revolucionaria violenta tantas veces justificada, pero resulta que yo no soy violento ni me gusta la violencia, ni creo que a la larga resuelva grandes cosas, pero comprendo en otros caracteres la exasperación de la violencia. Violencia, además, que se puede ejercer de muchas maneras con frecuencia muy legalizadas por gentes «de orden». Y lo que comprendo mucho más, y en cierto modo comparto, es el pasotismo, el «ahí no hay nada que hacer, yo tiro la esponja y ahí queda eso». Pero me entristece percibirlo en los jóvenes; no porque sea bueno o malo (ésa es otra cuestión), sino porque creo que se pierden muchos encantos de la vida.

P.: ¿Cree que se pueden experimentar ya nuevas fórmulas de convivencia entre los hombres?

R.: Para mí uno de los mayores obstáculos al vivir juntos, a la convivencia, y no sólo la coexistencia, son los medios de comunicación, que en realidad se interponen como filtros. Para empezar, la relación directa entre dos seres humanos exige, en general, un lenguaje, pero el lenguaje es un condicionador tremendo del mensaje, porque entre lo que dices y lo que se entiende hay una diferencia enorme, y lo peor no son las diferencias de interpretación del receptor, sino el utilizar un marco de pensamiento que empieza ya por imponerse sobre nuestro propio pensamiento. Se piensa en términos de los conceptos recibidos, y si además se interponen el teléfono, la televisión o los periódicos, la cosa es mucho más grave; tanto, que hasta se borra la sensación de que comunicamos imperfectamente y se crea la ilusión de que hoy estamos informadísimos. No es verdad. Si traducir es traicionar, excuso decirte el informar. No hay objetividad en la información, toda información es subjetiva, es selectiva tanto por acción, como por omisión, y eso lo saben muy bien los censores y los dictadores. Claro, recibes una información deshumanizada, fraccionada y que, además, acaba por desolidarizarte. Por ejemplo, el político cree que desde su despacho, con los teléfonos, está en contacto con la realidad, pero no lo está en absoluto, sino con una simulación de la realidad siempre incompleta. Eso quizá contribuya a esa sensación de frustración y soledad radical en que el hombre está siempre. Hay muchas formas de estar solo, y hoy no sólo estamos solos sino mal acompañados, y estamos mal acompañados, a nuestro pesar, por la desinformación.

P.: Antes usted hablaba de la publicidad como negativa. Dentro de la comunicación, es otro factor que contribuye en ese entramado de indoctrinamiento.

R.: La publicidad es inmoral y, además, degradante. A mí hay veces que me resulta ofensiva en dos grados. Uno, por la memez de algunos ejemplos concretos de contenido que no quiero mencionar; otro, porque se supone que uno no sabe decidir por su cuenta.

8

Estructura y cambio en la economía andaluza

Muchísimas gracias. Señoras y señores, antes de empezar he de satisfacer deudas de gratitud que expresaré brevemente aunque sean muy largas y numerosas. Gratitud, en primer lugar, al profesor Añoveros por sus cariñosas palabras, que tienen mucho más peso de amistad que de objetividad, pues, en definitiva, lo único cierto es que soy aprendiz de todo, maestro de nada, como demostraré concienzudamente en los cincuenta minutos que han de seguir. Gratitud, después, a esta casa, precisamente porque trabajo ahora en la universidad callejera de la Puerta del Sol, como digo más de una vez, y por eso me encanta y me conmueve estar entre muros universitarios y hablar ante un público principalmente universitario. Además, en este caso concreto, me encuentro, por razones que explicaré inmediatamente, casi más cómodo todavía en este recinto que, antes de ser universitario, como ustedes saben mejor que yo, fue tan eminentemente popular como Fábrica de Tabacos, con cigarreras, con el popularismo del siglo XIX, las Cármenes y tantas cosas. Así me siento más a mis anchas, pues cada vez vivo más alejado de los ritos y las pompas de todas clases y con un afán mayor de autenticidad.

Precisamente por esa autenticidad entro rápidamente en materia, porque espero que esto no sea una conferencia, a pesar de que esté anunciada así. Espero convertirla en lo que creo debe ser siempre una reunión de este tipo, o por lo menos debe intentarse que sea: una provocación intelectual. Provocación a pensar y provocación mutua, por supuesto, porque espero aprender mucho de ustedes durante el coloquio.

Conferencia impartida en Sevilla, en diciembre de 1980.

CON PASIÓN Y HUMILDAD

Mi objeto es incitarnos a repensar, a replantear de nuevo y a considerar las cosas y las ideas. Deseo conseguirlo porque temo que muchos de ustedes han venido aquí con justificadísimo escepticismo, preguntándose qué es lo que va a contar sobre Andalucía este otro señor de Madrid. Y quiero asegurarles, para empezar, que no pienso de ninguna manera, salvo en la mínima medida necesaria para apuntalar mis razonamientos, repetir aquí los datos que ustedes elaboran, que ustedes construyen, que ustedes analizan mejor que los señores de Madrid y que luego venimos a exponer mejor o peor. Espero no caer en tal rutina, y lo espero porque pienso que de Andalucía no se puede hablar sino apasionadamente. Al menos, yo no puedo hablar sino apasionadamente. Desde que deja uno atrás Santa Cruz de Mudela —porque prefiero el tren— y se entra por Santa Elena y luego en Vilches, ya el mundo empieza a cambiar: es un hecho evidente. Y ante ese mundo no puedo hablar con eso que llaman objetividad y, tantas veces, no es más que una frivolidad, si bien con ropaje científico y disfrazada de rigor. Frente a esto, vengo comprometido conmigo mismo para hablar aquí con toda la autenticidad posible, porque tengo bien presente que más allá de estos muros hay realidades imperiosas. En este momento las evoco en forma de unos hombres, con gorra, con unas manos vacías, que están simplemente parados, que no tienen trabajo. Y por poca imaginación que se tenga, pensar en esos compatriotas impide hablar sin cierto ímpetu de honesto apasionamiento.

Finalmente, déjenme advertir que vengo también con la más estremecida humildad, porque no soy en absoluto un experto en Andalucía ni presumo de tal cosa. Ustedes la conocen mejor que yo, y me conformaré con glosar e interpretar el tema de hoy, que es la estructura y el cambio, planteados dentro de un marco teórico, y después hablaré de las perspectivas hacia el futuro. Perspectivas futuras porque los problemas del desarrollo y del cambio social, de la transformación estructural son todos problemas a largo plazo que hemos de insertar en el contexto presente, el cual, como precisamente estaba yo estos días explicando en la Fundación March en Madrid, se configura en el mundo de hoy como un momento de crisis final antes de pasar al siglo XXI. Esa inserción en el contexto es necesaria, pues sería lamentable que se orientasen ciertas acciones y ciertos planes para este país en sentidos que hoy ya empiezan a ser anacrónicos. Me refiero a que, en momentos en que se está proyectando en las organizaciones internacionales un nuevo orden económico internacional y se exploran nuevos conceptos del desarrollo y, en suma, se va dejando atrás la orientación seguida por el mundo de la posguerra, resultaría desatinado ponernos ahora a imitar esa orientación caduca de la posguerra. Para planear hacia delante, sobre todo a largo plazo, es muy importante que tengamos bien presente adónde va el mundo, porque no se puede ir contra la historia durante mucho tiempo. Se puede ir contra ella durante bastante tiempo —como todos sabemos muy bien—, pero no durante mucho tiempo. Hay que planear para el mundo de mañana, no para el mundo de ayer ni para el de hoy. Y todo eso es mi tema de esta tarde.

Andalucía: un país

Primera parte del tema: la estructura. Éste sería el momento en que el señor de Madrid (que no soy yo) empezaría a derramar datos sobre el nivel de renta por habitante, o la proporción de la población activa agrícola, o el nivel del paro. Pero ustedes ya han seguido los periódicos y las revistas recientes. Les recomiendo un artículo magistral del profesor Añoveros —ya que él me ha citado antes tan copiosamente— en la revista *Discusión* sobre las perspectivas de la economía andaluza; y también un artículo sobre el paro en *Realidades*, de Romero de Solí, o los de tantos otros autores que viven y escriben aquí con más conocimiento directo que yo. Por eso no abordaré tales cuestiones, sino que sustituiré esos y otros datos por una imagen comparativa que, con mucha más brevedad, nos obligará a interrogarnos sobre la situación.

Imagínense el mapa de España y vean en él a Andalucía abajo, en el fondo, tendida. Imagínense que arrimamos el hombro a Almería, que hay una especie de bisagra en Huelva. Entonces Andalucía se alzaría y vendría a superponerse más o menos con Portugal. Sería un poco menos alta que Portugal, pero también algo más ancha, de modo que váyase lo uno por lo otro. Quiero decir con esto que podría ser perfectamente un país más o menos como Portugal, en extensión y en población.

Piensen, además, que, sin salir de Europa, Austria, Hungría e Irlanda son países comparables. Y que países como Holanda o Bélgica, como Dinamarca o Suiza son equivalentes a la mitad de Andalucía en extensión. Y piensen que estos países llegan incluso, por ejemplo en el caso de Suiza, a 6.100 dólares por habitante y año, según el último *Atlas* publicado por el Banco Mundial; mientras que España, en ese mismo aspecto, estaba el mismo año en 1.710 dólares, y Andalucía (al 80 por ciento del nivel español) quedaría a 1.340 dólares por habitante y año.

Todo esto nos obliga a preguntarnos: ¿qué es lo que ocurre en esta estructura? ¿Es que hay una cierta pobreza de minerales? No voy a entrar en detalles porque esto ha sido más que estudiado; pero recuerden que ni Dinamarca ni Suiza tienen apenas riquezas mineras. ¿Es que el medio natural es peor? Yo creo que resistiría ventajosamente la comparación con otros muchos. ¿Es que acaso, por ejemplo, no hay aquí facilidades turísticas? Ustedes saben que no. Digámoslo todo, porque otros lo afirman así alguna vez, y tengo aquí un texto que someteré a su consideración. ¿Es que los habitantes de Andalucía no trabajan o no quieren trabajar? Si eso fuera cierto, ¿por qué se van fuera? ¿Por qué se empeñan tanto en buscar trabajo?

Tales interrogantes nos obligan a pensar, repito, por esa simple comparación, que algo ocurre; sobre todo cuando reflexionamos en que no siempre Andalucía estuvo retrasada, sino que en otras épocas ocurrió justamente lo contrario. De modo que no sólo tenemos que plantearnos lo que pasa con esta estructura, sino que, además, hemos de averiguar qué cambios hubo aquí, qué ocurrió, en suma, para que quienes antes vivían en otra situación relativa más favorable estén ahora peor.

Éste va a ser esencialmente el tema central de mi exposición, y sobre ese tema voy a reflexionar teóricamente, pero pensando siempre en la realidad andaluza.

Un desarrollo regresivo

En cuanto al pasado, me apoyaré por supuesto en libros y textos que no son míos, pues casi todos, o la mayoría, han nacido aquí, y que ustedes conocen mejor que yo.

En este mismo ciclo de conferencias tienen, por ejemplo, una sobre la economía andaluza en el siglo XIX que dará el profesor Cuenca Toribio y explicará el tema mucho mejor que yo, por lo que no voy a cometer el atrevimiento de anticiparme, mostrando mi ignorancia de antemano. Pero necesito al menos recordarles que, aparte de otras épocas anteriores, contadas por maestros tan extraordinarios como Ramón Carande o como Domínguez Ortiz, el siglo XIX es esencial para comprender la evolución regresiva de Andalucía; con ese problema central en la tierra y esa reforma llamada por Fontana una «reforma agraria liberal», que replantea del todo las relaciones en el campo y que crea una mano de obra barata para una expansión capitalista.

Del siglo XIX habría que recoger también, según lo hace Jordi Nadal, cómo emerge la industria y cómo esa industria habría de plantearse los problemas de las relaciones con el exterior. Completando el cuadro, acabaríamos encontrándonos con el marco típico del subdesarrollo. Más aún, con un caso de desarrollo regresivo, porque noten ustedes que, cuando la ciencia convencional (que, como vamos a ver enseguida, es muy deficiente ante el tema del desarrollo) se limita a comparar países según el nivel de ingresos por habitante, olvida el proceso histórico por el cual se ha llegado a este nivel. Y así ocurre que cuando en el *Atlas* del Banco Mundial para 1973 España aparece a la altura de países, por ejemplo, como Venezuela o como Argentina, no se tiene en cuenta la enorme diferencia de que España ha llegado a ese nivel por un proceso completamente distinto del de Argentina o Venezuela: España ha llegado a él retrasándose poco a poco de sus iguales en el pasado, mientras Argentina o Venezuela han ido aumentando sus ingresos por habitante hasta hoy. En este punto hemos de detenernos brevemente.

La ciencia oficial se equivoca

De todos modos estamos ante un caso de subdesarrollo y hemos de analizarlo con los instrumentos teóricos que nos brinde la ciencia económica. Pero la ciencia económica convencional, la que se enseña en las mejores universidades del mundo occidental (Oxford, Cambridge, Yale, etc.) está bastante desarmada hoy frente a los problemas más importantes de la economía. Concretamente, ante el subdesarrollo, esa ciencia tiene muy poco que decir y lo que dice es bastante erróneo. No puedo entrar en detalles, pero es imprescindible ser consciente de que esa ciencia es engañosa en ese aspecto como en otro tan fundamental para los países adelantados, el de la inflación con paro (o *stagflation*), para la que esa ciencia no da más que recetas contradictorias.

Limitándome al subdesarrollo, las recetas de la ciencia convencional se basan en creer en la eficacia de un modelo único, que es, además, un modelo de carácter técnico-económico. Es decir, se confía esencialmente todo a los problemas básicos de inversión de capital, se confunde el crecimiento con el desarrollo y, en definitiva, para ser breves, se piensa que hay un solo modelo y que lo que han de hacer los países subdesarrollados para progresar es, ni más ni menos, repetir lo que hicieron en su tiempo los países hoy desarrollados.

Para emplear una imagen, parece como si el desarrollo consistiera en escalar una alta montaña donde algunos, que empezaron antes o son más activos, están hoy a mayor altitud en la montaña, mientras que otros están muy abajo. Pues bien, los de más arriba dirían a los demás: haced como nosotros, imitadnos y nos alcanzaréis. Pero este consejo es categórica y absolutamente falso. Se puede demostrar que es falso mediante razonamientos como los que he utilizado en un libro citado aquí y que se titula *Conciencia del subdesarrollo*, pero también basta una simple reflexión. Piensen que ese modelo no es válido por la sencilla razón de que los países que hoy llamamos desarrollados (Inglaterra, Francia, la República Federal Alemana y otros) no fueron jamás subdesarrollados en la historia. Quiero decir que cuando, a principios de la Edad Moderna, esos países estaban en un nivel inferior al que tienen hoy, no por eso ocupaban un nivel inferior a otros coetáneos con los que tuvieran que competir en el mercado mundial; y así estos países pudieron expandirse sin tropiezos por el mercado mundial, conquistando colonias y creando, en suma, lo que hoy llamamos el subdesarrollo. La situación de Inglaterra cuando empezaba a construir su imperio, comparada con la de cualquier país que hoy intentase repetir el modelo inglés (Argentina o Venezuela, por ejemplo, puesto que las he citado antes), es radicalmente distinta porque las mejores posiciones en el mercado mundial están ya ocupadas, y en ese sentido afirmo que los países hoy desarrollados no fueron nunca subdesarrollados; así pues, intentar imitarles es cometer un verdadero error histórico-económico. Las razones por las cuales esta tesis imitativa se mantiene en la teoría son muy sustanciosas y revelan fuertes intereses, pero no voy a detenerme en ellas aquí hoy. Lo que importa es mostrar esa verdad y, en consecuencia, tratar de explicarse cómo nacieron y cómo crecieron los países hoy subdesarrollados.

Sobre este tema se han elaborado teorías opuestas a las de la ciencia convencional por economistas del Tercer Mundo principalmente (de América Latina o de otros países), que son los que sufren en su propia carne el problema. Así, por ejemplo, la teoría del centro y la periferia, o la explicación del subdesarrollo como dependencia o como marginación. En mi opinión, así es como hay que ver el desarrollo, cuyo origen y evolución sigue una serie de etapas, que varían según los casos, pero que suelen empezar con la exportación (lo que se llama el «desarrollo hacia fuera»), seguida de un «desarrollo hacia dentro» y de una cierta industrialización, que se ve pronto limitada y acaba tendiendo a la llamada «internalización de la dependencia».

Una doble dependencia

Ese proceso, complicado y lleno de situaciones concretas diferentes, está muy detallado en obras sobre todo de economistas latinoamericanos. Y ese proceso, con sus naturales variantes, parece también perceptible en el caso de España, en el cual se inserta el problema andaluz. Parece posible afirmar que desde la Contrarreforma en la cual, simplificando mucho las cosas, España volvió la espalda a la racionalidad lucrativa del capitalismo, resulta que hemos ido haciendo una especie de historia a contrapelo. Cuando se estudian las variantes del subdesarrollo como dependencia, no conozco otro caso de «doble dependencia» como el español, y me gustaría saber si los historiadores estarían conformes con ver nuestra historia moderna como un caso de doble dependencia. En efecto, yo veo, por una parte, cierta dependencia respecto de Europa, de la que, desde la Edad Moderna, dependemos para recibir la técnica y los productos manufacturados más avanzados; mientras, por otra parte, la economía está dependiendo del oro de las Indias para pagar las importaciones y sostener la política exterior en Europa. Así vamos haciendo, repito, una especie de historia a contrapelo, pues mientras en el resto de Europa se están creando en el siglo XIX las modernas industrias, aquí la burguesía tiende a inversiones en la tierra. Caminamos así hacia situaciones que se reflejan muy bien en el caso de Andalucía con problemas como —repitiendo las etapas teóricas mencionadas antes— la exportación como desarrollo hacia fuera, después de unos intentos de industrialización hacia dentro que fracasan por razones diversas y, hoy, una clara situación de dependencia para España en su conjunto. Porque este neocapitalismo tan triunfalistamente celebrado a veces consiste, esencialmente, en que los sectores de la economía española más eficaces, productivos y modernos son dependientes del exterior en la técnica y, muchas veces, en las finanzas; mientras que los sectores independientes son ineficaces y anticuados. A esta situación hemos llegado, repito, desviándonos de la orientación europea desde la Contrarreforma, tan vigente aún que cuando uno lee hoy mismo ciertas cosas tiene la impresión de que estamos empeñados todavía en la Contrarreforma. Los detalles del proceso pueden verse en muchos trabajos, incluso, naturalmente, en publicaciones de este mismo instituto. Y he leído, por ejemplo, con gran interés el libro de Bernard Roux, enormemente ilustrativo, sobre la transformación estructural de un área andaluza, iluminando su evolución agraria.

Actitudes intolerables

En suma, llegamos aquí a una situación de subdesarrollo, aunque, por asombroso que parezca, hay observadores muy recientes que ven a Andalucía en plena prosperidad. Voy a leer como ejemplo de tan errónea visión optimista un párrafo publicado en *Informaciones* del 8 de abril de 1976, cuyo autor escribe lo siguiente, refiriéndose a los discursos de los alcaldes andaluces durante el reciente viaje de S. M. el Rey: «En la casi totalidad de los aludidos discursos, tan poco captados cuando se pronunciaban al aire libre, observé una constante merecedora de alguna reflexión. ¿Por qué se empeñan los andaluces en repetir demasiado a menudo que están en condiciones de subdesarrollo? Especialmente en los pueblos, la gente tiene un aspecto saludable, que bien quisieran en otras partes de Europa que pasan por desarrollados. Van en la actualidad bien trajeados, cuando no bien "encochados" (la *ch* de "coche" hay que pronunciarla deslizándola como una pastilla de jabón)».

Y continúa: «El hecho de que la región no esté industrializada, no quiere decir que esté subdesarrollada fatalmente. La vida en Andalucía es más grata que en otras partes de España, y cuando se afirma que hay más desempleo que en parte alguna se olvida que en alguna de sus provincias el trabajo, desde siempre, ha sido estacionario (cosechas). Durante este período, entre toda una familia se gana un buen dinero que antes podía sustentar el resto del año. Ahora a los períodos vacantes del monocultivo se le llama desempleo, y no pocos de los que cobran subsidios de paro trabajan en jornales esporádicos que ni ellos ni, desde luego, muchos de los patrones declaran. Si algún subdesarrollo visible hay es, en todo caso, el cultural. Poca lectura, pocos diarios y pocas ganas de estudiar».

Yo no sé qué les parece a ustedes este texto, escrito por un periodista muy reputado. A mí esas cegueras, no sé si interesadas o simplemente torpes, figuran entre las cosas que me impiden hablar sin apasionamiento de Andalucía. ¿Cómo tolerar esas frivolidades de que la gente vive alegre? Entonces, ¿por qué la gente se va? ¿Cómo no reaccionar ante ese modo de cerrar los ojos al paro diciendo que siempre ha sido así? Y, por lo visto, parece que siempre habrá de ser así, para que sigan todos alegres, cantantes y satisfechos. Sobre todo, imagino, el periodista.

No quiero seguir comentando, pero creo que convenía aportar un ejemplo de las actitudes absolutamente intolerables, contra las que hay que construir una posición absolutamente opuesta.

Pues bien, para esa posición pienso que el marco teórico de la dependencia es el marco correcto para los problemas de la economía andaluza y del subdesarrollo andaluz. En ese marco se inserta, por ejemplo, el proceso de creación de mano de obra barata, modificando las relaciones en el campo para que la inversión capitalista pueda utilizarla, pues una de las primeras transformaciones impuestas al país dependiente es convertirlo en suministrador de trabajo barato para los centros dirigentes. Asimismo, la dependencia de las inversiones respecto de las decisiones centrales, y tantos otros aspectos análogos, desde el nombramiento externo de autoridades locales hasta el empleo de recursos regionales fuera de la propia región. Hace poco, por ejemplo, en relación con ese grupo floreciente del país que son las cajas de ahorros, un periodista escribía comentando ciertas declaraciones a las que me referiré después: «Es un paso positivo en orden a hacer representativos a los órganos de gobierno de las cajas, pero esto sólo será posible cuando se autentifiquen democráticamente las representaciones y se tipifiquen o creen las juntas generales de impositores». Y es que la escasa representatividad de los consejos y la inexistencia de una legislación sobre política de inversiones ha hecho posible que las cajas hayan sido hasta ahora instrumentos eficacísimos para trasvasar recursos de unas regiones a otras, normalmente de las pobres a las ricas, acentuando los graves desequilibrios regionales del país. Para ello se ha utilizado fundamentalmente la inversión obligatoria en valores que de hecho se han convertido en un mecanismo de financiación de grandes empresas privadas.

Dependencia andaluza

En conclusión, existe una situación clara de dependencia que los autores regionales han estudiado muchas veces y han puesto de manifiesto sobradamente. Esa conclusión ha de ser el punto de partida obligado para cualquier planteamiento y para cualquier política económica o, simplemente, política que se monte frente a los problemas que estamos considerando. Claro que también se puede hablar de interdependencia, pero es —para usar una imagen nacida en los países del Tercer Mundo— la interdependencia entre el jinete y el caballo, en la cual ya sabemos que la posición del jinete es muy distinta de la del caballo. A veces pienso que la salvación de la estéril ciencia económica convencional bien pudiera basarse en una teoría generalizada de la dependencia. Pues no se crea que la dependencia se da sólo entre países fuertes y países débiles, ni siquiera únicamente en regiones respecto de un centro o de otra región. Por el contrario, hay fenómenos de dependencia en toda la vida económica. Si se estudiaran los monopolios, los salarios y otros temas económicos con el enfoque de la dependencia y se pensase en que el mundo está lleno de situaciones de dependencia no sólo en las regiones, en los grupos humanos y en los sectores económicos marginados, de una manera o de otra, es muy posible que renováramos la ciencia económica. En cualquier caso, nos enfrentamos, como digo, con un problema de dependencia. Pues bien, además ocurre que Andalucía es un caso de subdesarrollo dependiente regional, y la teoría del subdesarrollo regional está mucho menos hecha que la teoría del subdesarrollo nacional, aunque puede afirmarse que el subdesarrollo regional es más difícil de corregir que el nacional, por una serie de razones.

En efecto, el drenaje de fondos, los trasvases de recursos (no sólo de capital, sino de materias primas, y, sobre todo, de hombres), es mucho más fácil de realizar cuando no hay fronteras con obstáculos administrativos y cuando, además, no hay que negociar entre gobiernos, sino que las leyes se imponen desde el centro. Además, las ideas son mucho más difundibles y es mucho más difícil tomar conciencia del subdesarrollo regional, porque hay toda una ideología y una literatura que contribuye a enmascarar la situación regional, disimulándola bajo textos como el citado artículo de *Informaciones* o con canciones a lo Manolo Escobar, por ejemplo, que permiten deformar profundamente la visión de la auténtica situación regional.

Para poner un ejemplo de la diferencia, piensen en un país que he citado antes, Dinamarca. ¿Qué hubiera ocurrido si en 1874, cuando la Alemania de Bismarck consiguió anexionarse los territorios del sur de Dinamarca (Schleswig-Holstein) se hubiera anexionado toda Dinamarca? ¿Sería ese país lo que hoy es? Evidentemente que no; estaría prácticamente germanizado y sería una pobre región de landas septentrionales, casi sin industrias y seguramente sin su nivel actual y sin su tecnología de este momento. De modo que el subdesarrollo regional es más difícil, más grave y más peligroso que el subdesarrollo de una nación; y, además, resulta mucho más difícil tomar conciencia porque se siente de ese modo inserto en el todo.

Poder regional

Ahora bien, ¿adónde voy a parar con todo esto? ¿Acaso a propugnar una independencia? De ninguna manera, porque, como he dicho al principio, debemos irnos orientando hacia las mismas tendencias apreciables en el horizonte mundial. Si alguna cosa está clara, es que el mundo va hacia una creciente mundialización de las decisiones principales; en otros términos, a una superación de las unidades económicas nacionales, de lo que se llamaban las grandes potencias hace cien años. En efecto, países como Inglaterra, como Francia, como Alemania, son técnicamente anacrónicos y de magnitud insuficiente para afrontar los problemas que se plantean hoy. Ésta es una de las grandes causas de la crisis económica mundial: la existencia de problemas que ya no se pueden abordar a nivel nacional; ni siquiera a nivel de acuerdos entre las naciones. Problemas como la contaminación, la crisis monetaria internacional, la crisis energética, la de las materias primas, el subdesarrollo mismo: ninguno de ellos se puede afrontar por las unidades nacionales. Por tanto, en un momento en que países que fueron grandes potencias hace cien años están anticuados y son insuficientes sería un desatino empeñarse en construir otros países más pequeños.

Ahora bien, si la técnica y su evolución moderna han dejado anticuadas a las naciones como unidad de organización de los recursos, al mismo tiempo han revalorizado a la región, entendida en su contexto europeo. Hoy en Europa la región como unidad de organización de los recursos está de moda. ¿Por qué lo está? Como resultado de la evolución técnica, lo mismo que a finales de la Edad Media los pequeños estados feudales fueron destruidos por la técnica y surgieron las modernas nacionalidades. Pues bien, hoy aquellas modernas nacionalidades de entonces han quedado anticuadas y emerge la región con unas virtualidades específicas para erigirse como subunidad óptima de organización de los recursos dentro de una unidad nacional. Y si para el siglo XXI se impone —así lo creo categóricamente— una unidad económica mundial, con fuerte descentralización de decisiones, pensando en el presente, hay que ir a una regionalización dentro del ámbito nacional. En otras palabras, no se puede recomendar, técnicamente, una independencia, pero sí una regionalización entendida con notable capacidad de decisión propia, de decisiones en la región. En suma, con un poder regional.

Es decir, hay que pasar de la dependencia ignorada, de la que hoy no se tiene conciencia, a la interdependencia concertada; esto es, a una dependencia mutua en la que existe un acuerdo entre el centro y la periferia que, en este caso, es la región.

Las batallas cotidianas

¿Cómo se puede hacer esto? No es una cuestión de técnica económica, sino, sobre todo, de estrategia y táctica política. Pero la teoría ignorada en Oxford y en otras universidades —es decir, la teoría del desarrollo como dependencia— ha formulado una serie de estrategias de transición como la estrategia liberal, la estrategia desarrollista y otras, que pueden seleccionarse y adaptarse a cada caso concreto. De todos modos, ninguna resuelve, a mi juicio, el problema de la dependencia concertada, porque me parece que en la etapa de transición es inevitable la dependencia. Lo que cabe pretender es, primero, que esa dependencia sea de otro tipo, y, segundo, que no se quede únicamente en esa dependencia. No creo posible conseguir más dentro del sistema capitalista porque el subdesarrollo —también el regional— es una creación del capital central y se continúa con él y se reproduce con él.

En todo caso, las posibilidades y la estrategia de transición pueden resumirse en un pragmatismo flexible, pero con un horizonte imperativo. Es decir, entablar las pequeñas batallas de todos los días (para lo cual no se pueden dar recetas) orientándolas siempre hacia un horizonte, que, ése sí, ha de estar muy claro y al que me voy a referir después. Estas batallas han de darse en todos los niveles que, en la teoría del desarrollo, son cuatro: el técnico, el económico, el político y el social. El nivel técnico y el económico son los dos en que habitualmente suele detenerse la ciencia convencional, salvo en escasas ocasiones, y por eso esa ciencia no comprende prácticamente nada del desarrollo ni del subdesarrollo. En esos niveles técnico y económico se confía todo a las inversiones de capital (algo que por supuesto es necesario) y en ellos se elaboran los innumerables planes, casi infinitos planes, que luego se cumplen o no se cumplen y que en definitiva no cambian demasiado las cosas. Creo que de planes estamos todos de vuelta. A veces parece que se ha querido revisar el padrenuestro diciendo «el plan nuestro de cada día, dánoslo hoy». Frente a tanta teoría-ficción tecnoeconómica, suenan mejor documentos como el publicado hoy mismo en *El Correo de Andalucía*, que es la carta pastoral conjunta de los obispos andaluces. Cierto que todavía en tres de los cuatro puntos encaminados a la creación de puestos de trabajo se siguen quedando los prelados en el nivel tecnoeconómico. Afortunadamente, en el cuarto punto llegan al nivel político, en el cual hay que empezar a plantear cualquier problema de subdesarrollo. Y en ese nivel político, el documento episcopal dice: «No puede ni debe faltar una participación popular bien organizada en la que los trabajadores se constituyan en artífices de su propia promoción». Pues bien, sólo así —poniendo en manos del pueblo su destino— es cuando empezamos de verdad a entender los problemas del subdesarrollo.

La historia en las manos

Porque es imprescindible, como decía antes, cierto grado de poder regional, en el sentido de que la propia región adopte decisiones de carácter económico. Mucho mejor que pedir universidades, o carreteras, o lo que sea, es pedir la decisión sobre los fondos con los que se van a construir las carreteras o las universidades; dentro, por supuesto, de una coordinación previamente concertada con la economía nacional.Y aun antes de pedir esos fondos, hay que conquistar la decisión sobre los fondos creados o que se puedan crear en la región misma. Es decir, ha de existir un poder regional correspondiente al hecho de que la región está hoy en auge, está levantada por la técnica en la ola de la historia y es el momento de aprovechar la cresta de esa ola.

Pero eso no es sólo un problema político. Debe llegarse, además, al nivel social, en el que se asientan los clásicamente llamados «valores», que yo prefiero denominar imágenes, porque tienen menos connotaciones tradicionales: imágenes con las cuales se idenfitique la gente. Por eso, si ustedes me preguntaran a qué destinaría el dinero antes que en ninguna otra inversión para Andalucía, yo aplicaría el poder regional a crear una emisora de televisión en Sevilla para influir en esas imágenes. Por supuesto, manejada adecuadamente (y de esto hablaremos pronto), porque, si se establece la emisora y la siguen manejando los mismos, el efecto sería por completo contraproducente.

¿Por qué recomiendo la televisión? Por su eficacia para crear actitudes, para modernizar mentes en dirección al desarrollo. Conste que, cuando hablo de modernizar, he de hacer unas matizaciones que ofreceré al final, pero en todo caso la meta es crear actitudes sociales distintas, pues, como diré enseguida, es indispensable actuar con las propias fuerzas, no con ayuda. Los países del Tercer Mundo están hoy descubriendo —y lo repiten en un eslogan sistemáticamente mantenido, como hizo el presidente de Argelia en la VI Asamblea Especial de las Naciones Unidas— que, aun cuando haya ayuda de los países desarrollados para corregir una situación de injusticia, con lo que hay que contar esencialmente es con las propias fuerzas.

La historia la hacemos nosotros, y la historia se hace con nuestras manos, movidas por actitudes que hay que modelar, y a ello contribuyen enormemente los medios de comunicación social, que difunden imágenes con más eficacia. Pero todo eso pertenece a la estrategia de transición, y lo importante es el horizonte final, sobre cuya naturaleza no tengo ninguna duda. Pues lo mismo que he afirmado que el mundo va hacia la mundialización regionalizada, también he sostenido reiteradamente en mis obras —especialmente en un libro aparecido en 1975— que el mundo va hacia el socialismo. Y si comprobamos que el subdesarrollo de los países del Tercer Mundo ha sido creado por el capitalismo desarrollista de los países del centro, dominando a los de la periferia, llegaremos a la conclusión de que este cambio de sistema contribuiría a resolver el problema del subdesarrollo.

Nuevo socialismo y nuevo desarrollo

Ahora bien, estoy pensando hacia el futuro, en un nuevo orden económico internacional, cuyo socialismo de ninguna manera puede ser tampoco el socialismo todavía cuantitativo y tecnocrático vigente en algunos países socialistas. Pienso que hay que ir hacia un nuevo socialismo, correspondiente al hecho de que es preciso inventar un nuevo concepto del desarrollo. Para mí, lo más grave de la situación mundial de hoy es su concepto inhumano del desarrollo, entregado a las ventajas y conveniencias de la economía de los países adelantados, con una economía de mercado cuya obsesión es la venta al consumo de bienes materiales. Este consumismo general en el mercado es la causa primera de la contaminación, del subdesarrollo, de la explotación por las multinacionales, etc. Vivimos en un mundo que parece querer suicidarse.

Afortunadamente, en los medios internacionales están apareciendo ya tendencias a otro tipo de desarrollo, lo que se llama, por ejemplo, en la Conferencia de Estocolmo del año 1972, «el desarrollo ecológico», «el desarrollo humano». Un tipo de desarrollo con una idea más elevada del hombre y con dimensiones que no son únicamente las de consumir frigoríficos o automóviles como ideales de vida.

Quizá les parezca a ustedes que esto pueda ser utópico. Bueno, todas las utopías lo son hasta que se realizan. En el año 1950 podía parecer una utopía el llegar a situar un hombre en la Luna, como en 1450 podría ser una utopía descubrir las Indias. Pero hay ya factores que están actuando a favor de este tipo de desarrollo; factores como la presión de ciertos problemas, por ejemplo el de la contaminación, que está provocando una reacción cada vez mayor en todos los países. Hechos como la interpretación de otras culturas, que están infundiendo ideas nuevas a través de organizaciones como la UNESCO. Es decir, culturas que no se han mecanizado demasiado, que han mantenido en mayor medida el arte humano de vivir y que a los occidentales pueden enseñarnos actitudes culturales de una gran fuerza creadora, que nosotros tuvimos y hemos dejado perder. Y, sobre todo, la actitud enérgica de los países del Tercer Mundo para organizar una independencia autocentrada y confiar esencialmente en las propias fuerzas.

Por todo ello, no me parece tan utópico el llegar a adquirir un nuevo concepto del desarrollo, sobre todo a la vista de las aberraciones del vigente. Y a ello se añade el hecho de que la técnica moderna ha revalorizado áreas que atravesaron etapas decadentes durante el siglo XIX. Áreas como, por ejemplo, el sur de Estados Unidos con la costa del golfo de México, y áreas como la del Mediterráneo. Ése es un tema que he tratado en otro lugar, en un Congreso en Nápoles en 1962, y está publicado en un libro colectivo sobre las economías mediterráneas; pero es, además, un tema también reactualizado. Hace pocos días, por ejemplo, leía yo en unas reuniones en París que se estaba redescubriendo el Mediterráneo. Y es que la técnica actual está revalorizando el tipo de recursos y el marco geográfico completo que es el Mediterráneo. Lo que, por supuesto, viene a favorecer a este país andaluz.

Andalucía en pie

En conclusión, pienso que, como en tantas otras grandes crisis de civilizaciones, ha llegado la hora de los «periféricos». Los países periféricos frente a los países centrales y las regiones periféricas ante los centros de decisión nacional: unos y otras tienen una oportunidad de replantear situaciones que, como he dicho antes, se han venido creando en España a contrapelo de la historia. Y cuando digo replantear, no quiero decir recomendar a Andalucía que empiece a copiar los modelos de desarrollo cuantitativos y de mercado seguidos por otros países, sino al contrario, porque en la medida en que yo pueda otear el horizonte, el ser profundo de Andalucía está mucho más en la línea del futuro desarrollo económico que en la del pasado concepto cosificado del desarrollo capitalista.

Lo que hay que hacer más bien es reconstruir Andalucía. Modernizarla con su tradición. Es decir, usar la técnica moderna de la manera que a Andalucía le convenga para ser hoy justamente lo que era cuando era pujante y no para seguir siendo resignadamente dependiente.

Hay que dar un salto no al desarrollo ya anacrónico de ahora, sino al del futuro. Pero, insisto, eso exige un poder andaluz, con las técnicas de transición orientadas hacia el sistema económico que prevalecerá en el mundo del futuro, que será un nuevo modelo de socialismo.

Y, como he dicho al principio, he hablado hoy pensando, sobre todo, en esos hombres que no tienen trabajo. Hace años me descubrieron la letra de una soleá que me estremeció. Cantaba así, y quizá la conozcan algunos:

Tengo las manos vacías
de tanto dar sin tener,
pero las manos son mías.

Ese dar sin tener es algo ya increíble; pero ese noble orgullo de poseer las manos que se vacían de lo que no tienen alcanza el colmo de la dignidad humana. Pues bien, llenemos esas manos que están sin usar, convoquemos a esas manos y, como decía al principio, empujemos todos hacia lo alto y pongamos a Andalucía en pie. Ni más ni menos: Andalucía en pie. Algo que sólo pueden hacer los andaluces.

Señoras y señores, muchas gracias.

9

La economía

Economía somos nosotros

Para presentar la realidad económica —pues de eso trataré aquí y no de la ciencia que la estudia, también denominada «economía»—, me encanta comenzar parafraseando a Bécquer; previa advertencia —supongo que Bécquer no es hoy lectura frecuentada— de que el poeta se refería a la poesía. Diré entonces al joven que empiece a leerme:

> *¿Qué es economía? ¿Y tú me lo preguntas?*
> *Economía eres tú.*

En efecto, si vas a una discoteca, si te compras una novela, si disfrutas de unas vacaciones, si te inscribes en algún curso, estás haciendo economía en cuanto compres o pagues; e incluso indirectamente también, aunque no manejes dinero. En realidad, al referirme a cualquiera de tus actividades, lo más probable es que tu comportamiento tenga repercusiones económicas.

Entonces, me dirás, ¿acaso todo es economía? Exagerando un poco, encontrarías algún economista muy tentado de responder afirmativamente o, al menos, de reducir a economía la vida humana. Por ejemplo, es usual en el lenguaje económico denominar «nivel de vida» a lo que en realidad sólo es «nivel de consumo»; es decir, cuantía de los bienes y servicios materiales disfrutados. Confío en que me

Separata del libro *Los estudios de un joven de hoy*, 1982.

concederás que la vida consiste en algo más. Por mi parte, pienso que no todo es economía; más aún, creo que lo más importante de nuestras vidas no lo es. Ahora bien, sí es cierto que casi todo acto humano tiene un componente económico. Pese a ello, repito, no todo cuanto hacemos es económico ni tú eres solamente economía. En rigor, mi becqueriano «Economía eres tú» encierra una trampa que hemos de evitar desde ahora mismo, para no caer en ella como muchos economistas. Pues si bien es cierto que la gran mayoría de los actos humanos presenta algún aspecto económico, ello ocurre solamente cuando los efectúa el hombre en sociedad. En otras palabras: la economía es una actividad social. Presenta aspectos técnicos, jurídicos, psicológicos y otros análogos, pero no se debe confundir con ninguno de ellos. Sobre todo —y esto es fundamental— no se reduce a una técnica, aunque muchos economistas piensen y trabajen como si fueran técnicos.

Para entenderlo mejor, adviértase que Robinson Crusoe comía, planeaba su ocio y distribuía el empleo de su tiempo, pero no hacía economía. Cuando optaba por cavar en tierra un canalillo desde el manantial a su choza, en vez de ir todos los días a buscar agua, estaba sin duda tratando de obtener la máxima satisfacción con el mínimo esfuerzo, que es el objetivo atribuido tradicionalmente a la ciencia económica. Pero también ése es un fin de la técnica y eso es lo que hacía Robinson: resolver un problema técnico más propio del ingeniero que del economista. Éste interviene cuando convivimos con otros hombres, con los que intercambiamos bienes o servicios. Al aparecer el negro Viernes es cuando empieza a haber economía en la isla de Robinson, porque la economía es una actividad social: no la practica *el* hombre, sino *los* hombres. «Economía eres tú» es falso; la verdad es: «Economía somos nosotros».

La realidad económica: actores y bienes

«Intercambiamos», acabo de escribir, y ésa es en efecto la palabra clave para acotar el campo de la actividad económica. La economía es el mundo del intercambio: de trabajo por dinero, o de cosas por dinero, o de dinero de un país por el de otro, o de dinero entregado hoy a cambio de dinero recibido mañana. De modo que la realidad económica es un vasto sistema de innumerables relaciones de cambio —millones y millones a diario en cada ciudad o país, y muchas más en el mundo—, cuyos componentes son, por una parte, los sujetos o *actores* de tal comportamiento cambiario y, por otra, los *objetos* del intercambio. Por eso se ha dicho alguna vez que la economía es la actividad encaminada a satisfacer nuestras necesidades; lo cual es cierto, pues si ofrecemos algo para obtener otra cosa es porque esta última nos sirve mejor. Asimismo se ha dicho que el objeto de la actividad económica es enriquecernos —cada cual y también el país— y es verdad, puesto que no cambiaríamos si no ganásemos algo con ello. En suma, lo esencial del comportamiento económico es el intercambio y de ahí que sólo exista en la sociedad, incorporándose además a esa actividad ciertas conductas o acciones relacionadas con el cambio, aunque en sí mismas no lo sean; por ejemplo, los actos del gobierno para regular o estimular ese intercambio mediante cierta política que, precisamente por eso, denominamos «económica».

Al analizar con más detalle esa actividad nos encontramos con tres clases principales de actores. En primer lugar, los *consumidores*, generalmente individuos o familias, que en la mayoría de los casos ofrecen su trabajo para obtener dinero con el cual, a su vez, consiguen alimentos y vestidos, pagan el alquiler de su vivienda y sufragan todos los demás gastos exigidos por la satisfacción de sus necesidades. En segundo lugar, las *empresas*, que también pueden ser individuos, pero que son casi siempre, sobre todo en los países adelantados, organizaciones integradoras de un gran número de personas con ocupaciones diferentes y coordinadas, a fin de producir los bienes que necesita la vida colectiva y que demandan habitualmente los consumidores. Por lo tanto, son las empresas las que obtienen y pagan el trabajo ofrecido por los individuos a quienes venden los productos fabricados. Por último, el *gobierno*, o administración pública, es a la vez, en cierto modo, productor —sobre todo de servicios públicos— y consumidor —de trabajo y de diversos bienes—, pero su función principal, y la que aconseja separarlo analíticamente de los otros dos, es la de crear el marco institucional para el intercambio entre empresarios y consumidores, así como aportar iniciativas y ejecutar tareas que ninguno de los otros actores llevaría a cabo; especialmente con el fin de defender y promover la actividad económica colectiva, impulsando su progreso.

Como puede comprenderse, la separación entre los miembros de esa trinidad de actores no es tajante. Así, los consumidores son también productores, pues toda familia viene a ser una pequeña empresa, productora sobre todo de trabajo y, en muchos casos, también de bienes, como sucede en el mundo campesino. Por otra parte, los obreros, técnicos y propietarios de cualquier empresa son todos ellos al mismo tiempo consumidores y tienen, como tales, intereses diferentes de los que defienden como productores. Finalmente, el gobierno aparece en teoría como independiente de unos y otros, pero claro está que es sensible a las influencias de ambos lados: propicio a veces a una mayoría de intereses consumidores, de cuyos votos depende en las democracias, pero otras presionado por empresarios muy poderosos económicamente. De todos modos, la triple clasificación de actores corresponde más o menos a una división de las funciones económicas en las actividades de la producción, el consumo y la regulación y ordenación del sistema.

En cuanto a los objetos del cambio, una vez vistos los sujetos, también pueden distinguirse tres grupos. Primero, los *recursos naturales*, a veces englobados en los manuales bajo el epígrafe «la Tierra», porque están dados en ella: minerales, frutos y demás, constituyendo las materias primas que, debidamente transformadas, se integran en los bienes necesarios. Después, el *trabajo humano*, tanto el llamado manual como el mental o intelectual, que aplicamos a las cosas para su transformación productiva y que predomina más aún en los llamados «servicios». Finalmente, los instrumentos —en el sentido más amplio de la palabra— que utilizamos aplicándolos a los recursos naturales, a fin de transformarlos en otros, y que suelen denominarse en su conjunto *capital*. Se trata, por tanto, de bienes, pero no están dados directamente por la naturaleza y no se dedican al consumo, sino a la producción. Comprenden desde la más sencilla herramienta, como un martillo, hasta la más complicada instalación, como una central de energía nuclear; pasando por aparatos de laboratorio, buques, autopistas, embalses, fábricas de todas clases, bibliotecas y cuantos objetos o instalaciones usamos para producir. En resumen, la Tierra, el Trabajo y el Capital son las tres grandes categorías de objetos intercambiados en la actividad económica.

Una mención especial merece cierto bien, ya mencionado al principio, que es el *dinero*. Ciertamente, no es una materia prima, ni tampoco trabajo, y podría adscribirse al capital, puesto que facilita la producción, si no fuera porque también sirve al consumo. En otros tiempos tuvo valor propio como mercancía, por el oro o la plata de que estaban hechas las monedas, pero hoy el valor del papel es lo de menos, y en realidad es un mero signo, instituido por la sociedad para desempeñar, entre otras funciones, la de medio general de cambio. Vivimos, como vamos a ver, en una economía de mercado, en la que sería imposible obtener lo que deseamos mediante el trueque directo de un objeto por otro o de trabajo por objetos. Por eso se usa como intermediario el dinero, que todo el mundo acepta y en cuyas unidades se formulan los precios de las cosas en el mercado.

La economía de mercado

Acabo de mencionar repetidamente la institución fundamental del sistema económico en que vivimos: el *mercado*. En una primera acepción, éste es el lugar donde acudimos a comprar lo que necesitamos a diario; allí se materializa la oferta de abastecimientos y se acude en demanda de lo necesario. Pero también es un mercado la plaza del pueblo donde se contratan jornaleros para las labores del campo, y el banco adonde vamos a pedir un crédito y todos los sitios donde se realizan intercambios. En general, todas esas operaciones integran la colosal circulación económica cotidiana en el mercado nacional, que, además, se integra en el mundial mediante los intercambios con el exterior. Por supuesto que esa circulación encadena mercados parciales, en que las mercancías pasan sucesivamente de unos a otros. Así, el labrador vende al tratante o al almacenista; éste al mayorista, que, a su vez, vende al minorista o tendero. Estos intermediarios y otros semejantes suelen ser en ocasiones atacados por encarecer los productos, pero, aunque a veces esto sea cierto, no son ellos los únicos encarecedores y, además, desempeñan una función indispensable, dada la complejidad de la vida moderna.

El mercado, como el dinero ligado indisolublemente a él, son exigencias de la división del trabajo entre los hombres, relacionada a su vez con el progreso social. Esa división fue justamente el arranque de la obra científica conceptuada habitualmente como la primera piedra en el edificio de la ciencia económica. Se trata del libro *Una investigación acerca de la naturaleza y las causas de la riqueza de las naciones*, publicado en 1776 por Adam Smith, en cuyas primeras páginas el autor describe una manufactura de alfileres como ejemplo de la división del trabajo. En ella unos obreros se limitan a estirar el alambre, otros a cortarlo, otros a sacarle punta, y así cada cual se especializa en una operación, adquiriendo todos mayor destreza y rapidez, sin que ninguno fabrique por sí solo un alfiler completo. Del mismo modo, en la sociedad humana resulta, como vemos a diario, que cada cual desempeña una determinada tarea con la que sólo satisface, si acaso, una parte mínima de sus necesidades. Para atender a las restantes se ve forzado a recurrir al cambio; es decir, a ofrecer a otros el producto de su trabajo para conseguir de ellos lo que por sí mismo no produce. Cuanto más adelantada es una sociedad, más marcada es la división del trabajo y más complejos sus mecanismos de cambio, cuyo conjunto integra lo que se llama el mercado. En conclusión: el progreso viene de la división del trabajo, y ésta nos conduce a la necesidad de múltiples intercambios. Ahora se comprende la necesidad del dinero, mencionado antes como medio para facilitarlos.

Pues bien, en esos innumerables intercambios y en sus repercusiones diversas se manifiesta la actividad económica. Es curioso, sin embargo, que partiendo del ejemplo de la fábrica de alfileres, en el que ningún obrero es capaz de producir del todo un alfiler, sino que para elaborarlo cooperan necesariamente varios, se haya llegado a una teoría económica y política tan individualista como la que todavía hoy algunos economistas procuran defender. El mismo Adam Smith —pero eran otros tiempos y resultaba entonces comprensible— orientó las cosas en ese sentido al recomendar que los gobiernos reduzcan al mínimo su intervención, por ser preferible confiar al juego del mercado la orientación de la economía colectiva. Y digo que es curioso porque, si bien se mira, parecería más lógico llegar a la conclusión opuesta: es decir, a la de una visión social de la economía, puesto que sólo mediante la cooperación y la solidaridad en las tareas se mejora la capacidad productiva. Pero hay autores que se resisten a aceptar el carácter social de la ciencia económica y prefieren reducirla a un saber técnico.

En todo caso, volvamos a nuestra economía de mercado, que empezó a sernos explicada por Adam Smith. Ante nosotros se realiza todos los días el milagro de que millones de decisiones independientes (adoptadas por cada ciudadano respecto de sus compras y ventas, según lo que desee consumir o haya producido) no conducen al caos, sino que permiten organizar nuestras vidas y aprovecharnos del progreso logrado mediante la división del trabajo. Cada día salimos a la calle con la seguridad de que encontraremos un autobús cerca de casa para ir al trabajo, y de que a mediodía podremos entrar en algún restaurante para comer, y así sucesivamente. Todo ello ocurre en la mayoría de los casos sin que se hayan concertado previamente entre sí las conductas de los que intercambian esos bienes y servicios; es decir, es el mercado en funcionamiento lo que conduce a ese resultado.

Los manuales de economía explican de qué modo, por medio del mercado, decide la sociedad *qué bienes* van a producirse, *para quién* se van a producir y *de qué manera* se van a obtener. Simplificando mucho el tema resumiré esa explicación recordando que la primera cuestión se resuelve como reacción de los empresarios ante las demandas del mercado. Los ciudadanos expresan sus deseos al dirigirse a comprar, manifestando así su demanda, y los productores, conociendo esa demanda o anticipándola con sus previsiones, se aprestan a producir los artículos para venderlos con un beneficio.

El mismo mecanismo interviene al decidir para quién se producen los bienes, puesto que el mercado actúa de distribuidor. Los precios de los productos, influidos por las intensidades relativas de la oferta y de la demanda (es decir, por la abundancia o escasez en el mercado, que hacen bajar o subir, respectivamente, los precios), orientan la mercancía en venta hacia las manos de quienes pueden pagarla.

Finalmente, el problema de cómo se obtienen los bienes deseados (pues con frecuencia existen posibilidades diversas) es algo que naturalmente viene determinado en gran parte por la técnica y es tarea de ingenieros y científicos: por ejemplo, producir trigo requiere tierra, abonos y labores determinadas, y análogamente los demás bienes. Las proporciones en que se combinan unos recursos para obtener otros dependerán de las cualidades inherentes a los diversos materiales. Ahora bien, el economista interviene también en la decisión desde el momento en que esa materia prima y las máquinas y trabajadores que la transforman pasan por un mercado donde tienen sus respectivos precios y sus salarios. Estos valores monetarios afectan a los puros datos de la técnica y así, por ejemplo, se cambiará más o menos una materia prima por otra de diferente calidad según su contribución al beneficio monetario final, y no sólo ateniéndose a la cantidad fisica del producto. Una vez más comprobamos que la tarea de satisfacer las necesidades humanas no es sólo un problema técnico, sino también económico, en cuanto intervienen relaciones entre los que poseen los distintos bienes, cuantificadas por el mercado en forma de precios. Estas relaciones entre seres humanos son las que imprimen carácter social a la ciencia económica, junto con el hecho de que la división del trabajo impone la colaboración y la solidaridad entre todos.

El mercado imperfecto

El mercado es, por tanto, un mecanismo indispensable en nuestra sociedad y sin duda desempeña una función vital. Impresionados por ello, hay autores que lo consideran *definitivamente* indispensable; es decir, lo erigen en «orden natural» de la sociedad humana, en el sentido de que todo alejamiento de él sería un retroceso. Y apoyan su creencia en la enumeración de las perfecciones que, según ellos, alcanza el mercado, especialmente las siguientes: permite obtener los bienes a precios mínimos, gracias a la competencia; ajusta la oferta total a la demanda, mediante el mismo mecanismo, evitando desperdicios de recursos; y, como suma de todas sus ventajas, garantiza la libertad del consumidor, al que ofrece la posibilidad de elegir.

Desgraciadamente, como en toda institución humana, tan dorada medalla tiene un reverso de plomo y sus ventajas sólo se verifican del todo en los manuales. En la realidad, aun siendo ciertamente indispensable el mercado, es preciso ver más de cerca las supuestas ventajas, si queremos conocer la realidad en vez de deslumbrarnos con la teoría de la competencia perfecta.

Así, el consumidor sólo conseguirá el precio mínimo entre los existentes si tiene información completa acerca de todos los vendedores, lo que es prácticamente imposible. Aun así, deberá ser un experto en las mercancías para poder compararlas, pues pueden ofrecerle más barato algo exteriormente análogo que, por ser mucho peor, resulta en realidad más caro. Y, finalmente, el precio mínimo de los existentes no es nunca el más barato posible, porque en el mercado real no es perfecta la competencia: hay monopolios o situaciones equivalentes, acuerdos tácitos o expresos entre productores, dificultades de circulación o acceso de los productos y otros obstáculos que generan beneficios extraordinarios, por encima de lo que permitiría una competencia plena o perfecta.

Esas mismas imperfecciones hacen imposible el ajuste de la oferta a la demanda; además de otras razones no mencionadas antes, como la necesidad de algún tiempo para que, en caso de carestía por escasez, nuevos productores aumenten la oferta, pues no se obtienen instantáneamente, por ejemplo, cosechas de trigo o fábricas de tejidos. Por eso se han registrado más de una vez situaciones de superproducción o de escasez y, por otra parte, es fácil ver en torno nuestro o conocer por la prensa casos de productos malbaratados y destruidos, así como demandas no satisfechas.

Finalmente, el argumento de la libertad —¡atractiva promesa!— es también engañoso. En el mercado nadie es libre si no tiene dinero; ni puede elegir desde la pobreza. Hay libertad para los pudientes y tanta más cuanto más posean. Te ruego que imagines, joven lector, la cara estupefacta del mísero habitante de un suburbio si le felicitamos por su libertad para adquirir lo que quiera. Y no digamos la de un hambriento de África o de Asia: probablemente ni nos comprenderá. Sólo los economistas académicos —habitualmente sin problemas económicos— pueden utilizar ese lenguaje sin perder su seriedad.

Por todo ello, si bien las fuertes recomendaciones teóricas para que el gobierno no intervenga en el mercado pudieron estar justificadas en tiempos de los economistas clásicos, cuando tenían sentido liberador, pues contribuían a abatir frenos sociales ya anacrónicos, en cambio en nuestra época sólo conducen a dejar las manos libres a los más poderosos; especialmente las grandes empresas, los monopolios y, en el escenario mundial, los países más fuertes. Ésos son como Charles Wilson, quien, cuando el presidente Eisenhower le nombró secretario de Guerra de Estados Unidos, afirmó que sus intereses como alto directivo en la General Motors no eran obstáculo para servir al país, utilizando la frase de que «lo que es bueno para la General Motors es bueno para Estados Unidos». La afirmación no fue aceptada y se comprende: lo bueno para cualquier empresa es ganar el máximo —ése es su fin principal— y por eso le convienen costes mínimos (salarios bajos, impuestos y otros) frente a precios máximos; lo que no parece a primera vista bueno necesariamente para la colectividad, sin necesidad de entrar en más detalles.

Finalmente, no olvidemos que el mercado es un mecanismo sin más brújula orientadora que el beneficio, prescindiendo de cómo se consiga. Es decir, en el mejor de los casos, puede acertar técnicamente sin que por eso cumpla una función social. Y de ahí que, aun cuando fueran reales sus supuestas ventajas —y ya hemos visto que sólo se alcanzan imperfectamente—, no por eso los resultados serían ideales socialmente hablando. Para expresarlo con un ejemplo de un premio Nobel como Samuelson, podría ocurrir que el precio de la leche ajustara, en efecto, la oferta a la demanda, pero a un nivel tan alto, si escaseara el producto, que los ricos pudieran pagar la leche para sus gatos, mientras que los pobres no podrían adquirir la necesaria para sus hijos. No ofrezco un ejemplo artificioso, sino algo frecuente en el escenario mundial. Como afirman dos autores solventes en su libro *Una sola tierra* —R. Dubos y B. Ward—, con las proteínas de los peces capturados en la costa sudamericana del Pacífico podría alimentarse a los niños desnutridos del Tercer Mundo, pero la mayor capacidad de compra las desvía hacia pesebres en los países ricos, donde alimentan ganado que proporcionará una carne suculenta. Es el mismo caso de la leche, pero en dramática escala.

El desarrollo de mercado

Pero aún son más graves los efectos del sistema de mercado sobre la evolución a largo plazo de la sociedad, aunque sólo en estos últimos años hayamos empezado a ser conscientes de ellos. Como hemos visto, el mercado orienta la producción según el beneficio, al margen de cómo se consiga éste cualitativamente. Para el mercado todo se reduce a dinero: la colorada manzana como la puntiaguda bayoneta, el pan lo mismo que el aguardiente. Más aún, lo que no puede comprarse o venderse no existe para el mercado y, en consecuencia, las razones para las decisiones productivas se reducen a las económicas. Así, es más fácil reunir financiación para fabricar, por ejemplo, una nueva bebida de moda en el extranjero que para establecer escuelas en los suburbios. Más claro: el desarrollo económico, tan fomentado por todos los países, procura producir cada vez más cosas vendibles, pero no se interesa por el perfeccionamiento del hombre —salvo como productor de trabajo— ni por los goces de su vida interior. Es un desarrollo cosificado más bien que progreso humano.

A conseguir ese resultado aplica el mercado medios con una eficacia sin precedentes, empezando por la educación que, desde la infancia, trata de hacernos competitivos y de inspirarnos el deseo del éxito material, convirtiéndolo en meta de nuestra vida. Después, constantemente, el asalto sistemático de la publicidad, que nos manipula para inducirnos a comprar cada vez más bienes, aunque sean realmente innecesarios y aunque la compra signifique desechar objetos todavía útiles: uno de los casos más típicos es el cambio frecuente de automóvil, por ejemplo, bajo la presión de una publicidad que convierte ese gesto derrochador en un signo de prestigio social y en un refuerzo de la seguridad en uno mismo, que no arraiga hoy en el cultivo de la vida interior.

Y así estamos llegando a esta maravillosa técnica que logra la hiperproducción de objetos contaminadores del medio ambiente y atascadores del tráfico en las ciudades opulentas, pero que no logra aliviar el hambre en vastas zonas del planeta. Pues la indiferencia antihumana del mercado y sus aberraciones se perciben mucho mejor todavía a escala internacional, donde treinta años de ayuda oficial al progreso de los más pobres no han conseguido reducir la distancia que les separa de los ricos. Y aunque en éstos se está empezando a adquirir conciencia de los límites del proceso —porque no cabe un crecimiento ilimitado en un mundo limitado—, e incluso de la degradación del hombre, derivada de un enriquecimiento externo que implica su raquitismo interior, lo cierto es que los tremendos intereses en juego siguen manteniendo el mismo rumbo.

La economía social de mercado

En definitiva, al mercado de la vida real se le pueden señalar defectos técnicos, injusticia social y desviación del progreso hacia un hipertrofiado consumismo de bienes materiales. Pero, al mismo tiempo, la intensa división del trabajo en cualquier sociedad adelantada hace indispensable el mercado. ¿Qué hacer?

Una alternativa aplicada desde 1917 en Rusia —después, la Unión Soviética—, y luego en otros países, es la *economía planificada* o de dirección central. En ella se pretende sustituir las decisiones de mercado resultantes de la competencia por las establecidas en un plan previamente fijado para varios años de duración. Para ello, en ese sistema los tres actores diferenciados anteriormente en la economía de mercado se reducen prácticamente a dos: los consumidores-trabajadores y el gobierno-empresa, porque los recursos naturales y la mayor parte de los bienes de producción o capital (fábricas, instalaciones y demás, incluyendo las más extensas explotaciones agrícolas) son propiedad del Estado. Quedan en manos privadas solamente talleres artesanos, pequeños comercios y las tierras de poca extensión, como limitadas unidades productivas que, además, han de someterse a los planes establecidos por el gobierno. Éste, por supuesto, los ejecuta directamente en la parte que corresponde realizar a las factorías, servicios y recursos de que dispone en propiedad.

No voy a detallar esa alternativa porque no ha demostrado ser preferible a la economía de mercado. En el aspecto técnico, los inconvenientes de la desmedida planificación central han sido ya reconocidos en los propios países comunistas, que por eso, desde los años sesenta, vienen introduciendo reformas y buscando modos de combinar la racionalización planificadora con la iniciativa espontánea del mercado y su capacidad innovadora. En el aspecto social, los inconvenientes son todavía más patentes y en comparación con esos sistemas, donde la censura ideológica y cultural es permanente, la libertad del sistema de mercado —con las reservas antes formuladas— resulta incomparablemente superior. Por último, en cuanto al consumismo, se manifiesta menos en esos países porque sus planes se concentran en la producción, pero ésta es orientada con la misma indiferencia hacia el medio ambiente y hacia la vida interior del hombre —es decir, con la misma o mayor obsesión técnica por la multiplicación de objetos— que en las economías de mercado. Por eso su desarrollo merece los mismos reproches que se han hecho antes.

En consecuencia, si he mencionado aquí el sistema de los países comunistas no es porque me parezca una alternativa satisfactoria, sino porque existen en la realidad y porque bajo ese sistema viven hoy millones de personas. Por lo demás, no corrige ni los defectos técnicos —los sustituye por otros—, ni el rumbo desarrollista hacia el futuro, ni, menos todavía, la injusticia social del mercado. Para justificar estas afirmaciones basta un hecho tan sencillo como notorio: el de que tales países no pueden ser abandonados por sus ciudadanos aunque lo deseen y, por supuesto, no atraen grandes corrientes de emigración. Es difícil creer en las ventajas de un sistema cuando las fronteras que lo limitan son prácticamente muros carcelarios para sus habitantes.

Es preciso, por tanto, volverse hacia la economía de mercado, aunque sea considerándola como un mal menor y, sobre todo, procede rechazar los extremismos liberales de algunos economistas y aceptar una adecuada intervención del gobierno para corregir los inconvenientes sociales del sistema. Dicho de otro modo, si hace dos siglos podía parecer que la justicia consistía en dar un trato igual a todos los ciudadanos (actitud explicable por los privilegios entonces vigentes, merecedores de supresión), hoy es obligado percibir que, cuando los individuos están en situación desigual (unos tienen más medios que otros), lo equitativo es un trato también desigual, compensatorio de la debilidad económica de la mayoría, para que no queden sometidos a la voluntad de unos pocos. Ése es precisamente el objetivo de la *economía social de mercado*, donde la introducción del adjetivo «social» es suficientemente expresiva. Y ése es el sistema que tiende a prevalecer en las democracias modernas.

De hecho, los gobiernos han intervenido siempre en la vida económica, incluso en las épocas de máxima libertad para las empresas. Lo nuevo, en este sistema del mercado corregido, es el sentido social con que el Estado tiende a compensar las desigualdades. Para ello se vale de diversos mecanismos y, especialmente, de sus presupuestos financieros, cuyos ingresos proceden en su mayor parte de los bolsillos de los individuos e instituciones más poderosos, mientras que los gastos se realizan en beneficio de todos, con ventajas para los más necesitados. Para esto último se crean servicios públicos sanitarios, educativos y análogos con carácter gratuito; se conceden subvenciones o facilidades en casos concretos, y se otorgan otras ventajas directas. Además, se regula el mercado de manera que la capacidad de explotación del mismo por parte de los más fuertes resulte limitada, atajando, por ejemplo, las políticas abusivas en que podrían caer los monopolios o las empresas más potentes, y beneficiando así indirectamente a los más débiles.

Éste es el sistema en que prácticamente viven hoy todos los países democráticos y el vigente en España en virtud de su Constitución, por lo que basta nuestra información cotidiana para conocerla. Por supuesto que los resultados serán más o menos satisfactorios según los países. En general, el sistema funcionará mejor si la población está educada y tiene conciencia cívica, y si el marco dado por el sistema político hace del gobierno una auténtica representación del pueblo. En cambio, la ignorancia de las masas y las alianzas más o menos encubiertas de los dirigentes políticos con el poder económico serán factores negativos, capaces de anular el sentido «social» del sistema, aunque ese vocablo aparezca incorporado a la denominación de la economía de mercado. Y, por desgracia, en el plano internacional el correctivo social es prácticamente inaplicado, como lo prueba la ineficacia de treinta años de «ayuda al desarrollo». En el mundo reina —pese a las conferencias y a las buenas palabras— la competencia nacionalista en vez de la solidaridad humana.

Hacia un nuevo desarrollo

Con la economía social de mercado se salva, en mayor o menor medida, una parte de la injusticia del sistema, pero no se corrige la desviación del desarrollo hacia fines puramente materiales y cuantitativos, cuyas causas son más profundas. En efecto, la política social puede defender mejor al débil frente al poderoso, mediante mecanismos correctores como los apuntados, pero no modifica la ambición de unos y otros por un nivel material cada vez más alto, ni su agresividad competitiva en un sistema que ensalza el éxito material, ni la idolatría por la técnica productiva, ni el desdén por la gratificante experiencia de la vida interior individual. En otras palabras, el desarrollismo consumista de los países ricos —propuesto como único modelo a los países pobres, que además necesitan (de verdad) elevar su producción— depende de actitudes y motivaciones colectivas determinadas por el sistema de valores; es decir, por la cultura en que vivimos, que engloba a la economía y al desarrollo como aspectos parciales, porque la cultura es nuestra manera total de vivir.

¿Y de qué cultura se trata? Pues de la cultura industrial y técnica, aparentemente heredera de la Antigüedad grecorromana y judeocristiana, pero que en realidad se separó de ella en la profunda ruptura histórica del Renacimiento, a partir de la cual el saber se configuró como ciencia ambiciosa de poder gracias a la técnica y el hombre se erigió en soberano frente al mundo, contemplado desde entonces como un botín susceptible de una explotación sin límites. Pues bien, sin entrar en aspectos ajenos a mi tema, la crisis económica de nuestro tiempo es justamente la *crisis del desarrollo* económico seguido hasta ahora y ha despertado nuestra creciente conciencia de que ese modo de vivir está llegando a sus límites. *Límites naturales*, por el agotamiento de recursos y la contaminación del medio ambiente; *límites políticos*, porque los dos tercios de la humanidad que viven en permanente escasez se están rebelando ya contra la herencia de un colonialismo técnico que les desheredó; y, por último, *límites psicológicos*, porque el desequilibrio creado por esa cultura técnica entre el enriquecimiento externo de la vida y el empobrecimiento interior de la mayoría está produciendo ya perturbaciones crecientes tales como las enfermedades mentales, el recurso a la droga, el terrorismo y, en suma, la incertidumbre acerca de la propia identidad y del puesto del hombre en el cosmos.

Por eso se impone cada vez más —pese a la resistencia de los intereses establecidos y a la rutina del pensamiento académico en economía— la necesidad de un nuevo desarrollo, humano y ecológico, fruto del sistema de valores correspondiente a una nueva cultura. No tengo la pretensión de poder anticiparla, pero me sugiere una idea el triple lema humanista de la Revolución francesa, que parece irse observando sucesivamente en la historia. En efecto, en el siglo XIX la palabra movilizadora de las masas fue la de «libertad», mientras que en el siglo XX se siente más interés por la «seguridad», obsesión explicable de gentes inseguras y en crisis. Entonces, puesto que, como hemos visto, el sistema actual peca de indivualismo antisocial y es preciso corregirlo, ¿por qué no imaginar que la nueva cultura del siglo XXI se funde sobre la «solidaridad», como aproximación al menos a la fraternidad? Solidaridad con nuestros conciudadanos; solidaridad entre los pueblos; solidaridad con el medio ambiente, porque es también, en cierto sentido, nosotros mismos; solidaridad —más bien soldadura— entre nuestra vida exterior y la interior.

Puede que el futuro no vaya por ese camino, pero en todo caso es difícil pensar que pueda continuar muchos decenios por el que viene siguiendo. Y, entretanto, para animarnos hoy, me parece que la solidaridad (es decir, la tolerancia frente a la agresividad, la cooperación frente a la competencia, la propia realización frente al éxito exterior, la ecología frente a la contaminación) es un objetivo más digno de ser propuesto a un joven en el umbral de su vida que esa degradante ambición, ofrecida hoy como única meta por el desarrollismo, de poseer cada vez más cosas en vez de ser mejor, y de ejercer un creciente poder sobre el mundo y sobre los demás en vez de aplicarlo hacia dentro en el dominio de sí mismo, fuente de la vida intensa y de la paz verdadera.

10

La economía española a los veinticinco años del Plan de Estabilización

Voy a tratar de ser breve, pero quiero expresar la satisfacción que me produce estar aquí otra vez, por haber tenido la suerte de ser invitado, ya que soy casi un metaeconomista, por decirlo de alguna manera; realmente lo agradezco muchísimo porque, además, se me ha invitado a cumplir veinticinco años y verdaderamente eso es algo que a mí me sienta muy bien.

Y para no divagar y concentrarme, me he preparado una chuleta académica con todas las artes con que las hacía cuando era estudiante; luego no las usaba, claro está, pero las llevaba por tranquilidad.

Se ha hecho un enunciado de nuevos y viejos problemas. Creo que hay que hablar en todo caso de permanentes y nuevos, porque un viejo problema, si no se ha resuelto y sigue en pie es o porque no tiene solución, cosa que ocurre, o porque no hay capacidad para resolverlo, y eso es justamente otro problema permanente. De modo que pienso que se trata más bien de problemas permanentes, aunque de todas maneras hay algunos problemas olvidados, que conviene recordar, para que cuando seamos un poco pesimistas recordemos lo que aún queda atrás. Y para eso, me voy a servir de algo que el azar ha puesto en mis manos; y digo el azar porque, aunque no tiro ningún papel, como soy desordenado, no sé dónde están. Y estos días, revolviendo papeles, he encontrado mis papeles del hotel de la Reina Elisenda, de la primera Costa Brava, y en

Conferencia impartida en el Círculo de Economía de Barcelona el 13 de febrero de 1984.

ellos hay una serie de preguntas interesantes que se hicieron a la sexta ponencia.

En aquella reunión, la primera fue si era necesario ser buen tirador para ser ministro. Los jóvenes quizá no lo entenderán. No caen en el hecho de que las cacerías eran entonces una de las instituciones político-económico-sociales y educativas más importantes. Y ésta es una de las cosas que, afortunadamente, han quedado atrás.

La segunda pregunta puso el dedo en la llaga, decía: ¿No sería conveniente para la reforma de las instituciones que los aquí reunidos se fueran a Perpiñán y publicaran un manifiesto *ad hoc*? No creo que esto sea tan anecdótico como parece.

Es fácil, como decía don Eugenio d'Ors, elevar esta anécdota a categoría, porque dos cosas que han quedado atrás son la dictadura y la censura. Y me parece que son dos cosas bastante importantes.

Es conveniente una referencia al censo de los viejos y nuevos problemas. Quiero, sin embargo, ser breve, porque después vienen dos extraordinarias cosechadoras, una modelo castellano y otra modelo catalán, que son Fuentes y Estapé, que van a arramblar con toda la cosecha mucho mejor que yo. Tengo aquí una página de *Información Comercial Española* de 1960, donde dice las medidas del Plan de Estabilización que se previeron, las realizadas y las pendientes. No las leo porque son estremecedoras. La mayoría demuestran la tesis de que no hay viejos problemas, sino problemas permanentes.

El Plan de Estabilización tuvo un gran éxito en las medidas coyunturales, pero casi nada se hizo en cuanto a transformaciones de estructura. Los problemas con los que nos enfrentábamos, la falta de ganas de liberalización era increíble; me veo obligado a contar una anécdota para que se den cuenta de la resistencia de una administración que, no de mala fe, sino por puro entrenamiento de cuarenta años en una forma de actuar, se resiste a actuar de otra manera. Voy a poner un simple ejemplo que está en el *Boletín Oficial del Estado*. En agosto de 1959, en pleno momento de hablar de liberalización de medidas, se publica en el *Boletín Oficial del Estado* español el reglamento para obtener la calificación de fabricante nacional, literalmente, «de churros, buñuelos y similares, incluidas las patatas fritas en tanto no tengan legislación específica». De modo que en aquellos momentos de espíritu liberalizador había una administración que todavía aspiraba a hacer dos reglamentos distintos, uno para los churros y otro para las patatas fritas.

Las cosas de la época son grotescas y las medidas de la transformación de la realidad o de la transformación estructural eran y son un problema permanente que plantea un problema político importante: la necesidad de llegar a acuerdos políticos para poder llevar adelante las transformaciones estructurales necesarias.

El contexto político de hoy es diferente al de 1959. En aquel tiempo no había otra forma de conseguir consenso que ir al «gran elector», como se diría en tiempos de Posada o de Romero Robledo. Bueno, hoy hay otra situación distinta y hay que ir a buscar el acuerdo político y social.

El problema es que vivimos en una sociedad en desarrollo, no en crecimiento, y una característica básica de una sociedad en desarrollo es ser una sociedad no suficientemente integrada, en la cual los conflictos sociales no están institucionalizados; si estuvieran institucionalizados por esos caminos se buscarían las técnicas del acuerdo. Como no están institucionalizados, hay que buscar institucionalizaciones esporádicas como fueron los Pactos de la Moncloa, como fueron los intentos de conseguir eso que se ha llamado el consenso, es decir, acuerdos para las transformaciones.

Pero, claro, eso es justamente lo que hay que hacer. Yo comparto la inquietud en cuanto a que se empleen como armas políticas las disidencias en problemas de este tipo. Quizá la única política de persuasión a largo plazo es la educación política. Pero, a corto plazo no se puede hacer otra cosa que intentar formas de acuerdos y de consenso. Y en este momento parece que no se sigue este camino.

Otro de los problemas permanentes, entonces y ahora, es el hecho de que España es un país en desarrollo, un país independiente. Sucede, sin embargo, que este problema se inserta ahora no en la crisis mundial como problema nuevo, sino en la crisis mundial como problema viejo, porque en aquel tiempo, sin saberlo, estábamos ya en la crisis en que estamos. Crisis que no voy a describir detalladamente, pero sí diré que es una crisis sin precedentes en Europa, desde el Renacimiento.

Y por eso digo que es una crisis que ya actuaba en el año 1959; aunque no se haya visto esto hasta el año 1973, y aun después, cuando todavía muchos expertos internacionales seguían creyendo que la crisis era coyuntural. Esta crisis es una ruptura histórica; ahora somos conscientes de que estamos insertando la dependencia de un país en una ruptura histórica.

Conste que con decir que es un país dependiente no digo nada sin esperanza. ¡Cuidado! Suiza nació con todas las condiciones para ser un país más dependiente que nosotros. No tenía nada de nada de casi nada y no tiene casi nada de nada. Sólo hombres y una cierta forma de trabajar. Cuando pienso en países como Suiza, Dinamarca o Nueva Zelanda, pienso que nos quedan bastantes esperanzas.

La crisis hay que mitigarla en lo posible y hay que repartirla mejor; es decir, no se trata sólo de aminorar costes, sino de repartir la carga más adecuadamente y eso es esencialmente una labor política de redistribución.

Pero luego hay que tener en cuenta que las crisis no son enteramente negativas, toda crisis tiene siempre un aspecto positivo. Las de gran profundidad, los grandes oleajes de fondo como éste, arrasan con algunas cosas, con algunos residuos, con algunas trabas que vienen del pasado y que quizá de ninguna otra manera se resuelven. De modo que hay que aprovechar los aspectos positivos de la crisis que pueden servir de saneamiento.

De modo que aprovechemos la crisis; muchas veces pienso que la política adecuada no es tanto ir contra la crisis como hacer lo que hacen los marinos cuando el temporal es demasiado fuerte: correr bordadas, creo que se dice, capear el temporal. Es decir, echar hacia delante con el temporal, puesto que no se puede ir contra él; tratando no de ir en contra de la corriente, sino de ir sesgando la corriente para llegar a la otra orilla.

Hay, además, un hecho muy importante. Yo creo mucho en la psicología y en la moral. Se habla de que antes había ilusiones y ahora no las hay. Tal como están las cosas, no veo otra manera de tener ilusiones que haciendo lo que yo llamo con frecuencia la doble estrategia.

El cambio social se ha hecho siempre por las minorías, cuando se convierten en mayorías, quiero decir con los que no están instalados en el centro del poder. En mayo del 68 escribieron aquello que suena tan bonito, «la imaginación al poder». Pero es que cuando la imaginación llega al poder deja de ser imaginación. Se petrifica en el acto, porque si no, no ejerce el poder, que es, por definición, no cambiante y no imaginativo. Sea el poder que sea, los hay más propicios, los hay menos propicios, pero es así, y por tanto el cambio social se hace siempre por los grupos marginados y periféricos.

Lo que quiero decir con esto es que si se quiere cambiar y se quiere ir a otro tipo de desarrollo, hay que hacer la vieja fórmula de los cristianos en Roma, que como tenían que sobrevivir, iban al foro a despachar sus negocios, a sus tiendas, al circo, a divertirse, a vivir, como vivimos todos tranquilamente; pero por las noches se metían en las catacumbas y trataban de cargarse el sistema y de erosionarlo.

De modo que es necesario moderar la crisis, repartirla; todo eso es cuestión del poder. Luego, aprovecharla, que es cuestión del poder mirando a muy largo plazo; y luego, en la vida de cada ciudadano, jugar a la contra, sobrevivir y, al mismo tiempo, atacar.

Lo que pasa es que la ciencia económica se olvida bastante de los hombres, pero eso es otra cuestión. Bien, lo que ocurría entonces, y lo decía en mis notas en el Reina Elisenda, es que España no era un país sino varios países. Hoy, constitucionalmente, hemos traducido esto en las autonomías. Lo de las autonomías me parece uno de los problemas nuevos más importantes con los que nos enfrentamos; no opino si para bien, para mal o para lo que sea, pero evidentemente es una situación muy distinta dentro del conjunto de la transición política, que en nuestro caso se superpone a la crisis. Pero al menos nos hemos librado de la dictadura, de la censura, del arbitrismo y de otros aspectos.

¿Problemas que duran?, pues ahí tienen ustedes el problema de la integración europea, que sigue coleando. Permanece, asimismo, nuestro gran problema que es el desarrollo, problema complicado, necesitado de revisión y replanteamiento.

Se plantea con frecuencia si era inevitable el modelo de desarrollo de los años sesenta. Mi respuesta es que técnicamente inevitable no, sociológicamente inevitable creo que sí, y por eso ocurrió, porque no había otra. No era fácil concebir en los términos de estructura de poder de la sociedad de entonces otra cosa. Y con esto me refiero al desequilibrio entre los sectores, es decir, la preferencia por el desarrollo industrial frente a la agricultura. Naturalmente, el grupo de presión de la industria y sobre todo la gran industria, no tenía comparación con la agricultura. La gran industria podía presionar sobre las decisiones gubernamentales muchísimo más que la agricultura, ya que entonces ni siquiera el número de agricultores, como votantes, existía como tales; los empresarios agrícolas como grupo de presión están mucho más dispersos y tienen mucha menos capacidad de presión. Dentro de la industria misma, los sectores preferidos eran naturalmente los que significaban mejores negocios, fuesen o no interesantes para el desarrollo nacional. Y por eso se concibió la teoría de la mano invisible como modelo de desarrollo, la teoría del desarrollo sin transformación.

El desarrollo no consiste, según esta teoría, en que la mano tenga diez dedos o quince dedos, consiste en que la mano sea más grande y más fuerte.

Naturalmente, no le voy a reprochar falta de imaginación al que la expuso, que fue Laureano López Rodó; lo que le voy a reprochar es su interés en no concebir otras posibilidades de desarrollo. No concebía que el desarrollo es un cambio de estructuras.

Respecto a los nuevos problemas, recordamos la inflación y el futuro. Sobre inflación suelo ser bastante heterodoxo. Escribí hace años un librito, que por cierto se va a reeditar ahora, y que quise titular en 1974 *La inflación al alcance de los ministros*, pero la editorial pensó que era un poco audaz y lo llamé de otra manera. Creo que la inflación, con todo respeto para la persona de Milton Friedman, que no para sus ideas, no es un fenómeno monetario ni muchísimo menos. No basta con atajar la oferta monetaria. Mejor dicho, bastaría, pero habría que explicar por qué unos gobiernos que saben que aumentando la oferta monetaria van a subir los precios, sin embargo, aumentan la oferta monetaria. Es decir, cuáles son las causas que les inducen a hacer algo que no quieren. De modo que no veo solución rápida, ni fácil, ni sencilla a la inflación, y me temo que va a durar bastante. Pero, en cualquier caso, exigirá acuerdos tipo política de rentas y de consenso.

En cuanto al futuro, estoy de vuelta de las futurologías y prospectivas. Esos asuntos son muy importantes sobre todo para acotar lo que no es de esperar que pase, es decir, para dejar un campo negativo, pero dentro de lo positivo queda un abanico muy amplio, porque el futuro no es una cosa ya hecha, está esperándonos dentro de treinta años, es algo que se hace y hay un gran voluntarismo en la decisión del futuro.

El modelo de desarrollo que consiste, esencialmente, en aumentar todos los años la producción de bienes y servicios un cierto tanto por ciento está tropezando ya con sus límites. Límites físicos, políticos y psicológicos; creo que es cuestión de treinta, cuarenta o cincuenta años, pero que no va a durar mucho más. Pero durante esos años se está creando en la gente una sensación creciente no sólo de desencanto, sino de inseguridad incluso psicológica. La falta de sentido de la identidad, el no saber adónde vamos, el no saber lo que va a pasar, la sensación de crisis en la sociedad industrial, no sólo capitalista sino también socialista, lo está ya erosionando todo. Y lo que hay que ir pensando desde ahora es hacer un futuro que no sea una mera prolongación de este modelo. Éste es mi punto de vista.

11

Eso de la productividad

El obrero dio unos golpecitos en la puerta. Al oír la respuesta, entró en el despacho. No se sentía intimidado. Llevaba muchos años en la casa y en la pequeña empresa todos se conocían. El patrón era buena persona y le apreciaba. Avanzó hasta la mesa, intercambió unos saludos, se sentó, aceptó el cigarrillo y expuso su problema. Era un problema muy sencillo, muy corriente, muy vulgar: apenas podía vivir con lo que ganaba. Necesitaba más jornal. Su mujer decía que...

El empresario le interrumpió cortésmente:

—¿Has visto anteanoche la televisión?

—No, señor. No tenemos. Precisamente habíamos pensado que a plazos, sabe usted... No para divertirme, ¡qué va!; llega uno a casa muy cansado y mi señora no para. Es que eso del bachillerato radiofónico vendría muy bien a los pequeños... La educación, ya me comprende usted.

—Justo, la educación. Pero todos necesitamos educarnos —mintió amablemente—. Por eso te preguntaba si la oíste anteanoche. Explicaba muy bien que, si suben los salarios sin que aumente la productividad, los obreros serán los primeros perjudicados. ¡Estaba clarísimo! ¿Comprendes?

—Pues... no, señor. Perdone usted. Uno...

El empresario apreciaba sinceramente a aquel obrero. Tenía tiempo, además, para dedicarle unos minutos. Por otra parte, las relaciones humanas...

Artículo publicado en la revista *Cuadernos para el Diálogo.*

—Verás. Productividad quiere decir que, trabajando las mismas horas, tú produzcas más mercancía. ¿De acuerdo?

—Sí, señor. Eso lo entiendo. Ya me lo ha explicado mi chico, el mayor.

—Pues ya está. Si tú en una hora, por ejemplo, produces un diez por ciento más, yo puedo subirte el salario ese diez por ciento y eso sales ganando. Pero si te lo doy sin que produzcas más, yo no tengo más remedio que vender más caro. Y si hacemos todos igual, subirán todos los precios y tú saldrás perdiendo. Ganarás más pesetas, sí; pero como todo habrá subido, vivirás como ahora o peor... ¿Te das cuenta?

—Sí, señor, sí. Pero mi chico dice... Bueno, usted perdone.

—Habla, hombre, habla. Ya me conoces; yo siempre estoy dispuesto a comprender las cosas. ¿Qué dice tu chico?

—Es un muchacho... así; algo despabilado. No es malo, ¡eso no!; pero como lee mucho... Bueno, que no es de mi tiempo.

El empresario dio una chupada al cigarrillo y sonrió.

—La cultura, bien entendida, es buena. Pero, en fin, ¿qué dice?

—Pues dice, con perdón, que podrían subirse los salarios aunque no aumentara nuestra productividad.

—¡Vaya, vaya! ¿Y cómo? ¡Si tu chico hubiera visto anteanoche la televisión...!

—Dice que, habiendo buenos beneficios, podrían rebajarse un poco y compensar el salario... Muy poco, claro... En fin, que también hay que mirar la productividad de los patronos.

—Y en eso tiene razón, sí, señor. Hay algunos que no se merecen nada. Háblame sin reparo, que ya ves que estoy de acuerdo.

—Pues yo pienso, y usted me dispense, que, si haciendo igual que el año anterior, aquí habían subido los beneficios, como usted dijo cuando nos dio la paga, entonces es que no tenían que haber subido, según eso de la productividad, y compensando...

—Un momento, un momento. ¿Cómo es eso de que no tenían que haber aumentado los beneficios?

—Pues... si aquí se había trabajado como otros años...

—¿Y qué? ¿Es que por eso no ha aumentado mi productividad? Vamos a ver, hombre, ¿qué produzco yo? ¿No son beneficios lo que produzco? ¡Pues entonces, si han aumentado mis beneficios con igual trabajo, es que ha aumentado mi productividad! ¡Está más claro que el agua!

El obrero quedó desconcertado. Aquello no tenía réplica: si el patrón, que sólo produce beneficios, había conseguido producir más, estaba claro que le correspondían más beneficios... Y el caso es que últimamente hasta iba menos por el despacho y se lo hacía todo un abogado joven. No era como en los primeros tiempos del negocio, cuando el patrón no paraba y hasta echaba de vez en cuando una mano. El obrero lo recordaba muy bien; mientras que ahora... Parecía como si cuanta más gente ayudara al patrón y menos sudara él, más productividad tuviera. Eso sí que era suerte.

El patrón miraba a su hombre luchar contra complicados pensamientos. «¡Pobre gente —pensó—. No sirven para más!»

—Parece como si tuviera usted razón —reconoció, al fin, el obrero, levantándose—. Voy a ver cómo puedo aumentar mi productividad.

—¡Eso es! —exclamó el empresario, levantándose también—. Ése es el camino. Cuando lo consigas, te subo el salario. Palabra.

—Muchas gracias. Claro que —añadió rascándose la cabeza— no sé qué hacer más. Yo trabajo con los cinco sentidos, sin perder un minuto. Ya me conoce usted. Como no le eche más horas...

—No, no —sonrió el empresario—. Eso es más trabajo, pero no más productividad. Te llevarás entonces más pesetas, pero seguirás ganando lo mismo por hora.

De pronto, el rostro del obrero se iluminó.

—¡Ya está! Si me cambia usted la máquina, soy capaz de hacer el doble. Las perfiladoras son viejas, de antes de la guerra, ya sabe usted. Si pone de esas nuevas que hay ahora...

—¡Hombre, eso sí que no! Entonces no puedo seguir aumentando beneficios, porque hay que amortizar otra vez las máquinas. ¡Eso es querer subir tu productividad a costa de la mía, hombre! ¡Eso es una explotación! —concluyó medio en broma, medio en serio.

El obrero se quedó intimidado. ¿Cómo iba él a explotar al patrón? Quizá su hijo pudiera explicarlo, pero él temía haber dicho algo desarofado. Iniciando algunas excusas, se encaminó a la puerta. Le detuvo la voz del patrón:

—Para que veas; te lo voy a explicar todo. Habría otra manera de que, sin subir los precios, cobráramos más tú y yo. Si el gobierno me rebajara los transportes, o la luz, o la gasolina, esa rebaja nos la podríamos repartir entre nosotros.

—Es verdad. ¿Y por qué no rebaja todo eso el gobierno?

El empresario movió tristemente la cabeza.

—Ahí está. Tendría que aumentar su propia productividad.

—¿Y no...?

El obrero no continuó ante la mirada abatida del patrón, que sentenció con voz oprimida:

—No.

—O sea —dijo el obrero al cabo de un rato—, que la única productividad que cuenta para eso de los salarios es la mía.

En silencio, el empresario abrió los brazos en ese gesto desalentado que hacemos ante lo que está más allá de nuestras fuerzas.

El obrero se dirigió a la puerta. La abrió.

—¡Qué se le va a hacer! —dijo. Y se despidió dando las gracias. La verdad es que el patrón no podía hacer nada. Y había estado la mar de amable.

—Oye —le retuvo el empresario—, cuando anuncien otro día cosas de éstas por la televisión, que venga tu chico si quiere.

—Muchas gracias.

—Aunque —bromeó— a lo mejor prefiere ver el fútbol. Los muchachos...

—No, señor; gracias. Mi chico no va al fútbol.

—¿Qué hace entonces?

—Lee; ya se lo he dicho. En cuanto tiene un rato libre, ya está con un papel en la mano. Lee hasta en francés. Periódicos...

—¡En francés! —repitió el empresario, moviendo la cabeza, dubitativo—. Pues leer tanto no es sano. Los chicos a la edad del tuyo necesitan aire libre y vida sana. Eso, vida sana. ¡Deporte, mucho deporte! Leer así, la verdad, no es sano.

El empresario volvió a entrar en su despacho y cerró la puerta tras de sí. Se sentía sinceramente inquieto por el problema familiar de aquel obrero, a quien de verdad apreciaba. Tenía que hablarle un día; explicarle que los muchachos se descarrían fácilmente, les entran ideas raras y luego, en el caso menos malo, se pasan la vida amargados si no tiran a algo peor.

III

EL DESARROLLO Y LA ECONOMÍA MUNDIAL

1

El fenómeno de la empresa multinacional

Excelentísimos e ilustrísimos señores; señoras y señores, amigos, compañeros: muchas gracias por tan amable presentación que me define como una persona de diversas vertientes. Eso es muy grato para mí, pues es realmente lo que soy: aprendiz de todo y maestro de nada.

Vamos a iniciar hoy este coloquio que considero sinceramente un acierto de los organizadores, por la elección del tema y por la selección, salvo en mi caso, de personas.

Realmente sería difícil, a mi juicio, encontrar otro asunto con tantas ventajas para un estudio y un debate; pues, en primer lugar, constituye hoy un centro de convergencia de numerosas disciplinas. Además, la empresa multinacional tiene un alcance y trascendencia que supera en magnitud a muchos países. Luego tiene una gran complejidad, derivada de los numerosos sectores económicos en que se mueve y de la cantidad de países que abarca. Y, finalmente, sobre todo, presenta una dinamicidad, una tensión histórica que verdaderamente explican por qué, además de todas estas consideraciones desde el punto de vista intelectual, el tema lleva consigo una carga emocional y provoca un apasionamiento, una intensidad de toma de conciencia, que verdaderamente justifican mi afirmación inicial; es decir, cómo sería difícil encontrar otro tema que, por una parte, despertara mayor interés y, por otra, justificase más el análisis científico a que va a ser sometido aquí.

Decía al principio que el acierto consiste no sólo en el tema, sino en el despliegue de sus diversas manifestaciones, porque basta

Separata de la XXII Semana de Estudios de Derecho Financiero, 1974.

que ustedes contemplen el programa de las intervenciones y las importantes personalidades que van a desarrollarlas, para que vean cómo los diversos aspectos del problema van a ser considerados aquí. Hoy mismo empezaremos considerando las facetas políticas de las empresas multinacionales y mañana se tratará de las empresas multinacionales y el desarrollo económico, así como el ordenamiento internacional y la empresa multinacional. Otros especialistas plantearán cuestiones económicas, como la difusión de tecnología o las limitaciones a la competencia. Por otro lado, se contemplarán aspectos fiscales, el fraude o el abuso de convenios de doble imposición, y también el aspecto empresarial, muy importante para organizaciones de tal magnitud y tanta complejidad. Finalmente, se abordarán el aspecto laboral, de financiación, de transferencia de beneficios y otros, tanto en las ponencias como en las comunicaciones escritas.

Pues bien, ante este abanico tan completo de exposiciones y ante tan distinguido catálogo de expositores, ¿qué cabe decir para empezar? ¿Qué puedo decir antes? No puedo resumir al conjunto, primero, porque no conozco las intervenciones previamente; segundo, porque no tengo competencia para abarcar todo el conjunto; y, por último, sobre todo, porque sería presuntuoso por mi parte tratar de anticipar los resultados de unas deliberaciones que estoy seguro se van a enriquecer muchísimo con el diálogo y con el filo que las preguntas del coloquio van a sacar a los problemas.

Con ánimo simplemente de cumplir con la tarea introductoria que se me ha encomendado, me he refugiado en lo que soy, y yo soy, como ustedes saben, un especialista de algo que me complazco en llamar «análisis estructural dialéctico», que es, en definitiva, una determinada manera de contemplar los problemas estructurales.

Mi dedicación a este análisis me ha deformado, como siempre ocurre, no diré que profesionalmente, sino incluso vitalmente, y ya mi obsesión constante es ver el bosque y no los árboles; y así es como he pensado que yo podía, quizá, contribuir a este debate, tratando de darle un marco y una perspectiva. En otras palabras, trataré de insertar el tema entre otros hechos sincrónicos y, además, situarlo en una perspectiva histórica o diacrónica, constituyendo ambas cosas una especie de coordenadas espaciotemporales para la empresa multinacional. Esta inserción es un sistema más amplio es indispensable para percibir luego las muchas conexiones actuales del fenómeno, así como su génesis y tendencias.

Se trata, en suma, de insertar a la empresa multinacional no sólo en una estructura, sino también en un proceso, presentándola como producto de un pasado y como proyección hacia un futuro. Ambas operaciones son indispensables para comprender la cuestión: la posición en el espacio y la inserción en el tiempo, en el río de la historia. Que yo lo haga bien o no es otra cuestión distinta, pero estoy convencido de que ambas cosas son indispensables. Por supuesto, que mucho aspectos quedarán en el aire, habrá muchas preguntas pendientes, pero eso no me preocupa porque mi papel aquí es, sobre todo, en este momento inicial, el de provocador intelectual a fin de suscitar temas para el coloquio ulterior.

Parecería lógico que, llegado este momento, yo tratara de definir cuáles son o qué son las empresas multinacionales. Todos ustedes conocen el tema lo bastante para saber que no existe una definición única generalmente admitida. Los distintos autores, o los organismos internacionales o nacionales que se han ocupado de ello configuran la empresa multinacional con rasgos más o menos diferentes. Por otra parte, en *Semana* hay una comunicación escrita dedicada exclusivamente a este problema, de modo que a ella les remito.

Ustedes saben muy bien, además, de qué se trata; todos tenemos una idea de cuál es el fenómeno con el que nos enfrentamos. Por eso, quizá me sirva para empezar sin demasiada falta de lógica, ya que no una definición descriptiva, en cambio una presentación funcional del tema.

¿Qué es lo que hacen, qué función desempeñan, para qué sirven las empresas multinacionales? A mi juicio, se las puede caracterizar, ante todo, como la más avanzada adaptación actual del capitalismo. Y puesto que acabo de introducir un vocablo asociado a connotaciones emotivas, permítanme intercalar un breve comentario entre paréntesis. «Capitalismo», como «multinacionales», como «nacional», como otras palabras análogas apenas pueden usarse (incluso con una finalidad científica) sin suscitar al mismo tiempo afecto o desafecto, adhesión u hostilidad. Por supuesto, voy a usar aquí la palabra en un sentido estrictamente técnico todo lo que pueda; si acaso ya llegaremos después, cuando resulte inevitable, a juicios de valor sobre las multinacionales, aun cuando sería mejor deducirlos del debate. Entretanto, cuando aluda al «capitalismo» estaré pensando simplemente en el sistema que confía el progreso de las sociedades a la iniciativa privada, guiada por la brújula del lucro, con toda la dirección y orientación estatal que se quiera, pero en esencia a base de los beneficios en el mercado. Pues bien, cerrado el paréntesis, vuelvo a repetir que, a mi juicio, la empresa multinacional es hoy lo típico y característico, lo más representativo, del más moderno capitalismo. Volveré sobre esta cuestión cuando inserte el fenómeno en su perspectiva histórica.

Pero empecemos por las coordenadas a que me he referido inicialmente. Primero, el espacio. El espacio de las multinacionales es, en principio, claro está, el espacio geográfico del planeta. Por supuesto, su actuación se centra en el mundo capitalista, aunque actúen en el socialista. Pero lo importante de ese espacio «multinacional» es que no coincide con el espacio geográfico que conocemos, el representado en los atlas. El espacio de los mapas tiene colores y fronteras; el de las multinacionales tiene también extensiones y divisorias, pero son las áreas de las multinacionales, y no coinciden con las superficies de las naciones.

Quiero decir con esto que las multinacionales se mueven en un espacio por encima de la geografía política, viven y crecen por encima de las naciones, rebasan las fronteras y, en conclusión, escapan en mayor o menor grado a la soberanía nacional.

No voy a desarrollar este tema, del que se nos va a hablar también aquí y que es un hecho conocido, pero tan importante y digno de subrayarse que, por eso, algunas veces he propuesto, y lo repito hoy, que sería más expresivo llamar a estas empresas «supranacionales» en vez de «multinacionales», porque esto es lo que en realidad son. Su supranacionalidad es uno de los rasgos que más expresivamente las configuran y que mejor explican su actuación y las reacciones que esas empresas provocan.

Abordemos ahora las coordenadas históricas. En algún libro he leído, pero no puedo recordar en cuál, y lo lamento porque se me ha preguntado en el pasillo si era broma mía, que en Babilonia, en la antigua Babilonia, había ya multinacionales. Se habla también de precedentes como la Liga Hanseática o como los Fúcares. En mi opinión, todos éstos son falsos precedentes históricos que no se parecen entre sí más que en lo accidental. La verdad, como he dicho al principio, es que las multinacionales son típicas y características de nuestro tiempo; aparecen con sus rasgos actuales después de la posguerra y se desarrollan con una pujanza que me parece va a ser cada vez mayor. No estamos todavía, en mi opinión, en el momento máximo de la ola histórica de las multinacionales.

Puesto que son un hecho de nuestro tiempo, quizá no sea ocioso preguntar: ¿cuál es nuestro tiempo? He aquí un tema ligado a la teoría de la periodización estructural en la que he trabajado algo, sin gran éxito por supuesto, y del que me cuesta mucho refrenarme para no hacerles a ustedes víctimas de mi manía por la periodización. Abreviando, afirmaré que nuestro tiempo —en 1974— ya no es el de la posguerra. Ante la acumulación de acontecimientos significativos registrados en 1971, y en tanto no ocurra (si es que ocurre) algún hecho más significativo aún, resulta útil aceptar provisionalmente 1971 como la frontera entre la posguerra y el mundo de después, en el que estamos.

No puedo justificar demasiado esta tal en este momento, ni tampoco es esencial para el tema, pero como importa tener conciencia de que estamos en otro mundo, más idóneo aún para las multinacionales, permítaseme recordar que en 1971 tuvo lugar la devaluación más llamativa del dólar; se produjo la entrada de China en las Naciones Unidas; estalló un acontecimiento tan simbólico como la quiebra de la Rolls-Royce, fue cuando se aceptó al fin a la Gran Bretaña en el Mercado Común; y se celebró el XXIV Congreso del Partido Comunista de la Unión Soviética. En fin, coincidió toda una serie de acontecimientos que me parece justifican la elección de 1971, aunque, en cualquier caso, lo importante es que la posguerra ha quedado atrás; vivimos ya en otro mundo. Otro mundo que, como sigue siendo de crisis y de transición, como continúa el largo período intermedio abierto en 1914, es todavía un mundo no consolidado, una estructura inestable y que provisionalmente, a falta de otra designación mejor, acostumbro a llamar, a partir de 1971, «el umbral del siglo XXI».

Pues bien, para mí las multinacionales se insertan muy claramente en este «umbral del siglo XXI». Se explican y se comprenden por referencia al conjunto de conflictos, contradicciones y acontecimientos estructurales que caracterizan esta específica etapa histórica que, con mis reflexiones, procuro aislar y poner de relieve para que la vivamos con toda conciencia; es decir, con toda la lucidez posible. Por eso he incurrido en este comentario periodizante, porque las multinacionales, en mi opinión, encarnan esencialmente el espíritu del capitalismo en esta etapa histórica, y la precedente ha sido sólo de su afloración y configuración.

En efecto, el capitalismo se ha enfrentado en los últimos decenios con tal cantidad de cambios técnicos (la cibernética, la energía nuclear, etc.) e institucionales, sociales e internacionales, que se ha visto obligado a readaptarse con una vitalidad de la que ya había dado ejemplo en el pasado. Tal como veo el proceso, esta adaptación viene por tres vías, de las que dos serán simplemente mencionadas, para concentrarme en la tercera, que es la más importante en relación con el tema de hoy.

La primera vía es la del replanteamiento de la organización internacional articulada en los primeros tiempos de la posguerra y constituida por un conjunto de organismos bien conocidos: las Naciones Unidas y sus agencias especializadas, el sistema monetario internacional, etc. El replanteamiento viene exigido por la creciente inaceptación mundial de la filosofía básica de esas instituciones, así como por su actual inadecuación a la realidad, tan visible, v. gr., en la crisis del sistema monetario.

La segunda vía es la de la intensificación del mercado interior para seguir colocando sus excedentes, porque el capitalismo, como un ciclista, necesita una velocidad mínima para no caer. El «consumismo», fomentado por una inadoctrinadora publicidad, la «obsolescencia planeada» y lo que una persona tan poco sospechosa de anticapitalismo como Eisenhower llamó «el complejo industrial militar», son las principales manifestaciones de este segundo camino.

La tercera vía es la que nos importa; es la adaptación hacia el exterior, es la vía multinacional para superar una serie de problemas nacionales (por ejemplo, riesgos políticos, dificultades laborales interiores, etc.) y, al mismo tiempo, utilizar nuevas facilidades de la situación, como las monedas flotantes de distintas clases. En definitiva, las empresas multinacionales son, para mí, la gran respuesta, la máxima respuesta que el sistema da al reto lanzado por la transformación de las condiciones económico-sociales en el panorama internacional.

Ahora bien, la historia es esencialmente dialéctica, y si las multinacionales han respondido a este reto, automáticamente su respuesta se ha convertido a su vez en un reto para otros componentes del sistema, con los que están dialécticamente enlazadas.

Las multinacionales responden y se adaptan actuando, pero su actuación tiene repercusiones muy considerables y en muchas esferas de las unidades nacionales: balanza de pagos, hacienda pública, desarrollo, problemas laborales, tecnología, etc. Todos estos aspectos, y la forma en que les afectan las multinacionales, van a ser tratados aquí mucho mejor de lo que yo pueda hacerlo; por eso me limito a evocarlos para referirme ahora, brevemente, a las reacciones de estos otros componentes nacionales del sistema para los que la acción de las multinacionales se presenta como un nuevo reto histórico.

Tales reacciones frente a estas empresas son a veces favorables, como es sabido, pero con más frecuencia son negativas. Así, por ejemplo, las actitudes del Tercer Mundo reflejadas en la UNCTAD, preocupada porque los países afronten conjuntamente unos problemas que, como he empezado diciendo, rebasan las fronteras y las jurisdicciones nacionales. Otro caso importante es el de los sindicatos, que contemplan los problemas laborales a la luz de los nuevos actores mundiales que son las multinacionales y que aspiran a organizar, como recomienda Levinson, en uno de los más conocidos libros sobre el tema, unos comités permanentes internacionales que permitan a los obreros enfrentarse simultáneamente con las empresas en todos sus países de actuación. Finalmente, otras reacciones a más largo plazo, pero que yo contemplo con viva esperanza, se encarnan en el proyecto de Carta de Derechos y Deberes de los Estados, que un grupo de trabajo de la UNCTAD empezó a redactar el año pasado y continúa elaborando, y que trata de ser una especie de complemento de la Carta de Derechos Humanos, sentando para ello las bases jurídicas de las futuras relaciones internacionales. Ahora bien, pese a todas estas reacciones, la verdad es que hasta el momento actual poco se ha hecho frente a las empresas multinacionales. La razón es sencilla: los países más débiles tienen menos fuerza que esas colosales empresas y, en cuanto a los países más poderosos, no tienen tampoco fuerza suficiente frente a las compañías multinacionales. No, como quizá pudiera pensarse maliciosamente, porque se den concomitancias entre los directivos de las compañías y los altos cargos de los gobiernos; sino, simplemente, porque como he dicho al principio, estas empresas se mueven en un espacio supranacional, que no domina por completo ningún Estado, y así resulta que los grandes países, aunque quisieran, difícilmente podrían tener a raya a las compañías multinacionales; o al menos no lo conseguirían del todo, pues sólo en un cierto grado dependen de cada soberanía nacional.

Por eso mismo creo que, en general, las reacciones no son muy positivas, al comprobarse cómo esas empresas escapan al control del interés común, aunque, por supuesto, un fenómeno de tanta complejidad presenta otros aspectos favorables, que saldrán seguramente a la luz en *Semana*. Por mi parte, voy a terminar aludiendo con brevedad a algo que, desde mi punto de vista, me parece positivo en las empresas multinacionales y nace de que son tan típicas de nuestro tiempo, en este «umbral del siglo XXI». Pues para mí, ese mundo del siglo XXI, entre otros rasgos que tendrá y que no soy capaz de imaginar, aportará una novedad fácil de predecir, consistente en la superación del anacronismo que son la nacionalidades.

No sé cómo se llegará a ello: si en forma de un gobierno mundial, de una federación de diversas autoridades supranacionales con capacidad ejecutiva para imponer sus decisiones, etc. No lo sé, pero la inadecuación de las fronteras nacionales al estado de la técnica me parece una contradicción evidente. Pues bien, si se acepta esta tesis, se comprende que las empresas multinacionales no son anacrónicas como lo son otros aspectos del sistema actual. Por el contrario, al haber superado ya las fronteras son instituciones que actúan en la dirección del río de la historia. Bogan en la misma dirección de la corriente, reaccionan de una manera históricamente positiva ante la gran contradicción que existe entre, por una parte, la mundialización de la técnica y de las fuerzas productivas en general y, por otra parte, la fragmentación de las decisiones humanas en espacios nacionales notoriamente insuficientes para una utilización óptima de los recursos.

Las naciones son, cada vez más, un gravoso lastre para el futuro progreso humano. No nos escandalicemos de esta afirmación, porque renunciar a las fronteras nacionales no es renunciar a otros muchos rasgos de la vida social que para mí sí tienen un alto valor: el estilo de vida o los aspectos culturales. Sólo el hábito nos induce a vincular esos rasgos con las demarcaciones fronterizas y con una soberanía que, en la actual interdependencia mundial, es ilusoria, y que, mientras subsiste, frena el progreso humano.

Pues bien, si en otros aspectos me parecen negativas las empresas multinacionales, al menos en este último son positivas, pues contribuyen a derribar barreras, como contribuyeron a derribarlas los sucesivos capitalismos desde la emergencia del sistema: el mercantil, el industrial, el financiero, etc. Y con esta nota final creo que es suficiente como introducción general y que es preferible ceder la palabra a los especialistas de cada ponencia monográfica.

Señoras y señores, muchas gracias por su benévola atención.

2

En el umbral del siglo XXI

Señoras y señores; o, mejor dicho, queridos amigos todos, porque quisiera que se me considerase primero, y ante todo, como a alguien de la casa, estoy vinculado a este círculo hace ya, me temo, más de diez años; hace más de diez años creo que vine aquí por primera vez, y en aquel momento se crearon unos lazos que son esencialmente los que me traen aquí esta tarde.

En otro aspecto, quisiera desprender la conclusión general, que deben todos ustedes desprender, de la generosísima introducción con que me ha obsequiado Fortunato Frías, y es la de que toda esa biografía no significa más que una cosa: que soy aprendiz de todo y maestro de nada. Es de esto de lo único que presumo, y presumo especialmente no tanto de ser maestro de nada, que lo lamento, pero sí de ser aprendiz de todo. Con este espíritu de aprendiz de todo es precisamente con el que vengo aquí y con el que estoy casi siempre, porque, debo confesarlo, no sé si a veces parece un pecado, pero me gusta vivir, tú lo has dicho, es verdad, y me gusta y me gusta, y no hay otra manera de vivir si no es el aprendizaje constante y la actitud constante de aprendiz. Pues bien, con esa actitud vengo, y con esa actitud voy a tratar de este tema que tiene un título un poco rebuscado, un poco retórico, lo confieso, y un poco intrigante. Porque uno trata de crear desde el principio cierto clima de interés, verdad, para luego, por supuesto, defraudarlo con las deficiencias personales que me adornan.

Conferencia impartida en el Círculo de Economía de Barcelona el 28 de febrero de 1975.

Pero, en fin, el hecho es que este título tiene esta pretensión, aunque creo que tiene también una justificación, y si consigo demostrarla a lo largo de estos minutos, se verá efectivamente que hay alguna razón para decir que estamos en el umbral del siglo XXI, con la única condición de que a la palabra siglo le demos esa elástica interpretación que se le da cuando no se habla de puras matemáticas cronológicas, sino que se habla de etapas históricas. Todos pensamos que el siglo XXI, en general, se prolonga hasta la Primera Guerra Mundial, y con esa elasticidad pienso que podemos decir que estamos en el umbral del siglo XXI.

Con estas palabras quiero decir que lo que está ocurriendo es que debemos ser conscientes de que hemos dejado ya atrás una etapa histórica, la etapa de la posguerra, o si ustedes quieren, la etapa de la segunda posguerra. Mi pretensión al hacerlo así, como has dicho muy bien Fortunato, no es la del futurólogo en absoluto. No soy futurólogo, no tengo gran interés, casi ninguno, por estos modelos del tipo de los Club de Roma y estas extrapolaciones en las que no creo gran cosa, porque no tienen dentro de sí lo que es más importante, que es la transformación misma del modelo, y a éste me voy a referir enseguida.

Yo no hago futurología. Lo que hago, con mi modestia, con mis limitaciones, con mis escasas perspectivas, es análisis dialéctico estructural, es decir, trato de captar una estructura y de analizar su contenido, y dentro de este contenido tratar de detectar las tensiones, las contradicciones, los conflictos que existen en ella, porque con esas contradicciones, y con esos conflictos, tenemos los gérmenes de lo que puede ser el futuro, y no llego a más, suponiendo que llegue siquiera a eso. Es decir, de lo que se trata es de ver, de procurar ver una estructura, dialécticamente hablando, es decir, con un sentido de totalidad, pero no de totalidad simplemente acotadora de unos elementos, sino de totalidad en marcha, de totalidad en transformación, de totalidad en proceso. Y, entonces, esa totalidad en proceso sólo puede verse si atendemos a las contradicciones del sistema, si atendemos a los conflictos entre las decisiones, si atendemos a los centros de decisión y al poder que se puede atribuir a cada uno de esos centros, para después, combinando esas decisiones parciales, ver cuáles pueden ser las resultantes y de esa manera tener alguna idea de hacia dónde van las cosas.

Por consiguiente, no soy futurólogo, y si hablo de umbral del siglo XXI es porque me parece que tiene algún interés el que intercambiemos ideas, ya que yo vengo mucho más con la ilusión de lo que voy a aprender que de lo que voy a poder decir sobre la etapa en que vivimos, el mundo histórico en que vivimos.

Decíamos hace un momento, lo decías tú y lo repetía yo, que de lo que se trata es de vivir, y para vivir hay que tener conciencia de lo que nos rodea, del mundo en que vivimos, porque sólo así podemos sincronizarnos, o al revés, sentirnos asincrónicos con el mundo en que vivimos, y sólo de esa manera, pienso yo, o por lo menos entiendo yo, que se puede realizar nuestra propia vida con alguna intensidad mayor, con alguna plenitud mayor, con una solidaridad mayor con todos los demás, que es lo que de verdad añade resonancia a la mera individualidad.

Pues bien, quisiera proponer, porque todo lo que voy a decir aquí es una mera proposición, a reserva del debate posterior, que hiciésemos un pequeño ejercicio de periodización histórica, porque, de lo contrario, no acotamos en el tiempo la circunstancia en que vivimos. Me parece que no habría demasiada resistencia, pero, si la hay, se podrá manifestar después desde luego, a considerar que entre un siglo XIX que, comparativamente hablando tuvo bastante estabilidad histórica mundial bajo la hegemonía europea, en una situación eurocéntrica, y entre un siglo XXI que, por las razones que diré, me parece que podrá tener mayor estabilidad que la actual, pero en condiciones completamente diferentes, y con otra manera de organizar la situación hegemónica, pero de esto es de lo que hablaré justamente; entre estas estabilidades, pues, creo que el siglo XX se nos presenta como una larga serie de inestabilidades o, mejor todavía, como una única y larga crisis de reajuste para pasar de la estabilidad del XIX a la que pienso ha de ser la estabilidad del XXI, y todas las crisis parciales que hemos ido viendo y apreciando y que se han ido discutiendo: la Primera Guerra Mundial, los problemas de entreguerras, la crisis económica del 29 y los años siguientes, la Segunda Guerra Mundial y todos los demás hechos a los que voy a referirme después, todo esto se me aparece a mí solamente como epifenómenos de esa gran crisis geológica de fondo, de esa gran transformación que es la transición, desde la estructura comparativamente estable del mundo en el siglo XIX, a la estructura que creo será comparativamente estable en el mundo del siglo XXI. Así pues, con este criterio inicial, nos situamos ya en el siglo XX, y para no insistir demasiado en los antecedentes, que quisiera reducir a los más inmediatos, nos situamos ya en el período de la posguerra, en torno a los últimos años cuarenta, de 1945 a 1950.

Entre 1945 y 1950 se articulan una serie de instituciones que sedimentan. Se depositan una serie de hechos, los cuales, en gran parte, han sido determinados por la Segunda Guerra Mundial. Se consolidan unos derechos que son los que dan sus rasgos básicos a lo que llamo la etapa de la posguerra. Es decir, creo que podemos caracterizar, y es lo que voy a intentar como primer proyecto de esta tarde, los rasgos esenciales de la estructura de la posguerra, para después ver cómo estos rasgos se van erosionando. Ver cómo, en mi opinión, estamos ahora viviendo los años del cambio de rasante, es decir, los años en los cuales empiezan a ser mucho menos importantes los componentes del pasado, o sea, de la etapa de la posguerra; en cambio, van siendo cada vez más importantes los componentes del futuro, es decir, de esta etapa umbral del siglo XXI, y luego trataremos de ver hacia dónde nos lleva. Por supuesto, a medida que lleve hacia el futuro, estoy seguro de que las discrepancias serán mayores, porque mis incertidumbres y, por supuesto, mis errores, son mucho más considerables, y esto es precisamente lo que me gustará contrastar en el coloquio, para rectificar mis ideas en la medida en que, sin duda, lo necesiten, y para también contrastarlas o confirmarlas cuando así parezca.

¿Cuáles son los rasgos de la posguerra? Los rasgos básicos de la posguerra son muy numerosos, pero los voy a centrar en dos aspectos. Los centros de decisión y las características institucionales del campo del sistema en el cual se sitúan esos centros. Por contraste con la etapa anterior, es decir, la gran etapa estable del siglo XIX (estable siempre entre comillas), que tenía como centro de la economía mundial el núcleo de las grandes potencias europeas (Europa era una economía mundial europocéntrica), la situación de la posguerra se configura en torno a la tan conocida polaridad entre Estados Unidos y la Unión Soviética. Es un mundo polarizado, posteuropeo, no europeo, y en él Europa se encuentra fragmentada, se encuentra escindida, se encuentra inicialmente en una etapa de reconstrucción que no le permite jugar, ni mucho menos en los primeros momentos el papel que había jugado históricamente hasta entonces. Al mismo tiempo, ese mundo ha perdido otros centros de interés, Japón es uno muy notable que, en los años cuarenta, está más o menos latente todavía, es decir, más que en reconstrucción, en la situación de un país derrotado, vencido. Pero todavía Europa tiene en esos momentos iniciales unos imperios coloniales que empiezan a erosionarse, de esto hablaré enseguida, son hechos conocidos, no voy a insistir mucho. Empieza en Asia, después llegará la década de 1960 con África, etc. Esto en cuanto a los centros de decisión; lo básico es que se sustituye el centro europeo por la polaridad Unión Soviética-Estados Unidos.

En cuanto al campo o sistema, nos encontramos con un área mundial escindida y dividida, no como en el siglo XIX por razones culturales y de hegemonías coloniales y demás, sino por razones de sistema político y de sistema de organización; hay un mundo socialista y un mundo capitalista, justamente de ahí parte la polaridad Unión Soviética-Estados Unidos a que me he referido antes.

En cuanto a las instituciones, la mayoría de las importantes, o todas las importantes, giran en torno de la Organización de las Naciones Unidas, que nace entonces, y de las que me interesan, destacan las del sistema monetario y financiero internacional, en torno a las conocidísimas instituciones del Banco Mundial y del Fondo Monetario Internacional. Ésta es, sin insistir más, la situación en torno a 1945. Pero desde entonces hay un proceso de transformación, hay un proceso de erosión de los elementos componentes de este sistema, y creo que vale la pena aludir a las principales etapas de este proceso de erosión.

Vamos a ver lo referente a los dos centros básicos que son Estados Unidos y la Unión Soviética. La erosión de Estados Unidos, a pesar de que consiga mantener sus criterios en Corea, o de que consiga contribuir a la reconstrucción europea, lo cual al principio era un objetivo de Estados Unidos y dudo muchísimo que hoy lo sea, o aunque consiga poner un hombre en la Luna, etc., a pesar de éxitos de este tipo, la verdad es que se registra una erosión. Una erosión, primero porque empieza a perder pronto la hegemonía de un arma de la cual empezaba teniendo el monopolio como es la bomba atómica. En 1951 la tiene ya la Gran Bretaña, en 1955 la tiene la Unión Soviética, en 1960, Francia, en 1964, China y, según dicen los expertos, hoy puede tenerla cualquiera de nosotros con un pequeño manualito, más o menos, supongo que caricaturizo las cosas, que está ya al alcance de todas las iniciativas y casi de todos los bolsillos. En fin, el hecho es que este monopolio se erosiona rápidamente. Por otra parte, y más importante todavía, en mi opinión, es un marcado declive interior, una pérdida de velocidad interior, de ideales interiores. Fíjense que todavía a principios de los años sesenta, con John Kennedy, se puede hablar de la nueva frontera, el espíritu de la *New Frontier* que es la que caracteriza la actitud todavía positiva, todavía expansiva, aunque sea en un sentido interior, de esta administración. De ahí a la *silent majority*, a la mayoría silenciosa de Johnson y del primer Nixon, hay un enorme abismo, y no hablemos del abismo que va hasta el Watergate y el desconcierto posterior. Al mismo tiempo, hay un declive exterior, Estados Unidos pierde sucesivamente batallas: pierde la batalla de China, pierde la de Vietnam, se deja sorprender en Cuba, y luego, sobre todo, como veremos, pierde la hegemonía monetaria que tiene en un principio y que desaparece esencialmente, si queremos elegir una fecha en toda esta situación decreciente, en 1971.

En la Unión Soviética se registra también una erosión de la importancia de este centro, de este otro eje de la polaridad. Aunque también tiene su séquito, por ejemplo consiguen aislar a la Europa del Este del Plan Marshall, etc., y consiguen superar el tremendo trauma de la muerte de Stalin y las situaciones posteriores, en el interior aparecen nuevos rumbos, viene luego la década de Jruschov, a ésta sucede la época Brézhnev, en estos momentos se habla de la situación de Brézhnev, etc. Pero todo esto produce, junto con una juventud emergente y con una creciente oposición interior, una debilitación interna. Luego hay también una debilitación externa en el sentido de que su poderío, su garra sobre los países del Este de Europa se diluye notablemente a lo largo de una serie de manifestaciones de independencia, de reformas económicas y políticas, unas veces con más éxito, otras con menos, algunas veces violentamente, yuguladas como en Hungría o en Checoslovaquia; pero el hecho es que Europa del Este adquiere una posición que no tenía frente a la Unión Soviética en 1945, y también, en ciertos momentos, cuando la tensión en tiempos de Kennedy, pierden una batalla en Cuba.

En fin, hay una serie de características de pérdida de situación exterior que sobre todo tiene, en mi opinión, como manifestación más importante, la ruptura de la brevísima amistad con China y la emergencia de China como otro polo socialista importante, que es para mí en el orden de los poderes políticos el eje más importante de toda la erosión de la posguerra.

En cuanto a los demás centros, Europa, en cambio, se reconstruye, inicia unas tareas de integración que ustedes conocen. Pero Europa también soporta, sobre todo a partir ya definitivamente de los años sesenta, todo un proceso de descolonización, que supone un replanteamiento entero de las economías europeas. China, en cambio, después de estar aislada políticamente durante mucho tiempo, por fin en octubre de 1971 consigue entrar en las Naciones Unidas, y su posición se plantea de otra manera después de haber rebasado problemas tales como el de Revolución Cultural, etc. En cambio, en el mundo subdesarrollado se produce la emergencia de numerosos países por el proceso de descolonización, y su incorporación con voto a las Naciones Unidas, lo cual hace de las Naciones Unidas una institución completamente diferente, en términos de distribución de poder político, de lo que eran las Naciones Unidas en 1945, cuando se crean.

En el escenario, por tanto, en cuanto a los centros, nos encontramos con un capitalismo múltiple, porque aquella polaridad en la cual el papel de Estados Unidos era dominante ahora se complica con la emergencia de Japón y con la presencia importante de los países europeos reconstruidos, de la República Federal Alemana, por ejemplo; hay un socialismo al que se han incorporado otros países además de la Unión Soviética, que era el único antes de la Guerra

Mundial, pero está mucho más dividido, como consecuencia, sobre todo, de la escisión entre China y la Unión Soviética; hay una transformación de las Naciones Unidas, a la que acabo de aludir en términos de distribuciones de votos.

Hay luego, sobre todo, cuestiones muy importantes que sólo se han acusado en los últimos lustros, que, en algunos casos, se podrían calificar casi de emergencia, de novedades, porque son fenómenos de los que en el año 1945 no se tenía conciencia pública. Cuando digo que no se tenía conciencia pública, no quiero decir que nadie viese entonces los problemas; algunas personas, algunos autores, algunos especialistas veían problemas como los que voy a mencionar, pero no existían para la inmensa mayoría de la gente, y esto es lo que quiero decir cuando hablo de conciencia pública. Entre esas cuestiones está, primero, lo que se suele llamar la crisis monetaria, que es ya un lugar común de la prensa, hasta de la no especializada; es, simplemente, la desintegración del sistema creado en Bretton Woods, la desintegración del sistema basado en el Fondo Monetario y, en el aspecto financiero, en el Banco Mundial. Otra de estas emergencias es la conciencia del problema de las empresas que suelen llamarse multinacionales, y que a mí me parece mucho más correcto llamar transnacionales, por razones a las que me referiré enseguida. De esto, aunque he leído en algún libro, no recuerdo cuál exactamente, pero era un buen libro, que existían empresas multinacionales ya en Babilonia (cuando digo Babilonia me refiero a la de Asurbanipal), lo cierto es que es absolutamente falso, ni siquiera las empresas mucho más recientes de la Edad Moderna, como, por ejemplo, las empresas con concesiones en las colonias, tienen este significado; ni siquiera las grandes empresas internacionales de finales del XIX o de principios del XX son, por razones que explicaré, las empresas transnacionales propiamente dichas. Las empresas transnacionales son un fenómeno reciente, y la prueba es que las Naciones Unidas han creído que había que estudiarlas de nuevo como algo nuevo ahora recientemente. Y en todo caso, la conciencia pública es indiscutiblemente reciente. Otro problema del cual es reciente también la conciencia pública es la contaminación, la conciencia de la contaminación, de la destrucción del medio ambiente. Ha habido muchas voces que se han anticipado a hablar de esto, pero creo que se convendrá conmigo en que no existía la sensación pública, la sensación corriente, no se vivía el problema, como se vive ahora. Y luego hay otros aspectos, pero en fin, para abreviar esta parte inicial de precedentes, me iré refiriendo a ellos posteriormente.

Con esto llegamos al año 1971, y aunque no se puede hacer lo del personaje aquel de teatro que, al poco de caer el telón, le decía a su mujer: «Fulanita, que me preparen el caballo que me voy a la guerra de los Treinta Años porque nadie sabe qué va a ser la guerra de los Treinta Años», aunque esto no se puede hacer, me voy a arriesgar a hacer algo parecido, consistente en lo siguiente: en proponer, a menos que surja un candidato mejor, el año 1971 como año que, para entendernos, utilizaré a guisa de indicador del cambio de rasante, es decir, a guisa del momento en que se pasa de la posguerra a esto que estoy llamando el umbral del siglo XXI. ¿Por qué el año 1971? Porque en 1971 se acumulan una serie de acontecimientos significativos que a mí me parece que inciden o concurren, o coinciden, con mucha mayor intensidad que en otros años anteriores o posteriores, por lo menos hasta ahora. ¿Cuáles son estos acontecimientos? Recuerden que en el año 1971 se devalúa el dólar, después de la crisis de agosto vienen los acuerdos de finales de año, y quienes recuerdan los periódicos de aquel verano recordarán la estupefacción de los pobres turistas norteamericanos viajando por Europa que de pronto, algunos de ellos lo contaba a la prensa, tenían que vender el tomavistas, o tenían que vender la máquina fotográfica, o lo que fuera, porque con gran, no diré asombro, estupefacción, atónitos, se encontraban con que las efigies de George Washington en el billete de dólar, o de sus colegas en otros billetes, no las quería nadie; ahora eso nos parece relativamente normal, pero en aquel momento era una especie de caos, como fue casi como un cataclismo la quiebra de la Rolls-Royce en el mismo año, una quiebra que dejó a los ingleses estupefactos. Si la Rolls quiebra, entonces, ¿qué queda del imperio, qué pasa con la Gran Bretaña, qué es lo que ocurre con el cosmos, con el universo? Son hechos que ustedes ven anecdóticos, pero creo que de una alta significación, que se pueden utilizar. Por supuesto, la devaluación del dólar es mucho más que anecdótica; es simplemente que la moneda suprema se convierte en un *primus inter pares* y que pasa enfermedades devaluatorias como cada hijo de vecino.

Por otra parte, ese año, lo he citado antes, entra China en la Sociedad de Naciones, y aunque a estas alturas parezca que los efectos no han sido tan inmediatos como podía pensarse, luego comentaré para mostrar que esto tiene mucha más trascendencia de lo que parece. Es más, es ese año cuando por tercera vez el Reino Unido toca el aldabón de la integración europea, llama a la puerta; y por fin esa vez consigue que le digan que sí, aunque en este momento, como saben ustedes, está pensando si llama a la puerta o se marcha por ella. Creo que a la larga seguirá entrando por la puerta, pero, en fin, en todo caso ese año es también significativo en este aspecto. En ese año también se produce el XXIV Congreso del Partido Comunista en la Unión Soviética, se inicia el noveno plan quinquenal y se introducen o consolidan aspectos que tienen sus precedentes en la reforma económica soviética de 1965, pero que realmente significan marcar mucho más un punto, una etapa, y consolidarla. En fin, hay otra serie de aspectos, pero me parece que con esto y con los acuerdos, los principales entre Estados Unidos y la Unión Soviética aunque ahora también se hallen más o menos en entredicho, se puede aceptar el año 1971. Si no se acepta, no insisto en eso, como ustedes comprenderán; para empezar, no existe ningún año, en procesos de esta complejidad, que sea decisivo y divisorio, realmente las cosas van gradualmente, hay cambios progresivos, pero, en fin, para entendernos podríamos utilizar una fecha como ésa y, si no, los años setenta, en cualquier caso, me parece que son, y esto lo vengo repitiendo, propios de lo que he llamado el umbral del siglo XXI.

A partir de entonces, no hay que recordar mucho la historia más reciente, pero sí quisiera mencionar dos datos: en 1972 es cuando la Conferencia de Estocolmo da, digamos, un estado oficial a esta conciencia sobre la contaminación del ambiente a que me he referido, y es en 1973 cuando el estudio de las Naciones Unidas sobre las empresas multinacionales da también una especie de respaldo a la conciencia de este nuevo fenómeno, de este nuevo problema. Pues bien, con esto y con algunas otras cosas, aunque prefiero no extenderme demasiado en estos aspectos para pasar más pronto a otros, vamos a ver cuáles son las características de lo que puede ser la nueva etapa, es decir, cuáles son esos problemas que han emergido y que, por el hecho de ser nuevos, tienen que reclamar vivamente nuestra atención.

Uno de ellos, lo acabo de señalar, es el de las «transnacionales», el de las empresas multinacionales. Lo primero que hay que subrayar es su enorme importancia, su enorme magnitud cuantitativa. En el estudio de la Sociedad de Naciones, bueno, lo de la Sociedad de Naciones demuestra lo viejo que soy, quiero decir de las Naciones Unidas, se dice, por ejemplo, que en 1971 el valor añadido de cualquiera de las diez mayores empresas multinacionales del mundo era superior a 3.000 millones de dólares, lo cual quiere decir que era superior al producto nacional bruto de ochenta países juntos, y que la suma del valor añadido de todas estas diez mayores era superior a los 500.000 millones de dólares, que era la quinta parte del producto bruto mundial, de modo que, como ven, la cuantía del fenómeno es realmente abrumadora y supone una concreción, una cristalización importante dentro del conjunto. A más añadidura diré que la producción internacional de todas ellas sumadas es mayor que la suma de las exportaciones realizadas por todos los países de economía de mercado, de modo que vean ustedes qué alteración tan profunda en los cauces del comercio internacional. Junto a esta magnitud hay otro hecho enormemente importante, que es la supranacionalidad o la «transnacionalidad» de estas empresas. Estas empresas, y por eso rechazo el adjetivo de multinacionales, o, mejor dicho, prefiero el otro, no son simplemente empresas de un país que actúen en otros, no son las empresas internacionales de la expansión del siglo XIX o de la expansión de la primera mitad del siglo XX, son empresas que se mueven en otro espacio diferente, en un espacio donde las fronteras nacionales están prácticamente borradas. Quiero decir con esto que mientras que los poderes de los estados siguen afincados en el espacio geográfico, en cambio los poderes de las sociedades transnacionales, en mucha mayor medida que de los estados, aparecen transponiendo, superando por decirlo así, las fronteras nacionales; en otras palabras, quiero decir que una transnacional, aunque sea por ejemplo norteamericana, está prácticamente mucho más a salvo de las decisiones del propio gobierno norteamericano, si quiere actuar contra ella, que las antiguas empresas internacionales. Y voy a citar, para que no sea sobre mi falta de autoridad que hago este aserto, la página 43 del estudio de las Naciones Unidas, donde se dice: «Ninguna única jurisdicción nacional puede enfrentarse adecuadamente con el fenómeno global de las corporaciones multinacionales, ni existe tampoco ninguna autoridad internacional hoy, ni ninguna organización adecuadamente equipada, para hacer frente a las suspensiones que emanan de las relaciones entre las multinacionales y los estados-nación; o de los estados nacionales». En otras palabras, que, como estaba diciendo, están por encima de las autoridades nacionales, por encima de los gobiernos e incluso de su propio gobierno; el que su actuación coincida o no con los intereses de los gobiernos es otra cuestión, pero el hecho de que si quieren pueden ponerse al margen, fuera del alcance de estos gobiernos, por lo menos en una gran proporción de sus actividades. Por ejemplo, otra frase que demuestra la potencia de esta nueva institución «transnacional» es la de la página 60 de ese estudio, que dice: «No hay duda de que las multinacionales podrían precipitar una crisis monetaria, sólo con que moviesen o desplazasen una pequeña proporción de sus activos, desde una moneda a otra». Nos encontramos, pues, que son unos hechos recientes, con que actúan en un espacio transnacional, con que tienen una potencia considerable y que en este sentido, a mi parecer, pero esto es ya interpretación, que son la más reciente adaptación del capitalismo, dentro de su enfrentamiento con los nuevos hechos de la economía mundial.

No quisiera detenerme demasiado en estas cosas; si ustedes tienen interés en este tema o en estos aspectos, después se pueden volver a plantear y se pueden reconsiderar algunas de estas cuestiones, pero por de pronto quisiera dejar establecido que se trata de algo nuevo, y que eso nuevo es «transnacional», está por encima de las fronteras nacionales.

Vamos ahora al problema de la contaminación, que es otro del que se tiene reciente conciencia y que, además, en todo caso, en la escala actual es también reciente. Por supuesto, todos sabemos que la causa básica es la interferencia de la técnica, de la acción humana en la ecología natural, en el medio ambiente, en la naturaleza. En un libro de los que han surgido con motivo de este tema, titulado *Una sola Tierra* (*Only one Earth*), de Barbara Ward y René Dubos y de otros muchos especialistas, se dice que la contaminación del ambiente es un inevitable subproducto del desarrollo industrial, es decir, esencialmente de la aplicación de la técnica. Por consiguiente, en la medida en que se intensifique la aplicación de la técnica, habrá contaminación; en este sentido, el problema de la contaminación no es exclusivo del mundo socialista. Hubo una conferencia en Budapest, en 1970, en la que se trató esta cuestión. En el mundo socialista se sufren también los males, se experimentan los problemas de la contaminación del medio ambiente, pero es que en el mundo capitalista a esta contaminación técnica se une una agravación de la contaminación, derivada del hecho de aplicar la brújula del lucro; es decir, del hecho de que los criterios del beneficio, los criterios lucrativos inducen a elegir una técnica con preferencia a otras. Con esto quiero decir lo siguiente: que para determinar las producciones, la técnica no es única, la técnica permite a menudo unas gamas posibles, otras veces no, otras veces la situación es muy rígida, pero, en cualquier caso, siempre se puede optar entre producir más de un producto y menos de otros, etc. Claro, en este mundo de la economía de mercado el criterio de la preferencia es el beneficio, el lucro; y hay estudios como los de, por ejemplo, Barry Commoner, en un libro titulado *El círculo que se cierra* (*The Closing Circle*), que demuestra cómo, por razones de beneficio, se prefieren técnicas más contaminantes que otras. Para no citar más que uno de los muchos ejemplos que aduce Commoner en su libro, les diré que en 1947, en Estados Unidos, cuando la industria de los detergentes prácticamente no utilizaba todavía, y por supuesto de ningún modo en la escala actual, estos detergentes artificiales posteriores, sino que la industria se concentraba en el jabón, el beneficio tenía como promedio un 30 por ciento de las ventas; en cambio en 1967, veinte años después, cuando dos tercios del producto de la industria no era el jabón clásico, sino que eran los detergentes actuales, que son mucho más contaminantes a pesar de las mejoras que se han introducido, los beneficios habían subido al 42 por ciento, y para Commoner esto explica por qué se prefieren los detergentes al jabón, aparte por supuesto de que hay hoy muchos detergentes especiales que tienen aplicaciones específicas, donde el jabón no serviría, pero en cambio es verdad que se utilizan para muchos otros usos en que se podría utilizar el jabón. Esto no es un caso aislado, Commoner alude, por ejemplo, a los plásticos en vez del vidrio, o a las fibras sintéticas en lugar de las fibras naturales, y a casos de este tipo.

Frente al problema de la contaminación, se han producido ya reacciones, como consecuencia de la coincidencia del problema, una reacción que llama mucho la atención, y es raro que no le pregunten a uno sobre eso, así que me anticipo a mencionarlo: es la idea del crecimiento cero y otras sobre la posibilidad de frenar la contaminación; en esta última creo que hay muchas más perspectivas, porque después de todo el vender descontaminantes o anticontaminantes o aparatos contra la contaminación o productos que hagan, que corrijan, el proceso de contaminación etc., es siempre lucrativo y por supuesto sería interesante; pero en definitiva nos encontramos hoy con que estamos ante un conflicto del cual quiero dejar sentado lo siguiente: que tampoco, como en el caso anterior, pueden afrontarlo fácilmente poderes nacionales y autoridades o centros de decisión nacionales, porque la contaminación del medio ambiente se puede hacer fuera de las propias fronteras, fuera del alcance de la propia jurisdicción, y se puede hacer por numerosos medios, desde lanzar una bomba atómica francesa en un atolón de la Polinesia, frente a lo cual no pudieron hacer nada, ni siquiera ante el Tribunal de La Haya, ni Australia, ni Nueva Zelanda, ni Chile o Perú, ni los países en suma que protestaron contra esos lanzamientos; o piensen ustedes en la contaminación de mares enteros, como el Mediterráneo, a la cual contribuyen todos los países a la vez; en fin, no es posible afrontar esta cuestión desde unos centros de decisión exclusivamente nacionales.

Otra cuestión que ha surgido, incluso después de 1971, y de la que ahora hay una conciencia muy viva, es la de la crisis de la energía y que no voy a comentar, porque es un hecho sobradamente conocido. No pretendo exponer nada especial en este aspecto, pero lo evoco porque estoy, como ustedes ven, reuniendo, por decirlo así, las piezas o las maderas o las tablas de no diré del edificio, pero sí de la modesta barraca que trataré de presentar después ante ustedes. Es decir, la crisis de la energía es otro elemento necesario, porque también es muy difícil pensar en la posibilidad de afrontar este tema con todas sus consecuencias, que pueden suponer un replanteamiento de las industrias o de los servicios, etc. En fin de estas cosas que ustedes pueden aportar puntos de vista mucho mejores es muy difícil pensar en que este problema se puede afrontar también a nivel exclusivamente nacional. Y hasta ahora las pretensiones de afrontarlo a través de los acuerdos internacionales clásicos, de los acuerdos entre países, tampoco parece que esté teniendo demasiado éxito.

Otra crisis de la que se habla, y repito que para mí todas ellas no son más que manifestaciones del mismo gran problema de reajuste a lo largo del siglo que vivimos, es la de las otras materias primas, y la crisis de los alimentos, es decir, en otras palabras, esta situación de hambre que atravesamos muy agudamente y que siguen atravesando países enteros. Esto nos enfrenta con el problema del planteamiento o el replanteamiento del desarrollo económico y las cuestiones que con este motivo se establecen, y la verdad, creo que hasta ahora, a pesar de que la conciencia del subdesarrollo es algo más antigua (si se quiere, podría vincularse al famoso discurso de Truman, del cuarto punto de 1949, de cuando tomó posesión de la Presidencia, pero sobre todo a la creación de la UNCTAD en 1964, que es realmente el organismo que se ha convertido en el polarizador de las inquietudes sobre el subdesarrollo, y en el foro donde se establecen las polémicas para los problemas del desarrollo), contemplando lo que se ha hecho hasta ahora, verdaderamente no parece que se haya entrado en la vía de corrección del subdesarrollo. Las estadísticas disponibles, tanto en el área socialista como en el área capitalista, las más relevantes, que son las que elaboran los organismos de las Naciones Unidas, nos muestran que, al contrario, el bache entre los países adelantados y los países subdesarrollados se agranda, y por consiguiente me parece que es lícito concluir una vez más, lo mismo que en los casos anteriores, que el problema del subdesarrollo tampoco es afrontado adecuadamente con los medios de que se dispone, con los centros de decisión de que se dispone, y con las estructuras institucionales que se han puesto en marcha para afrontarlo. Es decir, que, como ustedes ven, nos encontramos una vez más en la misma situación, nos encontramos ante hechos que no pueden ser debidamente abordados, adecuadamente abordados con las características propias de la etapa de la posguerra, es decir, con los mecanismos, las instituciones, los centros existentes en 1945 y los años posteriores.

En suma, como ustedes ven, y creo que ya podemos ir centrando, no diré las conclusiones porque no tengo realmente conclusiones, pero sí el resumen de lo que he dicho, creo que ya podemos ir catalogando una serie de tensiones proyectables hacia el futuro, de problemas y conflictos cuya solución no se puede dar dentro de las características de la etapa de la posguerra. Es decir, si siguen ustedes el razonamiento, y no me quisiera alargar demasiado, pues creo que el coloquio será mucho más útil para todos que esta exposición, si vienen ustedes siguiendo mi razonamiento, entonces aprenderán que a lo largo de esta etapa que llamo de la posguerra, han ido, por un lado, deteriorándose ciertos centros de decisión, deteriorándose ciertas instituciones, como las monetarias por ejemplo, y en cambio surgiendo nuevos problemas. ¿Cuál es la característica general de estos nuevos problemas que he mencionado: la contaminación, las transnacionales, la crisis de la energía, la crisis de los alimentos y el subdesarrollo? La característica esencial es que superan las posibilidades de acción de los centros de decisión nacionales: lo mismo que las grandes compañías, todos estos problemas son en cierto sentido «transnacionales». Por eso creo que una conclusión válida, salvo que yo me confiese equivocado como consecuencia del coloquio, sería que estamos asistiendo y hemos de asistir cada vez más, porque estas cuestiones apenas acaban de emerger, a una mundialización de los problemas, a la emergencia de una serie de problemas que son mundiales, que están mundializados, en el sentido de que no pueden afrontarse más que a escala mundial, ni siquiera a escala de unos acuerdos mundiales, sino a escala de una acción mundial; no solamente a escala de unos acuerdos de cumplimiento de ciertos requisitos en caso de emergencia, sino de actuación cotidiana, actuación permanente, que no puede ser cubierta por esos mecanismos; el caso del subdesarrollo me parece que es muy claro.

Así pues, veamos cuáles son las tensiones, cuáles son las cosas que han pasado. Primero, hemos pasado del geocentrismo del siglo XIX a una bipolaridad de la etapa de posguerra, bipolaridad que en estos momentos está rota ya. Es otra de las situaciones nuevas que caracterizan el siglo XX en el umbral del XXI, y está rota ya en el sentido de que la bipolaridad se ha convertido en un triángulo con la entrada de China, y además con la emergencia de otros actores, con potencia suficiente, como una Europa que tiende a la integración, un Japón con potencia, aunque opino que los futurólogos del tipo Hermann Kahn exageran muchísimo, pues no creo demasiado en la trascendencia a largo plazo de Japón dentro de este juego de fuerzas, creo en su importancia, ya que, en todo caso, conducen a un replanteamiento de los problemas.

En segundo lugar, creo que hay otro hecho que se confirma cada vez más, porque si atendemos a las causas por las cuales estos problemas se han mundializado, veremos que estas causas siempre tocan, aunque no sea exclusivamente, a la evolución de la técnica y de las fuerzas productivas correspondientes. Y aquí volveremos a encontrar una contradicción clásica del sistema, la contradicción ya conocidísima, entre el estado de la técnica y las instituciones productivas del sistema capitalista, especialmente el sistema de propiedad privada de los medios de producción. En tercer lugar, y esto es lo que me parece importante, está esta nueva contradicción, por decirlo así, entre problemas mundializados, por una parte, e instituciones nacionales, por otra; es decir, entre la mundialización de los problemas, de un lado, y el hecho de que las decisiones mundiales están fragmentadas a nivel de naciones, que son las que, si acaso, se ponen de acuerdo para afrontar la situación. Entonces, si se admite que existe esa contradicción, me parece que la única salida de esta contradicción es la supresión de los centros de decisión nacionales. Es decir, creo que el progreso técnico, que la mundialización de los problemas juega en contra de los nacionalismos, clarísimamente, como en otro momento de la historia el proceso técnico, la pólvora, la brújula, la imprenta, jugaron contra los pequeños estados europeos, y determinaron la formación superior de las grandes nacionalidades. Me parece que ahora estamos en una etapa parecida, y que los centros de decisión nacionales, las llamadas pomposamente y que ya hoy me parece que son muy divisorias, soberanías nacionales, están en trance de sometimiento a autoridades supranacionales. Lo que no puedo predecir es de qué género, y no sé si esto será bajo la hegemonía de una potencia, en forma de confederación o federaciones, pero sí quisiera decir que me parece que esta fragmentación de las decisiones de la humanidad a través de centros nacionales está en trance de extinción.

Y ahora puedo decir lo que he escamoteado un poco deliberadamente al principio, y es el hecho de que, en mi opinión, así como la estabilidad relativa del siglo XIX estuvo basada en la hegemonía europea, y en la organización por Europa de una hegemonía internacional, así también me parece que la estabilidad relativa del siglo XXI estará basada en la existencia de autoridades supranacionales; no simplemente de acuerdos internacionales, sino de autoridades que tengan capacidad de acción, que puedan actuar urgente, rápida y cotidianamente en asuntos tales como el problema del subdesarrollo, de la contaminación, o de las actividades de las empresas transnacionales. Al mismo tiempo, y no porque parezca contradictorio con lo que acabo de exponer, es decir, el ir a unidades de decisión más grandes, sino combinando con esto, la necesidad de evolución, desde las instituciones capitalistas de producción hasta otras instituciones de propiedad colectiva de los bienes de producción. Combinando ambas cosas, me parece que se abren nuevas oportunidades para las subunidades de decisión.

Si se acepta que vamos, en el siglo XXI por supuesto, hacia una unidad mundial de decisión, se tendrá que aceptar también que ésta tendrá que actuar de una manera bastante descentralizada, porque si es difícil ya organizar planificaciones de países aislados, aunque sean grandes, imagínense lo que será organizar decisiones de tipo mundial. Por consiguiente, creo que la evolución de los hechos, paralelamente a como ocurrió a principios de la Edad Moderna en que, como he dicho, se superaban los pequeños estados medievales y se creaban las grandes nacionalidades, me parece que ahora pasa por la superación de los centros de decisión nacionales para ir hacia unidades supranacionales. Pero, al mismo tiempo, y esto abre una oportunidad a unidades de decisión inferiores que en estos momentos están relativamente menos en lo alto de la ola, por decirlo así, y que son las subunidades de decisión, serán muy posiblemente las equivalentes de las actuales naciones, convertidas en regiones, o incluso, las actuales regiones. Quiero decir que si, por un lado, digo que hoy las naciones europeas son anacrónicas en relación con la organización de las fuerzas productivas, también digo que las provincias de esas naciones son anacrónicas. Por poner un ejemplo que todos vivimos, a mí me parece que la provincia española es ya una unidad de organización pequeña, y no estoy haciendo política, simplemente expreso una cuestión técnica, es decir, que desde el punto de vista del rendimiento de los recursos que se pueden manejar, hoy una provincia es pequeña. Lo mínimo que podría organizarse, me parece, sería una región; creo que una región sería mucho más eficiente como unidad de organización. Todo esto trasladado a escala mundial hace pensar en que al mismo tiempo que haya una concentración de decisiones para los niveles más altos de éstas, habrá también, me parece, una cierta descentralización de estas decisiones. Éstas son las grandes líneas de fuerza, las grandes orientaciones que, en mi opinión, se pueden pronosticar, y representan el paso del eurocentrismo a una autoridad mayor, como consecuencia de la contradicción entre la mundialización de los problemas y las unidades nacionales que, en mi opinión, y en la de muchos, por supuesto, no están ya a la altura de la técnica actual, hacia instituciones de propiedad colectiva de los medios de producción básicos.

¿Qué es lo que se puede pronosticar sobre la transición hacia esas lejanías? Bueno, no me atrevería a pronosticar absolutamente nada, ya he dicho que no venía en plan de futurólogo, y creo que todo lo que he expuesto hasta ahora no consiste en investigar el futuro, aunque me haya referido a él, sino en detectar en el presente, en lo posible, los gérmenes del futuro, que es algo completamente distinto.

De todas maneras, se pueden hacer hipótesis sobre la transición, pero, dado el tiempo que llevo hablando, creo que es preferible que si les interesa a ustedes o si ustedes mismos tienen alguna hipótesis, pasemos este tema a la actividad del coloquio, que es siempre más divertido que el monólogo de un señor, por otra parte, poco hábil en la exposición de las ideas, y más bien reiterativo y pesado. Y otro tema que también se puede quedar es el tema más de aquí y de ahora, de cómo entra o no entra España dentro de este cuadro de condiciones; pero me parece que estos temas pueden quedar junto con los más interesantes aún, que sin duda ustedes mismos podrán suscitar ahora cuando, como suelo decir en estos casos, después de haberles infligido la charla que acabo de perpetrar, en uso de una legítima venganza, me conviertan de san Pedro a san Sebastián y decidan disparar sus flechas. De modo que, si te parece, querido Fortunato, podemos dar esto por terminado, y muchísimas gracias por la atención de ustedes.

Muchas gracias.

3

Un modelo económico para la Comunidad Europea

Comencemos recordando que una ciencia como la economía, que en su tratamiento moderno desde el siglo XVIII emerge de la filosofía social y la filosofía moral —Adam Smith era un profesor de este tema—, se ha convertido en una ciencia, a la cual la moral no le interesa nada. Decimos esto, evocando simplemente el pasaje famosísimo del libro cuarto de Adam Smith de la *Riqueza de las naciones*, en el cual se afirma que existe una mano invisible gracias a la cual, mediante el egoísmo de todos, se llega al altruismo colectivo. Es decir, lo mejor es que el Estado no intervenga en nada, porque dejando simplemente a cada cual que actúe según su más desaforado egoísmo, esa mano invisible hace que las cosas nos lleven hacia el mayor bien posible para todos. En otras palabras, desde un punto de vista de la conducta individual, no hay necesidad de ética. Podemos hacer lo que queramos, sabiendo que al final todo resultará bien.

Naturalmente, eso tiene sentido en el marco que lo planteaba Adam Smith, en la hipótesis de que hay una providencia que lo ordena. Pero a medida que los economistas han ido dejando al margen esa providencia, la falta de ética de esa concepción es verdaderamente impresionante, y así estamos hoy en una economía que ya no es la *political economy*, no es la política económica, sino la teoría económica, que presume de pura, y es, en nuestra opinión, totalmente impura. Es importante llamar la atención sobre estos puntos, porque van a determinar cómo se debe plantear el enfoque de la ampliación de la Comunidad. Es una ciencia que se basa, a nuestro juicio, en una psi-

Artículo publicado en la revista *Razón y Fe* en mayo de 1980.

cología completamente anacrónica, puramente utilitarista, que no se puede sostener después de Freud y de tantas otras cosas. Se basa en la creencia de un equilibrio natural de las sociedades que es insostenible hoy, después de todo un siglo XIX transido de historicismo, después de Darwin y Marx.

Nuestra posición es eso que llaman «utópica». Reparemos en la palabra. Utópico quiere decir simplemente que no existe. No quiere decir más, no quiere decir que sea imposible. Así como hay una creencia que consiste en contemplar lo que tenemos a la vista y preguntarnos por qué es así, existe otra ciencia, que consiste en imaginar lo que no vemos y decir por qué no ha de ser así. En estas reflexiones nos encuadramos en el segundo grupo. No pretendemos ahora hacer la crítica de la ciencia económica ni la crítica de la economía de mercado, que, por cierto, es otra utopía colosal, en la cual, sin embargo, creemos estar viviendo a diario.

El tema que se me propuso inicialmente fue el de describir *el* modelo económico de la Comunidad. Pero pedí entonces que se sustituyera el enunciado y que se llamase *un* modelo económico para la Comunidad. La razón estaba en que los rasgos del modelo vigente, que pueden describirse con relativa brevedad, son tan conocidos por todos que no vale la pena que se explique una vez más lo que todos saben. En cambio, proponiendo *un* modelo económico para la Comunidad, se trata de presentar una alternativa. Y mejor incluso que de un modelo, hablaría de una trinidad de modelos, que en el fondo no es más que un modelo porque pretende no sólo dar una versión *utópica* del modelo para Europa a largo plazo, sino, además, proponer algo más práctico y más concreto, a saber, el modelo a medio plazo, y el modelo a corto plazo, lo cual en el fondo es un solo modelo porque es una sucesión de situaciones. Dicho esto, lo lógico sería que se comenzase ahora el modelo a corto plazo, que es primero, a continuación el a medio y por fin el a largo plazo. Pero eso no es lógica, eso es cronología, que es una cuestión distinta. Lo lógico es todo lo contrario: saber adónde vamos. Para lo cual hace falta mirar lejos y a lo alto, porque es la única manera de que, desde el primer momento, nuestros pasos estén orientados en la buena dirección. Además, es la única manera de aceptar sacrificios hoy, a cambio de ventajas mañana. Esto es lo contrario de lo que suele hacerse. Es algo gravísimo lo que ocurre todos los días entre nosotros, porque se suele confundir lo urgente con lo importante. Estamos todos desaforadamente encadenados a lo urgente. Venimos corriendo de un sitio para ir corriendo a otro sitio. Con mucha frecuencia, lo urgente no es lo importante. Comencemos por lo importante y después, si podemos, llegaremos a lo urgente.

A largo plazo, corregir desequilibrios

Sin duda alguna, el modelo a largo plazo tiene que ser distinto del que tenemos. Es quimérico creer que algo, sea un ente biológico o un ente social, puede crecer indefinidamente al 3 o al 4 por ciento sin encontrar límites. Esto es una cuestión de matemáticas. Es imposible continuar ese tipo de desarrollo cuantitativo.

El desarrollo ha provocado una actitud consumista en la que el marketing nos convierte en seres pavlovianos y nos llena de reflejos. Nos hace desear las cosas. Destruye eso que dicen los libros de texto —y que, al parecer, hay profesores de economía que, candorosa o maliciosamente, se lo creen— cuando afirman que el consumidor es el rey, que el consumidor expresa sus deseos en el mercado y entonces, como si fuese el genio de Aladino, vienen los productos y los empresarios a conjugar los recursos y a servir los deseos del consumidor. La verdad es justamente todo lo contrario: son las empresas y los empresarios quienes están provocando los deseos del consumidor e induciéndole a desear más, sin más.

Por ello, el modelo actual resulta tan bárbaro, que una ciencia que, desde las primeras líneas de sus libros de texto profesa ocuparse de los bienes escasos, olvidó nada menos que nuestro propio planeta es escaso y es un bien limitado.

Oscar Wilde decía que el cínico —y resulta aplicable al economista actual— es el hombre que conoce el precio de todo y no conoce el valor de nada. Esto es exactamente lo que ocurre. El mercado sólo tiene en cuenta lo que tiene valor de mercado, y, por ello, lo que no tiene valor de mercado no le sirve para nada. Consiguientemente, las emociones, las sensaciones, los sentimientos, que no tienen valor de mercado —aunque inmediatamente se comercializan por otros procedimientos—, son desdeñados por el sistema.

Nos encontramos así hoy con que, a los países llamados en desarrollo, no se les ofrece más que un modelo que es éste. Y lo mismo ocurre no sólo en los países del área occidental o en el modelo a imitar que ofrecen a los países del Tercer Mundo, sino que los países socialistas, donde existe menos consumismo, sostienen, en cambio, el mito del productivismo, de la técnica por la técnica, de casi la tecnolatría, donde las hadas de los cuentos infantiles se han convertido en el ingeniero y en el técnico. También estos países socialistas ofrecen el mismo modelo de desarrollo.

Parece irracional que, para casos tan distintos como los que presentan países tan diversos, sólo se ofrezca un único modelo de desarrollo, que se mide por un patrón tan absurdo como es el producto nacional y que, en esencia, consiste en el desarrollo de las cosas y no de los hombres. Porque se fija, sobre todo, en la multiplicación de los objetos y arroja objetos sobre el espacio —ahí están los automóviles y los atascos—, y mutila así dimensiones importantes de la vida humana. El hombre no se reduce simplemente a un consumidor. Y el modelo actual económico apaga violentamente y aun yugula importantes dimensiones humanas.

Incluso algunos placeres sencillos, que no son útiles inmediatamente al mercado, porque no suponen consumo, son inmediatamente transformados en placeres costosos. Por poner un ejemplo muy familiar, de la vida corriente, una de las cosas más sencillas que hay es echarse a pasear y resulta bastante barato. Naturalmente ya se ha inventado el footing con objeto de poder vender las botas para el footing, el chándal para el footing. Luego vendrán las pastillas para poder resistir durante más tiempo haciendo footing y, finalmente, otras pastillas para descansar de haber resistido más tiempo haciendo footing. Todo esto puede producir risa, pero en el fondo es trágico. Hace unos años, los muchachos y muchachas comenzaron en Londres a vestirse de otra manera, a ponerse cualquier traje, a hacerse los hippies. Inmediatamente el mercado reaccionó, vendiendo trajes deliberadamente usados, jeans medio destrozados y convirtió en industria lo que era una reacción contra el mundo industrializado. Todos estos mecanismos vienen a constituir una especie de prisión para el hombre y, desde luego, resultan rechazables a la luz de determinados valores que muchos defendemos como importantes.

Por estas consideraciones que hemos apuntado brevemente, constatamos que ese sistema es rechazable. Y tenemos que preguntarnos por cuál otro modelo podría y debería ser sustituido. Naturalmente, no se puede describir ahora con certeza qué va a ser del mundo o de Europa en el año 2025. Sin embargo, sí pueden apuntarse ya algunas líneas que nos indican por dónde podrían ir las correcciones a introducir necesariamente en el modelo actual.

La transformación de este mundo de valores trastocados tiene su punto de apoyo en un modelo económico que pueda ser considerado humanista. Partiendo de este cambio de perspectiva, podemos concretar que el modelo que nos parece ideal debería contar con dos características: promover un desarrollo plural y, para corregir las desigualdades, partir de un desarrollo autolimitado en los países ricos.

No puede haber un solo modelo de desarrollo para todos. Nos parecería demencial el hecho de que un médico recetase a todos los enfermos que acuden a él la misma medicina. No es posible que Canadá, Afganistán, España y Andorra tengan exactamente la misma receta. Y aunque el desarrollo plural tiene muchos sentidos, señalaremos uno que nos parece el más importante. Hemos condenado antes, porque teníamos en la mente el caso de los países adelantados de Europa, el productivismo y la cosificación del desarrollo. Pero si se piensa en países atrasados y pobres —¿por qué no llamarlos directamente pobres en lugar de acogerse a expresiones que rodean la realidad de la pobreza, tales como países subdesarrollados, en vías de desarrollo, en proceso de recuperación, económicamente débiles?—, entonces, para estos países pobres, habría que recomendar un desarrollo productivista cuantificado, que es precisamente el que acabamos de condenar. Esos países lo primero que tienen que hacer es comer y, por lo tanto, en ellos hay que mantener el progreso técnico, la aceleración, el suministro de bienes y objetos que son indispensables como sustento de la vida. Sin destruir, por supuesto, otros valores en los que dichos países pueden ser realmente más ricos que nosotros, como son, por ejemplo, la dimensión interior del hombre. En cambio, en los países ricos, se debe pensar en limitar el crecimiento cuantitativo y reflexionar más en la dimensión interior de la persona. Resulta a veces impresionante la mediocridad del contenido que se nos ofrece, con mucha frecuencia, en escenarios, pantallas y libros. Y todo esto necesita una reconstrucción.

La pluralidad del modelo apunta, por lo tanto, a un desarrollo compensatorio. Donde haya un desequilibrio a favor de la vida material, es decir, donde ésta sea próspera, entonces hay que tratar de recuperar la otra dimensión humana, con frecuencia perdida, del mundo interior de cada uno. Donde haya un mundo interior rico, como lo hay en muchos países materialmente pobres, hay que ir a corregir la situación de la pobreza.

En segundo lugar, pensando ya más en los países ricos —porque incluso en España somos ricos en comparación con muchos países—, hay que pensar en un desarrollo autolimitado en el sentido cuantitativo. No parece necesario tener que convencer a nadie de que, incluso en España, vivimos una economía de derroche, absolutamente innecesario. Se conocen trabajos como los de la Fundación Dag Hammarskjöld de Suecia, puntos de vista como los de Schumacher, o el *small is beautiful*. Hay un derroche que se podría corregir con una decisión personal de austeridad, que, además, sería incluso más gratificante. Se pueden hacer muchas cosas sin revoluciones ni cambios de gobierno. Sólo haría falta, aunque esto puede ser una tarea más difícil que algunas revoluciones, cambiar la tabla de valores con que nos indoctrina el mercado todos los días. Hemos de reconocer, lealmente, que los intereses creados nos hacen difícil percibir la posibilidad real de una serie de sugerencias.

A medio plazo: fragmentación del poder

Debemos entonces preguntarnos: ¿cómo conseguir ese otro desarrollo basado en otra escala de valores? Es indispensable educar. Vemos cómo en los planes de desarrollo al uso hay grandes sumas destinadas a la educación. Pero ésta es otra manifestación de la irracionalidad del sistema, porque resulta que los progresos en educación se miden en gastos educativos. Éstos consisten esencialmente en estructuras de hierro, ladrillos y cosas semejantes y en el nombramiento de profesores. Pero el contenido de la enseñanza no aparece para nada y, desde ese punto de vista, puede gastarse muchísimo dinero en educación, realizando esencialmente antieducación, es decir, una educación inadecuada, contraria y nociva, aunque esto no quede reflejado en los planes y en el producto nacional bruto. Hace falta educación y ésta es la que condiciona los modelos a medio y corto plazo.

Sin embargo, la educación difícilmente se puede esperar del sistema, porque el sistema está interesado en darnos precisamente aquella educación que nos hace consumistas. A pesar de todo, conviene conservar la esperanza en la posibilidad de realización del nuevo modelo. Por poner un ejemplo reciente, en una encuesta que se ha realizado sobre las prioridades en la preocupación de los españoles, el problema del medio ambiente va subiendo en la escala. Esto quiere decir que se va creando una conciencia sobre estos temas, de modo que, en definitiva, se pueden esperar cambios en los comportamientos y actitudes colectivas.

Los pasos que podrían llevarnos hacia el nuevo modelo, a medio plazo, y que son posibles en el modelo de unificación europea, serían: encuadramiento global dentro de una libertad y autonomía conseguida mediante la fragmentación del poder.

Hay que fragmentar el poder y hay que fraccionar. Estamos a favor de todas las formas de escalonamiento, delegaciones, federalismos... En ese sentido, Europa tiene una ventaja. Porque la existencia de varias naciones, integradas en una comunidad, contribuye más que dificulta la fragmentación del poder. Todo ello conduce, además, a mantener esa fragmentación: las singularidades colectivas y las variedades de forma de vida. Y esto dentro del gran encuadramiento planificado, que es inevitable, y facilita los contrastes y, por tanto, las educaciones mutuas, apoyando la marcha hacia el modelo que hemos intuido.

Se habrá observado que, en realidad, no hemos atacado el mercado como tal, sino el mercado tal y como está en el contexto histórico de hoy. La economía de mercado y la economía liberal, en su tiempo, fueron positivas, liberadoras y auxiliares eficaces del progreso. Pero hoy se han convertido, en nuestra opinión, en una forma equivocada de organizar la vida social. Lo que ahora proponemos es ciertamente difícil pero indispensable. Ya se están haciendo esfuerzos hacia esa nueva meta. Incluso en los propios países socialistas del Este, con mejor o peor fortuna, hay mentes en esa dirección. Entre nosotros, también se trata de combinar una planificación exigida por la técnica —por el nivel de la técnica— con una organización del mercado. El plan para el futuro debería servir esencialmente para determinar el encuadramiento, las líneas generales de la acción, pero dentro de ese encuadramiento tendría que quedar garantizada de alguna manera la espontaneidad, la libertad, el movimiento. Y para lograr todo eso, parece fundamental fragmentar el poder.

A corto plazo: valores humanos

Sin embargo, una dosis de sano realismo nos hace ver que no se puede pensar en cambios súbitos en la vida social. Por tanto, seguiremos con el consumismo y la economía de mercado. Estamos ahora negociando la entrada en Europa. ¿Cómo se está planteando esto? Naturalmente, dado el contexto en que nos movemos, con una filosofía de mercado. La cual consiste en cambiar unos bienes (aceitunas, vino, tomate, electrónica, etc.) por otros. Comprendemos que todo esto es necesario y de ninguna manera desdeñamos las cosas materiales. Decía Séneca que desdeñar el dinero es propio de alma enferma. Hay que discutir, pero hay que discutir también en otro plano, sin reducirnos exclusivamente al mercantil. La profesión mercantil es muy honorable, y muy necesaria en la república, como decían los clásicos, pero se plantea con la obsesión de cuantificar, de pesar en la balanza, sopesar ventajas e inconvenientes de unos y de otros. Ahora bien, ¿qué economista, o no economista, cree que puede cuantificar en cifras los beneficios y las pérdidas que va a obtener, por ejemplo, España de la entrada en el Mercado Común? ¿Quién puede seguir la pista a todos los efectos inducidos, a todas las resultantes que se van a producir después, de que los españoles vayan a Holanda o a Bélgica y vuelvan? Está bien que se hagan cifras y cálculos. Siempre son mejores que nada. Pero, en cierto modo, son ilusorias, y así no se puede tomar con facilidad una decisión.

Además, aunque se pudiera tomar, no estamos aquí simplemente traficando. Se trata de vivir y de organizar la vida colectiva de una serie de millones de personas y de unos grupos de pueblos que han jugado un gran papel en beneficio de todos. Se trata de construir Europa. ¿Puede alguien dudar de que los tres países mediterráneos, Grecia, Portugal y España, son Europa? ¿Puede alguien dudar de que Europa está incompleta sin esos países? ¿Hemos demostrado ser menos eficaces en un momento de la historia en que la filosofía de mercado, la eficiencia, el productivismo victoriano, el *time is money* eran los valores supremos? Eso quiere decir, posiblemente, que, con otros valores, no somos menos aptos que los demás. Se puede sospechar, y esto no necesariamente es una muestra de arrogancia de espíritu, que en el arte de vivir quizá nosotros estamos mejor dotados.

Ser y misión de Europa

Se trata de construir Europa. ¿Para qué? Vivimos en un mundo básicamente dividido en dos áreas. Una, el sur: los pobres aplastados por el hambre. Otra, el norte: próspero, pero corroído por la ansiedad, por la angustia, por el desconocimiento, por lo que llaman los psicólogos anglosajones «falta de identidad» (*lack of identity*), el no saber lo que se es. Hace dos años, un texto norteamericano, un *Health Report* presentado al presidente de Estados Unidos, afirmaba categóricamente que cerca del 25 por ciento de la población norteamericana padecía trastornos mentales, clínicamente diagnosticables, y casi un 15 por ciento más era «emocionalmente inestable». En una sociedad en la que un 40 por ciento de la población padece estos trastornos, no resulta demasiado aventurada la afirmación de que «algo huele a podrido en Dinamarca». Y no nos referimos con desdén a Estados Unidos, porque la Dinamarca de la metáfora se extiende mucho más allá de la frontera de Norteamérica. Cuestiones como la droga, el terrorismo, la violencia, las dudas de identidad hasta en terrenos que parecen tan biológicamente obvios como la sexualidad y que se difunden cada vez más, son problemáticas que se dan no sólo en Chicago. No hay que salir mucho de nuestras fronteras para comprender que la crisis no es sólo económica. Tenemos una crisis de valores que somos nosotros mismos.

Pues bien, hay que construir Europa para jugar un papel en esa situación. Europa, desde Grecia, adquirió el sentido del «límite»: *némesis*. Y Némesis era esencialmente —así lo proclama el *modius* sobre la cabeza de las efigies— la diosa de la medida, del derecho. La que castigaba a los que traspasaban los límites puestos por los dioses. La conciencia del límite estaba muy profundamente arraigada en la sabiduría clásica, en la manera de vivir de los clásicos. Después, Europa adquirió el sentido de los valores religiosos. Y más tarde, el sentido de los valores humanísticos. Y, entre otras grandes culturas que hay todavía en el mundo, tan respetables como son algunas culturas orientales (si la ciencia y la cibernética no acaban con ellas), una cultura del límite puede jugar, debe jugar y tiene que jugar un gran papel. Por eso hay que completar Europa. Logrando que, además de los intercambios mercantiles y cuantificados, se tenga en la mente que lo que estamos haciendo es reconstruir algo que juega un gran papel. Algo que en otros tiempos se llamaba cristiandad frente a otras cosas, pero que hoy podemos llamar simple y sencillamente Europa.

Todo esto podrá parecer idealista y hasta utópico. Será *wishful thinking*. Pero, aun pensando racionalmente como economista, creemos que estas ideas son también rentables en el terreno de las realidades. A veces, por querer conseguir pequeñas ventajas materiales, perdemos las grandes ventajas materiales que se derivan de saber lo que se es. Y la posesión de la propia identidad es lo que permite actuar con previsora anterioridad y, por tanto, con mucha más eficacia que la que confiere una instrumentalidad adventicia, agregada, externa. Todos actuamos mejor en la vida cuando estamos convencidos radicalmente de que lo que estamos haciendo es lo que hay que hacer.

4

Algunas ideas sobre la función de las actividades rurales en los países europeos

Estas observaciones complementarias al estudio del profesor Fuà tienen como objetivo proponer una visión de conjunto que sea capaz de englobar los distintos problemas parciales.

Se trata, por consiguiente, de impedir que los árboles nos impidan ver el bosque. Las ideas se presentarán de la forma más sucinta posible y, por tanto, no examinaremos exhaustivamente los detalles, ya que el único objetivo de este trabajo es ofrecer perspectivas y presentar sugerencias.

¿Países sustitutivos o países complementarios?

En el momento en que se consideran las perspectivas de los países periféricos en el contexto europeo, se supone por lo general que la estrategia seguida para la evolución de estos últimos ha de tener como objetivo conseguir que alcancen la misma estructura que la Europa industrial.

Esta hipótesis resulta tan evidente, en cuanto a los objetivos de la política económica periférica, que normalmente ni siquiera se formula de manera explícita. Debemos hablar aquí de una preferencia análoga a la que lleva a esos países a producir bienes sustitutivos en lugar de bienes complementarios.

Separata de *Economia Marche*, 1981. Traducción de María Pons.

Por consiguiente, ¿hay que tender a construir una Europa compuesta de naciones con estructuras absolutamente similares? Las aspiraciones periféricas de estar al nivel del centro son ciertamente comprensibles, ya que siempre son de envidiar un nivel de vida más alto, una tecnología avanzada y el poder político.

El «prestigio» nacional inspira a los gobiernos y a los pueblos, pero ¿tiene realmente tanto valor? ¿Son razonables este deseo y las aspiraciones que suscita? Mis consideraciones tienen como objetivo recordar que, respecto a la realidad económica, la complementariedad puede ser tan valiosa como la sustitución.

Incluso es así en países donde existen regiones complementarias.

Por consiguiente, una Europa periférica distinta a la Europa del centro puede ofrecer ventajas superiores tal vez a las que ofrece la homogeneidad.

Antes de profundizar en el tema, es necesario explicar con más detalle la tesis anterior.

a) Esta complementariedad no excluye de hecho, en mi opinión, la industrialización o cualquier otra mejora de la estructura productiva, capaz de aproximar el nivel de la periferia al del centro. De lo que se trata es de defender otra forma de industrialización y una estructura complementaria que no se reduzca a la mera imitación, ya que estamos cerca del siglo XXI y la técnica no es ya la del siglo XIX.

b) Además, aun admitiendo que sea deseable que los países periféricos copien a las naciones del centro, ¿será realmente posible? La tesis de la recuperación parece poco realizable. Los retrasos en la técnica más avanzada y en la organización institucional que afectan a los países periféricos subsistirán durante un período de tiempo muy largo.

c) En cambio, el estudio de los «estados continentales», caracterizados por una gran extensión territorial, revela fuertes diferencias entre sus regiones: lo mismo ocurre respecto a la zona de la OCDE.

En resumen, es evidente, en mi opinión, que el objetivo de la periferia es alcanzar el nivel de vida del centro, pero esto no implica necesariamente que se deba copiar la estructura productiva.

El dualismo

El concepto de dualismo desempeña una función importante en la teoría del desarrollo, especialmente la que ha sido elaborada por los autores de América Latina.

Aunque existen diversas excepciones, hay que subrayar que los criterios presentados en el párrafo anterior presuponen la perspectiva de una Europa «dualista», en la que el centro y la periferia serían distintos.

Esta teoría mundial del desarrollo sería, de este modo, aplicada a Europa.

Ciertamente, para aquellos que otorgan un gran valor al poder político, al orgullo nacional y al dominio económico, la posición periférica o dependiente, en el seno de un sistema dualista, no ofrece muchos alicientes.

No obstante, e insisto en ello, lo realmente importante es tan sólo el nivel de vida, o, mejor aún, *el estilo de vida.*

No hay nada que parezca demostrar que la población que disfruta de un mayor poder político y de un nivel económico más elevado esté subjetivamente más satisfecha de sí misma de cuanto lo está la población de los países pobres.

De la observación se desprende que, si bien ocurre en algunos casos, no ocurre en otros.

Por otra parte, el «dualismo» es un fenómeno que se repite en el seno de cada uno de los países periféricos —e incluso en los países del centro— y se manifiesta sobre todo en algunos desequilibrios entre la vida urbana y el mundo rural.

Las consideraciones anteriores se aplican igualmente a nivel nacional y ponen así en evidencia los aspectos positivos de la complementariedad, porque el hecho inevitable del dualismo no implica en absoluto que se renuncie a corregir sus aspectos negativos.

Sería sin duda erróneo idealizar la vida rural, generalmente más dura que la vida urbana, aunque la situación del proletariado suburbano a menudo tiene poco de envidiable, pese a que los salarios sean más elevados.

Por eso presentaré más adelante algunas sugerencias, a fin de atenuar en lo posible los inconvenientes del dualismo, en la medida en que causan un perjuicio a la vida rural.

Es interesante observar a este respecto —aunque sin profundizar en el tema, que es excesivamente amplio— que estas sugerencias corresponden a una concepción del desarrollo distinta a la que generalmente se tiene.

Según la visión convencional del desarrollo, no hay que cambiar mucho su estilo, y el desarrollo equivale a un crecimiento sostenido del producto nacional con (como aparece descrito en el primer párrafo del estudio del profesor Fuà) alguna concesión a la calidad de vida.

Sin embargo, en mi opinión, el desarrollo puede y debe revestir formas diversas, a fin de satisfacer esa necesidad profunda del hombre que es el sentido de su identidad, para no encontrarnos a la larga con una humanidad homogénea y monótona, que no hará sino obstaculizar las capacidades creativas del hombre, estimuladas siempre por los contrastes y por los mecanismos de reacción y de adaptación que activan.

El objetivo primario

Las diferencias que existen entre el mundo rural y el mundo urbano en la Europa periférica son tal vez excesivamente conocidas e injustas para poder ser aceptadas. La incesante emigración desde las zonas rurales hacia las zonas urbanas o hacia los países industriales de Europa confirma este hecho.

Las emigraciones, por otra parte, dan lugar en ciertos casos al abandono de recursos valiosos para cada uno de los países y para toda Europa. La explotación insuficiente de la tierra y la infrautilización de la mano de obra no son efectos deseables en muchos casos, no sólo desde el punto de vista económico, sino también porque son perjudiciales para la estabilidad política y social. La ausencia de comunidades rurales más sólidas, así como el aumento de la proletarización suburbana, se traducen en una insatisfacción y una inestabilidad crecientes.

Por esa razón parece deseable mantener —y en condiciones de vida satisfactorias— una población rural adecuada, buscando, además, crear las condiciones que hagan posible la descongestión (con el objetivo de la estabilización) de las zonas hiperindustrializadas. Además, esta política podría favorecer el reequilibrio ecológico del conjunto nacional y europeo, amén de presentar ventajas directamente económicas en la lucha contra la inflación y en cuanto se refiere a la balanza comercial agraria.

No es un objetivo fácil de alcanzar, porque es imposible obtener rápidamente compensaciones exclusivamente económicas, capaces de retener a una población potencialmente emigrante. Los alicientes de las grandes ciudades, el prestigio y las ventajas del trabajo en la industria son hoy día demasiado poderosos. El problema no es sólo económico: está vinculado a una preferencia psicológica y a una escala de valores orientada en exceso hacia la satisfacción de deseos puramente materiales.

No obstante, aunque esto sólo afecte a una minoría, los excesos y los inconvenientes del mundo industrial comienzan a provocar reacciones cada vez mayores.

La toma de conciencia ecológica no es más que una reacción entre otras muchas, pero tiende a expandirse, y en Estados Unidos están apareciendo posturas contrarias a la pasión por el consumo, que cada vez conceden más importancia al ambiente natural para la satisfacción del hombre.

No cabe esperar, a breve plazo, que se obtengan resultados importantes en esta tendencia, pero parece indispensable —desde la óptica de una Europa periférica «complementaria»— cultivar y estimular estas posturas.

Si queremos obviamente conservar una población rural, habrá que tener en cuenta, además de las ventajas económicas, valores que no sean sólo los materiales.

Afortunadamente, algunos estudios empíricos demuestran que es posible retener a la población rural si no se dan circunstancias especiales que empujen a las personas a emigrar.

En España se ha podido constatar que no existía una correlación sensible entre el nivel de vida de las provincias y el éxodo rural.

Esto demostraría el apego a la tierra natal y «una preferencia por cambiar de ocupación sin emigrar o, al menos, permaneciendo en la misma región».[1]

Pero hay que actuar cuanto antes y capitalizar esta fidelidad a la tierra, porque tendencialmente, y el autor citado así lo afirma, esa fidelidad es menos fuerte entre los jóvenes que entre las personas mayores.

Reequilibrar el dualismo

¿Por qué, pues —y es la primera pregunta que hay que plantearse—, es deseable retener a la población rural, lo que conduce a aceptar cierto dualismo? La respuesta es que se trata de un objetivo de interés general, como destacan algunos argumentos que expondré brevemente.

a) Es el único modo de explotar los recursos inamovibles, como la tierra y otros aspectos de la naturaleza.

b) El resultado de esta explotación tiende a favorecer el equilibrio económico, mediante, por ejemplo, una reducción de las importaciones agrícolas.

c) En la lucha contra la desocupación, la actividad agrícola ofrece más posibilidades por unidad de inversión que la acumulación de maquinaria e instalaciones industriales, como demuestran los estudios empíricos.[2]

d) Además, se pueden poner en práctica sistemas de distribución de las mercancías más económicos, reduciendo el coste del transporte de los productos alimentarios, las pérdidas, etc.

e) Se pueden corregir, asimismo, las deseconomías de la concentración urbana. Este último punto es muy importante: afecta a la as-

1. J. M., Naredo, *La evolución de la agricultura en España: desarrollo capitalista y crisis de las formas de producción tradicionales*, Estela, Barcelona, 1971.

2. Por ejemplo, en España, O. Fanjul, *Crecimiento y generación de empleo: algunos factores condicionantes de la absorción de trabajo en la economía española*, Fundación del INI, Madrid, 1976.

piración a una nueva forma de desarrollo, porque las ciudades de proporciones gigantescas presentan inconvenientes socioeconómicos cada vez más evidentes, que ya fueron estudiados hace cincuenta años, en el Reino Unido, por el Informe Barlow. La contaminación y sus efectos sobre la salud física y mental, la delincuencia juvenil en los barrios periféricos, el coste creciente de los servicios públicos y la rigidez del sistema frente a las crisis económicas y políticas son tan sólo algunos aspectos desfavorables de una situación percibida cada vez más vivamente.

Por otra parte, la estabilización de la población agrícola con la ayuda de un nivel de vida adecuado es beneficiosa para esa misma población, abandonada tanto a la pobreza rural como a la proletarización en las periferias industriales. Además, para las personas mayores no existe alternativa válida al campo.

En cuanto a los jóvenes, un trabajo agrícola desarrollado en condiciones técnicas que lo hicieran menos ingrato y más rentable económicamente reduciría la tendencia a la emigración. Si las necesidades materiales básicas estuvieran satisfechas, podría concebirse un modelo de vida rural en el que las satisfacciones no económicas compensarían, en mayor o menor grado, las diferencias de nivel que probablemente subsistirían.

En un mundo cada vez más consciente de los aspectos negativos de la industrialización a ultranza, la parte positiva de la vida rural resulta más evidente, aunque sin falsear o ignorar no obstante sus inconvenientes.

La estructura rural

Hay que ser conscientes, sin embargo, del hecho de que no se podrá retener a la población rural si no se reforman en profundidad las estructuras del sistema actual.

No se puede pretender frenar el éxodo rural desde núcleos de población, ya sean pueblos o regiones, en los que generalmente la actuación de la administración local deja mucho que desear.

En estas condiciones, no cabe esperar servicios públicos adecuados o una mejora de la calidad de vida. Es necesario, por tanto, llevar a cabo una profunda reestructuración administrativa —no solamente económica o social— de los núcleos de población con el fin de asegurar unos servicios públicos mínimos, además de contactos humanos y formas de tiempo libre satisfactorias. Los actuales sistemas de mecanización de los trabajos agrícolas y de transporte individual permiten en muchas ocasiones explotar la tierra sin necesidad de mantener una vinculación con el lugar de trabajo tan permanente como en el pasado.

Esas reformas estructurales exigen, además, que se preste especial atención a algunas regiones peculiares, como las zonas de montaña, que ya han sido objeto de estudio y de reflexión desde el punto de vista de las repercusiones sobre las fuentes de los ríos y las condiciones adversas en que se encuentran.

Esta reforma estructural, no sólo económica sino también administrativa y social, es costosa: se trata de una auténtica política global de ordenación del territorio.

Ahora bien, todo el problema del futuro de la Europa periférica se plantea como una cuestión a largo plazo, ya que implica una inversión considerable que deberá ser asumida por ambas partes, si se acepta la tesis de las ventajas de la complementariedad.

Formas de actuación

La política que sugerimos consiste, en primer lugar, en no empeorar la situación actual, lo que significa retener a la población rural dándole toda clase de facilidades, como ya ocurre a menudo.

No obstante, no basta con esto: es preciso ofrecer ventajas positivas, corrigiendo, al menos en parte, las tendencias actuales.

El sector público deberá hacer frente, por una parte, a un rendimiento inferior en ciertos servicios implantados en el ámbito rural. Por otra parte, lo más indicado sería realizar inversiones públicas en las zonas rurales, a pesar de la resistencia opuesta por quienes encontrarían en otro lugar puestos de trabajo gracias a estas inversiones.

Lo mismo vale también para algunas manifestaciones de la industrialización, para construcciones de uso militar u otras destinadas a la investigación y a fines análogos.

Existen aún otras posibilidades.

De todos modos, las ventajas representadas por la creación de motivaciones voluntarias en los individuos interesados son de importancia capital. De modo que, para convertir las zonas rurales en un polo de atracción temporal, hay que buscar ideas nuevas. No es utópico pensar en modalidades turísticas como las vacaciones estivales en el campo, el veraneo en casas rurales acondicionadas (como se hace ya en algunos países) o nuevas formas de ocio, como paseos a caballo, cada vez más de moda, y otras actividades análogas.

Por otra parte, los centros mejor equipados y dotados de servicios podrán atraer de forma permanente a algunos sectores de población que malviven aislados en las ciudades, como por ejemplo los jubilados y las personas de la tercera edad.

Conviene, en cualquier caso, concretar algunos incentivos de carácter económico a los que se podría recurrir.

a) El régimen fiscal debería ocuparse de la política de estabilización de la población rural mucho más de lo que lo ha hecho hasta ahora. Los impuestos, directos e indirectos, podrían ser una forma de compensación adecuada, favoreciendo la renta neta de los productores mediante repercusiones en los precios de los productos alimentarios y de las viviendas, que en la ciudad tienen precios muy elevados. Las subvenciones y los créditos destinados a la creación de explotaciones agrícolas o de otras actividades (no exclusivamente agrícolas) en las zonas rurales deberán desempeñar igualmente un papel importante. En algunos países, el sistema político está en condiciones de ofrecer modalidades de ayuda especial, por ejemplo, en aquellos países donde existen estatutos regionales. En España, la implantación del Estado de las Autonomías, en los términos que establece la nueva Constitución, prevé ya la aplicación de regímenes fiscales específicos en los territorios y en las regiones.

b) En cuanto al sector de la producción agrícola, no podrá negarse la importancia decisiva de la rentabilidad en el marco de una economía de mercado. Y si hay que recurrir a medios ya conocidos a fin de proteger la agricultura desde el punto de vista de los precios y de los costes, es importante que las decisiones al respecto se tomen mayoritariamente sobre la base de la participación y de la colaboración con los organismos rurales y no sobre la base de un paternalismo procedente de las más altas instancias del poder.

c) La orientación general hacia la ayuda de la actividad agrícola no excluye de ningún modo la industrialización de las zonas periféricas ni de sus zonas rurales. La dispersión de la industria ha de ser un objetivo capaz de corregir el «gigantismo» de las grandes ciudades y es más fácil de cumplir que hace un siglo, cuando la industria pesada (con las ventajas de la producción a gran escala) estaba ligada a unas condiciones imperativas. La dispersión de la energía eléctrica (por contraste con el antiguo predominio de la concentración del carbón fósil, quemado junto a la fábrica) y la fragmentación de los productos acabados o la expansión de las industrias ligeras ofrecen hoy numerosas perspectivas de descentralización industrial. Así nacieron —aunque en un marco ciertamente muy diferente— núcleos industriales tan singulares como Hong Kong y Singapur. De modo que hay que estudiar los distintos campos de actividad y los sectores de la industria de «vocación» rural, a fin de determinar, por así decirlo, los que podrían utilizar la mano de obra temporera o subempleada en el ámbito rural (la mano de obra femenina, por ejemplo) con objeto de reestructurar la industria y de desarrollar de manera responsable la posibilidad de ocupación en el marco de la vida rural.

d) Los servicios también desempeñan un papel decisivo, puesto que su escasez es una de las razones fundamentales de la emigración. Además de mejorar la comercialización, como ya he mencionado antes, y los transportes a fin de facilitar el acceso a las grandes ciudades, existen dos sectores muy importantes —la vivienda, por una parte, y la cultura y el tiempo libre, por la otra— que parecen prometedores para la creación de nuevos alicientes.

e) En cuanto a los servicios, los bancos y las cajas de ahorros, merecen una atención muy especial por su función en la distribución de recursos financieros. Debido al rendimiento relativamente bajo del sector agrícola, las actividades del sistema financiero en el ámbito rural consisten a menudo en proveerse de fondos que, en vez de ser reinvertidos, son canalizados hacia las grandes ciudades o las zonas industriales en busca de rendimientos más elevados. Éste fue, al menos, el caso de España. De modo que habría que compensar este movimiento desde el sector público, respecto a las inversiones que las transformaciones estructurales y la mejora de la producción agrícola exigen. Esta acción es más necesaria aún en las zonas más pobres donde la población agrícola, por lo general, no está en condiciones de utilizar los servicios financieros y recurre con frecuencia a la usura institucional, especialmente en los países de la Europa periférica.

f) Conviene citar también otros aspectos, porque no hay que olvidar ningún incentivo: la exención total o parcial del servicio militar, por ejemplo, aplicada en algunos casos a actividades muy duras (como en España el trabajo en las minas de carbón) podría extenderse al sector agrícola. Las circunstancias específicas de cada caso pueden sugerir acciones análogas.

Además de estos incentivos materiales, hay que enumerar los de naturaleza sociopolítica. Los resumiremos destacando que la revitalización de las zonas rurales implica y exige una mayor descentralización del poder político, lo que supone el abandono del paternalismo anteriormente mencionado y todas las reacciones negativas que provoca, en favor de un modelo de participación satisfactorio, pues si bien no hay que idealizar demasiado la importancia de este factor político, tampoco hay que infravalorarlo totalmente.

En definitiva, es necesario restablecer la concepción puramente productiva de la actividad agrícola en favor de una visión global de la vida rural, como factor de equilibrio de las concentraciones urbanas y crisol de posibilidades para otro modelo de vida, más o menos diferente, y una mayor estabilidad social.

Se trata, por tanto, de un problema real de explotación racional del territorio, cuyo tratamiento científico habrá de ser forzosamente interdisciplinar.

En última instancia, es fundamental reinsertar la vida rural en una concepción del desarrollo económico que no ha de estar necesariamente ligada a la multiplicación de los productos y de los servicios industriales.

Vivimos en una época en que empiezan a dejarse sentir los inconvenientes de la hipertrofia industrializadora y en la que, sin necesidad de aceptar ciertas exageraciones ecológicas, hay que comprender que la vida no puede reducirse exclusivamente a producción y consumo.

Son muchos los centros que están buscando una nueva visión del progreso humano que no esté centrada únicamente en el desarrollo, una visión basada en una nueva escala de valores cuya difusión exige modelos educativos diferentes y nuevas formas de utilización de los medios de comunicación de masas.

Lo que sorprende, en resumen, es que estas nuevas tendencias nos conducen precisamente a un modelo de vida más inspirado en el que fue, a lo largo de la historia, el espíritu europeo (sinónimo de equilibrio y de respeto a los valores humanos). En cuanto a la imitación del sistema de vida americano, por una parte, y de la burocracia planificadora, por la otra, Europa se hallará a sí misma en esta nueva visión del desarrollo que implica la revitalización del mundo rural, defendida en estas notas.

La frase final

Las ideas contenidas en estas páginas podrían y deberían ser desarrolladas con más extensión, puesto que algunos puntos merecen ser objeto de un análisis más profundo, aunque por parte de autores más cualificados para extraer las consecuencias de forma detallada.

Ahora bien, no es éste, como ya he dicho al principio, el objetivo de este trabajo, y más teniendo en cuenta que los puntos de vista aquí expuestos no deberían suscitar lógicamente un acuerdo unánime.

El objetivo de este trabajo es, por el contrario, poner de relieve una solución alternativa a la política de desarrollo más comúnmente propuesta, política que tiende a alcanzar, imitándolos, a los países más industrializados.

Ahora bien, en mi opinión, este objetivo es ilusorio; no puede ser alcanzado. Por otra parte, este objetivo empieza a parecer menos deseable (si no es por razones de prestigio y por voluntad de poder) en esta época de toma de conciencia ecológica en la que nos preocupa cada vez más la calidad de vida.

Finalmente, incluso desde un punto de vista estrictamente económico, la complementariedad presenta aspectos positivos, mientras que la sustitución comporta consecuencias negativas.

Así pues, la frase final que resume todas las ideas expuestas anteriormente no puede ser más que ésta:

Por un estilo de vida europeo,
una política de complementariedad.

5

La crisis del desarrollo y el medio ambiente

Introducción

El análisis lógico obligaría a empezar por el principio, pero por ahora no es cuestión de lógica. Además, el principio —hace siglos— fue un horizonte dorado y triunfal, y de lo que se trata es de las consecuencias sufridas por habernos deslumbrado de aquel modo. No es que el camino en sí fuera malo; al contrario, fue espléndido; pero, en la rueda de la vida, cuanto crece decae, y ahora vivimos el ocaso de aquella aurora.

Además, el tema no es lógico, sino histórico; no exige análisis, sino comprensión. Lo primero es abrir los ojos al panorama. Sus nubarrones son hoy evidentes para la sensata mayoría; somos conscientes de que los tiempos son malos. Atravesamos una recia crisis. ¿Cuál? ¿Con qué horizontes? ¿Hacia dónde? Ésta es justamente la cuestión.

No me detendré en describirla. No es necesario: todos la vivimos. Bastaría considerar, si hicieran falta pruebas, de qué diferente manera pensaban en el Progreso (con mayúscula) los hombres de hace un siglo y los de ahora. Con entusiasmo casi unánime entonces, con reservas y hasta temores hoy. Ni siquiera está de moda la palabra; hoy se habla de desarrollo económico, que es bastante menos.

Se replicará que el «dónde vamos a parar» se dijo siempre; pero hay por lo menos una diferencia: justamente la que provoca estos estudios. En otros tiempos no inquietaba a nadie la conversación del medio ambiente; ahora es una preocupación muy generalizada. ¿Se

Separata del libro *Economía y medio ambiente*, 1982.

nos desmorona el planeta, al menos en el sentido de hacerse inhabitable? Ya hay cálculos inquietantes y no sólo los del Club de Roma. Se afirma incluso que ya no hay recursos para asegurar a toda la humanidad (y, menos, a la del año 2000) el nivel de vida del mundo industrializado. En consecuencia, la promesa del desarrollo para el Tercer Mundo resulta una gigantesca estafa.

Se dirá también que la técnica nos salvará y que el pesimismso es nostálgico y utópico. Lo primero no tranquiliza a quienes percibimos que justamente el abuso de la técnica está en la raíz de nuestros problemas. En cuanto a la nostalgia, quede bien claro que en ningún momento quiero idealizar el pasado ni reconstruirlo, sino procurar conservar la lavadora o la radioterapia sin las consecuencias de hoy. Además, lo que sí es verdaderamente utópico es la ingenua fe en la posibilidad de un desarrollo económico indefinido; es decir, la producción creciente de bienes materiales sin limitación. Eso no es posible en un espacio limitado, y el planeta lo es: aunque lo olvidara una ciencia económica que, sin embargo, declaraba ocuparse de los bienes escasos.

Crisis, medio ambiente y desarrollo

¿Exageraciones? Rebájese lo que se quiera: la cuestión quedará en pie. Cuestión de tantas dimensiones e interdependencias que desde ahora prescindiré aquí de las indagatorias más frecuentes e inmediatas. Por ejemplo, considerar la incidencia de la crisis mundial sobre el medio ambiente, favoreciendo o no las acciones que lo degradan o, a la inversa, observar si la reciente conciencia del problema mundial está o no imponiendo nuevas condiciones en la lucha contra la crisis.

No voy a entrar en estas cuestiones a corto plazo porque lo que más necesitamos es justamente lo contrario: perspectiva. Esa perspectiva que, como escribía Leonardo (autoridad muy justificada aquí, como se verá después), «debe ocupar el primer puesto entre todos los discursos y disciplinas del hombre». El problema del medio ambiente sólo se comprende mirando desde lejos y a lo lejos. Por eso lo descuidan esos políticos cuyo horizonte no suele pasar de las elecciones a la vista.

Con esa pretensión de perspectivas abordo el tema, empezando por la clarificación del enunciado. En primer lugar, siempre me referiré aquí al «medio ambiente» como expresión más o menos sinónima de «naturaleza». Sin duda, el medio en que vive el hombre —su «circunstancia» orteguiana— abarca vínculos mayores y a veces hasta más decisivos, como es el medio urbano para el habitante de la gran ciudad. No obstante, en estas reflexiones me concentraré en el mundo natural porque la contradicción básica queda así más patente y porque, a mi entender, las complicaciones adicionales pueden interpretarse como derivaciones del conflicto originario: la oposición hombre / mundo y su inmediata variante técnica / naturaleza. (Oposición, no se olvide, en interdependencia de ambos términos.)

En cuanto al otro término —la «crisis»—, he de precisar que es mundial, lo que nunca ocurrió en siglos anteriores, y eso la diferencia también de procesos similares. El hecho, además, resulta resbaladizo hacia peligrosas generalizaciones. La crisis es mundial porque repercute en todas partes, pero de modos muy distintos y hasta opuestos según los escenarios parciales. Por eso advierto que mis reflexiones se circunscribirán —salvo indicación de lo contrario— al área del mundo industrial más avanzado, porque en él es donde se acumulan los hechos que han conducido a nuestra inquietud por el medio ambiente. Repito: no he de referirme a las manifestaciones de la crisis ni del problema ambiental en los países menos desarrollados.

Ahora bien, ¿por qué escribo «la crisis del desarrollo»? Porque ahí radica la cuestión. El desarrollo ha entrado ya en crisis como concepto y como política. Es más, el desarrollo es lo que ha conducido a la crisis, y sobre todo, a la degradación ambiental. Pero eso ya no es materia de clasificación previa, sino de exposición plena.

¿Qué crisis?

¿Sabemos —para empezar— qué situación o proceso concreto denota en cada ocasión el vocablo crisis? Se convendrá en que la palabra se aplica a situaciones tan diferentes que la confusión y el malentendido son inevitables. Yo dudo incluso de que los economistas y hasta muchos sociólogos (no, en cambio, los historiadores) tengan de las «crisis» una concepción adecuada para permitirles comprender lo que en nuestro tiempo está ocurriendo. Al menos, en una referencia tan autorizada como la *Enciclopedia Internacional de Ciencias Sociales*, el autor del artículo «Crisis» (J. A. Robinson) ofrece como conceptos relacionados con ese epígrafe y hasta como posibles sustitutivos suyos «estrés, conflicto, tensión, pánico y catástrofe». Nadie, creo, los estimará adecuados para denotar la crisis mundial de hoy que, lejos de ser un proceso agudo o de corta duración —como tienden a sugerir los vocablos entrecomillados— viene arrastrándose ya desde hace años. La equivalencia con «pánico» se repite en la *Enciclopedia Británica*, mientras que nuestro *Diccionario de la Real Academia* conserva el sentido originario del vocablo en la medicina hipocrática —«mutación considerable que acaece en una enfermedad»— y le añade una segunda acepción —«momento decisivo de un negocio grave»— más adecuada al tema, pero también limitada: a un tiempo breve y a una cuestión concreta.

No ha de extrañarnos la dispersa confusión porque, como reconoce el propio Robinson, nos falta una teoría de las crisis y hasta —añado yo— de su prerrequisito: una tipología de procesos críticos, sin la cual resulta imposible determinar cada especie. Tampoco poseo yo esa teoría y no voy a intentar aquí tan descomunal empresa, pero como distingos indispensables para seguir adelante, propongo al menos que apliquemos los criterios de extensión, restablecimiento, duración e intensidad, para dar algún rigor a mis reflexiones.

El de extensión —entendido geográficamente— diferencia esta crisis mundial de otros procesos precedentes, como ya se ha dicho. Además, concebido funcionalmente, configura esta crisis con una globalidad que alcanza a los más diferentes aspectos de nuestra vida.

El criterio de restablecimiento separa las crisis coyunturales de las estructurales que —aparte de tener una mayor duración— no nos reinstalan en el mismo marco institucional que antes, como ocurre con las meras fluctuaciones coyunturales.

Finalmente, también el criterio de duración, pero sobre todo el de intensidad, distinguen las crisis estructurales, en las que se altera el marco institucional del sistema, de las crisis históricas que, además, representan una verdadera ruptura cultural, una transformación no sólo del marco habitual de la vida, sino incluso de los valores que los inspiran. En ese sentido es en el que Gramsci o Brecht —a ambos lo he visto atribuido— hablaron de crisis como de una situación en la que «lo viejo no acaba aún de morir y lo nuevo no termina de nacer»; entendidos por «viejo» y «nuevo» los presupuestos más radicales de nuestro sentido del vivir. Así, tras esas rupturas o crisis históricas, los hombres se instalan, por decirlo así, en un mundo social nuevo, recién amanecido. Por eso en mis primeras consideraciones he escrito «aurora» y «ocaso», sin olvidar por eso que a la noche sigue un nuevo día.

Pues bien, nos equivocaríamos si relacionáramos el problema del medio ambiente con cualquier tipo de crisis que no sea esa ruptura histórica, y es en ese sentido como utilizaré aquí siempre esta palabra. La degradación del medio sólo puede entenderse en dilatada perspectiva de este proceso y de sus causas; no en relación con meras situaciones coyunturales o incluso estructurales, que afectan sólo a la fisiología básica y a los principios inspiradores de preferencias y comportamientos. Por eso hemos de recurrir a los historiadores o a los economistas con visión histórica: ya Saint-Simon distinguía, en la evolución de la sociedad, entre períodos «críticos», transformados y agitados, y etapas «orgánicas», más estables y sosegadas. El vocablo «período» refleja la duración prolongada de esas rupturas históricas que, por supuesto, admiten en su seno sucesivas fluctuaciones y aparentes restablecimientos, como también las etapas orgánicas incluyen fluctuaciones y hasta crisis de estructura. En otras palabras, la periodización no se resuelve con la mera observación e interpretación de los hechos, porque el proceso evolutivo no suministra por sí mismo hitos objetivamente separadores, cosa comprensible, pues no hay tal separación. La caída de Constantinopla es tan válida como el descubrimiento de América por Colón o la primera imprenta, para umbral del mundo moderno, porque sólo son hechos subjetivamente privilegiados por nosotros. Pero habré de dejar reducido a este paréntesis el fascinante (y estéril, si se pretende objetivo) tema de la periodización, preocupación máxima de los historiadores soviéticos en los pasados años cuarenta y cincuenta.

Una vez entre los historiadores, nuestras perspectivas se dilatan de manera más propia del tema. Para ofrecer un ejemplo reciente, un autor tan en boga como Le Roy Ladurie estima que para una clara visión de la crisis actual es menester remontarse nada menos que a principios del siglo XVIII (1720, precisa él), porque es entonces cuando se inician «las sucesivas crisis de crecimiento del mundo occidental». En efecto, antiguas crisis de subsistencias, que se adentran todavía en ese siglo XVIII, aunque asociadas pronto con las de carácter industrial, dejarán luego paso a las depresiones económicas de un nuevo tipo, características del siglo XIX.

Observe el lector: primero, la miopía intelectual de quienes fechan el origen de esta crisis en 1973; segundo, la superación industrial de las crisis alimentarias del mundo clásico que, sin embargo, reaparecen en el seno de nuestra situación actual, cuyo mundializado escenario abarca ese Tercer Mundo donde todavía faltan alimentos, y tercero, la sincronía de las fechas propuestas por Le Roy Ladurie con la eclosión de la revolución industrial, resultante de los descubrimientos europeos anteriores y tan directamente relacionada con el problema del medio ambiente. En todo caso, reténgase la necesidad de una perspectiva secular para lograr una visión adecuada de nuestro problema.

¿Estancamiento o contaminación?

Porque, en efecto, la imputación de la degradación ambiental al proceso industrializador de Occidente es un encadenamiento causal no discutido. Por eso el culpable (si cabe hablar de culpables en la inocencia radical de la vida, sea individual o colectiva) no es el capitalismo y por eso también se degrada el medio ambiente en los países socialistas, herederos al fin del tipo de racionalización técnica ligado al capitalismo, aunque la reflejen en su tecnolatría productivista más que en un consumismo hasta ahora refrenado.

En efecto, aquende y allende el telón de acero —siempre que se trate de países industrializados—, ocurre que ese progreso técnico, portador de indiscutibles beneficios, amenaza ahora con volverse contra nosotros, degradando el soporte natural de nuestra existencia biológica, aparte de otros daños en los componentes culturales de nuestro entorno. Y como la industrialización en un sentido más amplio —incluyendo la mecanización de la agricultura y los servicios— viene a constituir la esencia del desarrollo material de nuestro tiempo, al suministrarle los instrumentos decisivos para elevar la productividad, parece plantearse así un conflicto entre desarrollo y medio ambiente, como si fuera inevitable haber de renunciar a aquél para conservar éste, o a la inversa.

Ése es, por ejemplo, el planteamiento más frecuente en la polémica sobre las centrales nucleares, rechazadas desde una perspectiva ecologista a veces demasiado elemental. Elemental porque los defensores de la energía nuclear pueden, sin salirse de ese terreno, replicar con el carácter menos contaminante —más «limpio», dicen— de esas centrales, por comparación con las clásicas; lo que les permite eludir dos cuestiones embarazosas: la amenaza latente de los riesgos y el carácter concentracionario de una técnica que, por la magnitud de sus unidades y el refinamiento de su tecnología, es un instrumento de poder capaz de extender y ahondar las situaciones de dependencia tecnoeconómica y política en la estructura mundial. Pero, sobre todo, la insuficiencia de ese planteamiento se manifiesta cuando consideramos que el incremento de recursos energéticos es indispensable para el tipo de desarrollo en que estamos embarcados. En otras palabras, la verdadera opción no está entre aceptar o rechazar las centrales nucleares, sino en aceptar o rechazar el modelo moderno de vivir llamado «desarrollo económico»: mientras se siga optando por el continuado incremento del producto bruto, la consiguiente necesidad de energía hará inevitables las centrales nucleares, salvo innovaciones técnicas suficientes.

Así, volvemos al centro de la cuestión: ¿nos encontramos ante la fatal disyuntiva de tener que elegir entre el estancamiento o la contaminación?

Antes de seguir adelante, obsérvese que esa pregunta no se nos ha planteado hasta ahora; es decir, que ese problema forma parte de esta crisis. Entre las muchas creencias del pasado que el actual período crítico ha puesto en tela de juicio, la permanencia del medio natural está entre las más afectadas, y de ahí la pesimista visión del medio ambiente como freno al desarrollo. Así empezará a comprenderse por qué vengo llamando a esta situación presente la «crisis del desarrollo»: porque es el desarrollo mismo lo que ha entrado en crisis. Y con no menos razón, aun a riesgo de dejarse tentar por el juego de palabras, cabe hablar también de «desarrollo de la crisis» para referirnos al proceso que nos arrastra desde hace unos años y para otros más todavía.

Estancamiento o contaminación y degradación del ambiente: ¿es inevitable ese dilema? A mi juicio, la respuesta es negativa. La destrucción del planeta por el hombre no es un hecho fatal, a condición de que superemos nuestros criterios de conducta economicista, basados en la racionalidad productivista, con o sin economía de mercado. Pero esa mentalidad se encuentra tan arraigada en Occidente que para comprender su insuficiencia —es decir, su irracionalidad— he de recordar aquí el origen del modelo de desarrollo correspondiente. Sin gran esperanza de persuadir, claro está, porque no hay peores sordos que los que no quieren oír y el descarrío de las actuales decisiones resulta sumamente lucrativo para muchos intereses que, por supuesto, apoyan con todos sus medios la ideología desarrollista.

Desarrollo frente a progreso

Para descubrir ese origen ha de recordarse que el desarrollo perseguido por el sistema consiste, esencialmente, en el incremento constante de bienes y servicios. Por eso su medida es el crecimiento del producto bruto (con algunos indicadores sociales añadidos en los últimos tiempos, más por examen de conciencia que con propósito de enmienda). Esa medida concentra inevitablemente la atención en aquellos bienes y servicios valorados en el mercado. Dicho con brevedad: para la ideología dominante, «nivel de vida» es prácticamente sinónimo de «nivel de consumo». Es decir, la vida humana queda conceptualmente reducida a disfrute consumidor. Basta esa reveladora expresión cotidiana para mostrarnos la mutilación impuesta por el vigente modelo de desarrollo a todas aquellas dimensiones del vivir que no son cuantificables ni aparecen valoradas en el mercado.

Y ese modelo dispone de los máximos medios, desde la propaganda comercial hasta las fachadas teóricas y las proclamaciones políticas para implantar una actitud colectiva, según la cual la felicidad está ligada a la creciente posesión y disfrute de bienes y servicios. La abundancia y acelerada multiplicación de unos y otros data sobre todo de la revolución industrial, con sus oleadas sucesivas; pero la raíz del fenómeno se encuentra, como puede comprenderse, en la racionalidad de mercado, que confía a la brújula del beneficio la orientación de nuestras decisiones. Según esa brújula, el objetivo es el lucro, medido en dinero. En consecuencia, como muy bien advirtió Marx, todo bien queda convertido en mercancía; la olorosa y colorada manzana es reducida a un precio, que la alinea en una columna de sumandos, con las locomotoras o los pianos. La venta de armamentos o la especulación con viviendas serán actividades preferibles a la agricultura o a la enseñanza, por la inapelable razón —pues el mercado no admite otra— de que nos enriquecen más rápidamente. Para aumentar el producto bruto tanto vale la plantación de un bosque como su tala, toda vez que ambas actividades generan valor añadido. Y si aparece alguien reacio a percibir esa realidad, entran en juego todos los medios de indoctrinación y de presión antes aludidos, para convencerle y convencernos de que el objeto de la vida humana es consumir y de que el propietario de un automóvil es más feliz que el peatón.

Ahora bien, al vincular el tipo de desarrollo vigente a la institución del mercado no estoy recomendando el modelo socialista soviético y de sus satélites, porque lo que allí no es todavía consumismo sigue siendo, no obstante, productivismo; es decir, desarrollo concebido como multiplicación de objetos y servicios. De todos modos, la estructura social que conocemos como sistema capitalista emerge en la historia aportando las condiciones para el avance de la técnica: ésa es su gloria y su culpa. El capitalismo puso en marcha fuerzas productivas hasta entonces refrenadas en una sociedad tradicional, y no es mera casualidad el hecho de que aun conociéndose en China mucho antes que en Europa tres decisivas innovaciones técnicas (la pólvora, la brújula y la imprenta) no desencadenaron allí los mismos efectos que en nuestro mundo. Así comenzó el mundo tecnificado en que viven los países más adelantados, y a ese proceso debemos enormes e indiscutibles beneficios. Pero ahora, como aprendiz de brujo, el mundo industrial capitalista o socialista sufre indeseadas repercusiones de su éxito, como las que gravemente afectan al medio ambiente, entre otras.

Admito que la descripción es demasiado simplista y tiene, por ello, algo de caricatura; pero las caricaturas no inventan los rasgos descriptivos, sino que se limitan a exagerarlos. En todo caso, la evolución se refleja en el contraste entre la meta del progreso humano, entendido como perfeccionamiento del hombre (además de la riqueza material) y el objetivo actual del desarrollo, reducido esencialmente al crecimiento y multiplicación de las cosas. Esto último constituye su racionalidad como un mero economicismo, un balance entre costes y precio de venta; mientras que el progreso respondía a una cierta filosofía de la historia. Y para llegar a la raíz de la cuestión, es preciso justamente retornar a ese nivel filosófico, pues lo que está en juego es nada menos que los valores culturales, como orientadores de preferencias y decisiones.

El origen de la crisis

Es preciso situarse en el nivel axiológico porque, para salir de la crisis, me parece indispensable poner en tela de juicio los valores y hasta la concepción del mundo en que se apoya la racionalidad economicista, manifestada tanto en el consumismo capitalista como en el productivismo socialista. Esa racionalidad, al proponerse como meta en ambos casos una creciente productividad, lo que hace es entronizar la técnica en la cima de los valores colectivos. No ignoro que las sociedades a que me refiero proclaman su acatamiento a valores más altos como, por ejemplo, las que se declaran cristianas, pero eso forma parte del juego. Para convencerse, basta una sencilla reflexión: si con la peregrinación a Santiago de Compostela se obtuviera, en vez de beneficios espirituales, una exención del impuesto sobre la renta, ¿no es cierto que harían falta muchísimos más trenes y medios de transporte?

La técnica es, por tanto, el verdadero becerro de oro actual porque, además, se confunde con él. La superioridad técnica confiere, en efecto, el poder político y la intensificación del beneficio; de ahí su expansión en conexión con la emergencia del capitalismo y el mercado. Pero eso significa aceptar nuevos valores, y los historiadores que han estudiado el ocaso de la Edad Media han revelado el progreso paulatino de esa aceptación, desde la justificación del interés (en un principio rechazado por la Iglesia) hasta la creciente secularización de la vida y del pensamiento, llegándose así a una nueva concepción de la relación hombre-mundo, en la que tiene su origen la economía moderna y la crisis del desarrollo.

Encontramos así el arranque en el tiempo del mundo actual y, por tanto, la otra ruptura histórica de la que emergió el modelo cuyo ocaso determina esta ruptura presente. Entre ambas se han registrado grandes cambios y hasta revoluciones que se tomaron como comienzos de una nueva era, pero ninguna tuvo el alcance del final de la Edad Media. La revolución inglesa, la francesa, incluso la soviética, se plantearon problemas de distribución del producto social en favor de uno u otro grupo; pero ninguna dejó de considerar como meta el aumento de ese producto, ni puso en tela de juicio que el mundo físico estaba para ser explotado por el hombre con sus crecientes medios técnicos. Y esta idea fue precisamente la que, entre otras, se asentó en los hombres de Occidente al desmoronarse la Edad Media.

Porque fue entonces cuando el hombre dejó de sentirse parte del universo y peldaño de la escala que en el Medievo se elevaba desde la piedra hasta Dios, como enseñaba Lulio. El hombre renacentista se desvinculó de la creación divina y se puso a contemplar la naturaleza desde fuera, contemplando el mundo como un botín puesto a su disposición. Con Descartes, definitivamente, ya deja de ser criatura para convertirse en creador. Este mundo es para el hombre, empezaron a decirse hacia 1500 los grandes personajes al estilo de Lorenzo de Médicis. Y con los inventos y descubrimientos que acrecentaban su poder técnico, financiado con los nuevos mecanismos del mercado, se pusieron a explotar no sólo el mundo europeo en que habían nacido, sino los nuevos horizontes que españoles y portugueses pusieron al alcance de sus proyectos. Desde entonces quedaba trazado el rumbo que todavía seguimos y en el que la ambición del «bienestar» ha quedado destronada por la del «mejor-estar»; es decir, la proliferación ilimitada de bienes para el disfrute, sin parar mientes en que esa meta es inalcanzable, porque siempre se puede estar mejor todavía. No en balde calificó Spengler de «fáustico» al impulso característico de Occidente.

Con todo, en su momento auroral, la nueva ruta tenía color y vida. La Italia del *cinquecento* era todavía la del humanismo. Aún en el siglo XVIII la razón se equilibraba con la sensualidad, y la declinante Venecia era una gran fiesta, como bien ha descrito Philippe Monnier en su clásica *Venise au XVIIIe siècle* (París, 1923). Sí, y no solamente para los ricos, aunque esto pueda sorprender a quienes olvidan que el pobre en Nueva York está mucho más solo y marginado que el de un país subdesarrollado. Pero ya entonces con la revolución industrial empezaba a madurar la racionalidad económica en Inglaterra; y en el mundo victoriano del siglo XIX el color se había perdido para la gran mayoría: Lewis Mumford ha descrito muy bien, en *Técnica y civilización*, el negro dominante en el nuevo ambiente urbano creado a base de carbón y de hierro. Así hemos llegado… ¿adónde?

El desarrollo como cáncer

Para unos, admirados ante los indiscutibles progresos de la técnica, estamos en el umbral de una nueva era en la que las máquinas y los artefactos creados por el hombre van a trabajar para nosotros. La energía nuclear nos librará de la escasez, la informática aplicada a todo nos dispensará de trabajos físicos y hasta de esfuerzos analíticos del pensamiento, la biología introducirá transformaciones en la propia naturaleza humana desde el momento mismo de la concepción del ser e incluso modificando su herencia. Es un horizonte dorado el que nos proponen con esa perspectiva.

Por otro lado, quienes consideramos la naturaleza humana tal como es hoy en la situación actual, el cielo está bien cargado de nubarrones. Todos esos progresos no han conseguido reducir la distancia entre los países ricos y pobres, como puso de manifiesto la proclamación oficial de las Naciones Unidas para la primera década del desarrollo. Es más, estamos comenzando la tercera década y esa distancia ha aumentado en vez de reducirse. El hambre sigue afligiendo a subcontinentes enteros y la FAO advierte que las perspectivas no están nada claras. Según he dicho ya, parece incluso rebasada la posibilidad de que todos los hombres puedan acceder al nivel de vida de los países más adelantados. ¡Y no digamos la humanidad de fin de siglo, aumentada casi en un 50 por ciento y teniendo a la vista un nivel adelantado muy superior al de hoy!

Pero la raíz del problema no está en el Tercer Mundo, sino en esos países industrializados donde, precisamente, más se plantea nuestro problema específico: la constante agresión al medio natural. Es en esa civilización industrial donde se ha roto el equilibrio y donde se puede hablar del desarrollo como de un cáncer, pues cabe compararlo a la proliferación de células que acaban estorbando el funcionamiento normal de un sistema vivo. El caso de la abundancia de automóviles acabando por dificultar con sus atascos urbanos la circulación que trataban de acelerar es un excelente ejemplo, pero no el único. En un campo donde tan evidentes parecen los progresos, como en el de la medicina, es cierto que se tiene hoy acceso a tratamientos más eficaces; pero también sucede que se tardan meses en obtener hora de consulta para alcanzarlos o que el enfermo como individuo total ha sido anulado en aras de la enfermedad concreta, con el deterioro consiguiente en las relaciones humanas. Podrá decirse que inconvenientes como los citados son consecuencia precisamente de la generalización de los beneficios y que los estrangulamientos automovilísticos se deben a que hoy prácticamente todo el mundo tiene coche. Sí, pero también son un resultado de la estructura del sistema con su aberrante concepción de las ciudades gigantescas, fuera de la escala humana.

De todos modos, no quiero aquí discutir ejemplos, usados para ilustrar mejor el razonamiento, sino considerar globalmente el problema. Al hacerlo así advertimos un desequilibrio fundamental e innegable: la preferencia por las cosas en perjuicio de los hombres. El proceso histórico que vengo tratando de presentar ha acabado volcándose como una catarata en la multiplicación, diversificación y creación de las cosas, en vez de tender al perfeccionamiento de los hombres. Es un desarrollo material más que humano, y por mucho que los hombres de hoy nos creamos superiores a nuestros antepasados (¿y de veras lo somos?, ¿hemos concebido ideas más elevadas o sentimientos más nobles?), no cabe duda de que la producción material ha crecido y progresado mucho más. Se mida como se mida, el desarrollo de la técnica ha sido incomparablemente más acelerado que el de la ética, el arte, la sensualidad o la serenidad. Por eso, ante la catarata de objetos, cabe hablar de un cáncer que, además, tiene su metástasis con la difusión de algunos aspectos de la civilización industrial en áreas de vida tradicional, *ipso facto* perturbadas y destruidas sin recibir a cambio de su viejo y estable orden más que ramalazos aislados de disfrute desintegrado.

Como ha definido certeramente Erich Fromm, esta civilización prefiere el «tener» al «ser», frente al ideal humanístico de «ser lo más con lo menos posible». Existe, como se ha dicho en otra formulación atinada, hipertrofia de medios con atrofia de fines, pues, ¿qué nuevos objetivos dignos de consagrarles la vida ofrece la civilización industrial, salvo el creciente consumo y, como mucho, el trabajar también para el consumo ajeno? Como escribió un estudiante anónimo en el muro de la universidad francesa, en mayo de 1968, *on ne tombe pas amoureux d'un taux de croissance.*

Pero lo más grave es que ese desequilibrio no significa solamente que proliferan las cosas mientras el hombre y la naturaleza permanecen estacionarios o intactos. Como muestra muy bien el caso del medio ambiente destruido, la preferencia por las cosas implica la destrucción de la naturaleza. Los artefactos de la técnica asfixian las manifestaciones de la vida. En el caso del hombre mismo, la degradación es bien patente: el auto atrofia las piernas; los medicamentos en exceso dispensan de las autorregulaciones del cuerpo humano. La salud consiste más en la capacidad de adaptarse a las amenazas del exterior que en corregirlas artificialmente; pero hoy más que pedir curarnos lo que demandamos es que nos curen. Igual que pedimos que nos transporten, que nos eduquen, que nos nutran, que nos piensen... En suma, en vez de vivirnos, que nos vivan.

Una vez más, exagero. Pero quizá sólo temporalmente y, en todo caso, para tratar de abrir los ojos a los cegados por los aspectos positivos del desarrollo (que no niego), cantados por todos los medios publicitarios de un mercado cuyos beneficios se apoyan en vender cada vez más de esas cosas. Exagero, pero no estoy solo. Ya hay autores que hablan de enfermedades iatrógenas —creadas por el sistema sanitario mismo— y que a esta sociedad etiquetada como postindustrial la califican como *sociedad de prótesis*: un sistema ortopédico general en el que vamos delegando las actividades del vivir y al que vamos pidiendo las soluciones.

La vida encadenada

Que eso ocurre, por lo menos en cierta medida, no lo niegan ni los más entusiastas del sistema. Y la consecuencia es nuestra creciente dependencia del mismo: el individuo es cada vez menos autónomo. Ahora se prometen maravillas, por ejemplo, con los microprocesadores. Sin duda las producirán, pero, por de pronto, la calculadora de bolsillo hace que, sin ella, las vendedoras de los grandes almacenes sean incapaces de las más sencillas multiplicaciones de memoria. Se proclama la facilidad que ofrecerá al científico la disponibilidad de terminales que pongan sobre su mesa de trabajo las más lejanas fuentes de información; pero ¿no se contribuirá con eso, precisamente por superabundancia, a dificultar las asociaciones misteriosas de ideas que impensadamente provoca la intuición en el cerebro humano? La más fría y rigurosa investigación científica tiene siempre un componente de inspiración artística que se fomenta ejerciéndola y, en todo caso, un peligro es bien evidente: el de la dependencia del científico, que sólo recibirá la información programada por otros y que será incapaz de seleccionar independientemente; lo mismo que los satélites de comunicaciones han impuesto ya el monopolio y la filtración interesada de la información. Dependencia creciente; es decir, vida encadenada. El fenómeno no es nuevo, pues en todo sistema la complejidad creciente supone la reforzada subordinación de los componentes.

Vida encadenada y, además, vaciada, por esa delegación de funciones en el sistema y por la concentración de los afanes individuales en el mero disfrute de objetos y servicios externos. De ahí la degradación innegable de la vida interior de los hombres, de su actividad psíquica, traducida en los sentimientos de angustia y de frustración, tan frecuentemente expresados. Y de ahí, naturalmente, las psicopatías: manifestación degenerativa que, en el mundo del espíritu, es lo paralelo al cáncer como enfermedad de nuestra civilización. En 1977, un informe sobre la salud mental en Estados Unidos, encomendado a una comisión especial por el presidente Carter, llegó a la conclusión de que de un 15 a un 20 por ciento de la población padecía trastornos psíquicos diagnosticables y, además, un 25 por ciento era emocionalmente inestable y psicópata en potencia. No es extraño que el propio presidente, en un importante discurso al país el 15 de julio de 1979, afirmase que «percibimos la crisis en las crecientes dudas sobre el sentido de nuestras vidas y en la pérdida de la unidad de fines para nuestra nación».

Otros trabajos referidos a países europeos muestran que las psicopatías crecen estadísticamente en estos últimos años a un ritmo del 4 al 9 por ciento, según los lugares; es decir, sensiblemente más deprisa que el aumento del producto bruto. ¿Será desatinado atribuir esa degradación interna al desequilibrio entre el incremento de objetos y estímulos externos, propio de la civilización industrial, y su descuido de la vida interior humana? Cuando se confía a los tranquilizantes químicos el logro de una paz interior, que en otras culturas se obtiene mediante el aprendizaje de la actividad mental, no cabe extrañarse de que esa actividad se atrofie hasta ser incapaz de proporcionarnos el disfrute de nosotros mismos. Y no estoy recomendando el misticismo más extremado, sino la sana actitud de quienes han sabido encontrar por lo menos tantos goces dentro de sí mismos como en el exterior. Un ejemplo moderno que nadie calificará precisamente de místico es Henry Miller, de quien reproduzco la frase siguiente, contenida en su obra *Trópico de Capricornio*:

Sólo existe una gran aventura,
y es la vivida hacia el interior de uno mismo;
sin que para ello importen el tiempo ni el espacio,
ni aun siquiera los hechos.

A esa gran aventura le vuelve la espalda la civilización industrial y, como es necesaria al hombre (al menos mientras la genética no transforme nuestra naturaleza, quizá en el sentido de la especialización individual de termitas o abeja), hoy se la quiere olvidar con la indiferencia juvenil o con medios más violentos como la droga o el terrorismo. En conclusión, la contaminación ambiental no es menos grave que la de la naturaleza física.

No es extraño que crezca, por tanto, el número de los críticos de esta civilización, aunque la gran mayoría siga dejándose deslumbrar por la interesada publicidad del sistema y sólo perciba aspectos positivos, ignorando de dónde le vienen sus padecimientos. Las citas de los críticos serían innumerables. Me limitaré a dos de los nuestros: ya en los años treinta Antonio Machado escribía: «El Oriente se occidentaliza... al par que el Occidente aparece cada vez más desorientado. Cada día, en verdad, sabemos menos por dónde va a salir el sol. La técnica del Occidente y, con ella, su cultura... está obrando horrores fuera y dentro de casa». Y hace un siglo, en *Follas novas*, la intuición poética de Rosalía de Castro le hacía preguntarse: ¿Qu'en non xime?, contestándose a sí misma:

Luz y progreso en todas partes...
pero la duda en el corazón,
lágrimas sin saber por qué nos brotan,
dolores que se ignora por qué son.

Y no son sólo los escritores, sino los científicos sociales que, en centros como la Fundación Dag Hammarskjöld o la Universidad de las Naciones Unidas, trabajan en busca de un nuevo modelo de desarrollo, porque, como reza el informe de la Comunidad Económica Europea (precisamente sobre la política ambiental en 1977-1981), «sectores crecientes de la población rechazan cada día más el ideal y la jerarquía de valores ofrecido por las sociedades de consumo». Rechazo también incipiente en Estados Unidos, donde, según el Instituto de Investigación de Stanford, los ciudadanos que llevan una vida de sencillez voluntaria se cifran hoy en cinco millones y serán probablemente veinticinco millones en 1987 y sesenta millones en el año 2000. No en vano otro informe científico norteamericano (una encuesta de Louis Harris and Associates Inc.) afirma que el 79 por ciento de los encuestados, contra un 17 por ciento, cree que «enseñar a la gente a vivir con las cosas esenciales básicas» es mejor que «alcanzar niveles más altos de vida». También en Japón, un estudio del profesor Hidotoshi Kato, de la Universidad Gakushuil de Tokio, estima que en 1971 se alcanzó en su país la cima del afán por el consumo de bienes duraderos. Hasta entonces, el prestigio de tales objetos impulsaba incluso a instalar antenas exteriores de televisión —para «salvar la cara» ante el vecino— incluso en viviendas donde no existía el receptor; en cambio, hoy lo que va siendo digno de distinción es el prescindir del automóvil o de tales objetos, retornando a la artística austeridad tradicional nipona.

Ahora bien, no nos engañemos: el sistema capitalista vive de las ventas de objetos, como el poder socialista en el mundo se acrecienta con la producción creciente: por ello, todo en el sistema industrial tiende a indoctrinar a los súbditos para crear en ellos el hábito consumista o productivista. Pocos ejemplos tan expresivos de esa indoctrinación interesada y esclavizante como la carta que tiempo atrás escribió a un periódico español un lector, quejándose de la tardía hora de cierre de la televisión. Su argumento era que eso le obligaba todos los días a acostarse demasiado tarde. ¡Como si no estuviera en su mano apagar el receptor e irse a la cama! Pero es que, efectivamente, no lo estaba. La contaminación mental le retenía frente a la pantalla.

HACIA OTRO DESARROLLO

¿Adónde voy a parar con toda esta crítica? Aun a sabiendas de que, por limitaciones obvias, resulta parcial, simplista y demasiado concentrada en aspectos negativos (pero mil trompetas oficiales o adictas se encargan de proclamar los positivos), me parece indispensable contribuir como pueda a la conciencia del tremendo desequilibrio de nuestro desarrollo industrializado, en perjuicio del hombre y de su ambiente. Porque, en todo sistema cerrado, es perogrullesco el hecho de que cualquier desarrollo de una parte sólo se logra a costa de otras. Así, en el mundo, el desarrollo del centro se ha hecho a costa del de la periferia; en el sistema cultural, el crecimiento técnico lo ha pagado la naturaleza; y, finalmente, en el ser humano, la desmesurada proyección hacia el exterior ha conducido al vacío de su vida interior.

Por eso, al invitárseme a contribuir con un trabajo de apertura a otros estudios más especializados, que considerarán el medio ambiente desde los más varios puntos de vista, me ha parecido que la aportación más imprescindible había de consistir en asentar lo mejor posible una idea fundamental: la de que la degradación del medio ambiente no puede resolverse con valoraciones económicas, indemnizaciones jurídicas, ni compensaciones técnicas, si todas ellas no se insertan previamente en una gran rectificación global del comportamiento que ha conducido al desarrollo industrializado. Volviendo a una idea anterior, repetiré que no hay incompatibilidad entre progreso y medio ambiente; es decir, que no estamos condenados a aceptar o el estancamiento o la contaminación. Pero, en cambio, sí hay contradicción tajante entre *este* tipo de desarrollo actual y la conservación del medio ambiente indispensable para la vida; porque la técnica es lo opuesto a la naturaleza, aunque ello no impida combinaciones favorables de ambas para construirnos un entorno adecuado.

En otras palabras, lo mismo que en el ejemplo antes mencionado de la energía nuclear, mientras insistamos en este desarrollo canceroso, cosificado y exterior al hombre, sufriremos una creciente destrucción del medio ambiente. La salvación se encuentra, por tanto, en la adopción de otra vía de desarrollo. A esta cuestión dedicaré mis consideraciones finales.

Por supuesto, nadie esperará encontrar aquí la solución del problema. El desarrollo en marcha es la resultante de todo un sistema de vida y no voy yo a inventar el futuro que siempre se crea sobre la marcha y que, para empezar, implica nada menos que una revisión de los valores actualmente admitidos. Tal revisión ha de ser el esfuerzo de innumerables trabajadores, científicos, artistas, políticos y de otras actividades, que progresivamente hagan suyas y difundan las bases de un nuevo vivir, como sucedió en rupturas históricas anteriores. En este caudaloso río de pensadores, uno sólo es otra pequeña voz, actuando esta vez de telonero para un conjunto de trabajos más concentrados en aspectos especiales del problema. Y mi finalidad esencial es, repito, asentar la idea de que este desarrollo tecnolátrico —adorador de la técnica— está reñido con la naturaleza física y con las raíces interiores de la naturaleza humana. El día que esto se admita por todos habremos empezado a resolver de verdad el problema.

Cierto que contra esa admisión general están, como he repetido, los intereses establecidos y sus muy poderosos medios. Pero debe alentarnos la idea de que precisamente el hecho de atravesar una crisis tan profunda como la nuestra es una ayuda, más que una dificultad. Una crisis no es un proceso exclusivamente destructor, sino, al mismo tiempo, creador y precisamente destruye lo que conviene abatir. Como escribió Burckhardt en sus *Consideraciones sobre la historia universal*: «Las crisis desembarazan el terreno. Eliminan primero innumerables formas externas muertas desde hace tiempo y que hubieran sido imposible extinguir a causa de sus derechos históricos. Suprimen después ciertos pseudoorganismos que jamás tuvieron derecho a la existencia y que, fuertemente incrustados en todos los aspectos de la vida, son los principales responsables de nuestra predilección por la mediocridad y nuestro odio hacia todo lo excepcional».

La cita es larga pero expresiva. Promete, en definitiva, que lo viejo («que no acaba de morir», según otro texto citado antes) es arrastrado más rápidamente por la crisis hacia los desaguaderos de la historia. Por eso, cuando nos desalentamos pensando en todas las fuerzas que se oponen interesadamente al cambio (incluso restaurando anacrónicas panoplias como ahora hacen los nuevos —viejos— profetas de la economía de mercado a ultranza), nos reanimamos pensando en que nuestro mejor aliado es esa ola incontenible de la crisis. Hasta el punto de que a veces nos aferramos al «optimismo catastrófico», si puede llamarse así a la esperanza de que los que van ciegos hacia el despeñadero, y con ellos nos arrastran, abran los ojos a tiempo para rectificar ante ciertos avisos alarmantes. Hasta ahora el hambre del mundo pobre no mordía en sus propias carnes, pero no ocurre lo mismo con el peligro de la contaminación, del riesgo nuclear o de esa acumulación progresiva de peligro que es la carrera de armamentos y el poder militar.

Nuevas orientaciones

La ciudad del futuro, repito, no está a la vista. Nos ofrecen de ella muchas anticipaciones a base siempre de progreso técnico acumulado y con poco o ningún contenido humano. Se nos dice cómo podrán ser las viviendas o las máquinas, pero nunca cómo serán los hombres. Desde el punto de vista aquí defendido, esas anticipaciones no harían más que consumar el desequilibrio. Por eso, y para no limitarme a una posición meramente crítica, quisiera concluir con algunas orientaciones que no pueden ser, claro está, sino atisbos del camino deseable. En primer lugar, el nuevo desarrollo ha de ser mundial. Es decir, de todo el planeta y de la humanidad en su conjunto. No se trata de la visión convencional, según la cual hay que ayudar al Tercer Mundo a que alcance el nivel de los países industrializados, dando, por supuesto, que la situación de éstos es satisfactoria, sino de comprender que *todo el mundo está subdesarrollado*, aunque sea de diferente manera. La periferia no tecnificada lo está por incapacidad de su producción para atender a las necesidades más elementales de sus habitantes; pero también el mundo industrializado por su atrofia de fines frente a la hipertrofia de medios. Y la coexistencia de ambos, por su irracionalidad radical: bastaría, en efecto, encauzar hacia objetivos humanos de ayuda al Tercer Mundo el inmenso derroche de los países ricos (una pequeña proporción de los gastos en armamentos sería suficiente, según el informe Brandt) para enfocar mejor el actual desequilibrio entre centro y periferia.

Esa concepción planetaria del desarrollo mundial acabará sin duda imponiéndose, porque una de las características de la crisis es que mientras se han mundializado ya muchos problemas (el de la energía, la alimentación, la explotación de los mares o la defensa del medio ambiente, por no hablar de las tensiones políticas), en cambio, las unidades de decisión siguen siendo poderes nacionales incapaces de afrontar problemas a esa escala. La consecuencia es que tarde o temprano habrán de surgir autoridades mundiales con poderes vinculantes para los estados, al menos en relación con esos problemas, y entonces también el tema del desarrollo será enfocado con una óptica global.

En segundo lugar, el *desarrollo será diversificado*, con vías y estrategias distintas según cada caso, en contraste con la visión convencional de hoy. Para esta visión se trata de que las naciones en desarrollo se limiten a seguir el camino trazado anteriormente por los hoy adelantados: el liberalismo de mercado, según unos, o la planificación socialista, según otros. Porque aun cuando hace más de veinte años que los economistas de la CEPAL mostraron la irrepetibilidad de la estrategia que llevó a la Gran Bretaña y a otros países de Europa a su creciente nivel, a lo largo del siglo XIX, los dogmatismos de las grandes universidades, dominante todavía en bastantes organismos internacionales, se empeña en recomendar —y a veces en imponer— que el Tercer Mundo se esfuerce por seguir las huellas de sus predecesores, contra la imposibilidad real de hacerlo así.

La reflexión anterior conduce a una tercera afirmación: el *desarrollo será compensador*, puesto que, como he procurado ya mostrar, el actual desarrollo es desequilibrado. Pero, de acuerdo con la observación precedente, la compensación deberá operar en sentidos distintos, según se trate de áreas industrializadas o subdesarrolladas.

Más concretamente, en el Tercer Mundo será indispensable fomentar la producción y las aplicaciones técnicas, porque allí el desequilibrio consiste en la insuficiencia de medios para las necesidades humanas más elementales. Y no se interprete esta afirmación como contradictoria con la tesis general de estas reflexiones. Ya he advertido al principio que en ningún modo rechazo la técnica ni propugno el retorno al pasado. No idealizo el pasado, pero tampoco quiero idealizar la técnica, como lo hacen sus fanáticos, que de ella esperan toda salvación. En el Tercer Mundo, el desequilibrio es tanto que hay lugar para incorporar técnica sin traspasar la raya que nos llevaría al opuesto desequilibrio, consumado ya en los países avanzados. Por otra parte, el vocablo «técnica» engloba un vasto campo con caminos varios y, como se verá, hay un cierto margen de opción selectiva inspirada en otras razones.

En cambio, en los países industrializados, la compensación debe operar en sentido contrario, a saber: teniendo conciencia de los límites con que está empezando a tropezar ya la hipertrofia de medios. Límite en la propia naturaleza humana, con la dependencia creciente del individuo respecto del sistema, la atrofia de sus capacidades de adaptación o reacción y el vaciado de su vida interior. Pero límites sobre todo en la naturaleza física, que caen de lleno en el problema ambiental que aquí nos preocupa. La gran ciudad, como arquetipo del ambiente artificial, ejemplifica el desplazamiento casi total del ambiente natural: casi todo lo que nos rodea a los habitantes es producción del hombre. Pero no se piense que así se ha eliminado el problema: esas grandes ciudades, así como las comunicaciones entre ellas y sus necesidades en alimentos y materias primas resueltas por medios industrializados están creando constantemente contaminación y, en todo caso, no dejan de estar sumergidas en la biosfera, progresivamente degradada. Es dudoso que las restauraciones parciales del ambiente, logradas aquí y allí, sirvan para detener el proceso degradante impulsado por la tremenda apisonadora del desarrollo canceroso y la industrialización creciente de sectores hasta ahora todavía más o menos residualmente humanizados. Por ejemplo, el de los servicios, cuya expansión quieren presentarnos algunos como promesas de una nueva sociedad no industrial, sin pensar en el alto grado de mecanización y automación exigido cada vez más para esos servicios.

Ahora bien, precisamente por esa tendencia compensadora, mediante ella y al adoptar vías diferentes dentro de una concepción mundial, el *desarrollo será humanizado*; es decir, corregirá el desequilibrio fundamental de la industrialización: la preferencia por las cosas en lugar de por los hombres. Esto significa restaurar la vida interior, gozar de sí mismo, y recobrar —en los países avanzados, donde se encuentra tan quebrantado— el sentido de identidad, manteniendo las tradiciones culturales propias. Dicho en otras palabras: frente a la generalización por todo el planeta del modo de vida occidental, como tiende a hacer la economía de mercado —imponiendo, por ejemplo, patrones de consumo ajenos e imposibles de satisfacer con la propia producción—, será necesario salvar las identidades culturales todavía no destruidas por ese mecanismo difusor. De lo contrario, se produciría una irreparable pérdida para la humanidad entera, todavía más grave que la desaparición de especies animales o vegetales irrecuperables o de patrimonios genéticos. En efecto, cada cultura es una interpretación diferente del mundo, y su pérdida equivale a cerrarse los hombres una gran ventana a otro horizonte; es decir, secar pozos creativos que podrían ser fuente de disfrute y de descubrimientos.

Esta defensa de la identidad y el patrimonio cultural tiene una proyección especial en el dominio de la técnica, recomendando la cuidadosa selección de tecnologías, pues no siempre son preferibles —y a veces al contrario— las más avanzadas. Y ello no sólo por razones de congruencia con el conjunto cultural tradicional, sino también por racionalidad económica bien entendida (es decir, social y no meramente de lucro privado), pues las técnicas intermedias pueden contribuir a combatir el paro mejor que las punteras, aparte de ser más difundibles en el Tercer Mundo y de utilizar equipos más fácilmente obtenibles con medios propios y con menor dependencia. Por supuesto, que la consecuencia podría ser una menor capacidad de competencia en los mercados internacionales, pero la mundialización de decisiones daría nuevos cauces para afrontar el problema. Cierto también que la tecnología indispensable para determinados fines impone a veces medios específicos, limitando la capacidad de elección; pero no es menos verdad que frente a la aceptación ciega de los medios técnicos más avanzados y prestigiosos, tantas veces deseados por los gobirenos tercermundistas o impuestos por las multinacionales allí instaladas, existe una actitud selectiva con posibles tecnologías alternativas que se van estudiando cada día más.

CON UN CARRITO HACIA EL SUR

Ahora bien, esa humanización del desarrollo nos lleva a la orientación fundamental, confirmadora de todas las anteriores: la revisión de los valores imperantes entre nosotros, y claro está que me refiero a los realmente operativos y no a los oficialmente proclamados. Porque está claro, como ya he apuntado, que esta sociedad autodeclarada cristiana no es precisamente practicadora de un Evangelio donde se deja a la providencia el cuidado de las avecillas del campo y vestir a los lirios del valle; sino que confía el porvenir a las compañías de seguros, a los cuidados de la organización y a la propiedad privada.

Al referirme a la revisión de valores no estoy pensando en la utópica angelización de los hombres. Admito, por el contrario, que el egoísmo seguirá siendo determinante del comportamiento, porque la supervivencia es ley fundamental de cualquier ser viviente. Lo único que pretendo es que ese egoísmo sea más inteligente y, aleccionado por los males derivados del camino emprendido hace siglos para el desarrollo, rectifique sus errores en beneficio precisamente de sí mismo. Y más concretamente en nuestro caso, que se reinserte en su ambiente natural, sin desgajarse de él para explotarlo, porque entonces acabará viéndose destruido a sí mismo al final del proceso. Después de todo, si bien el hombre es un ser histórico, a diferencia del animal, su creación de la historia se encuentra natural y biológicamente condicionada: ese condicionamiento impone un límite a su voluntad.

Pues bien, al propugnar esa revisión de valores tropezamos con el mayor obstáculo para emprender otra vía de desarrollo, porque los intereses establecidos obtienen su mayor lucro y su poder precisamente gracias a los valores vigentes. De ahí que incluso quienes coinciden con el diagnóstico sean profundamente escépticos sobre la posibilidad de rectificar. Quizá cuando, en párrafos anteriores, he escrito reiteradamente que el desarrollo «será» de este o del otro mundo, hubiera sido más correcto escribir «debería ser».

Ante ese problema reconozco, en efecto, que los poderes establecidos están en contra de cualquier cambio serio de valores y, por tanto, cierran la vía a todo desarrollo que no sea el consumista-productivista. Los gobiernos más poderosos imponen sus respectivas ideologías a los estados satélites, los dominadores del mercado indoctrinan con la publicidad a los consumidores, las transnacionales traspasan las fronteras y establecen en otras áreas a empresarios cómplices, los círculos académicos convencionales siguen segregando la racionalización de sus ideologías sin más que añadir el prefijo «neo» o el calificativo «nuevo» a lo de siglos atrás. Y cuando los hechos son tan patentes que las tensiones surgen, como, por ejemplo, en las reivindicaciones del Tercer Mundo frente a los países industrializados, todos los grupos se unen en bloque para dividir a ese Tercer Mundo, halagando sus diferencias o comprando a sus gobiernos separadamente, para que no puedan ejercer acción eficaz alguna.

Reconozco, además, que el horizonte inmediato no ofrece perspectivas mejores, sino al contrario, aunque sólo sea por dos grandes razones. Primero, porque las crecientes organizaciones políticas económicas generan una burocracia que siempre es un factor de rigidez e inmovilismo, contra las perspectivas del cambio. Segundo, porque los progresos de la técnica refuerzan enormemente a esa burocracia, a la vez que el poder militar, relacionado a su vez con la presión hacia el derroche en armamentos y con el pensamiento dogmático y autoritario. La alianza de la informática con las burocracias civiles y militares es, evidentemente, el mayor peligro que amenaza a la sociedad (en cuanto humana) y es capaz tanto de desatar las mayores catástrofes como de implantar nuevas formas de esclavitud o servidumbre, aunque sea bajo la dorada apariencia de un alto nivel de consumo.

Para colmo, a pesar de la crisis de las ciencias sociales y, más concretamente, de la economía, la posición de los disidentes, como el que esto escribe, se ve trabada porque siempre es más difícil defender lo que aún no existe contra lo ya bien asentado y reforzado cada día. Los economistas convencionales disponen de toneladas de literatura, de numerosas mentes ya condicionadas e interesadas en la permanencia de sus ideas, de razonamientos articulados y defendidos por su congruencia interna aunque no reflejen la realidad, de instrumentos y medios poderosos y de estadísticas que, al ser concebidas en función de los hechos que les interesan, son fecundas en aportar «pruebas» a sus tesis que sólo de través sirven a las contrarias. Como he dicho alguna vez, esos economistas viajan cómodamente en un tren velocísimo y dotado de todas las comodidades, mientras nosotros nos esforzamos en impulsar un lento vehículo todavía no acabado de construir y para el que el sistema no construye carreteras, sino todo lo contrario: impone peajes.

¿Por qué, entonces, nos empeñamos en seguir con nuestro carrito en vez de subirnos al tren de los premios Nobel? Porque ellos ruedan sobre una vía que conduce indefectiblemente a ese Norte de la tecnificación y la contaminación, mientras que nosotros queremos progresar como hombres hacia el mundo de la vida y de nuestra propia naturaleza biológica y mental. Por eso, cada paso que demos nos acerca a nuestro objetivo, mientras que con ellos cada aceleración del tren nos alejaría constantemente de nuestro Sur.

Más aún, en la esfera individual de cada uno siempre es posible un cierto grado de rechazo frente al sistema. De numerosas maneras somos capaces de «apagar la televisión» a la hora que nos place. Pero no son estas soluciones escapistas las que determinan nuestra actitud, sino la convicción de que somos nosotros los que caminamos hacia el futuro y no ellos. Por eso he escrito que el desarrollo «será» de este o del otro mundo.Y aunque me haya equivocado en las orientaciones propuestas, de todos modos quedo persuadido de una cosa: de que el desarrollo no continuará mucho tiempo —a escala histórica— en la misma dirección que hoy.

La contaminación del medio ambiente me da la razón, como la desorientación de las vidas interiores o, lo que es peor, su falsa orientación cubriendo un vacío.Y si estos límites de la naturaleza física o humana no existieran, otros obstáculos atajarían la irracionalidad y el desequilibrio del desarrollo subdesarrollado en los países ricos. Por ejemplo, los límites políticos que acabará imponiendo la creciente desigualdad entre el centro y la periferia, la progresiva miseria comparativa del Tercer Mundo. ¿Cuánto tiempo creen los poderosos, por ejemplo, que mantendrán sometida al África al sur del Sahara? ¿Y qué pasará si las riquezas mineras del África meridional basculan hacia otro poder político?

Por eso contemplo la crisis con esperanza. Porque esta crisis es la viva prueba histórica de que aquel mundo (hablemos ya desde el futuro) no puede continuar. La crisis demuestra que lo viejo —y el desarrollismo convencional es lo viejo— está muriendo, aunque lo nuevo no acabe de nacer todavía, y por eso puedan aún acusarnos de utópicos, sin recordar —repito una vez más— que lo único verdaderamente utópico no es el cambio de modelo, sino al contrario: la creencia de que dentro de un sistema cerrado sea posible el crecimiento indefinido. Ellos podrán prometerse el fin de la crisis de un año para otro, como lo vienen haciendo hasta ahora y como si el paro y la inflación actuales no fueran inherentes a la estructura del sistema, lo mismo que otros males. Pero la crisis continúa, sus raíces en el pasado y su persistencia año tras año garantizan cada vez más que la única salida está en otro modelo y que, por eso, lo utópico es empeñarse en combatirla para volver atrás. En cambio, lo sensato es «correr el temporal», como dicen los marinos, y aprovechar la fuerza de la ola para llegar cuanto antes a las nuevas playas.

Y ése es el significado global de la crisis que, como a otros aspectos del presente, se aplica también a la degradación del medio ambiente: la de prometer y exigir un replanteamiento radical del problema. Fundemos, pues, en la crisis nuestra esperanza histórica.

6

El desarrollo, dimensión patológica de la cultura industrial

La cultura, ¿dimensión olvidada del desarrollo? Sin duda; no pienso discrepar. Al contrario, aunque me propongo invertir la frase, ya se verá que es para mejor concluir coincidiendo con ella y confirmándola. Pues, ciertamente, las teorías del desarrollo difundidas desde las grandes universidades del mundo industrializado olvidan lo cultural, o lo relegan a meros añadidos en sus modelos formalizados, llamados de desarrollo, cuando apenas son de crecimiento. Bienvenido sea por tanto cuanto se haga para recordarnos lo cultural, y a ello pretendo contribuir aquí.

Ahora bien, no nos precipitemos a admitir que al desarrollo le «falta» la cultura, porque así caemos en la trampa de los conceptos convencionales, que nos colonizan con su visión del mundo. Pues la cultura, cualquier cultura, es antes que el desarrollo —la prueba es que puede existir sin él—, luego obviamente abarca al desarrollo y no a la inversa. Cultura es cada manera global de vivir —en expresiva frase de Zubiri, nuestro modo de «habérnoslas con la realidad»—, mientras que el desarrollo de la teoría convencional concierne sólo a lo económico. Incluso considerado en general, el desarrollo no pasaría de ser sino la evolución de la cultura: sus cambios, no su sustancia. Circunscrito a lo económico, el desarrollo —como el arte o la religión— es sólo una dimensión de la cultura. Nada menos, pero nada más.

Dimensión, pero no olvidada. Todo lo contrario: ése es el nudo de nuestros problemas. Dimensión hipertrofiada por el desarrollismo,

Artículo publicado en *Desarrollo*, revista de la Sociedad Internacional para el Desarrollo, 1982.

esa obsesión de multiplicar los productos a costa de lo que sea. Dimensión desaforada, perturbadora como las células malignas en el cáncer. El desarrollismo, con su falso ideal del crecimiento perpetuo, es precisamente la dimensión patológica de la cultura occidental. Al afirmarlo así, no olvido que un gran número de países necesita todavía aumentar su producción, pero eso no obliga a aceptar *toda* la civilización industrial con su modelo desarrollista, que no se enmienda añadiéndole meros parches culturales. Lo que se necesita es poner el desarrollo al servicio de la cultura —de la vida— y no a la inversa.

¿Mero juego de palabras? De ningún modo, porque la manera de plantear los problemas condiciona la solución que se busca y, por tanto, la que se encuentra. En esta ocasión, si vemos la cultura como dimensión del desarrollo tenderemos a insertar en éste parcelas de aquélla, traicionando la esencia global de toda cultura. En cambio, planteando la cuestión al revés es cuando de verdad podremos reintegrar el desarrollo en la cultura, llegando así hasta el corazón del problema, asentado en la base misma de la civilización industrial. Pues si el desarrollo económico del modelo es patológico, ello se debe a que esa cultura está enferma.

La ruptura desarrollista

La enfermedad consiste, y en eso estriba el problema fundamental de nuestro mundo, en que un aspecto parcial del vivir, como es el económico, centrado en el desarrollo, es preferido a todos los demás por la ideología industrial; sin perjuicio de que ésta afirme al mismo tiempo profesar creencias tan alejadas del consumo material como las evangélicas, que no le impiden contradecirse con la colonización explotadora o el armamentismo. A ello se ha llegado en la historia, como es sabido, al racionalizar y secularizar progresivamente la cultura medieval europea, originariamente emanada del mundo grecorromano y judeocristiano. Esa racionalización, a su vez, engendró un determinado conocimiento científico cuyo objetivo más prestigioso es la acción tecnificada sobre el mundo y el consiguiente poder; a diferencia de los fines perseguidos por otras culturas, cuyo saber se orienta, por ejemplo, a la comprensión gratificante de la realidad o al goce sereno de nuestro mundo interior.

Por supuesto que toda cultura necesita disponer de un soporte material, creado y mejorado por la actividad económica. Pero el desbordamiento de ese soporte hasta llegar al desarrollismo actual es un fenómeno localizado en la historia y en la geografía: tiene sus orígenes a finales de la Edad Media y en Europa. La crisis actual no arranca de las grandes revoluciones modernas —inglesa, francesa o soviética—, que sólo transformaron los sistemas de reparto del producto social, pues la cuestión de fondo es la forma —dada por la cultura— de arrancar al mundo exterior ese producto, y eso es lo que se replanteó en la honda ruptura histórica que separa la Edad Media del Renacimiento. Desde entonces, Europa emprendió el camino del vivir tecnificado que luego irá difundiendo progresivamente por el mundo, a compás de su expansión colonial, pues ocurrió que los hombres dejaron de sentirse componentes del cosmos y pasaron a contemplar el mundo como su propiedad, como objeto explotable. El hombre renacentista se instala egocéntricamente frente a la naturaleza y decide que ése es su botín, olvidando lo que hoy saben los ecologistas; es decir, que él también depende de ella, porque si él es historia también es naturaleza. Con todo, el arquetipo renacentista aún procuraba armonizarse con el mundo, y así Paracelso escribía: «Natura parendo vincitur», a la naturaleza se la domina obedeciéndola. Pero en la Inglaterra victoriana ya el éxito económico se valoraba por encima de todo, poniendo el desarrollo al galope. Es que ya en 1748 Benjamin Franklin había acuñado la frase «Time is money», reductora de la vida (esto es, el tiempo de cada uno) a dinero.

Recuerdo todo esto, lo más brevemente que puedo, para insistir en que la prioridad otorgada en esa cultura al desarrollismo lo convierte en un cáncer cultural y social. En efecto, en todo sistema ocurre que el desarrollo de un subsistema sólo se logra a costa de los demás. En nuestro caso, como ha subrayado Galtung,[1] el desarrollo técnico lleva consigo la degradación de la naturaleza; el desarrollo de

1. Galtung, Poleszynski y Wenemagh, *Overdevelopment and Alternative Ways of Life in High Income Countries*, SID & UN University, Ginebra, 1979.

ciertos países se consigue a costa del de otros y, finalmente, la preferencia por el consumo de objetos y por la vida «hacia fuera» implica el raquitismo de nuestra vida interior.

Y lo peor es que si hoy todavía subsisten millones de seres viviendo en el seno de culturas diferentes, con otros modos de afrontar la realidad, la intrínseca vocación invasora de la civilización industrial está imponiendo la hipertrofia desarrollista por todo el mundo, a la manera de una metástasis de ese cáncer. Y como los pueblos del Tercer Mundo padecen hambre —agravada por el previo desarrollo de la cultura industrial—, se ven forzados a aceptar el progreso técnico que se les vende, aunque al menos algunos de sus hombres sepan que el resultado será la destrucción de su identidad cultural.

«¿Y no será lo más conveniente?», se preguntarán algunos, dando la razón a los desarrollistas cuando llaman «progreso» a ese vivir para la productividad y el consumismo, aunque con ello desaparezcan las demás culturas —otras formas de gozar la vida, de pensar, de crear— y se regimente la humanidad entera según la uniformidad técnica. «¿Qué razón hay —dirán— para preferir, románticamente, las culturas tradicionales?»

Aparte de que criticar el desarrollo patológico no implica la nostalgia del pasado, sino la invención de una nueva cultura, que los tecnócratas no son capaces de crear, el argumento decisivo contra el desarrollismo es la creciente impresión de que está llegando a sus límites: aunque fuera el ideal está agonizando. Claro que los optimistas lo niegan, pero lo va percibiendo la conciencia pública.

Asomémonos, por tanto, a esos límites, que pronostican el agotamiento del modelo.

Los límites del desarrollismo

La existencia de esos límites es, justamente, la causa profunda de la crisis actual, que es la crisis del desarrollismo y que por eso es, como he escrito en otro lugar, a la vez global, secular, profunda y desorientada.[2] Aunque el optimismo académico no quiera reconocerlo, es innegable que el crecimiento indefinido en un mundo finito constituye una utopía. No somos, en cambio, utópicos quienes ponemos nuestras esperanzas en un cambio cultural, pues, por difícil que éste parezca —y no soy nada optimista para el futuro inmediato, como se verá—, la historia ofrece ejemplos.

No los ofrece, en cambio, para salvar *límites físicos* de agotamiento de recursos como los señalados, por ejemplo, en los informes del Club de Roma, ciertamente verdaderos aunque puedan discutirse las fechas de extinción. Pero es que, además, existen *límites políticos* obvios, bien patentes con sólo recordar las tensiones internacionales. Sobre todo, ¿hasta cuándo creen poder sostener los países ricos unos niveles de consumo privilegiados que el sistema internacional hace cada año más inalcanzables para los pobres? La reacción de éstos estalla paralelamente en las reivindicaciones tercermundistas y en los crecientes conflictos «locales», cuyo aprovechamiento por las dos grandes potencias para su rivalidad específica no disipa su fondo de rebeldía contra la injusticia mundial. Y, finalmente, existe un *límite interior* en nuestro propio ser individual como resistencia a deshumanizar al hombre y reducirlo a un hueco actor externo, mero productor y consumidor. En los países ricos se han evaporado los ideales movilizadores de otros tiempos y la gente busca salvaciones identificadoras recurriendo, v. gr., a las drogas o a nuevos cultos extraños —sin olvidar la exasperada reacción terrorista— que no frenan la expansión de las enfermedades y perturbaciones mentales incubadas en el sistema industrial.

Si todo ello es correcto, ¿cómo puede ser que la economía oficial siga proponiéndonos su modelo de desarrollo? Aparte de que siempre cabe un fácil optimismo tecnológico y una ignorancia de sus consecuencias para la naturaleza del hombre, la respuesta inmediata se encuentra en el cambio que experimentó la ciencia económica hace más o menos un siglo, cuando la «economía política» de los Smith o los Mill se convirtió en la *economics* a secas de Marshall y

2. En *La segunda ampliación de la CEE: Integración de socios desiguales*, ed. por D. Seers y C. Vaitsos, McMillan y BEE, Madrid, 1981.

sus sucesores, por razones varias en cuyo análisis no puedo entrar ahora pero cuya consecuencia fue una nefasta acotación de las variables consideradas suficientes para explicar los hechos económicos.

Tres niveles de variables

Para ilustrar esta reducción economicista en el estudio de la sociedad, que hizo de la economía una técnica —cuando es en rigor un saber social—, resulta útil distinguir tres distintos niveles en los que se sitúen, respectivamente, los siguientes componentes de la estructura colectiva: *a) materiales, b) institucionales y c) axiológicos*. Pese a suponer una extrema simplificación, esa visión nos ayudará a percibir mejor las relaciones entre cultura y desarrollo, tema central de estas reflexiones.

La enumeración equivale a diferenciar, respectivamente, el nivel de los hombres y el de las ideas o, si se prefiere, el *nivel tecnoeconómico, el sociopolítico* y *el axiológico*. En el primero se sitúan los bienes y servicios, con fenómenos como la demanda y la oferta, los precios, la actividad empresarial, la estructura productiva, la distribución y otros. Es el campo de estudio más específico de la ciencia económica actual sin perjuicio de que, por supuesto, ésta se asome además a las instituciones asentadas en el nivel sociopolítico, pero sólo en cuanto generan hechos conceptuados por ella como económicos. Así, por ejemplo, el gobierno será tenido en cuenta únicamente como recaudador y gastador o regulador de la economía. En todo caso, a donde no llegan los intentos explicativos de la economía convencional es al tercer nivel, que contiene el sistema de creencias y valores; aunque a él nos referimos, en cambio, quienes pensamos en la cultura como la variable olvidada.

Bien, se dirá, ¿y qué hay de malo en esa división del trabajo científico, tan lícita como cualquier otra? Los valores, añadirá el cultivador de la *economics*, los introducimos como datos, por ejemplo, en las curvas del modelo paretiano, pero el explicarlos corresponde a otros científicos. No son asunto nuestro.

Cierto; esa división del trabajo es perfectamente lícita. Pero entonces ha de ser congruente con ella la división de funciones dentro de la actividad social. En otras palabras, con la teoría basada en esa acotación de variables no es lícito intervenir en procesos sociales donde resultan decisivos los cambios de variables excluidas de aquella acotación, así como la comprensión de esos cambios. La reducción economicista no respeta esa congruencia, y así ha impuesto el crecimiento material como dimensión prioritaria del sistema de vida, a costa de los demás componentes de la vida cotidiana. Cierto que los economistas no son los únicos culpables, sino también los filósofos racionalizadores de los intereses y hasta la misma necesidad real de bienes, pero ello no impide que la reducción economicista haya puesto el progreso humano en manos de quienes por su formación sólo tienen capacidad para dirigir lo económico, por lo que son profesionalmente miopes para otras necesidades vitales, desde la ética a la estética y al goce.

De ahí el desbordamiento desarrollista. En efecto, frente a los modelos explicativos del desarrollo como resultado —para simplificar— de la inversión, será preciso recordar que la decisión inversora tiene sus raíces no sólo en el nivel tecnoeconómico (donde responde allí a los precios o a la rentabilidad), sino también en el nivel político-social, desde el cual se influye en la formación de esos precios o se orienta la inversión. Más aún, estas influencias decididas en el seno de las instituciones insertas en ese segundo nivel responden, necesariamente, a juicios, imágenes, preferencias o valores asentados en el tercer nivel. En definitiva, para explicar el consumo o la inversión hay que remontarse, en último término, a variables excluidas por la *economics*. Y con más razón todavía en el caso del desarrollo: la mera opción por multiplicar las cosas, en vez de buscar, como otras culturas, el perfeccionamiento del hombre mismo (sin negarse por ello a un bienestar que no es el constante «mejorestar» desarrollista), es un resultado de factores axiológicos y no puede adoptarse por razones meramente económicas, porque entonces se nos vienen encima las consecuencias no previstas de la hipertrofia desarrollista, como nos ocurre ahora.

Si todo ello no se ha percibido antes más claramente es porque durante épocas con prolongada estabilidad de los valores establecidos era menos grave aceptar teorías parciales excluyentes de la evolución de los mismos, pues ya estaban necesariamente implícitos tales valores en dichas teorías, sin sobrevenir cambios axiológicos que las perturbaran. Por presentar un ejemplo, todavía en la Gran Depresión de 1929, prácticamente ningún economista dudaba de la capacidad del sistema —con sus instituciones y sus valores— para salir adelante. Pero esa capacidad es precisamente lo que ahora ponemos mucho en cuestión, con la creciente conciencia de los límites y con la generalidad de una crisis en la que se tambalean componentes fundamentales, desde la economía hasta el sentido mismo de la técnica.

Otra causa de la insensibilidad hacia las consecuencias negativas del desarrollismo industrializado se encuentra en la situación de dependencia colonial de muchos pueblos hasta la pasada posguerra. Entonces las economías tercermundistas se englobaban dentro de las de sus metrópolis, sin que sus problemas intrínsecos encontraran eco en los grandes centros científicos. Aparte de otras posibles razones, cabe concluir que quizá hace cien años la *economics* resultase útil para el adelanto, cuando niveles más bajos de consumo justificaban todavía el incremento de la producción en los países más ricos.

Pero si hoy se le confía la dirección del sistema, su énfasis en las variables del nivel tecnoeconómico sólo nos llevará por el camino de un desarrollismo ya desequilibrado y enfrentado con sus límites.

Niveles sociales y teorías del desarrollo

Parece así que volvemos al principio. ¿Bastará entonces añadir a las teorías dominantes ciertos aditamentos culturales? Ya lo hace dudoso el escaso éxito alcanzado por tales intentos, pero con más fuerza permite negarlo una razón fundamental. En efecto, lo ya expuesto ha mostrado suficientemente que la prioridad del desarrollo material, a costa de lo que sea, es consustancial con la civilización industrial y con su actitud ante la realidad. Es toda esa cultura la que está enferma, y no se corregirá el desarrollo que responde a ella ni con parches de esa misma cultura ni, menos aún, con imposibles injertos —serían rechazados— de otras culturas basadas en valores distintos.

En otras palabras, la solución no llegará añadiendo suplementos con sentido social a la teoría convencional del desarrollo, forzosamente falsa desde el momento en que se ha construido a base de variables insuficientes para la explicación. La solución exige una nueva teoría del desarrollo, y en esa línea se han orientado ya las nuevas concepciones originadas en el Tercer Mundo para rectificar la explicación convencional del desarrollo. Así, se han elaborado las teorías de la dependencia y marginación, con nuevos conceptos muy superiores a los convencionales para interpretar la realidad mundial y el estancamiento del diálogo Norte-Sur.

Con estas teorías como base es ya posible replantear la acción política de manera más eficaz para la distribución del producto mundial entre todos los humanos, sustituyendo la nefasta dualidad «Norte-ayudando-a-Sur» por la correcta visión de un solo sistema mundial en el que o nos salvamos o nos hundimos todos. Pero no percibo en estas teorías la visión necesaria a largo plazo para corregir los desafueros del desarrollismo y la inevitabilidad de sus límites.

Por eso vuelvo a los tres niveles de componentes sociales para aplicarlos ahora a una correlativa clasificación de teorías del desarrollo. En efecto, resumiendo ideas que ya expuse en otro lugar,[3] clasificaré las teorías explicativas del desarrollo en tres grandes grupos, como muestra la tabla inserta en la página 370.

El primer grupo integra las distintas variantes del modelo convencional, caracterizado por basarse en las variables micro y macroeconómicas usuales, correspondiendo así al nivel tecnoeconómico de la realidad. Puede afirmarse que tales modelos y teorías, por mucho que pretendan explicar el desarrollo, sólo pueden aplicarse todo lo más a procesos de crecimiento, sin capacidad para el cambio estructural inherente al auténtico desarrollo.

El segundo grupo presenta dos grados de ampliación teórica, de mayor trascendencia el segundo. En el primer grado se integran los intentos para añadir dimensiones sociales y culturales al desarrollismo cuantitativo, mediante variables ligadas a los conceptos de «cali-

3. «Desarrollo económico», en *Economía Planeta. Diccionario Enciclopédico*, Barcelona, 1980, vol. 3.

dad de la vida», «necesidades básicas» y otros. El resultado es el modelo que llamaré «convencional ampliado», más los distintos reformismos, tan interesantes por lo común en sus planteamientos como tímidos luego para llevar éstos a sus últimas consecuencias.

Por eso la segunda ampliación es mucho más importante, porque al considerar variables políticas —grupos y clases sociales, centros de poder e instituciones que lo ejercen, conflictos, etc.— permiten iluminar mejor la estructura de la realidad. Así se ha acuñado la noción de dependencia que, con todas sus consecuencias y connotaciones, es hoy por hoy el enfoque más eficaz para penetrar en los problemas del desarrollo; sin olvidar que la dependencia es también cultural, porque la más grave de las colonizaciones es la mental. En todo caso, las dos ampliaciones de este segundo grupo corresponden al nivel sociopolítico de mi anterior clasificación de componentes.

Por último, un tercer grupo se impone cada vez más en la conciencia científica y ciudadana, pese a la resistencia de los intereses establecidos y de la rutina académica. No es una novedad, porque siempre ha habido pensadores contrarios al mero desarrollismo, pero sólo más recientemente ha empezado a invadir esa actitud el campo específico del debate económico social. Quizá las primeras manifestaciones operativas hayan partido de la actitud ecológica, con su inquietud ante la degradación de la naturaleza, y por eso aparecen ante todo en este grupo interpretaciones que ya hablan de «ecodesarrollo», por lo menos desde la Conferencia de Estocolmo, hace diez años, incorporándose así a la teoría las variables relacionadas con los límites medioambientales.

En todo caso, las actitudes como las que inspiran el presente trabajo creen que el respeto a la naturaleza o la reintegración del hombre en el mundo no son los únicos valores que escasean gravemente en la civilización industrial. Por eso es preciso concebir un nuevo desarrollo, ampliando las variables usuales en los anteriores modelos con las emanadas de otro sistema de valores. Los lectores conocen diversos ejemplos de intentos para encontrar la vía del nuevo desarrollo, y no es mi propósito referirme a ellos. En todo caso, existen y progresan, aun reconociendo que queda mucho camino por recorrer, pero hay que recorrerlo si creemos, como a mí me ocurre, que este desarrollo está llegando a sus límites, históricamente hablando.

Un carromato hacia el Sur

La conclusión, por tanto, es que no habrá nuevo desarrollo sin referirse a un nuevo sistema de valores. Esto significa caminar hacia otra cultura distinta. Dicho de otro modo, el intento de reparar el olvido de la cultura en el desarrollismo actual supone, si se lleva a fondo y no se reduce a parches superficiales, nada menos que proponerse una nueva cultura en la que, naturalmente, la actividad económica será siempre una dimensión indispensable, pero de intensidad ponderada en relación con las demás, según el nivel alcanzado ya por cada sociedad. He aquí por qué afirmaba yo al comenzar que daba lo mismo partir de uno o de otro término, salvo las ventajas de un planteamiento más estimulante: en definitiva, lo importante es reconocer la relación interdependiente entre cultura y tipo de desarrollo.

Ahora bien, ¿acaso es fácil pasar de una cultura a otra? Ciertamente que no: se requiere para ello una ruptura histórica, y eso es el máximo caso de cambio social. Ahora bien, aquí estamos de nuevo ante un problema de planteamiento. Si creemos que este desarrollismo ya se agota, la cuestión no está en si es fácil o no pasar a un nuevo desarrollo (es decir, a una nueva cultura), sino en emprender desde ahora el camino del cambio. Lo utópico, repitámoslo, no son los cambios en la historia (cuyo curso es un perpetuo cambio), sino el olvido de unos límites reales y la pretensión de eternizar una situación.

De todas maneras, la tarea es gigantesca y el pesimismo resulta ineludible, sobre todo al contemplar el acelerado progreso de técnicas concentradoras de poder, aplicables a la dominación, como son las nuevas fuentes de energía, los transportes, los armamentos y, más todavía, la telemática, más la amenaza incipiente del condicionamiento genético, que nos encadenaría con eslabones insertos en cada una de nuestras células. Tales técnicas, al servicio de las alianzas burocrático-militares, constituyen un riesgo grave, acuciante e imposible de ignorar.

Pero no se trata —sería ciertamente ilusorio— de cambiar de cultura, sino de iniciar el cambio desde ahora, y eso ya está en marcha. Esta crisis-ruptura nos arrastra; la toma de conciencia se generaliza. Las miradas nostálgicas hacia atrás de teóricos que sin embargo se presentan como «nuevos» no hacen sino demostrar la impotencia creadora en quienes pertenecen ya, por sus ideas y concepciones, al pasado. Pero la crisis no es toda negativa; con su depuración de anacronismos y con su implacable planteamiento de retos sin precedentes, nos invita a seguir la corriente en vez de suicidarnos oponiéndonos a ella. Sólo así se explican actitudes como la reflejada en la frase de Erich Fromm: «Cada vez tengo más razones para el pesimismo, pero más motivos para la esperanza». Por de pronto, descolonicémonos mentalmente rechazando la visión convencional: ya vemos cuán poco se avanza con ella.

La tarea intelectual es difícil y tropieza con obstáculos, tales como intereses establecidos, los poderes políticos instalados en los centros de decisión o los reductos académicos de más influencia: ahí están los premios Nobel —con una minoría de excepciones— para demostrarlo. La tarea de los disidentes consiste, nada menos, en levantar otra construcción teórica interpretativa del mundo frente a la detentada por ellos.Y aunque sin duda en la hoy vigente existen partes aprovechables, ¿no es verdad que uno se siente pobre de herramientas conceptuales ante el andamiaje en sí mismo admirable, rico en rasgos de ingenio, construido por la ciencia académica a lo largo de dos siglos?

No obstante, esa tarea ha de hacerse y, repito, se está haciendo ya, como todos sabemos. Si alguna vez se siente el desánimo, permitidme apelar a una fábula que he utilizado otras veces. En efecto, la incipiente teoría del economista disidente podría compararse a un viejo carromato, compuesto de piezas heterogéneas y arrastrado por un jamelgo, cuyo científico ocupante ha de pararse en un paso a nivel. Allí mismo, ante él, se detiene un lujoso tren con todos los perfeccionamientos técnicos —como las teorías convencionales—, desde la máxima velocidad hasta el aire acondicionado y todos los refinamientos. Desde sus ventanillas, famosos economistas incitan a su pobre colega a subir al vagón y ponerse a disfrutar de todas las ventajas para vivir e investigar, desde el prestigio oficial hasta las facilidades de bibliotecas y demás medios. Pero el invitado mueve la cabeza y contesta:

—No puedo acompañaros. Seguís unos carriles que os llevan hacia el norte de vuestra vieja brújula y cada kilómetro adelante os acerca a chocar con vuestros límites. Yo, en cambio, camino hacia la vida del sur, hacia el nuevo desarrollo, y aunque vaya paso a paso, mis progresos resultan positivos. Iré despacio, pero en la buena dirección: en la del cambio histórico y el progreso hacia una cultura que no nos degrade, como la vuestra, que prefiere el desarrollo de las cosas al desarrollo del hombre mismo.

Tengamos confianza en nuestro carromato: la historia la cambian siempre los periféricos o los marginados interiores; los bárbaros contra Roma o los cristianos desde sus catacumbas. Los privilegiados nunca desean el cambio, pero sus pies, como los del ídolo de Nabucodonosor, son de barro. O, como decreta un espléndido verso castellano, que resume en dos líneas toda la dialéctica social del cambio:

Las torres que desprecio al aire fueron,
a su gran pesadumbre se rindieron.

7

Triple nivel, doble estrategia y otro desarrollo

La manera más rápida de anunciar el contenido de este trabajo es presentarlo como una interpretación ternaria de cuestiones fundamentales para la teoría económica y el desarrollo humano. Eso no supone atribuir carácter mágico ni místico al número tres, aunque aparezca reiteradamente en estas reflexiones. No recurro a esa cifra por preferencias esotéricas, sino por la muy pragmática razón de que en mis análisis ha surgido más de una vez como la más significativa para establecer tipologías tan imprescindibles como desatendidas por la ciencia económica al uso en los centros académicos de mayor prestigio.

Con eso ya se advierte al lector que mis ideas no son las de moda en dichos centros, pero espero no desentonen en *El Trimestre Económico* —en cuyo homenaje escribo—, donde he aprendido con los años bastantes disidencias. En todo caso, constituyen mi verdad y, como enseñaba Chung-Tze, «quien predica la verdad veinticuatro horas antes que los demás es llamado embustero durante todo un día». Tampoco esta cita es muy académica, como no lo será mi lenguaje. Deliberadamente, pues cuando se rechaza un paradigma (como dicen ellos) y se intenta otra teoría, el ideal sería utilizar ya otro lenguaje para no pensar desde la cárcel de los conceptos rechazados: es decir, para conseguir la descolonización mental que acabaré defendiendo aquí. Pero ese ideal excede con mucho de mis fuerzas y me conformaré por eso con procurar al menos desmitificar el

Artículo publicado en la revista *El Trimestre Económico*, julio-septiembre de 1983.

lenguaje convencional. El juego intelectual (que no por juego deja de ser científico) siempre ayuda a corroer las pompas académicas.

La crisis de la ciencia económica

En todo caso, con o sin estas discrepancias, la crisis de la ciencia económica es un hecho reconocido y no sólo desde el punto de vista de ideologías diferentes. No hace falta ser marxista, por ejemplo, para darse cuenta de que algo huele a podrido en la Dinamarca de los manuales al uso. La ineficacia de la teoría para afrontar el problema del desarrollo económico mundial (no sólo es falta de voluntad política) denunciaría por sí sola esa crisis. Otra muestra es la incapacidad para comprender la inflación, después de que los hechos arruinasen interpretaciones que sin embargo suscitaron tanta bibliografía como la famosa curva de Phillips.

Ahora estamos viviendo otra curva no menos clamoreada: la consabida curva de Laffer que, a quienes tenemos años, nos recuerda demasiado la explicación del monopolio por Barone, recibida en nuestra época estudiantil. Este último ejemplo tiene más importancia todavía porque rebasa el nivel de la anécdota, al delatar el pobre recurso de los «nuevos» economistas convencionales cuando buscan refugio en un «nuevo» liberalismo que no es sino prueba de su falta de imaginación ante los *nuevos* problemas. Cuando algún «ismo» del pasado reaparece etiquetado como «nuevo» ya empieza uno a sospechar que no lo es tanto y por eso mismo necesita la etiqueta como un disfraz. Muy bien lo denunciaba nuestro poeta y humanista Joan Maragall al escribir, hace casi un siglo: «Mientras las clases obreras por un lado, y los que pelean en la vanguardia del pensamiento por otro, avanzan convergiendo hacia un punto indeterminado todavía, donde reunidos puedan dar la batalla al actual orden social, éste, desarmado de ideales que oponer al enemigo, va replegándose a las necesidades de la nueva lucha».[1] Palabras de hace no-

1. J. Maragall, *Gremios agrícolas* (artículo de 22 de mayo de 1893), en *Oeuvres completes*, vol. XIV, Barcelona, 1936.

venta años que parecen escritas para tantos desenterradores actuales de teorías pasadas.

Otro refugio aparentemente progresivo y moderno consiste en querer salvar a la ciencia económica por la vía de la tecnificación cibernética. Pero también el recurso es viejo porque sólo consiste en repetir, con instrumentos al día, la tentación en que cayeron a principios del siglo XIX los economistas, trasplantando en su virtud a nuestro campo los métodos matemáticos tan fecundos para las ciencias físicas y naturales, reduciendo así la economía del consumo y la producción al marginalismo. Entonces fue el cálculo diferencial; hoy es la informática.

Por supuesto, no todo ha sido inútil ni muchísimo menos. También el jardín académico da frutos, pero no suficientes. Y, sobre todo, sus dogmas refrendados por el prestigio esterilizan terrenos donde brotarían otras cosechas. Porque anticipando ya una primera diferenciación ternaria, conviene distinguir tres clases de verdades que llamaré *analíticas*, *globales* y *absolutas*. Las primeras sólo se consiguen acotando un campo parcial, que se cultiva con el instrumento de la lógica y en el que trabaja la interpretación académica de la realidad económica (sobre todo, si decide apoyarse en la cibernética), con lo que se asegura un alto grado de rigor, pero arroja por la ventana las variables menos cuantificables, por explicativas que sean.

Esas variables son, en cambio, acogidas para formular las verdades globales, gracias a lo cual ofrecen interpretaciones más amplias de la realidad mediante la visión histórica. En otras palabras, se toman así en cuenta las *variables sociales* indispensables para una ciencia humana como es en realidad la economía. En cuanto a las verdades absolutas, paradójicas o también simbólicas (según las cuales, por ejemplo, lo que está aquí puede no estar al mismo tiempo; o dos cosas iguales a una tercera pueden ser diferentes entre sí) conducen a vivencias absolutas, como las religiosas, de las que no voy a ocuparme. Los otros dos tipos de verdades son las manejadas por el científico o, si se quiere reservar el nombre de *ciencia* sólo para lo contrastable, llamemos entonces *saber* al conocimiento de las verdades globales. No vamos a reñir por el nombre; no es cuestión de categorías privilegiadas, pues unas y otras verdades son igualmente necesarias. Mi tesis, en definitiva, es que las verdades parciales y el análisis no bastan para construir una ciencia social, como lo es la economía.

Pues bien, con su renovado intento de trasplantar métodos suficientes, supongo, para otros campos, la ciencia económica insiste en sustituir, como hace unos cien años, la *political economy* por la *economics*, limitándose así a formular verdades parciales, necesarias pero no suficientes. Por supuesto, no quiero insinuar que la ciencia económica no haya progresado; al contrario, sus avances últimos son extraordinarios y admirables: lo reconozco sin reservas. Pero se han producido, por afán de rigor (y, en algunos, por otros motivos menos nobles), solamente en un nivel de los hechos que limita gravemente la eficacia práctica de esos progresos y hasta los hace contraproducentes muchas veces. ¿Por qué? Por ignorar la tipología de sistemas y aplicar al tipo social lo construido para un tipo mecánico. Me explicaré brevemente, aprovechando otra segunda trinidad clasificatoria.

El reloj, el gato y la India

Cuando hace casi medio siglo me asomé por primera vez al famoso *Tratado* de Marshall, encontré estampado en su primera página el lema «Natura non facit saltum». El lema pudo en su día tomarse como válido, pero hoy resulta irrevocablemente rebasado. Es decir, corresponde a una época en que la filosofía científica apostaba netamente a las categorías del orden social y del progreso armonioso, arrojando a la periferia de lo anormal el cambio y la ruptura. Hoy, después de los *quanta* y de otros hechos paralelos, hemos dejado atrás esa dependencia mental respecto al orden y al lema marshalliano poniendo en relieve el salto violento que separa a tres tipos distintos de sistemas: el mecánico, el biológico y el social, representados por el reloj, el gato y la India del epígrafe.

No ignoro que otros autores distinguen más tipos de sistemas (Boulding aceptaba hasta nueve, si no recuerdo mal), pero tengo bien presente lo poco que sé de Ockham, y resulta que para mi razonar sólo necesito tres. En primer lugar, el reloj o el sistema mecánico, enteramente lógico, invariable, inteligible por completo mediante la articulación de verdades parciales e incluso desmontable con posibilidades de volverlo a montar o reconstruir. Es el campo ideal para el rigor científico, la contrastación de hipótesis, la predicción. Tanta es su fuerza de atracción para los intelectos que uno tan eminente como el de Lévi-Strauss (pero, ay, tan prisionero de un orden perdurable que ello le pierde) adoptó el reloj como imagen de lo que llamó «sociedades sin historia». Ahora bien, ¿qué es el hombre sino precisamente el ser histórico, hacedor y padecedor de historia, aunque sea un quehacer condicionado por la naturaleza? Basta eso para rechazar el reloj como sistema explicativo de lo vivo y de lo social.

El gato, en cambio, sí constituye un campo de estudio para lo vivo. Además de moverse, evoluciona, se transforma, crece y se desarrolla: no es de extrañar que los conocimientos adquiridos en seres como él hayan sido trasplantados más de una vez al tercer sistema, como muestran las teorías biologistas en la sociología, con un Spencer o un Splenger como grandes maestros, y en estilos bien diferentes. Y cuando, alguna vez, las ideas de los economistas ortodoxos relativas al desarrollo han intentado enriquecimientos conceptuales fuera del campo de sus verdades parciales, es en este tipo biológico de sistema donde han venido a buscar inspiración, quedando presas explicablemente en la idea del *crecimiento*.

Idea insuficiente para comprender el *desarrollo* de la India —ejemplo del tercer sistema—, porque mientras el crecimiento biológico y su ulterior declive está genéticamente programado y sus límites son estadísticamente predecibles, en cambio el desarrollo social es otro muy diferente proceso. La sociedad se autotransforma; el animal no: por eso su comprensión es esencialmente histórica y por eso se cometen errores al intentar captarla y dirigirla con una panoplia de verdades únicamente parciales. Por supuesto que éstas son útiles, *pero sólo si se aplican correctamente; es decir, dentro de los subsistemas de tipo mecánico y biológico* englobados en el sistema social. Por eso las califico de necesarias pero no suficientes, y por eso cabe reconocer sin reservas los progresos recientes del instrumental económico, al mismo tiempo que la crisis de una teoría empeñada en abordar lo que ella misma ha eliminado de sus supuestos.

Los tres niveles del sistema social

Todo ello queda presentado con mayor precisión al concentrarme, a partir de ahora, exclusivamene en el *sistema social distinguiendo tres niveles* en ese tipo de realidad. Otro trigrama, por tanto, a cada uno de cuyos estratos corresponden, como se verá, tipos diferentes de variables, de modelos teóricos y de economistas. Lo corriente es, sin embargo, creer que la formación convencional del economista (me estoy refiriendo a la dominante, de inspiración anglosajona) capacita para abordar todos los niveles, y de ahí resultan errores muy graves. Mi propósito es aprovechar esa distinción ternaria para poner de manifiesto tales errores y para sacar consecuencias de considerable alcance.

Cabría identificar, naturalmente, más niveles, lo mismo que pueden postularse diferentes subsistemas dentro de un sistema cualquiera; pero no he necesitado más ni menos para estructurar mi análisis. Ésa es mi justificación, a saber, la utilidad que tiene para mí desde hace tiempo el empleo de mi esquema ternario. Si la tiene también para otros —y con esa esperanza lo expongo—, habré satisfecho mi propósito al difundirlo.

El cuadro inserto resume las ideas básicas, pero importa entrar en algunos detalles para comprender mejor el campo y significado de cada nivel. Advertiré, para toda la exposición ulterior, que la distinción ternaria sólo ha sido aplicada en dicho cuadro a una tipología relacionada con el mundo económico, aunque puede generalizarse a cualquier otro.

Nivel técnico

Es el que consciente y sistemáticamente cultivan los economistas del mundo académico dominado por el pensamiento anglosajón. Es el nivel de las que he llamado verdades parciales, *de los objetos y de la causalidad* como categoría relacional básica. En ese nivel los economistas trabajan como otros científicos del mundo natural, los ingenieros o los químicos. Es un nivel esencialmente pragmático, operativo, con variables totalmente o en muy gran parte cuantificables. Se presta a definir la ciencia económica (y me sorprende que no se haya hecho así, salvo ignorancia mía) como «la interpretación de la realidad social en términos monetarios», al menos como ocupación fundamental. «Science is measurement», proclamó la Cowles Commission, y como para medir hace falta una unidad, esa ciencia económica declaró como suya la moneda.

Nivel social

Ahora bien, los economistas, y más aún los disidentes del pensamiento oficial, desbordan constantemente ese primer nivel técnico, que es el más inmediato, forzados por el hecho de que la actividad social no se deja reducir a mera técnica ni a variables cuantitativas. De ahí sus incursiones y apoyaturas en un segundo nivel que es el de *los hombres y las instituciones*. Los análisis parciales resultan entonces más difíciles y solamente legítimos en porciones muy concretas y forzosamente abiertas a perturbaciones por efectos externos al campo analizado. En este segundo nivel los economistas políticos conviven con juristas, politólogos y sociólogos, abordando problemas de

NIVELES DE REALIDAD SOCIAL Y MODELOS DE DESARROLLO*

Nivel	*Variables*	*Modelo*
1. Tecnoeconómico	Micro- y macroeconómicas	Convencional
2. Sociopolítico	Calidad de vida, necesidades básicas, etc. Grupos, clases, instituciones y poder	Convencional ampliado Reformista Dependencia
3. Axiológico	Límites medioambientales Sistema de valores	Ecodesarrollo Nuevo desarrollo

* Cada modelo tiene en cuenta, además de sus variables específicas, las de los niveles precedentes.

instituciones sociales y de estructura económica. Conviven, sobre todo, con historiadores, porque el nivel social es un mundo de verdades globales donde es imposible casi siempre medir y donde la comprensión (la *Verstehen* de Schumpeter) tiene que sustituir con frecuencia a la cuantificación. El tipo de relación característico de este nivel no es tanto la causalidad cuanto la interdependencia y la toalidad propias del *análisis estructural*.

Más importante aún, en este nivel los proyectos técnicos han de subordinarse a los procesos sociales y los análisis estáticos a los dinámicos, aceptándose los primeros solamente como artificio para comprender mejor; en lo social, la distinción entre proceso y estructura, entre la diacronía y sincronía de la lingüística, no puede adoptarse literalmente, no puede caer en falsedades. Toda estructura social es siempre una estructura en marcha, un devenir, y sin esta idea básica no se verá con claridad el magno problema de nuestros días: la crisis y el cambio a que luego me referiré.

Nivel cultural

Rara vez los economistas profundizan hasta este tercer nivel, y ciertamente es un campo cultivado por otros científicos. Más aún, las referencias a la cultura en trabajos de economía, sobre todo los consagrados al gran tema del desarrollo, suelen incluso reducir su concepción de la cultura a la acumulación y calidad de los conocimientos, en el sentido vulgar en que, por ejemplo, se dice de una persona que es «muy culta». Pero aquí entiendo el vocablo en su científica acepción antropológica, es decir, como manera global de vivir una colectividad, desde los mitos hasta los instrumentos cotidianos. Es decir, para emplear una tan breve como expresiva definición de X. Zubiri, llamo cultura a «nuestro modo de habérnoslas con la realidad». Por eso, en rigor, podría yo prescindir de este nivel, extramuros por su propia naturaleza a la ciencia económica, como quiera que ésta se conciba, aunque lo cultural esté siempre subyacente como cimiento y marco de todo comportamiento, individual o colectivo.

Ahora bien, resulta que en estos tiempos, tampoco el economista puede desentenderse de lo cultural por la vía de aceptarlo sin más como un dato ajeno a su disciplina. Pues ocurre que vivimos una crisis cuya profunda significación precisaré más adelante y ese dato está cambiando; con lo que el economista se arriesga, si ignora el proceso, a seguir construyendo puentes por donde ya no pasan los ríos desviados. De hecho, así sucede.

Por eso incluyo, y completo así el esquema, ese tercer nivel *de los valores y de las verdades simbólicas* o absolutas (para la cultura que las crea), cuyo contenido es el sistema de valores, las imágenes y las creencias. Por supuesto que lo cultural abarca todo —también las instituciones y los objetos—, lo mismo que el nivel social incluye también las técnicas; pero lo que el cuadro presenta en ese nivel es lo privativo y específico suyo, del mismo modo que lo técnico caracteriza al primer nivel y lo institucional al segundo.

Y es que —lo subrayo por su importancia— *los tres niveles son interdependientes*; no en el sentido de tres entes separados pero en conexión mutua, sino en el de que *forman una totalidad* única: después de todo, las trinidades se reducen tradicionalmente a uno. Más aún, como previene específicamente el cuadro y acabo de reiterar, el nivel cultural es soporte de los otros dos, englobándolos, y el social lo es del técnico, por lo que una visualización más correcta debería presentárnoslos en círculos concéntricos si no fuese porque, aparte de ser más engorrosa, nos ocultaría el hecho de que el técnico y el político tienen por formación una visión tolomeica de la realidad. Es decir, instalados en su propio nivel lo hacen centro del mundo y contemplan los otros dos niveles como excéntricos. Las consecuencias son tan graves como la reducción del vivir humano a una mera producción-consumo, por ejemplo. Y, si esto parece exagerado, aunque de hecho no lo sea, se llega frecuentemente a pensar que la cultura debe ser una dimensión del desarrollo cuando en rigor es al revés: cada estilo colectivo de vivir (cultura) cuenta al desarrollo económico como una de sus dimensiones, entre otras.[2]

2. J. L. Sampedro, «El desarrollo, dimensión patológica de la cultura industrial», *Desarrollo*, 1982:1.

TIPOLOGÍA DE MODELOS Y DE ECONOMISTAS

Si he logrado hacer ver el sentido real de lo que denomino niveles y de sus componentes y relaciones básicas, sólo me queda mostrar cómo de él se deriva, lógicamente, una *tipología de modelos económicos* y de economistas, así como de las variables que unos y otros manejan. El lector reconocerá que a unos y otros he asignado, claro está, los nombres con que se conocen hoy y que resultarían diferentes en otra cultura o época, anterior a la nuestra.

Las *variables* no necesitan comentario salvo recordar que al descender en la lectura de su columna, se añaden sucesivamente a las variables micro y macroeconómicas las necesidades básicas, las institucionales, etcétera; prueba, por sí sola, de la insuficiencia de las primeras, al menos para los temas económicos más básicos y graves, como es el desarrollo. En cuanto a los *modelos teóricos* propios de cada nivel, tampoco requieren explicación pues serán fácilmente reconocidos, y el hecho de que por lo menos desde 1972 pueda hablarse de *ecodesarrollo* justifica la presencia del economista en el tercer nivel —aunque no como director de orquesta— y prueba los cambios y desvíos de ríos antes aludidos: hoy se va adquiriendo la conciencia de que el planeta es el primer bien escaso; hecho ignorado por una teoría convencional que, sin embargo, hacía de la escasez su categoría identificadora como ciencia. Desgraciadamente, desde su tecnocentrismo, la teoría convencional trata de digerir ese descubrimiento con métodos parciales como el del costo-beneficio que sólo pueden aceptarse —pues hay en el problema mucho más que magnitudes monetizables— como la nueva aportación del técnico a decisiones que con mucho le rebasan.

En cuanto a tipos de economista, la amplitud de la disciplina ha llevado de hecho a una variada especialización, aunque no se encuentre tan formalizada como, por ejemplo, en la medicina. Ya no puede recurrirse, como por necesidad se hizo alguna vez, a definir la ciencia económica como «lo que hacen los economistas» porque sus quehaceres son muy variados.

En mi esquema, sin embargo, se reducen fácilmente a tres tipos, cuyos rasgos se deducen fácilmente de lo ya expuesto. Primero, los tecnoeconomistas o *economistas financieros*, sin que este adjetivo limite su campo pues denota solamente el enfoque basado en magnitudes monetarias, como ya he indicado. Después, los socioeconomistas o *economistas políticos* que, además de esas magnitudes, tienen en cuenta las variables correspondientes al nivel, bien para integrarlas como son en el modelo convencional ampliado, o bien para adaptarlas con intención reformista e incluso para propugnar su transformación para reducir la dependencia de países o de clases sociales. Finalmente, en el tercer nivel me atrevo a hablar de *metaeconomistas*, con el prefijo más neutro posible, encaminado a indicar literalmente que ese campo está más allá de la economía, aunque convenga la presencia de especialistas en esa disciplina para aportar otros conocimientos correctos sobre la dimensión económica de lo cultural.

No pretendo el acierto de mis denominaciones, reducidas a mera sugerencia. Lo que sí me importa y estimo uno de los resultados principales de este análisis es reforzar con ellas la conciencia que todos hemos de tener acerca de las limitaciones impuestas por el nivel en donde estamos instalados. En otras palabras, que así como un «metaeconomista» nunca será un buen gerente de la oferta monetaria, así también un monetarista carece de la perspectiva necesaria para comprender y afrontar la inflación.

Sin duda acabo de escribir algo escandaloso para los creyentes en la naturaleza puramente monetaria de la inflación, pero a mí no me impresiona el respaldo de esa creencia por un premio Nobel, aunque esa creencia esté defendida con todo el talento de Milton Friedman. Mi esquema, creo, ayuda a comprender la tesis opuesta porque sólo ignorando los dos niveles más amplios de la realidad (con sus variables institucionales y culturales) puede creerse esa verdad parcial de que la inflación es mera consecuencia del desbordamiento de la oferta monetaria. Si así fuese, los gobiernos serían culpables tan necios como gratuitos, cuando en realidad hay que preguntarse por qué se ven forzados a aumentar esa oferta, aun a sabiendas de su consecuencia inflacionaria. Y la respuesta está, como es sabido por los socioeconomistas, en las variables del segundo nivel (presiones y conflictos de grupos), así como también en unos comportamientos del consumidor cuya raíz es cultural, como saben los «metaeconomistas», porque nuestra civilización industrial encarna una manera de vivir basada en el consumismo o preferencia patológica por el disfrute de bienes de mercado, con olvido de otras gozosas dimensiones humanas.

Más sencillamente: los hechos inflacionistas (primer nivel) resultan de decisiones individuales e institucionales (segundo nivel) que, a su vez, responden a motivaciones inspiradas en creencias y valores (tercer nivel). En conclusión, deslindemos los campos y trabajemos en lo que estamos preparados para abordar. Y conste que en nada de lo dicho quiero introducir jerarquías; es decir, que tan valioso es para la sociedad (y a corto plazo más) una política monetaria correcta como la reflexión sobre las desviaciones de la cultura industrial y sus consecuencias para nuestras vidas. Ahora bien, las reflexiones en el tercer nivel son hoy más necesarias que nunca. En efecto, durante las épocas sociales estables, mientras las instituciones y valores colectivos no se modifican, es más posible actuar correctamente en el nivel técnico sin preocuparse del resto (es decir, tiene más validez un modelo convencional) porque no se alteran los supuestos institucionales y culturales implícitos en las verdades técnicas parciales. Pero hoy ocurre todo lo contrario: vivimos una crisis de máxima intensidad, que sólo la miopía convencional de tantos expertos internacionales dominantes pudo atribuir al alza del petróleo en 1973, esperando mejores perspectivas, año tras año y conferencia tras conferencia.

La crisis: una ruptura histórica

Entonces, ¿de qué crisis se trata? Para empezar, lo peor no es que los expertos convencionales ignoren la clase de crisis en que vivimos. Lo peor es que su ciencia no se ha interesado todavía por construir una tipología adecuada de la crisis. Lo comprendo, porque es un problema de los niveles social y cultural; pero el lamentable resultado es que a diario se aplica esa palabra clave —crisis— a procesos muy diferentes. Mientras eso ocurra, será imposible ver claro.

Para apoyar mi afirmación sobre la falta de conceptos válidos para «crisis», me bastará recurrir a una obra de referencia tan autorizada como la *Enciclopedia Internacional de Ciencias Sociales*, donde el autor del artículo, «crisis» (James A. Robinson), enumera los conceptos siguientes como relacionados con el de crisis o incluso posibles sustitutivos suyos: «estrés, conflicto, tensión, pánico y catástrofe». Pues bien, ¿verdad que es muy difícil relacionar a ninguno de ellos con esta crisis de nuestro tiempo? Más bien se refieren a procesos breves y agudos, e incluso excluyen casi todos la noción de crisis como proceso de cambio, que es lo más característico de la situación presente. Por si fuera poco, en su largo artículo aludido el propio Robinson reconoce que carecemos de una teoría de las crisis.

Por eso me resulta inevitable proponer una mínima reflexión personal acerca de los distintos tipos de crisis, que se dejan reducir a tres (como seguramente esperaría ya el lector). En primer lugar, las *crisis coyunturales*, pertenecientes al nivel técnico, que sólo alteran temporalmente, todo lo más a medio plazo, las variables pertenecientes al mismo. En segundo lugar, las *crisis estructurales*, afectando a las variables del nivel social. Para diferenciarlas (no siempre con claridad, aparte de que dentro de las crisis estructurales se dan las coyunturales) puede recurrirse a criterios como la duración mayor de la crisis estructural y, sobre todo, a las variables afectadas: en este último caso las instituciones del gobierno, organización de los mecanismos financieros, reparto del poder entre distintos grupos sociales, y análogas.

Pero la crisis hoy no pertenece a ninguno de esos dos tipos. Para comprenderla es preciso recurrir a los historiadores o a «metaeconomistas» como Saint-Simon, quien ya distinguía en la evolución social ciertos períodos «críticos», separados por otras etapas «orgánicas» más estables; con fluctuaciones menores dentro de ambos casos, bien estructurales o bien coyunturales. Mediante las comparaciones a escala secular se acaba pensando que la crisis actual es una fisura entre épocas distintas, una *ruptura histórica* cuyas raíces se asientan en el nivel cultural, transformando variables tales como los valores o las creencias. Por eso vemos hoy discutidas y cuestionadas las creencias tradicionales (no sólo es una crisis económica, sino multidimensional), aunque procure ocultárnoslo la enorme fuerza de los intereses establecidos, empeñados en mantener su supervivencia.

En otras palabras, pienso que desde la perspectiva de un avanzado siglo XXI se llegará probablemente a interpretar todo el siglo XX como un período «crítico» en el sentido saintsimoniano, frente a la relativa estabilidad del orden internacional decimonónico fundado en la hegemonía europea. La Primera Guerra Mundial destruyó aquel orden, como percibieron tempranamente Keynes y otros autores perspicaces, contra quienes imaginaban haber vuelto en 1919 a la anterior «normalidad». Desde entonces, la entreguerra reforzó la crisis con el clarinazo de la Gran Depresión; y la etapa desarrollista de la segunda posguerra, hasta los años setenta, ha recaído en la crisis actual que ya pocos creen mera consecuencia del alza del petróleo y que muchos vemos como una crisis que cada vez se observa más como un tercer tipo; es decir, una ruptura histórica.

Ruptura, por otra parte, sin precedentes desde el Renacimiento; porque ni la revolución inglesa, ni la francesa, ni la soviética pusieron en cuestión tantos y tan decisivos rasgos culturales como los que ahora se tambalean. Lo que hicieron fue modificar la manera de repartirse el botín arrancado por el hombre a la naturaleza en su actividad económica; pero de ningún modo la relación entre hombre y mundo establecida en el Renacimiento. Hasta entonces, en nuestro mundo occidental, el hombre formaba parte de esa escala de los seres que, religiosamente concebida, llevaba desde la piedra al ángel y en definitiva hasta Dios. Con la secularización culminada en el Renacimiento, el hombre se despega del mundo, por así decirlo, y lo contempla como puro campo para su disfrute y aprovechamiento. Con la civilización industrial que arranca de entonces y la reducción de la vida a economía («El tiempo es oro», proclama la nueva mentalidad, a la vez que confía al lucro la orientación del rumbo social) se emprendió el camino de un desarrollismo que hoy tropieza con tres clases de límites: de ahí la ruptura; es decir, un inevitable cambio hacia otra vía de progreso. Tres clases de barreras al desarrollismo porque no sólo nos enfrentamos con *límites naturales*, revelados por la destrucción del medio ambiente, sino también con *límites políticos* (la creciente rebelión del Sur frente al Norte) y *límites psicológicos*, con un deterioro del sentido de la identidad reflejado diariamente en tantas manifestaciones de desconcierto y búsqueda de asideros: desde la droga y el terrorismo hasta las nuevas «religiones» y mitos.

Esos límites decretan el agotamiento de nuestra civilización industrial, tanto si la encarna un sistema capitalista como si se vale de un socialismo al estilo soviético, puesto que ambos responden a los mismos valores economicistas, con un desarrollo explotado a costa de la naturaleza, de otras culturas o de la vida interior. Se impone otro modelo de desarrollo, que sólo puede ser auténtico y practicable a base de otros valores; es decir, de una revolución cultural, ya iniciada aunque sólo sea en lo marginal y subterráneo de esta civilización.

El subdesarrollo de los desarrollados

Pero, antes de seguir, ¿por qué un nuevo desarrollo?, ¿acaso es injustificada la seguridad que en sí misma tienen los países ricos de encontrarse en la vanguardia de un constante progreso humano? Si consideramos el ingreso por habitante, la disponibilidad de máquinas y artefactos, el consumo de energía y otros indicadores, el optimismo de los más ricos parece demostrado.

Ahora bien, sorprendentemente y como afirmaban las Naciones Unidas al anunciar el I Decenio para el Desarrollo, la civilización que ha conseguido llegar a la Luna no ha logrado eliminar el hambre y la miseria de dos tercios de la humanidad. Tampoco ha logrado dar trabajo a todos en su propio mundo, ni impedir que con el hambre de los pobres coexista el derroche de los ricos; ni que éstos estén inseguros ante las tensiones políticas y sociales, las enfermedades de la civilización o los peligros de la contaminación y del accidente nuclear. No es extraño que, como afirmaba en 1977 un informe cuatrienal de la Comunidad Económica Europea, «sectores crecientes de la población rechacen cada día más el ideal y la jerarquía de valores de las sociedades de consumo». No es extraño, en fin, que sea lícito hablar del «subdesarrollo de los desarrollados» porque, como veremos, en algunas dimensiones de la vida muestran una atrofia impropia de su innegable avance en otras direcciones.

No desarrollaré esa tesis disidente (que, por supuesto, muchos rechazan) porque está presentada en abundante bibliografía. Pero necesito recordar aquí que el progreso material resulta ser un subdesarrollo en primer lugar por su desequilibrio. A diferencia de otras culturas, ha conseguido multiplicar y mejorar los objetos en magnitud desmedidamente superior a lo que ha logrado en perfeccionamiento del hombre: no en vano se mide a sí mismo por el incremento del producto bruto. Como ha escrito Erich Fromm, el «tener» tiene más importancia que el «ser» para esta civilización industrial, generándose una hipertrofia de medios con atrofia de fines o persiguiéndose éstos de manera tan absurda como buscar la paz mundial a fuerza de producir armamentos o frenar la inflación provocando publicitariamente el consumo. Para muchos de nosotros el símbolo de esta civilización es un árbol sin raíces y, como tal, condenado a caer: un árbol cuyas ramas y frutos han proliferado, pero sin crecimiento hacia la profundidad interior. Ahora bien, ese proceso de reducción del hombre a productor-consumidor conduce a una progresiva degradación humana, porque privilegiar las cosas es subvalorar al hombre. No hace falta ser ningún místico para comprobar estas ideas. No lo era en modo alguno Henry Miller cuando, en su *Trópico de Capricornio*, escribió lo siguiente: «Sólo existe una gran aventura y es la vivida hacia el interior de uno mismo; sin que para vivirla importen ni el espacio ni el tiempo, ni siquiera los hechos reales».

Entre quienes aceptan y quienes niegan la tesis expuesta, están quienes la admiten, pero confiando al mismo tiempo en que el progreso técnico traerá consigo la corrección de esas imperfecciones. Ahora bien, parece muy poco sensato esperar que la misma causa creadora del árbol sin raíces conduzca en el futuro a sanearlo, sobre todo si se recuerdan los tres límites al desarrollismo mencionados en otro lugar. ¿Hasta cuándo podrá continuar la progresiva destrucción del planeta? ¿Hasta cuándo podrá la minoría más rica seguir dominando a un Tercer Mundo cada vez más consciente de su dependencia y cada día más activo en los debates internacionales? ¿Hasta dónde habrá de llegar el creciente desencanto y rechazo hacia un sistema cuyos valores reales son la técnica y la riqueza, sin otra oferta ilusionante a seres que perciben sus vidas vaciadas de auténtico sentido?

Hacia un nuevo desarrollo

En consecuencia, resulta indispensable rectificar el rumbo. No se trata de rechazar totalmente los progresos materiales sino sólo sus aberraciones, derivadas de una indebida primacía de la técnica. Se trata de reconstruir, mediante otro tipo de desarrollo, el equilibrio entre los hombres y la naturaleza; entre el Norte y el Sur de la comunidad internacional; entre la vida exterior y la vida interior de cada individuo.

En esa dirección avanzan ya trabajos conocidos de los lectores y hasta se orientan instituciones como la Sociedad Internacional para el Desarrollo o como algunos proyectos dentro del sistema mismo de las Naciones Unidas. Al margen de la ciencia académica se multiplican investigaciones hacia nuevos urbanismos, nueva alimentación, nuevas orientaciones educativas, sistemas de transporte y otras metas, aunque la poderosa maquinaria de los medios de comunicación, dominados por los intereses establecidos, difunda menos esos esfuerzos que las teorías convencionales del sistema. Por supuesto, no pretenderé aquí presentar novedades aun en fase de elaboración a la vez colectiva y dispersa, pero ya puede afirmarse que el progreso humano en este campo habrá de ser consciente de los límites (ecodesarrollo), más equilibrado, internacionalmente en favor del Tercer Mundo, más respetuoso de las necesidades interiores de cada ser humano y, también, menos destructor de otras culturas que son otros tantos modos de existencia.

Esas condiciones necesarias para que el desarrollismo actual se transforme en un nuevo desarrollo (pues implican el respeto a los tres límites ya citados) obligan a pensar que no sólo por necesidad teórica sino también por exigencias prácticas es preciso concentrar cada vez más el pensamiento y la acción disidentes en el nivel cultural de la realidad social.[3] Es decir, es preciso luchar contra los mecanismos dominantes en la raíz misma del problema; a saber, los valores motivadores del comportamiento y las ideologías que justifican la acción. En otras palabras, es en el terreno de la cultura donde tiene

3. *Ibidem.*

que librarse la batalla para generalizar la toma de conciencia y la actitud de rechazo hacia el sistema, porque sólo si los países del Tercer Mundo logran salvar sus propios modos de vida, frente a la amenaza burocrático-militar apoyada en la cibernética, podrán acabar reduciendo su dependencia económica. Y resulta oportuno el azar de que justamente en la ciudad sede de *El Trimestre Económico*, en esa «región más transparente» del escritor mexicano, se haya celebrado hace poco una conferencia mundial de políticas culturales donde han clamado como nunca las voces defensoras de otros modos de vida que, sin renunciar a la ciencia ni a la técnica, recuerdan la necesidad de otros valores humanos, de una vida interior, de una identidad propia.

El Nuevo Orden es ya viejo

Supongamos que, al contrario de la propuesta acabada de formular, descuidásemos el frente cultural; es decir, reduciendo la cuestión fundamental, que es la manera de vivir, a una mera riqueza de conocimientos. ¿Qué ofrecen entonces al Tercer Mundo las tendencias actuales del desarrollo económico?

El programa es conocido. Después de las esperanzas suscitadas por la UNCTAD y por los decenios para el desarrollo, en 1974 se ofreció al Sur otro espejismo en la forma del Nuevo Orden Económico Internacional, cuyo contenido ha sido objeto de muy amplia propaganda. Cierto que no se ha cumplido y que la reiterada falta de voluntad política por parte de los países ricos induce a predecir razonablemente que no se cumplirá. Ahora bien, aunque tal voluntad existiera, ¿cuál sería el resultado para el Tercer Mundo?

No es preciso recordar aquí las archisabidas líneas generales del programa, encumbrado a mito y esperanza en muchos textos del Norte. Pero cuanto más se estudia, más se advierte que ha sido concebido por economistas convencionales y socioeconomistas, a los niveles primero y segundo de mi esquema. En otras palabras, si se cumpliera ese proyecto, en el mejor de los casos el resultado sería extender a todo el Tercer Mundo una estructura económica subalterna y dependiente, de acuerdo con la ideología del viejo desarrollo. En efecto, aunque se facilitara el acceso a los mercados internacionales, ¿dejarían éstos de seguir dominados por los más poderosos, lo mismo que ocurre hoy dentro de las propias fronteras en los países del Norte? Análogamente, la mayor participación en organismos monetarios internacionales, ¿acaso significaría organizar las finanzas mundiales al servicio de los intereses del Tercer Mundo? Difícil es creerlo y así podríamos continuar. Y, sobre todo, las transferencias de tecnología no supondrían nunca la elevación de la técnica del Sur hasta los más altos niveles del Norte, que seguiría mnopolizando los sectores punteros, en la frontera de la investigación. El resultado final, por tanto, sería rodear al norte de un arrabal subindustrializado y por tanto más contaminado que hoy, reducido a producciones más dependientes todavía y con su identidad cultural irreparablemente destruida. Como en los barrios pobres de las grandes periferias urbanas, la mayoría seguiría siendo indigente aunque con opción a televisores, después de haber perdido sus raíces interiores, su *propia* manera de vivir.

La intuición de este resultado y no sólo la comprobación, año tras año, de la falta de voluntad política en la ayuda al desarrollo, contribuye a explicar el desencanto creciente ante el programa. Y si éste no ha sido desechado del todo es por dos razones: una, que expondré luego al proponer la necesidad de una doble estrategia, y otra, el interés por jugar el juego de ciertos gobernantes tercermundistas y de minorías ligadas al Norte por conexiones provechosas, aunque aquel interés no se corresponda con el de sus pueblos respectivos. Jugarse todas las cartas al Nuevo Orden Económico Internacional, pese a esos intereses privados (aunque sean de gobierno) significa decir adiós al futuro.

Lo más grave de todo es que la homogeneidad impuesta a toda la periferia tercermundista por la difusión de la técnica y de los modos de vida dominantes acabaría con los rechazos culturales que ya hoy se manifiestan, aunque a veces sea en formas políticamente exasperadas. Por eso hay que atacar la cuestión en su raíz; es decir, en el tercer nivel de la realidad social. De otro modo, al cabo de unos decenios el Tercer Mundo se encontraría aprendiendo todavía el viejo desarrollo, cuando ya en los países adelantados se empezase a reconocer la necesidad de un cambio. Y lo alarmante es que cada día perdemos un poco la batalla, bajo la tremenda presión de unos poderes políticos del Norte hoy prácticamente en manos de su «complejo industrial-militar», que dispone de la telemática centralizadora y de los más poderosos medios de comunicación e indoctrinación para difundir e imponer su manera de vivir. En suma, la civilización industrial pone a los pueblos del Tercer Mundo en el siguiente dilema, como ha escrito Paul-Marc Henry:[4] para subsistir y progresar necesitan de un desarrollismo que, por su propia naturaleza, ha de destruir inevitablemente su identidad.

¿Significa lo expuesto renunciar a las ventajas parciales que pueden ofrecer acuerdos específicos dentro del marco del Nuevo Orden Económico Internacional? Ciertamente que no, porque ante el hambre que no espera sería insensato desaprovechar cualquier oportunidad para aliviarlo. A lo que quiero llegar —y en ese sentido apunta la citada observación de Paul-Marc Henry— es a la necesidad de una doble estrategia, tanto en el terreno práctico como en el teórico.

La doble estrategia

Toda época de crisis exige, en efecto, una doble estrategia, para actuar razonablemente. Por una parte, aceptar lo heredado del pasado pero aprovechando la destrucción depuradora de la crisis para conservar de esa herencia sólo aquello que merece sobrevivir. Por otra, aguzar la visión para percibir la emergencia de lo nuevo y ayudarle a prosperar. Por eso aquí no se sugiere rechazar totalmente la economía convencional basada en el primer nivel, porque sus técnicas —por ejemplo, econométricas— y sus verdades parciales son útiles siempre que se empleen dentro de una concepción adecuada. Al mismo tiempo la estrategia doble obliga a colaborar con ecologistas, politólogos, sociólogos y filósofos, para inventar la teoría económica propia de nuestro tiempo; es decir, adecuada a los cambios produci-

4. J. M. Henry, «Economic development, progress and culture», *Development*, 1981: 3-4.

dos en el nivel social y emergentes ya en el cultural. En otras palabras, hay que avanzar teóricamente hacia el nuevo desarrollo.

Esa doble estrategia es, además, inevitable porque todo cambio social se hace por individuos e instituciones con los ojos en el futuro pero los pies en el cepo del pasado y, para empezar, en el del lenguaje. Construir una nueva teoría exige inventar un nuevo lenguaje (o, al menos, violentar las palabras para que resulten nuevas, sin la cáscara de las connotaciones admitidas), y como esto no puede hacerse de golpe, resulta indispensable aprovechar lo que nos enseñan y rechazamos para construir lo que nos ocultan e intuimos, de modo parecido a como con las columnas paganas se construían las basílicas cristianas. De nuevo se nos impone así la doble estrategia.

Otro ejemplo de doble estrategia afecta al empleo de la técnica. Cierto que la técnica no es neutral, pero me resisto a creer que no pueda aprovecharse más humanamente si, en vez de adorarla por sí misma, se la considera con fines instrumentales. Por eso, nadie trata de rechazar la técnica, sino de hacerla compatible con cada vivir humano y ponerla a su servicio. Hay quienes afirman que la espontaneidad vital será necesariamente la víctima futura de un sistema regulado por la lógica informática. Razón de más para que defendamos las raíces culturales de nuestro modo de vivir quienes lo apoyamos en la creación espontánea; es decir, en la libertad. Y, puestos en lo peor (aunque para los de mi edad no sea problema), deseemos al menos que la técnica conduzca al mismo tiempo (lo cual no es nada imposible en manos de los bárbaros tecnólatras) a una manipulación genética creadora de nuevos seres «humanos» engendrados ya para robots y, por tanto, «felizmente» resignados.

Por la descolonización

Contra posiciones como la aquí sustentada, de rechazo a una civilización industrial sin otros valores reales que los tecnoeconómicos, caben al menos dos posturas que me importa considerar. La primera es la que considera utópico todo intento de enderezar el desarrollismo actual hacia cauces más humanos, porque ello va contra los intereses dominantes cuya fuerza les permite aplastar toda disidencia. Frente a ese argumento recordaré que la historia está llena de utopías por el estilo. Si algo enseña la historia es eso: el cambio. Más aún, precisamente el cambio contra la fuerza de los privilegiados de cada momento, interesados en no cambiar. Suelo citar mucho dos versos espléndidos de Rodrigo Caro en sus *Ruinas de Itálica* que expresan el germen mismo del cambio social, cuya explicación no sólo está en el empuje de los menos fuertes contra lo existente, sino en el desmoronamiento mismo y en la petrificación no creadora de los dominantes:

Las torres que desprecio al aire fueron,
a su gran pesadumbre se rindieron.

Por tanto, nuestra posición no es utópica. La utopía es la de nuestros adversarios, quienes creen que el desarrollismo cuantitativo puede continuar contra los límites varias veces señalados.

En cuanto a la segunda postura, consiste en aceptar el desarrollismo, en sentirse a gusto con él y en considerar que el ideal de la vida es el modelo de las grandes urbes industriales. Esta posición se encuentra apoyada por la tremenda capacidad indoctrinadora de los medios de comunicación y de los sistemas educativos encaminados a perpetuar ciertas ignorancias y a dificultar la toma de conciencia. Por esas vías se hace todo lo posible para que la conformidad y hasta el entusiasmo inoculado sean asumidos por la mayoría y para dificultar la emergencia de los disidentes.

Cabría decir que esta última posición es lícita y que los desarrollistas tienen tanto derecho a difundir su civilización industrial de los objetos como nosotros nuestro desarrollo humano. Pero, en primer lugar, es muy discutible que sea legítimo poner todos los medios para aplastar las culturas menos fuertes subsistentes en el mundo. Cuando se alzan más voces cada día para defender especies animales o vegetales en trance de extinción, o variedades constitutivas del patrimonio genético de la humanidad, mucha más razón existe todavía para rebelarse contra la forzada uniformidad de vida en todo el planeta, y ése puede ser, por desgracia, el resultado de la alianza entre cibernética, burocracia y poder militar. Y, sobre todo, si se admite la tesis de que el desarrollismo industrial ha encontrado sus límites y está agotado, entonces cuanto se haga para imponerlo a costa de otras culturas será una lucha por la deshumanización inútil de la vida, que nadie puede lícitamente consentir.

En otras palabras, para quienes creen que el ideal gastronómico no es la hamburguesa barata y que la radio portátil reduce la convivencia a una yuxtaposición de islas humanas con auriculares, la defensa del propio sistema de vida frente al industrialismo anglosajón o soviético es urgente e indispensable. En octubre de 1981, en una reunión internacional en Rímini, hube de refutar a Servan-Schreiber en cuanto a los beneficios que traería a la humanidad la microinformática. Sin discutir que existan tales beneficios, lo que no puede aceptar quien se resiste a someterse a otra forma de vida es la afirmación de dicho autor de que los bancos de datos serían una extraordinaria y «neutral» contribución al desarrollo del Tercer Mundo, ausente de toda influencia colonialista. ¡Hace falta querer tergiversar las cosas para no percibir que el colonialismo empieza por la información ajena, suministrada al desapercibido o al ignorante que queremos dominar!

Pero la colonización mental no sólo reposa en la información manipulada y seleccionada, sino más todavía en las teorías científicas sociales, porque según la conceptualizamos, así vemos la realidad. Lo saben muy bien todos los científicos nacidos en el Tercer Mundo que fueron a estudiar economía a las mejores universidades anglosajonas y adquirieron nociones que después les resultaban inservibles o incluso contraproducentes en sus propios países. Por eso, ya que somos más débiles en los mercados, en los transportes o en la técnica industrial, tratemos siquiera de ser mentalmente independientes. Si nuestro ideal de vida no es la productividad para vender sino la sensibilidad para vivir, necesitamos un desarrollo humano, y si queremos eso nos resulta indispensable una teoría diferente: una teoría descolonizada. El camino para encontrarla aparece sugerido ya por mi esquema trinitario: en efecto, la teoría dominante hoy se concentra en el primer nivel porque así elude los problemas humanos y sociales, a la vez que edifica una articulación conceptual muy sugestiva por su rigor formal y su prestigio tecnocrático. La respuesta, por consiguiente, ha de ser teorizar a base de las variables de los dos niveles restantes, el institucional y el cultural; especialmente, el social, donde las variables están más cerca de la formación corriente recibida por el economista, sin perjuicio de colaborar con otros científicos en el tercer nivel.

ALLEGRO FINALE

Tres niveles, tres tipos de economía, tres límites al desarrollismo... (tres puntos suspensivos) pueden parecer demasiados *treses*. Hace años escribió Eugenio d'Ors, comentando la entonces de moda *Decadencia de Occidente* de Spengler, que no parecía sino que Dios había dirigido la historia universal de manera que Spengler pudiera después escribir su obra. Análogamente, parecería que la realidad se ordena para que podamos subordinarla al número tres.

Pero no es así. Si estorba el tres, bórrenlo y apliquen otra cifra, aunque a mí ésta me resulta útil. No soy padre trinitario; otros pueden preferir el Tetramorfo, el Pentateuco, el Hexarcado o el Heptamerón. Incluso el desencantante Decenio para el Desarrollo. No elevo la trilogía —ni nada— a dogma. Después de todo, como en una trinidad de verdad, mis tres niveles pueden reducirse a dos porque las instituciones se tejen con la urdimbre cultural y el hilo técnico, de modo análogo a como quedaría bien poco de la psicología si se quitase de ella lo social y lo biológico.

Lo que pasa, repito, es que un análisis de este tipo —distinguiendo estratos sociales y sospechosas fidelidades de científicos a alguno determinado de ellos— ayuda a comprender muchas cosas que he tratado de presentar en los párrafos anteriores.

Y ahora sólo me queda justificar el uso de un lenguaje que no es precisamente el académico. Mi motivo lo he apuntado al principio: eludir mejor las trampas de la teoría dominante. Proponer otra teoría equivale a proponer un nuevo lenguaje, y como yo no tengo ni la una ni el otro, procuro al menos desmitificar el lenguaje oficial, descoyuntando las palabras académicas de su entorno tradicional para que, engarzadas de otro modo, las aristas de su cristal despidan otros reflejos y provoquen reflexiones diferentes. El lenguaje científico, como el corriente, es decisivo para modelar el pensamiento y por él comienza nuestra colonización mental. Distinguir, por ejemplo, entre consumidores, empresas y gobierno como actores de la vida económica es ya una trampa descomunal: equipara el pequeño empresario al mastodonte productor cuando en realidad el primero tiene mucho más de artesano consumidor, mientras que el segundo casi cae muchas veces en la esfera del gobierno sobre el que influye, cuando no participa en él. Y así podrían señalarse muchos mitos de la economía académica: el bien común, la libertad de mercado, etc.

De ahí mis licencias expresivas y hasta el juego verbal, porque la vida es juego más que sueño. No pretendo dilucidar problemas, sino provocar la reflexión acerca de ellos, aunque sea a costa de simplificaciones. Si he apuntado algún ademán frívolo ha sido para llamar la atención, porque, insisto, lo esencial es descolonizarnos intelectualmente y cuanto antes. Después de todo, siempre entendí que no otra era la noble y fundamental ambición de *El Trimestre Económico.*

8

Una visión del subdesarrollo hace treinta años

La transición hacia el desarrollo

La interpretación materialista de la historia explica fácilmente el problema de la evolución estructural y el cambio correspondiente como simple consecuencia de la aparición de nuevas fuerzas productivas, que, según se ha dicho ya, determinarían nuevas relaciones de producción. La lucha de clases aparece así como la manifestación de esas transformaciones y como el motor decisivo de la evolución social. Ahora bien, no parece probado que ese modelo explicativo tenga validez universal —para todas las épocas y culturas— y, en todo caso, quedaría por explicar esa aparición de nuevas fuezas productivas, bien sean fuentes de energía distinta o innovaciones técnicas cualesquiera, de suficiente importancia. En problemas tan complejos, la simplificación excesiva suele conducir a explicaciones deficientes, y por eso la comprensión del cambio estructural y la ruptura de la inercia tradicional deben buscarse no en un factor único —el factor material económico o técnico, aun cuando su importancia sea indudable—, sino en una constelación de factores que se refuerzan y se provocan unos a otros, a lo largo de un proceso acumulativo y acelerado, en el que a veces unos preceden a los demás. En ese conjunto de factores pueden distinguirse algunos de carácter endógeno y que, por tanto, tienen lugar aun sin influencia de otras sociedades externas a aquella que se estudia, mientras que otros reflejan esa influencia y, por tanto, son exógenos o de origen externo.

Artículo publicado en la *Revista de Economía Mundial*, 1999.

Entre los primeros pueden citarse los siguientes:

a) Aparición de *personalidades innovadoras* surgidas por una combinación de factores individuales y que a veces se agotan en la esfera individual, mientras que otras consiguen engendrar importantes movimientos y hasta actuaciones sociales del mayor alcance, como es el caso de los grandes reformadores. Esto último depende, desde luego, de la coincidencia de la personalidad en cuestión con su oportunidad histórica, y así volvemos a encontrar una interpretación de los sujetos como combinación de su personalidad propia con su envolvente social. En todo caso, no cabe duda de que cuando esa coyuntura se produce, el ambiente no hace más que servir de caldo de cultivo a la eclosión y a la eficacia reformadora de esa personalidad, con todas sus consecuencias. Sucede algo semejante a lo que ocurre en las formas populares del arte: una copla no la inventan mil personas, sino un hombre a solas, aunque sea inspirándose en ideas colectivas. Y aunque luego el pueblo prefiera esa canción, la seleccione, la conserve y hasta aporte variantes; aunque pueda discutirse en qué grado obedece un sentir a una circunstancia, el sentimiento individual es un factor innegable, y ésa es la opinión que aquí se mantiene: no su exclusividad ni su predominio sobre los demás factores. La esclavitud sola no ha producido canciones; son los esclavos los que han creado *spirituals*; aun cuando éstos han sido engendrados por la situación de esclavitud. La influencia histórica de las personalidades innovadoras, por muy hijas de su tiempo que sean, resulta muy difícil de negar.

b) Desprestigio de las minorías por sus *conflictos internos*. Se comprende, sin larga explicación, que las luchas por el poder entre las propias minorías dominantes contribuyan a socavar el prestigio de las autoridades tradicionales, en parte porque quienes las encarnan aparecen a una luz más desfavorable —con sus pasiones y violencias— y actuando en forma sometida abiertamente a discusión, y en parte también porque cada campo aduce argumentos justificativos que erosionan la legitimidad de esas autoridades.

c) *Aspectos coyunturales* con influencia sobre la estructura. En efecto, la separación entre unos y otros fenómenos no es absoluta, y por eso ciertas situaciones, en principio transitorias (como una prolongada sequía, por ejemplo), pueden afectar a la actitud colectiva tradicional. Tales circunstancias pueden alcanzar intensidades no habituales, provocando situaciones, en cierto modo, nuevas, que obligan a la innovación o que, mejor dicho, revelan a las gentes la posibilidad y hasta las ventajas de la innovación. Si tales situaciones provocan tensiones angustiosas —el hambre, por ejemplo—, pueden llevar a actos de desesperación completamente ajenos al comportamiento resignado tradicional y, aun cuando esos actos sólo se hayan iniciado como pura explosión, sin ánimo de organizarlos en permanencia, pueden llevar más lejos de lo pensado o ser aprovechados por alguna personalidad innovadora que los encauce. Con frecuencia podrá suceder que esa personalidad consiga sólo aprovechar la situación en su propio beneficio, para escalar él o su grupo los niveles más altos, reimponiendo después la autoridad si evoluciona también la coyuntura. Pero ya es otra autoridad distinta y la aceptación colectiva queda siempre afectada.

d) *Urbanización*: Las aglomeraciones urbanas afectan siempre al dualismo básico antes aludido y crean nuevos problemas, así como una mayor conciencia de solidaridad y fuerza social que la adquirible por los grupos dispersos en aldeas y caseríos. La ciudad multiplica también las posibilidades de ocultación o de acción para las personalidades innovadoras, y crea necesidades y apetitos con la mayor proximidad de los distintos niveles. En tiempos más modernos —y aun cuando aquí los factores exógenos juegan un papel casi inexistente en las sociedades antiguas—, este factor tiene una importancia muy considerable, que los sociólogos han subrayado sobre todo en los países subdesarrollados, donde la gran ciudad y su suburbio proletarizado son seguramente la más considerable máquina de arrancar al hombre su mentalidad tradicional. La trascendencia enorme de la aceleración histórica de nuestro tiempo para los países emergentes no queda disminuida por el hecho de que, desgraciadamente, desarraigar no supone una integración *ipso facto* del individuo en otro sistema cultural distinto del de origen. Con frecuencia se queda el hombre en patético desarraigado.

e) *Los movimientos demográficos*, no sólo en el sentido de la expansión numérica, que crea nuevos problemas, sino también en el de los movimientos migratorios, como los del campo a la ciudad antes aludidos, o los realizados a otros países. No es preciso insistir en la importancia del trasplante humano a nuevos ambientes, de lo que la urbanización es ya un ejemplo.

f) Pero, sin duda, el factor más importante en nuestro mundo es el de la *evolución de la técnica* que, imprescindiblemente, va acompañado de modificaciones en las relaciones económicas. Este factor es trascendental no sólo por sus efectos directos, sino también porque indirectamente es la base de algunos factores ya citados como son, por ejemplo, la urbanización y la explosión demográfica. Por eso conviene subrayar nuevamente los efectos directos e indirectos de la técnica.

g) Entre estos últimos se encuentran, además, *las influencias exógenas*, fundamentales en nuestro tiempo y de mucho menos peso en la Antigüedad. Uno de los mayores impulsores de la innovación es, sin duda, el ejemplo vivo de otras sociedades y otras culturas. En todo tiempo hubo ejemplos de esa influencia, pues incluso en la Antigüedad las invasiones daban lugar a la contrastación masiva de comportamientos que, aunque fuesen ambos de tipo tradicional, provocaban innovaciones por el solo hecho de ser diferentes, aparte de significar imposiciones culturales por el vencedor que, al mismo tiempo, experimentaba asimilaciones más o menos intensas. Ahora bien, en el mundo antiguo cada ámbito social vivía en un aislamiento incomparablemente mayor; y no es erróneo atribuir a la técnica de los transportes y comunicaciones esta situación presente en que el planeta es un inmenso y único escenario donde todos los personajes se contemplan y se imitan. La difusión de las innovaciones producidas en un lugar determinado es incomparablemente más rápida que en el pasado. Resulta innecesario, por otra parte, subrayar su trascendencia. Las costumbres y las ideas se difunden hoy día por todas partes, y las autoridades que quisieran aislar sus países contra las «perniciosas costumbres extranjeras» se esfuerzan hoy vanamente por crear fronteras ideológicas. Hasta el punto de que, sin duda, esa ecumenicidad, por primera vez real y masiva ahora, es una de las características nuevas y fundamentales de nuestra etapa histórica. Sin ella no podría comprenderse el dinamismo evolutivo en la mayor parte de la superficie del planeta, inmovilizada hasta no hace mucho en economías de tipo tradicional.

La conjunción, en proporciones diversas según el lugar y el momento, de todos esos factores y de otros aludidos en este muy simplificado esquema explica, en definitiva, por qué es un error científico pretender el desarrollo puramente técnico, pero sin transformación de la organización económica y social. El progreso técnico generaliza una actitud racional e innovadora —a la que, por otra parte, responde— y esa actitud tiene su vertiente sociológica afectando, inevitablemente, a los «valores tradicionales», cuya vigencia se pretende en vano preservar. Esos «valores» —en lo que tienen, naturalmente, de contingentes, como lo son las relaciones económicas, y no de verdades auténticamente permanentes— están condenados a evolucionar.

El subdesarrollo como dependencia y marginación

Hasta aquí hemos presentado el desarrollo como transición desde actitudes tradicionales a modernas. Entre otras teorías convencionales, esa visión del proceso tiene al menos la ventaja de darle un carácter conflictivo y de mostrarnos las sociedades en desarrollo como poco integradas y con instituciones ineficaces para encauzar los conflictos. Otras explicaciones académicas, por el contrario, quieren presentarnos ese proceso como una progresiva marcha a lo largo de un camino único. Por ese medio pretenden reflejar el dinamismo de las sociedades reales sin renunciar a su cara idea básica del «orden natural», tantas veces negado aquí. En efecto, se resignan al fin a que ese orden no consista en una absoluta permanencia, pero lo siguen defendiendo como secuencia de etapas que, por ser graduales, alternan sólo mínimamente la estabilidad social y, por atenerse a una ruta preestablecida, responden a un orden natural dinámico. Así, la evolución de las naciones sería como la de unos montañeros ascendiendo una montaña y situados a distintas alturas del único camino, que une la misma base de partida para todos con idéntica promesa general de un futuro en la cumbre. El proceso es único, y sólo se diferencian los pueblos en el nivel alcanzado y en las modalidades y rapidez del ascenso, cuyo éxito depende sobre todo de la modernidad de actitudes y de la racionalidad al organizar el respectivo esfuerzo. Por lo demás, los pueblos pobres sólo necesitan seguir la senda antes recorrida por los ricos: el respeto a las etapas y a los métodos —el «orden» dinámico— garantiza la estabilidad indispensable para el desarrollo.

Como se sabe, el marxismo ofrece desde sus orígenes una visión muy distinta de la dinámica social, y viene interpretando el subdesarrollo en términos de imperialismo, colonialismo o neocolonialismo. Pero a finales de la Segunda Guerra Mundial predominaban en los mejores centros académicos capitalistas las diversas variantes de la visión «montañera» expuesta, influyendo con ella en la filosofía de los organismos internacionales nacidos entonces, según la cual bastaba superar la reconstrucción de las pérdidas durante la guerra y restaurar el comercio mundial para que el progreso viniera por añadidura, difundido de acuerdo con las ideas del liberalismo económico. El desarrollo es un proceso esencialmente técnico —más y mejor equipo capital— aunque también mencionen los economistas ciertos aspectos confiados a otros especialistas, como la educación, sanidad y, en general, el «desarrollo humano» o «inversión en capital humano». Con tal base teórica surgió en la posguerra una actitud internacional de ayuda al desarrollo, cristalizada claramente en el «cuarto punto» del programa anunciado en enero de 1949 por el presidente Truman, al tomar posesión de la presidencia de Estados Unidos.

En los años cincuenta pareció justificada la confianza en tal interpretación, dados algunos progresos en América Latina, principalmente. Así y todo, algunos autores juzgaron necesario complementar esa visión técnica con algunos aspectos políticos y sociales. En esa concepción se inserta, por ejemplo, el *desarrollismo*, que no comprende el desarrollo sin cambios sociales, pero que supone sobrevendrán automáticamente como resultado del crecimiento económico cuantitativo, tan pronto se alcancen «umbrales» de ingreso por habitantes, cuyo nivel ha habido que ir elevando de quinientos a mil, etc., dólares por habitante, al fallar el supuesto de la aparición de cambios sociales significativos. Más valor científico y crítico —aunque acaben resistiéndose a llevar a sus plenas consecuencias políticas los resultados de su crítica— tienen las distintas variantes de *reformismo* (llamado también a veces *neoinstitucionalismo*) de Myrdal, Galbraith y otros, que comprenden la necesidad de llevar deliberadamente a cabo ciertos cambios político-sociales, pero que desean hacerlo evitando rupturas fuertes con la estructura establecida; es decir, respetando ésta. Con todo, ni esas ni otras tendencias modifican sensiblemente la visión del desarrollo como ascensión a una montaña, a lo largo de un mismo y gradual camino para todos.

Ahora bien, al avanzar la década de los años cincuenta se fue debilitando el optimismo y eso abrió paso a interpretaciones diferentes, como la iniciada ya desde 1949, bajo la inspiración personal de Raúl Prebisch, en el seno de la Comisión Económica para América Latina (CEPAL), a base de criticar el desarrollo liberal clásico, confiado a las ventajas de la división internacional del trabajo y de la difusión del progreso gracias al comercio mundial. La crítica de la CEPAL empieza por distinguir, de una parte, entre los países industrializados del «centro» mundial y, de otra, los subdesarrollados de la «periferia», suministradores a aquél de alimentos y materias primas a cambio de manufacturas y servicios. Partiendo de esa distinción, la crítica niega dos supuestos básicos de la visión convencional, a saber: que el libre comercio difundirá hacia la periferia la creciente productividad derivada del progreso técnico en el centro, y que la demanda de productos primarios de la periferia crecerá por lo menos al mismo ritmo que el ingreso nacional en el centro. La consecuencia de negar tales supuestos es que irá empeorando la relación real de intercambio (relación entre los precios de las exportaciones y los de las importaciones) en los países de la periferia. En otras palabras: la periferia está subordinada al centro y el juego del libre comercio no beneficiará a la economía de sus países. Al contrario, la periferia irá siendo cada vez más pobre por comparación con el centro.

Esas ideas acabaron inspirando un nuevo gran organismo internacional, la Conferencia de las Naciones Unidas sobre Comercio y Desarrollo (UNCTAD), nacido en las reuniones de Ginebra de marzo a junio de 1972. Frente al principio liberal del comercio —tan patente en otro organismo anterior, el GATT o Acuerdo General de Aranceles y Comercio—, la UNCTAD percibe la esencial desigualdad entre centro y periferia, entre ricos y pobres. En efecto, aparte de otras discrepancias con la versión convencional del desarrollo, aceptar la tesis del empeoramiento de la relación real de intercambio para la periferia equivale, en el fondo, a negar que la ruta hacia la cumbre sea igual para todos. En los siglos XVIII y XIX, los países europeos pudieron apoyar su progreso en los mercados abiertos y en los recursos baratos de sus colonias y de los países atrasados, mientras que para la actual periferia, la existencia de un centro ya más avanzado y con mayor peso en las decisiones mundiales es una auténtica camisa de fuerza que frena el progreso periférico y contra el cual no cabe competir. Al actual centro le favorecía entonces el ámbito exterior; a la actual periferia le perjudica hoy ese contorno. Es decir, los actuales países desarrollados no fueron nunca subdesarrollados —no había otros de los cuales dependiesen— y por eso el camino y las etapas no pueden ser iguales, ni tampoco las interpretaciones teóricas y las políticas válidas en su tiempo para los países del actual centro.

La idea «ordenada» de una gradual ascensión a la montaña queda así destruida por esa crítica, que presenta el subdesarrollo como una situación de dependencia. Por supuesto que los economistas académicos convencionales rechazan tal interpretación y empiezan por negar validez al material estadístico aportado para confirmar la teoría del empeoramiento de la relación real de intercambio. Pero la dependencia se refleja en tantas otras manifestaciones de la realidad que la visión dependiente del desarrollo es hoy muy aceptada, aunque desde los olimpos académicos se ignore o se considere poco rigurosa una interpretación nada conveniente para su filosofía social básica y para sus propios intereses políticos y económicos. Más aún, la visión dependiente se generaliza a otras conceptualizaciones de la realidad, distintas de la formulada en términos de unidades nacionales, y así se ve también la dependencia de unas regiones respecto de otras dentro de un país; o de unos grupos sociales frente a otros.

La visión dependiente se enriquece y ahonda, además, con una revisión crítica de la historia de los actuales países subdesarrollados cuya situación, según la visión convencional, se debe a que no supieron modernizar los sistemas de producción con la misma intensidad y acertada orientación que los países hoy adelantados. Frente a esa tesis, la revisión histórica aludida afirma que los hoy subdesarrollados ni siquiera pudieron nunca orientarse con una mínima autonomía de decisiones, pues se vieron condicionados en su progreso por las conveniencias de Europa y por las medidas impuestas en sus dependencias coloniales. Por ejemplo, A. Gunder Frank muestra cómo en Brasil emergieron y decayeron sucesivas áreas a compás del desarrollo europeo: primero el área azucarera del nordeste, después la minera de Minas Gerais, luego la cauchera de Manaos y, más recientemente, la cafetera del sur y la actual industrialización dependiente de São Paulo. Esos cambios en los focos de progreso no respondían a los intereses autónomos de Brasil, sino a las conveniencias de Europa, que, además, impidieron consolidar un desarrollo autosostenido en tales áreas. Comparar la Europa del siglo XVIII con la de países hoy en la periferia es caer en un absoluto error. El subdesarrollo aparece por tanto, tras esa revisión histórica, no sólo como dependencia, sino como marginación manifestada en los planos ya aludidos: marginación de países, de regiones o de minorías sociales.

La diferencia entre esa interpretación y la mera dependencia comercial con que se iniciaron las críticas de la CEPAL se capta bien si la expresamos mediante conceptos del análisis de sistemas. En efecto, la mera dependencia puede existir entre países distintos y en evolución separada, considerados cada uno de ellos como un sistema. El mundo capitalista aparecería así como un conjunto de múltiples sistemas —las unidades nacionales del centro o la periferia— dependientes unos de otros pero en los que la nota de «totalidad» inherente al concepto de sistema induce a suponer, al menos en potencia, posibilidades de evolución con cierta autonomía. Este último supuesto es el que niega tajantemente la visión del subdesarrollo como marginación dentro del conjunto, al sustituir aquella visión dependiente por la de un solo sistema capitalista internacional, en el que la llamada «periferia» es un componente permanentemente reducido —mientras el sistema subsista— a una función dependiente y una situación marginada, con todas las consecuencias de permanente inferioridad que cabe deducir. En suma, la interpretación del subdesarrollo como dependencia contempla un mundo de relaciones externas entre varios sistemas nacionales (implícitamente, soberanos), algunas de las cuales son relaciones de dependencia. En cambio, la visión como marginación contempla ese mundo como un solo sistema capitalista con componentes internos marginados sin autonomía real —pese a su soberanía política formal—, cuya función es la de contribuir al progreso de los componentes adelantados.

Por esas razones y por otras que allí se exponen, el autor de estas páginas ha escrito lo siguiente en su reciente libro *Conciencia del subdesarrollo*: «El subdesarrollo no es un problema interno de cada nación, sino un problema mundial. [...] No es una etapa hacia el desarrollo; no es una antesala, sino un cuarto trastero, cuando no el sótano. El subdesarrollo es una situación final, como la orilla adonde arriban los despojos del buque. Es, en fin, una segregación del desarrollo y elijo —entre aproximados sinónimos— el vocablo "segregación" porque tiene una doble aceptación: la de ser una excreción, un exudado, como el hilo de la araña, y la de significar también un rechazo, una marginación». Concluyendo como sigue: «A la vista de todo eso, mi concepto del subdesarrollo sería éste: la situación de pobreza marginada y permanente, segregada por el desarrollo, en que vive la mayor parte de la humanidad, sin perspectivas de evolución espontánea favorable mientras persista su subordinación dentro del sistema».

Esa conclusión podrá parecer dura, pero aparte de justificarse mejor en la obra citada, corresponde en todo caso a la actual visión del subdesarrollo como marginalización dentro del sistema global de ricos y pobres. Por otra parte, no implica un pesimismo inapelable. Lo que ocurre es que la esperanza no puede venir de la ilusoria visión convencional del desarrollo, como proceso esencialmente reducido a elevar la productividad mediante el progreso técnico, inspirado por reformas modernizantes pero respetuosas de la estructura establecida. En otras palabras, la acción sobre las estructuras subdesarrolladas, para hacerlas evolucionar a lo largo de esa dimensión del cambio social indispensable para un auténtico desarrollo, exige seguir otro camino del que los desarrollados recorrieron en el pasado y, por tanto, supone el rechazo más categórico de la visión teórica convencional.

IV

LA CRISIS DE LA DÉCADA DE 1970

1

La economía mundial en crisis

Señoras y señores, queridos amigos y consocios, quiero decir, una vez más, cuánta es mi ilusión por venir a Barcelona y concretamente por venir a esta casa para estar con estos amigos. Es algo que creo es preferible darlo por dicho. En cambio, deseo explicar un poco por qué estamos aquí, ya que cuando se coge una hora de la vida de tan importantes personas se ha de tener muchísimo cuidado con lo que se hace con ese tiempo. La cosa empezó porque, una vez más, he incurrido en eso de publicar un libro. Estos amigos me han dicho que el libro les parecía de interés y que quizá valdría la pena hablar sobre él. Así es que voy a referirme a las ideas centrales del mismo y contarles su posdata, porque el original lo entregué hace algún tiempo y luego he seguido pensando sobre estos temas difíciles, temas controvertibles, espinosos, discutibles. Por eso quisiera pedirles a ustedes una especie de tolerancia, ponernos todos por encima de las connotaciones políticas, de las connotaciones personales que, inevitablemente, tiene un tema que va a tratar del socialismo, del capitalismo y de cuestiones que nos afectan muy directa y vitalmente.

No vengo aquí a lanzar ninguna clase de piedras contra ninguna clase de objetivos. Vengo sólo para hacer unas reflexiones en voz alta sobre un problema que creo nos interesa a todos, aunque debo confesarles que no traigo la solución del problema. Por lo tanto, no haré más que tratar de poner de manifiesto unos cuantos hechos y

Conferencia impartida en el Círculo de Economía de Barcelona el 18 de mayo de 1968.

una modesta interpretación de la realidad, que es un intento de compensación, de sistematización de lo que vemos todos los días. En definitiva, lo que me propongo esencialmente es continuar el libro para esta casa, para estos amigos y consocios que son ustedes y referirme, sobre todo, a actitudes humanas mucho más que a ideologías y propagandas.

¿Cuál es el problema vital dentro de esta materia? Creo que el título lo dice: «La economía mundial está en crisis». No creo que me hagan falta muchos argumentos para demostrar que, no ya la economía, sino el mundo en todos sus aspectos está lleno de tensiones, dificultades, agudizaciones, problemas latentes. Basta detenerse un momento a pensar en las tensiones entre la Unión Soviética y Estados Unidos, entre la Unión Soviética y China o entre Estados Unidos y América Latina; o bien las tensiones raciales o generacionales. En fin, este tipo de tensiones que ahora han estallado tan violenta, sorprendente y trascendentalmente en Francia, por ejemplo; o problemas de instituciones, el *aggiornamento* de la Iglesia es una muestra de ello.

Creo seriamente que no vivimos en ninguna clase de paz, ni una paz octaviana, carolingia, romana, filipina, ni siquiera victoriana. Vivimos en medio de tensiones. El mundo está lleno de fisuras —casi diría yo de fisuras geológicas, el suelo se nos resquebraja bajo los pies—, y eso nos alarma y suscita nuestra reacción inmediata. Otras veces ocurre que ese suelo nos lo quitan bajo los pies, sin que nos demos cuenta; y entonces no tenemos conciencia tan clara de lo que está ocurriendo. Frente a eso, me parece que las reflexiones de una persona que, por lo menos, ha estado mucho tiempo dándole vueltas a estas cosas, puede tener siquiera el interés de dar motivo a la discrepancia y con esto tal vez se contribuye a la toma de conciencia que, en mi opinión, es realmente lo importante y lo fundamental.

En economía existen también esas mismas tensiones. Acaba de terminar hace pocas semanas la Conferencia de las Naciones Unidas para el Comercio y Desarrollo y empiezan a ser decepcionantes los informes recientes que reflejan datos del primer quinquenio, pudiéndose comprobar que el producto bruto de estos países no sólo no ha crecido al 15 por ciento, como estaba previsto, sino que ni siquiera ha crecido al nivel del quinquenio anterior, 1955-1959, que era del 4,7 por ciento anual, lo cual, dado el crecimiento de la población, 2,4 por ciento, verdaderamente es decepcionante. Lo peor es que esto se traduce en una agravación de una tensión tan seria como es la distancia entre los pueblos ricos y los pobres. Sin entrar en detalles, hay cálculos según los cuales esta distancia podría aumentar en un 50 por ciento en veinticinco años. Pero, en fin, esto son hechos producidos que no voy a analizar con detalle. Sólo quiero recordarlos para que ustedes no los ignoren y, con este recuerdo, motivar el arranque de mis preocupaciones.

Existen también fenómenos muy agudos que, además, hacen pensar hasta qué punto falta la imaginación para ver lo que pasa, no ya lo que no existe, que es lo que la gente suele atribuir a la imaginación, sino que incluso somos incapaces de ver lo que está ocurriendo. No voy a citar más que un ejemplo de esta falta de imaginación. Piensen en lo que se ha llamado «la crisis del oro», en los problemas de la cotización del oro, en las alarmas correspondientes en estos primeros meses del año, y en cómo las respuestas que a eso se dan, a mi juicio, son absolutamente faltas de visión, como intentar resolver con pequeñas ortopedias un problema que es un antifenómeno de convulsiones mucho más profundas, que si no se ve bajo este prisma no tiene sentido.

Creo que no vale la pena insistir en que la economía mundial está en crisis: y empleo esta palabra en el sentido de que nos encontramos en un momento en que se están produciendo mutaciones profundas, no instantáneas porque no pueden serlo, pero sí comparativamente rápidas y, sobre todo, trastornantes con respecto a otras etapas más notables. Nos ha tocado vivir a todos en una época que podríamos llamar «interesante» y lo que importa es tratar de comprenderla; es decir, en vez de volverle la espalda, interesarse por ella.

Así pues, decimos que el mundo está en una mutación, en un camino que consiste en el paso de un mundo tradicional a uno que tiende a modernizarse todo él. No es una opinión mía, sino de todo el mundo que esta modernización consiste, sobre todo, en una actitud mucho más racional ante la vida, ante todos los problemas; una actitud mucho más racional que la que es propia de una sociedad tradicional. Y puestos a fijar una fecha, podemos localizar ese punto de ruptura, de transacción, por lo que se refiere a Europa, en el Renacimiento, entre 1453 y 1492; entre estas fechas podemos situar una época en la cual se inicia esta racionalización. No voy a contar los detalles porque están explicados en el libro, y como les he dicho, me interesa más pasar a su posdata. Pero, sin embargo, podemos pensar que hay, primero, una etapa de una revolución técnica, después otra de revolución social y actualmente estamos en la etapa de la difusión mundial de ambas, es decir, de la dispersión por todo el mundo de lo que ha sido Europa en siglos anteriores.

Es un mundo, una situación en marcha, y las preguntas que surgen ante esto son las siguientes: ¿llegaremos a un equilibrio? ¿Cuándo y cómo será ese equilibrio? ¿Lo dejamos para el siglo XXI o para el año 4000?

No quisiera que ustedes interpretaran todo lo que diga como una profecía. Vengo aquí con otro afán mucho más modesto y creo que más hacedero. Ya sé muy bien lo difícil que es extrapolar hacia el futuro. Conozco el riesgo que ello comporta, pero todos nos interesamos por el porvenir. He recurrido a un procedimiento que no es original y que consiste en decir: ¿hacia dónde irá el mundo en que estoy viviendo? Otra manera de plantearse la pregunta es: ¿qué fuerzas mueven a este mundo que estoy viviendo?; porque si conozco las fuerzas que lo mueven, podré prefigurar la dirección que va a tomar.

Entonces, combinando distintas fuerzas, estamos en la situación del que rema en un bote por un río: tiene que tener en cuenta la dirección en que rema, la dirección de la corriente y combinar las dos en sus direcciones e intensidades para calcular, más o menos, hacia qué lado de la orilla va a arribar.

Pues bien, en este libro se utiliza la hipótesis de que tales fuerzas pueden concentrarse en tres grupos: la explosión demográfica, las fuerzas de orden técnico y las de orden social. Como, en mi opinión la explosión demográfica no va a ser demasiado duradera en términos históricos, vamos a combinar las dos últimas fuerzas; tenemos un grupo de fuerzas técnicas por un lado, y por otro, uno de fuerzas sociales.

Desde el punto de vista económico se presentan también esencialmente dos grandes grupos de organizaciones: el mundo capitalista y el socialista y, entre ambos, una gran parte del mundo que todavía está en una situación de emergencia, que tiene que tomar decisiones ante esa opción. Vamos a analizar primero qué pasa con el capitalismo, o qué va a pasar en mi opinión, qué va a suceder con el socialismo y cuál puede ser la reacción del resto del mundo y, en definitiva, de todo el conjunto.

El capitalismo se basa en dos categorías fundamentales: uno es la mercancía. El capitalismo, esencialmente, transforma el bien —es decir, algo que tiene aptitud para satisfacer necesidades— en la mercancía, algo que se compra y se vende en el mercado, y por eso otras veces lo llamamos sistema de mercado. Este concepto de mercancía empieza cuando, a lo largo de la Edad Media, se introducen unas innovaciones de medios y de técnicas de transporte que hacen imprescindible la aparición del segundo concepto, categoría o entidad: el dinero: en aquella época, el oro esencialmente, y por eso juegan un papel muy importante los viajes al Senegal y a las costas occidentales de África, incluso antes que a las Indias. Pero yo diría que, además de la forma de utilizar, combinar, agrupar esas dos grandes categorías, el dinero y la mercancía, debemos tener presente que el capitalismo supone una actitud mucho más racional de la vida comparativamente con el sistema vigente en la Edad Media. A este respecto les voy a contar una anécdota curiosa que encontré en una autoridad tan importante como fue Alfred Martín en su libro *La sociología del Renacimiento* y que me ha dado siempre una visión estremecedora de lo que fue aquella época. Investigando en libros de un comerciante de Venecia llamado Jacobo Loredano, se encuentra un asiento de contabilidad que reza así: «El Dux Foscari: mi deudor por la muerte de mi padre y de mi tío». Sin embargo, eso no es todo: se pasan las páginas, y aparece otro asiento que dice: «El Dux Foscari ya no me debe la vida de mi padre y de mi tío». Don Jacobo Loredano, comerciante veneciano, supongo había realizado una *vendetta* renacentista, contabilizada y sometida al control racional. Vean, pues, cómo esa actitud racional puede hacer cristalizar fenómenos tan impetuosos, tan llenos de pasión y de violencia como es una venganza italiana en la época del Renacimiento.

Bien, como decía, este capitalismo que empieza siendo, como todo el mundo sabe, mercantil, se transforma luego, gracias a la evolución técnica a la que esta actitud racional contribuye enormemente, en un capitalismo industrial. La fecha parece que se puede establecer entre 1760 y 1820. En la Gran Bretaña, antes de esas fechas parece que la mayor parte de la producción se realizaba por el sistema a domicilio, es decir, el capitalista era esencialmente un mercader; después, la mayor parte de la producción se hace concentrando los obreros en manufacturas; luego viene con este capitalismo industrial la etapa del vapor, del ferrocarril, símbolo de toda una época.

Este sistema se lanza a una serie de expansiones que producen, a su vez, una serie de crisis en 1825, 1837, 1847 y, sobre todo, en 1848, año en que sucedieron dos cosas muy importantes: el *Manifiesto comunista* y otra menos recordada, el descubrimiento del oro en California, que contribuye a la salvación de estas crisis, alimentando el sistema con una nitidez de la que carecía, y como en 1851 descubren nuevas minas de oro, resulta que en diez años se duplica el oro disponible para estas actividades económicas. Pero la lección ha sido muy fuerte y, como consecuencia, se introducen nuevos mecanismos financieros para sostener la expansión económica, y es entonces cuando nace el capitalismo financiero, es la época de las sociedades anónimas, la época de la expansión de los grandes bancos, y en Estados Unidos, a partir de 1879-1880, empieza la época de los trusts y aparecen unos personajes nuevos como aquel financiero Morgan, que en cierta ocasión interrumpió del modo siguiente a un abogado suyo, cuando éste le exponía los obstáculos legales a uno de sus proyectos: «Yo no tengo un abogado para que me diga lo que puedo o no puedo hacer, sino para que me explique cómo puedo hacer lo que yo quiero». Surge la expansión del sistema, que se basa luego en un sistema mundial que se ha llamado el capitalismo imperialista. El símbolo del mismo podría ser Leopoldo II de Bélgica, que fue, como ustedes saben, propietario particular del Congo, una finca respetable, y el sistema continúa evolucionando.

He recordado estas cosas conocidas, simplemente para que vean cómo, cuando hablamos de capitalismo, habría que matizar mucho, porque hay capitalismos muy distintos en el tiempo y en el espacio. El capitalismo evoluciona, y ante este hecho debemos considerar cómo ha cambiado, en qué medida y cómo puede seguir cambiando. Es aquí donde se establece la polémica.

Evidentemente, es cierto que el capitalismo ha cambiado mucho y que lo que hoy llamamos capitalismo es muy distinto de lo que se llamaba capitalismo antes. Ha habido una gran concentración de empresas, una gran reducción de la competencia, por esta y otras razones ha habido una participación del Estado enormemente mayor, una serie de aspectos institucionales que he tratado en mi libro. Ahí están retratados todos estos fenómenos de la erosión del empresario clásico, la preocupación social del Estado, la eficacia, etc.; en definitiva, sobre todo, el impulso de las fuerzas de la evolución técnica han hecho que la idea de unidad óptima de explotación, refiriéndose a la empresa o al país, hayan quedado anticuadas y resulten demasiado pequeñas; es decir, que las empresas que, por su tamaño, eran óptimas hace cien años no lo son hoy, que los países que, por sus dimensiones, eran óptimos o por lo menos rentables hace cien años hoy han dejado de serlo. Ha disminuido la importancia de las nacionalidades.

Sin embargo, esto ha comportado la revalorización de otras unidades, como la región, que en aquella etapa quedaron disminuidas, y hoy nos encontramos con que las unidades de productividad rentables y productivas son las naciones de mayor magnitud, las naciones o asociaciones continentales del tipo que sean y, desde luego, la región como entidad mucho más operativa desde el punto de vista económico.

Pues bien, estoy completamente de acuerdo en que el capitalismo ha cambiado y que ha existido una evolución. Esto es algo que no ha escapado a los observadores. Quisiera citar una frase cuyo autor puede sorprender: fue un ministro de España en 1909: «En todo el siglo XIX, o al menos hasta sus últimos años, dominó la tendencia individualista. En sus últimos tiempos la decoración ha cambiado por completo. Al individualismo puro tiende a sustituirlo el socialismo más o menos integral». Esto lo escribió don José Echegaray, quien tenía la visión suficiente para ver estas cosas.

Por consiguiente, no hay duda alguna de que el capitalismo ha cambiado muchísimo. Ahora bien, ¿ha cambiado lo esencial? Creo clarísimamente que no. Me parece que, a pesar de las nacionalizaciones, a pesar de la planificación y de la preocupación social, el capitalismo no ha cambiado en lo fundamental. Es la tradición básica del sistema, la contradicción entre la producción colectiva y la propiedad privada de esos medios de producción colectiva y la propiedad privada de esos medios de producción. Como consecuencia de esto, se da el hecho de que tantas decisiones productivas se toman por razones de lucro en el mercado, por razones de beneficio y, en cambio, las posibilidades de producción que no encuentran esas perspectivas de lucro o beneficio hallan mucha más resistencia para ser convertidas en producción. Esto es bien conocido y, en definitiva, representa una dificultad del sistema para digerir el progreso técnico. Porque, en realidad, lo que ocurre es que hay mucha más capacidad de impulsar y acumular ese progreso técnico que de aplicarlo y convertirlo en mercancías. Por eso el sistema ha buscado, constantemente, salidas para esa producción, ha buscado la salida de las colonias, la salida de las guerras, la salida de la crisis del 29, de la destrucción deliberada de mercancías y, también, busca otros medios, menos evidentes, más futuros, el anticuamiento deliberado o planeado de los bienes, etc.; por ejemplo, yo debo a una persona, que es un aficionado excepcional a la música, la noticia de que los técnicos están hoy de acuerdo en que el sistema de discos de gramófono es mucho menos satisfactorio que el de cinta magnetofónica, que, en realidad, habría de adoptarse y lanzarla al mercado; pero la rigidez provocada por una industria establecida que habría que cambiar es tal que seguimos manteniendo el sistema anterior. Podemos hablar de la fabricación de coches que duran poco y que se estropean fácilmente, y de toda clase de cambios de modas, etc. Hay cien mil aspectos en los cuales podría comprobarse cómo se procura mantener esa salida para salvar la contradicción básica.

Y con esto, estamos en esta sociedad de consumo que, francamente, me resulta profundamente condenable: condenable por lo que tiene de degradación del consumidor; parece que nuestro papel es ser devoradores de lo que nos lanzan, cosas que, además, son negocio porque, si no es así, dejarían de producirse. Esta situación que, por ejemplo, repudian los estudiantes de París, cuya tercera tesis es decir: «Condenamos la sociedad de consumo; no queremos producir lo que nos den porque sea negocio». Esta situación me parece, repito, francamente indigna de la altura técnica que hemos alcanzado. Además, lo grave es que el sistema está organizado de tal manera que tiende a convertir las formas de rebelión contra él en negocio para sí mismo: estoy leyendo ahora, por ejemplo, la biografía de Mary Quant, la inventora de la minifalda. Ella fue la primera que dijo: si a mí se me ocurre esto, a lo mejor me ennoblecen en Inglaterra. Entonces los jóvenes se visten, ellas de minifalda y ellos de algo así como de soldados del ejército de la confederación o de piratas del siglo XVI, es igual. Esto se hace, evidentemente, como una protesta, como una rebelión contra las estructuras del sistema. ¿Y qué hace el sistema? Pues se dedica a producir, en serie y en serio, esos bienes, convirtiendo inmediatamente la protesta en negocio del sistema.

La cuestión, pues, es muy complicada y, en cualquier caso, nos encontramos con que ésta es la situación, lo que llaman la sociedad de consumo, que en alguna teoría del desarrollo económico aparece como la cúspide de la evolución. Me parece, en realidad, un despeñadero porque yo por lo menos, tengo que decirlo, y no estoy solo naturalmente, me siento degradado al ver que uno interesa al país, al mundo, al planeta, en cuanto a consumidor del potencial de frigoríficos. Ciertamente, reducir a un país en una especie de vertedero para el consumo de bienes y realizar esto con trucos, algunos tan innobles como las cien mil formas de la publicidad, no quiero citar ejemplos, pero salgan ustedes a las calles, vean los carteles publicitarios, lean los anuncios en los periódicos, vean lo que se estimula con el poder, con la potencia, con tantas cosas se siente uno tan humillado, tan herido al ser objeto de semejantes manipulaciones y condicionamientos mentales, que yo, la verdad, permítanme, me sorprendo.

Pues bien, ésta es la situación: el sistema, después de dejar fuera estas soluciones de las colonias o de encontrarse con problemas para las guerras o los anticuamientos deliberados, etc., se vuelve un poco sobre sí mismo y se dedica a autodevorarse y se enfrenta con esta sociedad de consumo. Pero dejemos, por ahora, las cosas aquí, y vamos a ver qué pasa con el socialismo.

Permítanme, primero, insistir en que la contradicción en que se basa este problema, el hecho de que los bienes que los propietarios de los medios productivos deciden fabricar no son, en muchos casos por lo menos, los que serían más indispensables en una concepción adecuada del desarrollo humano, del desarrollo del hombre y, ni siquiera a largo plazo, del desarrollo económico. Por ejemplo, interesa mucho más producir neveras que producir universidades, educación, colegios o escuelas. Noten ustedes que esta contradicción es fundamental, es «antagónica», como dice algún autor que no cito porque se llama Mao Tse-tung, es una «contradicción específica». Es decir, está arraigada, está inserta en el sistema. El sistema no subsiste sin esa contradicción.

Pues bien, reteniendo esto, vamos a ver rápidamente cuál ha sido la evolución del socialismo, porque también el socialismo cambia, naturalmente. El socialismo tiene una historia mucho más breve que la del capitalismo. En sus realizaciones políticas no podemos remontarnos al Renacimiento, sino al año 1917, que es muy importante por la Revolución rusa para todo el mundo, y para mí porque nací en ese año. Por consiguiente, en ese importante año, como ustedes saben, se produjo la Revolución rusa. El sistema capitalista se dio contra las predicciones de Marx por algo que luego explicó Lenin con la famosa teoría del eslabón más débil, diciendo que una cadena no es más fuerte que la fuerza que tenga el eslabón más débil. Pero no vamos a tratar esta cuestión.

Lo que a uno le sorprende es la incomprensión de los expertos ante el fenómeno. Hubo economistas occidentales, decimos ahora para disimular, de primera fila, del tipo de Von Mises, Hayek o Robbins, que a pesar de que otros economistas tan buenos como Barone habían sostenido la viabilidad del sistema, nos dijeron que el sistema no podía durar.

Hay incluso un librito estupendo, como tantas cosas suyas, de Bertrand Russell, sobre el bolchevismo, consecuencia de un viaje que hizo a la Unión Soviética en 1919 y volvió a la vez con una admiración casi inexpresable y con una convicción profunda de que aquello no podía durar, quizá porque era tan hermoso. Pues bien, esta idea de que no podía durar se ha mantenido bastante y, sin embargo, el sistema, como ustedes saben y como ya se puede decir, ha durado y sigue durando; el país existe.

Cuando hice, por primera vez, un programa de una asignatura que se llama «Estructura económica», incluí una lección que se titulaba «La Unión Soviética». Hubo un colega mío, de más edad, más cauto, que me dijo: «Hombre, ¿cómo vas a incluir una lección sobre la Unión Soviética?». Tuve que decirle que, aunque yo suprimiera la lección del programa, no se arreglaba nada porque, efectivamente, la Unión Soviética existía. Ha seguido adelante, y evolucionando.

No voy a recordarles a ustedes lo que fue, por ejemplo, la etapa hasta 1921, después la de los planes quinquenales, luego cuando murió en 1953 Stalin, y después del pequeño entreacto de Malenkov, vino luego Jruschov. No voy a contarles lo que ocurrió hasta entonces, pero sí quisiera hacer notar que ha habido evoluciones, y muy sensibles. Esos cambios han adquirido una denominación genérica en la palabra deshielo (título de una novela de Ehrenburg) y una expresión plástica en la película *El cielo azul*, de un director famoso en la Unión Soviética, Grigori Chujrái. Recuerdo que en ella se veía perfectamente el personaje del partido que había sido expulsado, que no le daban el carné, y tenía muchos problemas; pero llega un instante en que muere Stalin, y todas las cosas cambian. La película presenta una llanura helada, pero empiezan a hacerse los arroyuelos de la primavera, el agua empieza a correr y se convierte en un río vivo y tumultuoso. Era el deshielo. Fue cuando se pudo empezar a publicar la novela de Vladímir Dudíntsev *No sólo de pan vive el hombre*.

Fue cuando se publicó la novela de Solzhenitsin *Un día en la vida de Iván Denísovich*, cuando se pudo empezar a tocar la cuarta sinfonía de Shostakovich, que se había ensayado en 1936, pero que no se pudo tocar hasta 1962. En fin, se produjeron una serie de acontecimientos que implicaban una evolución. No voy a hablar más de esto porque ustedes lo conocen muy bien y últimamente en los periódicos estamos siempre con Checoslovaquia, con Rumanía, con Polonia, etc. Parece que los estudiantes en Yugoslavia, Rumanía producen agitaciones, etc., etc.

Hay unos cambios en ideas. ¿Qué son, para resumir, estos cambios? ¿Qué dirección llevan? Yo creo se puede afirmar que son, esencialmente, tendencias hacia la descentralización de decisiones en la organización económica, tendencias hacia la descentralización en bastantes sentidos. Primero, en un sentido espacial. En 1957 se publicó la Ley de Perfeccionamiento de la Administración de las Industrias y se crearon unos organismos regionales llamados los sovnarjoses o consejos económicos regionales que tenían una mayor autonomía. Luego se vio que esto de la autonomía regional planteaba sus problemas y se suprimió, pero ha quedado un cierto grado de descentralización en este sentido.

Más importante es todavía la tendencia hacia una mayor autonomía de la gerencia de las empresas, de la dirección empresarial. Ustedes saben, sin duda, lo que se ha cristalizado, en torno a la figura de Liberman y sus artículos. Su famoso artículo de 9 de septiembre de 1962 en *Pravda* en el sentido de dar una mayor autonomía a las direcciones empresariales y cómo esta autonomía se pretende que sea dirigida en mayor medida por indicaciones sobre el beneficio de la empresa.

Ante esto, podríamos pensar que ahora los rusos descubren otra vez el beneficio, el capitalismo, etc. Y quizá por eso todos los años en Madrid, cuando llegan las juntas generales de los bancos, los presidentes empiezan a decirle a uno que lo bueno es el beneficio y que todo lo que no sea salvarlo es una catástrofe, porque es para la economía nacional. Por consiguiente, las salarios no deben ser altos, para que el beneficio pueda serlo; los impuestos tampoco deben ser fuertes —impuestos sobre las empresas, naturalmente; los de los demás, es otra cuestión— para que se salven los beneficios, etc.

El caso es que no se trata de eso, sino de utilizar indicaciones y no de transformar el sistema en un sistema de lucro privado. No hay tal lucro porque sigue manteniéndose el principio de la propiedad pública de los bienes de producción. Luego, en otro sentido importante, es que los consumidores son cada vez tenidos más en cuenta, incipiente, inicialmente si ustedes quieren, pero los consumidores, es decir, en cierto modo el mercado otra vez, aparece tenido cada vez más en cuenta como ubicación de las producciones deseables.

Podría leerles a ustedes unas frases de la época de Jruschov, y ya saben que éste cayó en octubre de 1964, que mantienen estas direcciones de descentralización de los actuales gobernantes de la Unión Soviética, especialmente de Brézhnev y de Kosiguin; pero me parece más interesante apuntar hacia las causas de esa tendencia. Las causas, para mí, son en esencia, tres.

Primera, el progreso económico en general de la Unión Soviética, la elevación del nivel, el progreso técnico. Es comparativamente más fácil planear de la manera sencilla que se empezó haciendo en los primeros tiempos una economía más elemental, menos compleja, menos diversificada, que planear una economía más complicada que obliga a una descentralización de decisiones. De modo que de una manera simétrica a lo que ha ocurrido en el capitalismo con la concentración de las unidades productivas o con la insuficiencia de los países, también aquí la técnica juega en otro sentido diferente, porque se parte justamente del extremo opuesto; es decir, si en el capitalismo las decisiones están extremadamente descentralizadas, porque las unidades de decisión son los diferentes empresarios muy numerosos, la técnica obliga a una cierta centralización de esas decisiones; y en el otro extremo en que las decisiones están extremadamente centralizadas en su origen, la técnica obliga a una cierta descentralización de las mismas.

La segunda razón es la emergencia de una sociedad ideológicamente nueva, de nuevas generaciones. A poco contacto que tengan las personas de mi edad o más con la generación siguiente, se darán cuenta de que lo que para nosotros tiene un valor decisivo, porque jugó en nuestra vida un papel fundamental, para ellos no lo tiene. Y esto pasa también en la Unión Soviética, porque los soviéticos —quizá sea preciso decirlo— son seres humanos, resulta que las nuevas generaciones no ven los problemas de la revolución, del zarismo, de la opresión, etc., en una misma forma que la ven los padres. A mí me pasa esto con la guerra de Marruecos, o con la guerra de Cuba, que para mi padre tenía mucha importancia. A mi hija le pasa lo mismo con otras cosas que para mí tienen importancia también. Esto ocurre siempre. Naturalmente, las nuevas generaciones no ven los problemas de la misma manera y no están dispuestos a aceptar los mismos sacrificios por razones que, para ellos, han dejado de ser válidas.

Finalmente, otro aspecto que desde luego es técnico, pero que tiene una importancia especial, es la cibernética. La cibernética tuvo mala prensa por razones dogmáticas en la Unión Soviética (piensen que en 1931 la oficina de estadística cambió de nombre porque lo que querían era suprimir la palabra «estadística», ya que envuelve el estudio de fenómenos aleatorios y el azar no podía intervenir en cuestiones tan definitivas y dogmáticamente aclaradas como son los problemas económicos dentro de la filosofía), hasta 1953 y 1954 aproximadamente. Pero desde entonces han recuperado el terreno perdido y, prescindiendo de si la cibernética es una ciencia burguesa o no, se han dedicado a perfeccionar los computadores, a trabajar en esa dirección; un país donde los matemáticos son abundantísimos y extraordinarios, como sabrán, mejor que yo, quienes lo sean, porque el sistema permite producir matemáticos, aunque no sea, a primera vista, un negocio producirlos. Han podido, rápidamente, mejorar sus actividades en ese campo, y ya se están empezando a aplicar, por ejemplo, métodos cibernéticos para simulación de mercado. Es más, parece que en ese momento pueden ofrecer perspectivas muy nuevas en cuanto a sustituir el mercado real por mercado simulado, desde el punto de vista de dirigir la producción teniendo en cuenta a los consumidores.

Como ven, pues, el socialismo ha evolucionado también, cosa que no debe extrañar a nadie, porque todo lo que está vivo en este mundo evoluciona, lo que quiere decir que su origen no era perfecto, y sigue sin serlo, porque se puede pronosticar que también seguirá cambiando el capitalismo.

Y el socialismo, igual que el capitalismo, tiene también sus contradicciones, esencialmente una contradicción que podríamos llamar «la contradicción entre la sociedad y el individuo», la contradicción entre el hecho cultural y el hecho natural, porque por mucho que se pueda manipular el individuo desde su envolvente social, condicionar sus decisiones, sus ambiciones, sus deseos, sus afanes, yo creo que a poco que hagamos introspección cada uno de nosotros, nos daremos cuenta que algunos de los momentos de nuestras vidas son esencialmente privados y que tratar de planearlos desde un punto de vista social es algo en sí mismo contradictorio. En otros términos, creo que el mercado no es el criterio óptimo, ni el mejor elemento para orientar la producción, porque deja fuera de ella lo que no es negocio. Creo que también hay que discutir si sustituimos ese instrumento por la decisión de unos cuantos planificadores que deciden. Para presentar las cosas de una forma grotesca, que mañana al ciudadano José Luis Sampedro le va a gustar ir a los toros y, claro, no se trata de llegar a esos extremos, pero ven ustedes la contradicción que existe también dentro del sistema.

Por consiguiente, me parece que ninguno de los dos sistemas está exento, naturalmente, de contradicciones. Sin embargo, para mí, la diferencia —y aquí es donde viene lo opinable— está en que, mientras la contradicción de capitalismo es una específica o antagónica, es inherente al sistema, en cambio la contradicción socialista es más fácil de salvar, es decir, no exige la destrucción del sistema, porque el socialismo puede ampliarse, puede aceptar formas de mercado, bien reales o figuradas, para complementar estas decisiones de los planificadores o de los directores, sin por eso aceptar el hecho de la contradicción de las decisiones privadas en cuanto a necesidades públicas.

Así que me parece que, mientras que las crisis del capitalismo son de decadencia, de acercarse al final, la crisis del socialismo, son de crecimiento. Repito, ninguno de los dos sistemas es óptimo, y me anticipo a decir que ninguno en el futuro será absoluta y totalmente satisfactorio. Es verdad que el hombre no es simplemente un mercader, y en eso se equivoca, por tanto, el capitalismo, pero también es verdad que el hombre tampoco es una abeja obrera, y en eso se equivoca el socialismo. Pero, en fin, creo que mientras el capitalismo está terminando su curva vital, el socialismo está casi iniciando la suya. Después de esto parece que no es difícil ver cómo interpreto yo el futuro.

Nos queda la cuestión de los países del Tercer Mundo. Estos países están emergiendo y recibiendo un impacto enormemente más fuerte, porque se acumulan los hechos y la evolución de la técnica. En principio, parece que pueden estar entre cualquiera de los dos modelos. Creo que la inmensa mayoría de ellos va a optar por modelos más o menos socialistas. En cualquier caso, las formas capitalistas vienen a ser formas muy dirigidas centralmente y, desde luego, por el Estado. Lean ustedes lo que escribe la inmensa mayoría de los buenos economistas de América Latina —que los está habiendo excelentes—, y se darán cuenta de lo poco que creen en la famosa mano invisible de Adam Smith, por dos razones: una porque estos países quieren acelerar el desarrollo y para eso es imprescindible un alto grado de dirección central, y otra, porque muchos de ellos se encuentran en sus culturas antiguas precedentes de una vida colectiva que no han tenido tiempo de destruir —piensen en lo que pasa en muchos países africanos—: mi impresión es que la mayoría se inclinarán hacia formas socialistas de organización de la economía.

En definitiva, yo terminaría diciendo que, en mi opinión, el mundo va hacia una forma socialista de la organización de la economía; no del socialismo que existe hoy en la Unión Soviética, en Checoslovaquia o en Polonia, porque lo único de lo que estoy absolutamente seguro es de que este sistema tiene que seguir cambiando, como seguirá cambiando el capitalismo. Pero sí hacia una forma de socialismo, porque, con franqueza, me parece que las técnicas actuales no pueden aprovecharse debidamente con decisiones aisladas y privadas a base de los propietarios de los medios de producción. Creo, además, que este socialismo será un socialismo de más oportunidades para lo no planificado, especialmente a través del mercado o de otros métodos cibernéticos que se pueden utilizar. En suma, creo que el mundo va hacia un socialismo, un socialismo más humano que el actual y desde luego muchísimo más humano que la sociedad de consumo. Repito, sé que este sistema no será perfecto. En fin, cabe la esperanza que dentro de cien años en el Círculo de Economía de Barcelona se retenga a otro profesor y les coloque a ustedes o a sus hijos otro disco diciéndoles que ese sistema es muy malo, que tiene que cambiar, etc. Así es la historia. Por tanto, tomen mis afirmaciones en este sentido de relatividad. También se me podría decir: bueno, y ¿por qué no dice usted que vamos hacia un capitalismo más humano? Pues porque me parece difícil manejar un sistema, esencialmente basado en el dinero, en la mercancía; por eso pienso que un sistema basado en la sociedad, en principio, será más humano. Permítanme terminar con otra posible objeción que me hacen amigos entrañabilísimos y que yo me hago, a veces, a mí mismo, y que me cuesta, no diré trabajo superar, pero sí ciertos dolores sentimentales: después de haber dicho con toda claridad que creo que vamos hacia un socialismo y que prefiero un socialismo, la verdad es que me hubiera gustado el poder ser tranquilamente un buen liberal victoriano, en un país tranquilo, y en una época menos «interesante». Ésa es la realidad. Lo que ocurre es que, y aquí está el problema que se plantea, en un país que a uno no le satisface, se puede ser liberal sin ser cómplice, es decir, se puede ser liberal y decir *laissez faire, laissez passer*, con lo cual uno permite que sigan siendo y pasando... Y me hace imposible ser liberal. Ésta es la cuestión. Por eso yo no sé si después de setenta y cinco años de un socialismo que haya quebrantado ciertas estructuras de poder y ciertas formas de consumo, se podrá ser liberal. En todo caso, yo no estaré vivo y, por consiguiente, contra muchas cosas íntimas, contra una formación antigua de la que uno no se puede sorprender porque están en los huesos, en la médula y en el tuétano de la vida propia, no puedo permitirme el agradable lujo de ser liberal. Como digo, para esas fechas yo no lo podré comprobar y al menos no podré dar la lata a nadie, que es lo que yo quizá debiera haber hecho hoy. Con esto termino en este instante, y dejo de dar la lata.

2

Perspectivas de la economía

La economía en crisis

Siempre es de agradecer una distinción como la que hoy aquí se me otorga, invitándome a hablar en este club, pero en este caso mi gratitud es mayor y muy sincera por los amigos que me la ofrecen, por el grato marco de esta hospitalidad y por el auditorio que tan benévolamente se presta a escucharme. Sólo puedo decir que haré todo lo posible para que el tiempo que tienen a bien dedicarme no sea enteramente perdido.

Para conseguirlo trataré de que esto no sea una conferencia convencional, sino una provocación al diálogo: casi eso que ahora se llama un *happening*. A ello se presta el marco, más bien íntimo, y la selección del auditorio. Mi esperanza es que, de ese modo y entre todos, consigamos ver mejor lo que está ocurriendo. «Ver» es una gran ambición, cuando se pretende captar un horizonte económico; y yo dudo de conseguirlo. Pero, al menos, intentaré dar algunas coordenadas para situarnos; acotar siquiera unos campos de posibilidades. Vamos a ello.

Un mundo en crisis

Esa tarea de «situarnos» es hoy más necesaria que nunca, porque vivimos en un mundo en crisis y a eso responde el título de esta mo-

Conferencia impartida en la Banca Mas Sardà el 26 de febrero de 1975.

desta provocación. Crisis, ante todo, en los hechos mismos, sin que sean precisas muchas citas para justificar tal afirmación, todos los días repetida. El mundo desarrollado se encuentra en una situación de inflación con estancamiento —eso que se viene llamando anglosajonamente *stagflation*—, mientras que en el mundo subdesarrollado los lentos progresos se logran también con inflación y el hambre afecta a áreas importantes. La llamada crisis del petróleo ha venido a complicar toda la situación y otros factores a que me referiré enturbian todavía más el cuadro. En España nos afecta, asimismo, la inflación y nos amenaza al mismo tiempo el paro; sin que yo alcance a ver fácilmente cómo vamos a defendernos de una y otro en el futuro inmediato.

Además, la crisis está en las ideas. La ciencia económica se encuentra hoy impotente ante los dos problemas básicos que se le plantean. Ante la inflación, que inquieta desde hace años a los países adelantados, se encuentra desconcertada y ofrece recetas contradictorias. Ante el subdesarrollo, cáncer permanente de los países pobres, no tiene más que teorías convencionales insuficientes, sin que las supla una auténtica voluntad política de acción. Rumbos que ilusionaron decepcionan hoy: en un artículo de *Le Monde* que aquí tengo se duda atrozmente sobre la famosa planificación francesa y se dice que el VII Plan va a ser preparado «con prisa y con improvisación». Los grandes economistas saben que no tienen nada que ofrecer a cambio de la estructura dada por Keynes a su ciencia, pero también saben muy bien que esa estructura ha agotado sus efectos y que su «macroplanteamiento» —de hecho, bastante circunscrito— es en realidad insuficiente, al mismo tiempo que no permite afrontar problemas estructurales a largo plazo.

Claro que en la economía no convencional hay otras perspectivas, pero eso se rechaza con racionalizaciones varias en los más prestigiosos centros científicos de Occidente. Entretanto, surgen falsas y peligrosas «soluciones». No hace mucho afirmaba Kissinger que «necesitamos indios», lo cual hace temer si no pensarán que un espíritu de frontera —es decir, la guerra o su amenaza— pueda ser considerado como solución. Y hace también poco tiempo he visto atribuida a Milton Friedman la receta de que la cura de la inflación sólo puede estar en una larga recesión de cinco a ocho años... No es precisamente como para volverse loco de entusiasmo.

Un cambio de timón en la historia

Ante la crisis de los hechos y de las ideas, ¿cómo situarnos? «Situarse» significa para mí adquirir noción de nuestra posición relativa en un marco referencial. Sólo así cabe empezar a saber hacia dónde corren los ríos; hacia dónde vamos. En un intento de saberlo, escribí hace diez años un libro, que acaba de ser reeditado y puesto al día, para estudiar *Las fuerzas económicas de nuestro tiempo*. Como algunos de ustedes seguramente saben, mi versión de esas fuerzas las organizaba en tres haces: fuerzas demográficas, técnicas y sociales. Pensando en que la presión demográfica irá cesando (pero sus efectos para la próxima generación se están ya engendrando hoy) a medida que se modernice el comportamiento humano, mi interpretación reducía a dos el conjunto de fuerzas determinantes: los factores técnicos y los sociales, como una urdimbre y una trama, creando el tejido continuo de la historia. Pues bien, aunque no pretendo, ni mucho menos, garantizar mis interpretaciones, puedo decir al menos que, al revisar ahora este libro, los diez años transcurridos más bien confirman que refutan la tesis. Y los hechos registrados desde entonces, desde las reformas soviéticas de 1965 hasta la nueva constitución china de 17 de enero último, añaden además ciertos elementos y datos en los que voy a apoyarme, sin detallarlos demasiado, para mis afirmaciones de hoy, que espero puedan tomarse como base de discusión ulterior.

Me propongo afirmar, concretamente, que estos años setenta inician una nueva etapa histórica, que supera y rebasa definitivamente la etapa de la posguerra y que supone, probablemente, una especie de antesala del siglo XXI, en cuyo umbral empezamos a entrar ahora. Por supuesto, siempre es difícil periodizar en un análisis histórico, y más todavía cuando se están viviendo los acontecimientos y falta la perspectiva temporal, pero casi me atrevería a precisar que el año 1971 es el año de un cambio de timón. En efecto, dentro de lo imposible que es dar una fecha concreta para acontecimientos que son continuos y hasta encabalgados, el dicho año acumula una serie de hechos que nos inducen a tomarlo como un serio candidato para jalonar la etapa. En primer lugar, en 1971 se produjo la devaluación del dólar, que redujo esta moneda, dentro de su importancia, a ser como las demás, vulnerable a la erosión, apeada de su pedestal casi inconmovible al parecer. Además, fue el año del ingreso de China en las Naciones Unidas, acabando así una de las ficciones más grotescas de la etapa anterior. Fue también el año del XXIV Congreso del Partido de la Unión Soviética y el comienzo de un nuevo plan; fue, igualmente, el año en que al fin se decidió la incorporación del Reino Unido al Mercado Común. Y, si se quiere la anécdota, fue también el año de la quiebra de la Rolls-Royce; es decir, simbólicamente, casi la del viejo imperio... En fin, aunque no sea precisamente 1971, ¿qué significa esta crisis sino justamente eso: una etapa de reajuste, de transición, desde un mundo a otro?

La erosión de la posguerra

Por supuesto, todo el siglo XX es un siglo de crisis y de transición. Desde la Primera Guerra Mundial apareció resquebrajada la estructura que se había sostenido a lo largo de todo el siglo XIX, sin que hasta ahora se haya conseguido apuntalarla. Todas las diferentes crisis parciales del siglo no son coyunturales, sino epifenómenos más o menos agudos de esa honda y casi geológica conmoción estructural, desde la economía eurocéntrica del siglo XIX a la nueva estabilidad que no hemos alcanzado aún. Pero dentro de toda esa larga transición, desde 1914, cabe distinguir períodos y uno de ellos ha sido claramente el de la segunda posguerra. Así se creía cuando, aun durante la guerra o inmediatamente después, se erigían instituciones y organismos que se estimaban largamente duraderos, y se estructuraba la economía mundial a base de los resultados del conflicto; es decir, sobre un mundo en el que la hegemonía europea decimonónica aparecía reemplazada por la polaridad USA-URSS. Así se creía, pero ya no se cree. La disgregación de ese mundo se encuentra hoy a la vista de todos.

Los dos centros de aquella polaridad, en efecto, han sufrido una clara erosión. Estados Unidos ya no tiene aquel decisivo monopolio inicial de la bomba atómica, y desde su retirada de China continental hasta su actual derrota en Vietnam ha sufrido un claro declive exterior. Al mismo tiempo, en el interior ha pasado desde el entusiasmo que aún produjo la Nueva Frontera de John F. Kennedy y sus amigos a la resignación de la mayoría silenciosa y, peor todavía, al escándalo turbio y la depresión psicológica del Watergate; sin que haya sido más que flor de un día la pomposa Gran Sociedad, cuya ilusoria bandera enarboló Johnson.

En cuanto a la Unión Soviética, también ha perdido fuerza su dominio sobre Europa del Este y, sobre todo, ha dejado de constituir para el Tercer Mundo y sus ansias revolucionarias el único modelo posible, desde que la ruptura con China ha presentado a esta República Popular como ejemplo de una vía diferente. A la vez que en el interior crece una oposición, surgen generaciones con otro espíritu y han de hacerse concesiones a esas presiones.

Fuera de esos dos polos, Europa ha conseguido, sin duda, reconstruirse e iniciar un fecundo camino de integración, pero ya no es el centro de aquellos imperios coloniales de 1945. Éstos, en cambio, han emergido —como China— como voces con personalidad, con intereses y con exigencias recientes. Políticamente, el mundo es bien distinto de lo que era en 1945. Así lo refleja perfectamente la diferencia entre aquellas Naciones Unidas con sólo medio centenar de países y esta otra ONU actual con casi un centenar y medio. Quienes viven el ambiente de esa organización perciben perfectamente cómo ha cambiado en ella el planteamiento de todos los problemas, empezando por el de la estructura misma de la institución.

En suma, aquel mundo se ha erosionado dejando paso, claro está, a otro. Por eso mismo estamos en crisis, porque, como alguien dijo y no acierto ahora a recordar quién, hay crisis cuando lo viejo aún no ha muerto y lo nuevo no acaba todavía de nacer. Si queremos comprender la crisis —si queremos «situarnos»—, debemos explorar al menos los rasgos básicos de ambos mundos: el que hace crisis y se disgrega lentamente y el que emerge entre esa disgregación. Ambos coexisten, como suele ocurrir en la historia, y esa coexistencia atirantada y contradictoria es la que origina nuestras incertidumbres, nuestras vacilaciones, nuestro inseguro temor.

Crisis y emergencias

No dedicaré largas consideraciones al examen de lo que se disgrega, porque lo he aludido ya y está, además, en la mente de todos, expresado en forma de las diferentes «crisis» parciales que todos los días comentan los periódicos. Tenemos, ante todo, la crisis de algo tan típico de la ordenación de la posguerra como es el sistema monetario internacional, sobre cuya reforma no acaban de ponerse de acuerdo las potencias, y se comprende, por razones que aparecerán después. Tenemos, igualmente, la llamada crisis de la energía, cuyos efectos inmediatos —no tanto los lejanos— están mucho más claros que su génesis, cuyo mejor conocimiento algún día quizá permita comprender por qué se ha producido ahora, como una manifestación más de los «años setenta». Está la crisis de los alimentos, el hambre de estos dos últimos años agudizada en el Sahel, siempre amenazante, aunque en estos momentos parezca algo aliviada. Y está, en fin, la permanencia del subdesarrollo delatando el cruel defecto básico de una estructura mundial, y la permanencia de la inflación acusando la fisura entre el mundo que se disgrega y el que emerge.

En cuanto a las emergencias, ya hemos visto la de nuevos centros de decisión, nuevos actores en la arena política mundial. Pero, además, pueden señalarse nuevos problemas, teniéndose de algunos una conciencia que es sólo muy reciente, al menos en su amplia difusión. Tenemos, por ejemplo, la emergencia de las grandes empresas mal llamadas multinacionales (es mejor «transnacionales», porque trascienden de lo nacional y no se limitan a combinarlo), que no son un problema viejo como afirman algunos libros, sino moderno, porque son ni más ni menos que la reciente adaptación del capitalismo a las nuevas condiciones mundiales, para poder seguir ejerciendo un imperialismo transpolítico y suprapolítico. Esas empresas son tan poderosas que su valor añadido es la quinta parte de todo el producto bruto mundial y su producción rebasa el valor de todas las exportaciones de las economías de mercado, según el informe de la ONU sobre ese problema, publicado en 1973. Por eso pueden precipitar en cualquier momento una crisis monetaria con sólo movimientos proporcionalmente pequeños de unas divisas a otras, según afirma el mencionado informe.

Otra emergencia es la del problema de la contaminación, que ha alcanzado su reconocimiento mundial en la Conferencia de Estocolmo sobre el Medio Ambiente, celebrada en 1972. El destrozo de nuestro medio por el hombre ya es antiguo, pero su agudización y la conciencia general del problema —única que permite comportarse «como si» existiera— son recientes. De ahí también otra emergencia: la revisión de los conceptos e ideologías sobre el desarrollo, alejándonos por fortuna del ideal meramente cuantitativo y pensando cada vez más en la importancia de la calidad de la vida o, como empiezan a decir los organismos internacionales, tendiéndose a un «criterio unificado» del desarrollo. Y surgen también otros problemas sectoriales como, por ejemplo, el planteado por la explotación de los recursos marinos internacionales.

Finalmente, pero con no menos importancia, la ideología misma de los organismos internacionales —es decir, las creencias generalmente aceptadas en estas materias— evoluciona de una manera muy perceptible y en un sentido importante: en el de ir pasando desde un derecho internacional liberal y de igualdad formal entre las naciones hacia un derecho de sentido social, en el que los pueblos no son iguales y, precisamente por eso, el derecho debe darles un tratamiento desigual, preferente hacia los más débiles, a los que ha de proteger y favorecer especialmente. Esa evolución ideológica se percibe claramente en la distancia que va desde los supuestos del GATT —no discriminación, cláusula de nación más favorecida— a la preocupación por el subdesarrollo en la UNCTAD, al tratamiento especial de los veinticinco países menos desarrollados, y sobre todo, al sentido de la reciente Carta de Derechos y Deberes Económicos de los Estados, adoptada el 12 de diciembre de 1974 por la Asamblea General de las Naciones Unidas. En otras palabras, de una concepción del mundo paralela al capitalismo manchesteriano en el que cada pueblo se mueve individualmente, se pasa a una concepción del mundo como sociedad de países en que cada uno de éstos ha de recibir un tratamiento adecuado del conjunto, según sus recursos o posibilidades.

Mundialización de los problemas

He aquí, brevemente descritos, unos cuantos rasgos de lo *nuevo* que emerge. Podemos preguntarnos, entonces, si el conjunto de estas importantes piezas componentes del futuro nos permiten tener alguna idea de cómo va a ser éste, de cuál es el horizonte que se nos aparece como la salida de la crisis económica presente. Pues bien, sin que estos cuantos fenómenos avanzados del futuro permitan abocetar éste con detalles, sí me parece que al menos muestran algunos de sus rasgos, derivados todos ellos de este fundamental: la *mundialización* de los problemas.

Nótese, en efecto, que ninguno de estos nuevos fenómenos puede resolverse a escala nacional. Como hemos visto, las «transnacionales» superan en poder a las naciones y se mueven en un espacio que rebasa el de las fronteras geográficas. Por otra parte, es claro que la contaminación del medio ambiente no puede afrontarse del todo por la unidad nacional, puesto que la contaminación del aire o del mar por un país —por ejemplo, las explosiones atómicas francesas en Oceanía, contra las que en vano han protestado Australia y otros países— afecta a otros y a todos, sin que puedan impedirlo. La explotación de los recursos marinos ha de ser una obra colectivamente organizada y la nueva ideología encarnada en la Carta de Derechos y Deberes Económicos de los Estados implica por sí misma una superación de la idea de nación como unidad superior.

Por otra parte, lo mismo ocurre con las grandes crisis que han sido anteriormente comentadas. La del sistema monetario está pidiendo a gritos una efectiva autoridad monetaria supranacional, que regule la oferta de medios de pago internacionales en la misma forma en que lo hacen interiormente los gobiernos, ya que la regulación por el procedimiento clásico —el oro o divisas equivalentes— resulta hoy inoperante. Las crisis de los alimentos o de la energía siguen amenazantes, sin que parezcan eficaces los organismos que tratan de enfrentarse con ellos. De estas consideraciones, que podrían prolongarse, tenemos derecho a inferir que las crisis se producen precisamente por lo inoperante de afrontar problemas que son mundiales con y desde centros de decisión que son nacionales. Porque para superar las limitaciones de esos centros no basta con concertar acuerdos y organismos deliberantes. Hace falta establecer auténticos centros de decisión supranacionales que puedan actuar ante los acontecimientos sin la espera de discusiones con escasa fuerza ejecutiva.

No es difícil percibir, finalmente, que la mundialización de esos problemas se debe sobre todo al alto nivel de la tecnología actual, con su complejidad y sus gigantescos efectos que, por otra parte, tienden todavía a crecer. Cabe, por tanto, reafirmar las proposiciones anteriores diciendo que el progreso de la técnica no ha ido acompañado por el de la adaptación de las instituciones internacionales. Éstas son anacrónicas respecto de aquélla y, por tanto, inadecuadas e insuficientes. El anacronismo de las naciones es, sobre todo, evidente y solamente puede negarse por la fuerza de los nacionalismos y de los intereses ligados a ellos.

Hacia una estructura mundial

Para concluir con estas reflexiones, y aunque ello pueda parecer a costa de rozar la cienciaficción, cabe señalar que la crisis de la economía actual no es solamente coyuntural, sino estructural, y corresponde a las conmociones inherentes al paso desde una estructura mundial por yuxtaposición de naciones (bajo la hegemonía europea decimonónica) a otra estructura regida mundialmente. Por supuesto, no me considero capaz de avizorar qué tipo de autoridad mundial prevalecerá, ni cuál será la estructura política del conjunto, ni tampoco por qué medio —progresivo consenso o resultado de nuevas guerras— se llegará al resultado final. Pero, en todo caso, me parece que los nuevos hechos apuntan conjuntamente a lo mismo: a la superación de las unidades nacionales, que resultan un marco demasiado mezquino y estrecho para el aprovechamiento de la técnica, y que además no impiden los resultados indeseables de los excesos técnicos. Sólo un planteamiento y una gerencia mundiales pueden, a largo plazo, permitir el afrontamiento de los problemas generados por esa técnica y explotarla para resolver con eficacia los problemas de la humanidad.

Claro está que esa misma técnica, por razones paralelas a las anteriores, impone también una organización social, a los distintos niveles, en que lo colectivo prevalezca sobre lo individual. El capitalismo individualista es también anacrónico, como lo revela su evolución más reciente, y aunque tampoco sean satisfactorias las formas socialistas que exageran la planificación central, ello no elimina la necesidad de que la decisión colectiva sea la dominante. No me extiendo en el desarrollo de este problema porque a él he dedicado un libro ya mencionado antes —y a él remito a quienes deseen conocer con más detalle las bases de mi razonamiento.

En suma, mundialización frente a nacionalismo y colectivismo frente a individualismo. Ahora bien, sin que ello suponga paradoja ninguna, cabe añadir una tercera nota a esa configuración del horizonte: me refiero a la nueva importancia del marco regional. Y no es paradoja porque, como se ha dicho, la complejidad de la técnica y de la vida colectiva hacen insatisfactorias las formas de decisión excesivamente centralizadas y es preciso delegar decisiones en unidades de nivel inferior. Ahora bien, por la misma razón que se han quedado pequeñas las naciones para sus fines de decisión superior, también se han quedado pequeñas las provincias como subunidades, y he aquí por qué en la vieja Europa —de naciones y provincias pequeñas— la región aparece revitalizada como protagonista de las decisiones y acciones subordinadas.

Mundialismo, colectivismo y regionalismo son, así, tres notas del futuro que aparecen ya anunciadas por la índole de las emergencias características del mundo que apunta en esta crisis. Claro que ese futuro incluirá otras muchas características, alguna de las cuales podría explorarse derivándola de las anteriores, pero ni es éste el momento para prolongar mis consideraciones, ni siquiera tampoco dar la sensación de que me creo bien seguro del porvenir cuando, en realidad, sólo me asomo a él con la tímida humildad de quien está forzado a hacerlo a causa de su especialidad profesional.

Problemas españoles

No quisiera terminar sin ofrecer algunas reflexiones sobre España, que pudieran servir de acicate por parte de quienes me escuchan. Evidentemente, la nota del mundialismo afecta a nuestro país que, como todos, resulta pequeño. De ahí nuestra evidente dependencia de factores externos. Ahora bien, a esa contradicción general, soportada por todas las naciones, hemos de añadir, dentro de nuestra estructura, otra contradicción específica, propia de nuestro nivel de transición. Se trata de que el sistema productivo español, en su organización capitalista, se compone de dos áreas contradictorias. En primer lugar, un viejo capitalismo, mal equipado y de baja productividad, apoyado por instituciones y por un grado de monopolio interior que cubren su ineficiencia y le permiten vivir a su amparo con independencia del exterior, porque subsiste con una técnica vieja. Y, por otra parte, un capitalismo moderno, pero, por eso mismo, basado en una técnica que no poseemos y que hemos de obtener a costa de la independencia. En otras palabras, unos sectores independientes, pero ineficientes, y otros eficientes, pero dependientes. Nuestro grado de dependencia económica respecto al exterior es, en definitiva, muy elevado.

Como consecuencia de ello, parece que la conciencia de esos hechos debería llevar a comprender lo ilusorio de soberanías nacionales socavadas por esa dependencia. Sin embargo, se advierte fácilmente la fuerza de la nota nacionalista en nuestra vida colectiva. Me parece que no es difícil captar la explicación de esa aparente paradoja: resulta que el nacionalismo ampara al viejo capitalismo y, con falsas justificaciones basadas en la protección y autonomía, le permite seguir prosperando sin someterse a la prueba del fuego de una modernización que acabaría con muchos intereses. Por otra parte, en cuanto al sector dependiente, nuestro nacionalismo es fomentado por otros nacionalismos exteriores, para los cuales será difícil encontrar situación española más favorable a ellos que la actual. Y al brindar —a alto precio— la técnica que nos mantiene en dependencia, se halaga de paso a nuestro nacionalismo, ofreciéndole unos éxitos productivos que, en el fondo, no son propios, porque se deben a la ciencia y a la innovación ajenas.

Ante esta situación, me parece claro que es utópico esperar la solución mediante la superación por nuestro esfuerzo del bache tecnológico. Ya me conformaría yo con que nuestro esfuerzo técnico, tan escasamente dotado con medios financieros y tan poco ilusionante para las imágenes colectivas que influyen en el comportamiento de la mayoría —el sabio no es popular entre nosotros—, permitiera no agrandar el bache, e incluso quizá avanzar en sectores secundarios, capaces de ofrecer mejoras concretas en ciertos campos. A mi juicio, el horizonte ofrece no una superación de esa dependencia técnica, sino la disolución del problema en la mundialización general previsible. Porque en esa mundialización, naturalmente, España será una provincia de Europa, como Francia o Alemania; dependiendo de nosotros el hacer esa provincia grata o ingrata. No se crea que la dependencia haya de ser por eso mayor que hoy; al contrario, la difusión de la técnica puede ser más barata y fácil.

Comprendo que ese horizonte no es grato para los nacionalismos, pero eso es cuestión de preferencias. Me permito citar a este propósito las palabras finales de otro libro mío —*El futuro europeo de España*— escritas y publicadas hace quince años. Decía entonces así: «Contribuyamos, por tanto, a configurar la economía española como la que ha de ser: una parte de esa especie de California europea que, salvando obvias diferencias, vienen a ser los países mediterráneos. [...] Pienso, para concluir, que no es tan mal destino ese de ser "californiano" de los Estados Unidos de Europa. Comprendo que la España de Felipe II haría sentirse más orgullosa a sus habitantes, pero no creo que el orgullo sea un valor preferible a la sabiduría, la paz y el bienestar. Yo sueño, para nuestros hijos, con una España "californiana" o "suiza", donde lo que importe sea el libro y el pan, la tolerancia y la comprensión. Y eso, según mi fe, no puede lograrse con el aislamiento nacional, sino con la progresiva integración de nuestra economía en la europea».